춤추듯 날아오를

_____ 에게

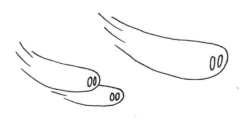

비올레트와 비밀의 정원 2

비올레트와 비밀의 정원

수호자와 정원의 유령들

폴 마르탱 글 | 장 바티스트 부르주아 그림 | 김주경 옮김

arte

모니크와 앙젤을 기리며

폴 마르탱

나의 할머니 잔과 그녀의 정원을 위하여

장 바티스트 부르주아

주인공의 이름 '비올레트 위르르방'은 에밀리 브론테가 쓴 《폭풍의 언덕》
프랑스어판 제목(Les Hauts de Hurlevent)에서 영감을 얻은 것임을 밝힌다.

머리말

세 자매는 어둡고 깊은 땅속에서 쉬는 중이었다. 밖에선 아무 소리도, 아무 빛도 새어 들어오지 않았다. 태양이 끝없이 하늘을 돌면서 생명이 싹 트고 성장하는 데 필요한 온기를 정원 곳곳에 보내 주었지만, 이곳엔 닿지 못했고, 만물을 잠에 빠지게 만드는 달빛도 이 깊은 곳까진 들어올 수 없었다.

아주 오랜 시간, 꽃에서 꽃으로 옮겨 다니는 벌레들을 보지 못했다. 정원 주민들이 쉼 없이 나무의 가지들을 치고, 땅을 일구고, 씨를 뿌리는 모습도 보지 못했다. 이 세계의 침묵을 깨뜨리는 식물이나 동물, 바위의 어떤 움직임도, 끊임없이 새 생명이 태동하는 것도 보지 못했다.

그런데도 두더지 세 자매는 **풍요 숲**에서 **너른 잔디밭**에 이르기까지, 또 **풍성 산**에서 **초록 바다**에 이르기까지, 정원 곳곳에서 굉장한 변화가 일어나리라는 걸 짐작할 수 있었다. 비좁은 굴속에서, 정원 깊은 곳에서부터 퍼지는 진동을 다시 느꼈기 때문이다. 땅 위의 존재들과는 비교도 할 수 없을 만큼 두더지들은 아주 예민했다. 그들은 빈 들판을 울창한 숲으로 바꿔 줄 식물들이 처음 꽃 피우는 순간을 감지했다. 머나먼 미래에 높은 산이 될 바위들의 아주 느린 변화도 느낄 수 있었고, 땅이 갈라지며 강을 이루게 되는 그 첫 순간도 예감했다. 폭풍우가 몰아치기 직전의 고요함도……. 물론 바깥세상의 사람이 정원에 들어온 걸 단박에 알아차리는 것도 그들이었다.

비르지니아가 가장 먼저 입을 열었다.
"누가 오고 있어! 방금 정원에 들어왔다니까!"
"정말?" 마르그리트가 귀찮은 듯이 내뱉었다. "난 아무것도 못 느꼈어."
"비르지니아 말이 맞아." 시몬이 소곤거렸다. "나도 누군가의 기척을 느꼈어. 분명 정원의 주민은 아니야."
"혹시 그 애일까?" 비르지니아의 목소리에선 희망이 느껴졌다.
"그 애는 떠났어." 마르그리트가 반박했다. "다시는 안 올 거야. 차라리 그게 나아. 수호자들은 정원을 휘젓고, 폭풍우나 몰고 오니까! 그렇지, 시몬?"
시몬은 잠시 뜸을 들이다가, 작은 목소리로 중얼거렸다.
"글쎄…… 난 모르겠어, 마르그리트. 아무튼 이제 우린 땅 위로 올라가야 해. 엄청나게 커다란 변화가 우릴 기다리고 있는 건 확실해."
비르지니아는 그 말이 떨어지기 무섭게 땅을 파기 시작했다.
"커다란 변화? 와, 드디어 좀 재미있어지겠네!"

1장

파벨

1
2090

　도시에서 아주 멀리 떨어진 한적한 길에 자동차 한 대가 들어섰다. 예사롭지 않은 광경이었다. 차는 자율 주행 모드로 도로의 움푹 파인 부분을 자유자재로 피해서 아주 부드럽게 움직이며, 입력된 주소로 승객을 데려다주었다.

　그곳은 사람들에게 완전히 잊힌 듯한 장소였다. 작은 배들조차 멈추지 않고 그대로 지나쳐 버리는 운하와 오래전부터 잡초만 무성하게 자라고 있는 기차역 사이에 있었다.

　차 문이 열리고, 백발의 노부인이 내렸다. 승객을 내려 준 자동차는 안전 설정에 따라 집 앞에 한동안 멈춰 서 있다가, 승객이 대문으로 들어서고 난 뒤에야 다시 유유히 출발했다.

　노부인은 정원 한가운데에 멈춰 서더니, 지팡이의 손잡이 부분을 주먹 쥐듯 꽉 잡고서 집을 응시했다. 집은 상상했던 것보다는 많이 변하지 않았다. 이곳에서 보냈던 힘든 시절의 추억이 여전히 벽돌과 지붕과 나무 덧문에 서려 있긴 했지만, 그래도 이전보다 훨씬 밝아 보였다. 노부인을 환대하는 분위기마저 풍길 정도였다.

그녀는 먼지로 가득한 곳을 지날 때처럼 숨을 한 번 깊이 들이마신 다음 현관문을 열었다.

약간 숨이 차는지, 먼저 작은 핸드백부터 내려놓고서 복도의 불을 켰다. 딸깍. 적어도 전기는 들어오고 있었다.

"에다가 준비를 아주 잘해 놨군." 그녀가 중얼거렸다. "모든 게 완벽해. 마치 시간이 흐르지 않은 것 같아……. 그래, 아마 세월이 비껴간 유일한 장소일 거야!"

노부인은 주저하며 복도에 한 발을 들여놓았다. 도자기 타일은 옛날 그대로였다. 그녀가 떠난 이후로 벽을 여러 번 새로 칠했음에도, 방 안에 머무는 빛과 익숙한 냄새에 잊고 있던 많은 것들이 떠올랐다.

수많은 기억과 기쁨과 고통으로 가득 찬 장소. 어린 시절을 보낸 집. 이 집을 떠나던 때는 막 성인이 되던 무렵이었다. 그리고 이제 그녀는 인생의 마지막 계절에 이르렀다.

많은 세월이 흐른 뒤에 그녀의 아들 르뮈엘이 이 집에 살게 됐다. 그래서 그녀는 가끔 아들을 보러 이 집에 들르곤 했다. 그러나 몇 시간 이상은 머물지 않았다. 과거의 무게가 너무 무겁게 느껴졌는지도 모른다.

노부인은 또 한 번 자신에게 물었다. 이 집에 머무는 게 과연 좋은 생각일까……. 하지만 생각을 바꾸기엔 이미 너무 늦었다.

식탁 위에 편지가 놓여 있었다. 반짝이는 종이에 며느리가 힘 있는 필체로 써 놓은 이름이 보였다.

비올레트 위르르방

노부인은 식탁에 앉아 편지를 읽어 내려갔다.

어머니께.

굳이 말씀드릴 필요도 없겠지만, 이곳에 계시는 동안 어머니 집처럼 편안하게 지내시면 좋겠어요. 가능한 한 편히 지내실 수 있게 제가 신경 많이 썼거든요. 필요한 건 뭐든 쉽게 찾으실 수 있을 거예요. 찬장이든 벽장이든, 모든 걸 어머니 손 닿는 높이에 두었어요. 재활용품은 다 분리해 두었고, 냉장고에 음식도 넉넉히 있어요. 저흰 오늘 밤늦게야 돌아올 거예요.

어머니께서 이 집에서 얼른 안정을 찾으시고 건강도 회복하시길 바라요.

사랑하는 며느리 에다가.

비올레트 위르르방은 한참을 말없이 주방에 앉아서, 의사와 나눴던 대화를 다시 떠올려 봤다.

"회복할 동안 곁에서 돌봐 줄 사람이 꼭 있어야 합니다, 위르르방 부인."

"난 괜찮아요. 선생님도 전에 그렇게 말씀하셨잖아요. 난 혼자 사는 데 익숙해요. 게다가 몇 주나 병원에서 남들 시중을 받았으니, 이젠 좀 혼자 있으면서 내가 나를 돌볼 시간이 필요하답니다, 선생님."

"아무튼, 시내에 있는 아파트로 돌아가시는 건 절대 안 됩니다. 부인께는 조용히 쉴 곳이 필요해요. 제가 시설 좋은 양로원을 알고 있는데……."

"아뇨, 아뇨! 양로원은 안 돼요. 그런 데서 지내는 게 어떤 건지 잘 압니다. 양로원은 일단 한번 들어가면 절대로 못 나와요. 게다가 독립적인 생활이 불가능하죠. 병원에서 그런 걸 많이 봤어요! 내가 알아서 할게요."

그리고 그녀가 찾은 해결책이 바로 아들이 외국에서 일하게 된 뒤로 쭉 비어 있던 이 집이었다.

비올레트가 열다섯 살 때 고통스러운 마음으로 떠났던 바로 그 집.

***

비올레트는 몇 주 만에 처음 혼자가 되었다. 몇 년 전까지만 해도 조용한 방 안에 있으면 나뭇잎 사이로 부는 바람 소리와 새들이 재재거리는 소리, 환풍기 돌아가는 소리를 들을 수 있었다. 하지만 청력이 떨어진 지금 그녀의 귀에 들리는 것은 아주 시끄러운 소리 혹은 완전한 침묵뿐이었다.

평소엔 후자를 더 좋아하던 그녀이건만, 오늘은 왠지 침묵이 견디기 힘들었다. 입을 꾹 다물고 있는 집이 꼭 그녀에게 심통을 부리는 것만 같았다.

노부인은 한숨을 한 번 내쉰 다음, 자리에서 일어섰다.

드디어 가장 어려운 과제를 직면할 시간이었다…….

에다가 준비해 둔 방은 복도 끝에 있었다. 비올레트는 그 방으로 들어가서 핸드백을 벽에 기대어 놓았다. 가구나 정성껏 꾸며 놓은 실내 장식에는 관심이 가지 않았다. 그 방은 어렸을 때 그녀가 쓰던 방이었다.

그 시절의 기억은 조금도 잊지 않았다. 그 기억만큼은 질병도 빼앗아 가지 못할 것이다. 엄마가 저녁 늦게야 일터에서 돌아오곤 했던, 궁핍하고 어두운 시절의 기억들……. 어린 이방은 유난히도 많이 울었고, 비올레트는 그런 동생을 어떻게든 달래려고 애를 쓰곤 했었다. 거기다 아빠가 언제 불쑥 나타날지 몰라 늘 두려웠었다……. 그래서 항상 부적처럼 침대 밑에 낡은 칼을 감춰 두고, 강아지 파벨의 따뜻한 털에 위로를 받던 나날이었다.

그 시절의 모든 게 머릿속을 스쳐 지나갔다. 아직도 그 시절을 살고 있는 것처럼. 아직도 분노에 휘둘리고, 자주 슬퍼하는 어린아이인 것처럼.

그 당시에 비올레트가 마음 편하게 지내던 장소는 딱 한 곳밖에 없었다.

비밀의 정원.

기억 속에 남아 있는 저 창문……. 비올레트는 그 창문을 차마 열 수 없었다. 그래도 시선은 자석에 끌리듯이 그쪽에 쏠렸다. 하지만 그녀의 눈은 창문 너머가 아닌 파리 한 마리에 고정되었다. 파리는 투명하지만 넘어갈 수 없는 장애물이자, 방 밖과 안을 분리하는 유리 장벽에 끊임없이 머리를 부딪치고 있었다.

그런 파리를 보며 비올레트는 운명적인 그해를 다시 생각했다. 그해, 비올레트는 저 파리와 마찬가지로 더 이상 저쪽 세상으로 넘어갈 수 없었다. 그녀만의 피난처이자, 친구들과 임무가 기다리던 그 세상으로…….

그녀의 기억은 조금도 사라지지 않은 채 지금껏 또렷하게 남아 있었다. 꿈이나 환상이 아니었다.

3년 동안 비올레트는 비밀의 정원을 지키는 수호 소녀였다. 그녀는 거기서 우정을 나누었고, 그 신비하고 아름다운 세상을 쉬지 않고 탐험했다. 그러다 충직한 동반자였던 파벨이 덜컥 병에 걸리고 말았다. 파벨은 주인을 따라다니기엔 너무 쇠약해졌다.

그녀는 마지막 임무를 위해서 파벨과 함께 정원을 방문한 것을 끝으로, 그곳으로 더는 돌아갈 수 없었다. 이유는 알 수 없었다.

비올레트는 그때를 떠올리며 머리를 흔들었다. 그리고 겨우 지팡이를 짚고 일어섰다. 엉덩이에서부터 짧고 격한 통증이 익숙한 경고를 보내왔다.

노부인은 힘없는 왼손을 들어 창문 손잡이 쪽으로 뻗었다. 창문이 스르륵 열렸다. 미지근한 11월의 바람에 커튼이 춤을 추었다. 그러자 파리가 날아올랐다. 하지만 어쩐 일인지 창문 밖으로 날아가지 않고, 비올레트의 어깨

위에 살짝 내려앉았다. 마치 비올레트가 자기를 안내해 주길 바란다는 듯이……. 그때 비올레트 귀에 새들의 노랫소리가 들려왔다.

　무슨 일이 일어난 것만 같았다. 이제껏 그녀를 답답하게 가두고 있던 침묵의 커튼이 찢어져 틈이 생긴 것 같다고 해야 할까? 믿을 수 없는 일이었다. 하지만 만일 지금이 마지막 기회라면?

　고통보다 더 강한 에너지, 요동치는 호기심이 두려움과 희망과 뒤섞여 그녀를 움직이게 했다.

　비올레트는 핸드백을 집어 들었다. 몸이 말을 듣지 않은 지는 이미 오래되었다. 하지만 그 어느 때보다 생기가 넘쳤다. 그 멍청한 의사 선생이 뭐라고 하든, 그녀는 이 여행을 떠나기로 마음먹었다.

　창틀에 걸터앉는 것은 아주 힘겨웠다. 먼저 오른쪽 다리를 들어 올린 다음, 왼쪽도 마저 힘겹게 들어 올렸다. 그리고 천천히 바깥쪽으로 몸을 돌리고 앉아서 무릎 위에 가방을 올려놓았다. 1미터 아래 정원으로 뛰어내릴 생각을 하니 땅이 어찌나 멀어 보이던지, 마치 낭떠러지를 내려다보는 기분이었다.

　성인이 된 이후의 기억보다 훨씬 더 생생한 유년 시절의 기억들이 그녀 앞에 주르륵 펼쳐졌다. 그녀는 가슴속의 떨림을 애써 무시하려 했지만, 결국 감격에 겨운 목소리로 익숙했던 그 말을 중얼거렸다.

　"난 수호자야. 난 **비밀의 정원**으로 돌아가겠어!"

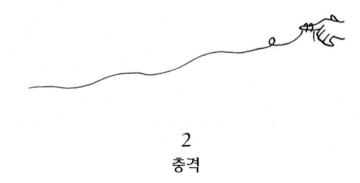

2
충격

비올레트는 풀밭 위로 훌쩍 뛰어내렸다. 그런데 몸이 너무 가벼워서, 운동화 밑에서 흙이 눌리는 느낌조차 없었다.

산들바람에 머리카락이 날려 눈을 가렸다.

그녀는 매끄러운 앞머리를 쓸어 올리다가 자신도 모르게 멈칫했다.

지금 자신에게 일어난 일을 도저히 믿을 수가 없었다.

비올레트는 긴 머리를 자르던 그날을 똑똑히 기억하고 있었다. 발밑으로 떨어지던 머리카락은, 마치 어린 시절을 묻은 무덤 위에 흩뿌리는 한 줌의 흙 같았다. 이제 어른이 되어 현실을 살아갈 시간이 왔다는 의미였다.

그 뒤로는 줄곧 지금처럼 금빛 커튼, 그러니까 금색 머리칼이 내려와 눈앞을 가리는 일이 한 번도 없었다.

그래, 금발! 백발이 아니라!

비올레트는 머리카락 한 가닥을 검지로 돌돌 말아서 확 잡아당겨 뽑았다. 많이 아프진 않았지만 제법 따끔했다. 머리카락은 정말 황금빛이었고, 탄력까지 있었다. 의심의 여지가 없었다. 게다가 금빛 머리카락을 선명하게 볼 수 있는 시력과 주름 하나 없는 손가락까지……. 이 모든 게 진짜였다.

창문에서 뛰어내린 그 순간, 비올레트는 자신이 완전히 다른 세상으로 들어온 걸 느낄 수 있었다. 아직 주변 풍경이 **비밀의 정원**으로 바뀐 걸 보진 못했지만, 기적이 일어났다는 건 알았다. 그녀는 소녀로 돌아가 있었다. 절대 잊지 못할 경험들을 했던 바로 그 소녀로. 여기저기 아픈 곳투성이였던 몸이, 그 신비한 세상을 돌아다니던 어린 소녀의 몸으로 돌아와 있었다.

수호자.

정원 세상에서 비올레트는 늘 그 역할이었다. 다시 정원으로 돌아오니 그녀는 그 시절의 옷을 다시 입고 있었다. 작은 핸드백도 어릴 때 메고 다니던 어깨끈이 달린 가방으로 변해 있었다.

비올레트는 가방이 변한 게 몸의 변화보다 더 신기하고 믿기지 않는다는 듯이 한참 가방을 응시했다. 드디어! 정원으로 돌아오는 데 성공했다.

그런데 왜 하필 지금일까? 비올레트는 십 대 때는 물론이고 어른이 되어서도 수십 번 정원으로 돌아가려고 노력했지만, 그때마다 정원으로 들어가는 통로는 그녀를 거부했었다. 그런데 지금 그 길이 다시 열린 것이다. 삶의 마지막을 향해 가고 있는 지금! 왜일까? 비올레트는 답을 찾지 못해 머리를 흔들며, 그제야 비로소 주변의 풍경을 둘러보았다.

발밑에 있는 헝클어진 잔디밭은 황금빛 나무들이 줄지어 선 곳까지 펼쳐져 있었고, 그 너머는 숲에 가려 보이지 않았다. 평범하다고 할 수 있는 풍경이지만, 그녀가 오랫동안 그리워했던 이곳의 햇살은 그 풍경을 더욱 찬란하게 해 주었다. 이곳의 색깔이 다른 데보다 유난히 선명한 건 실제일까, 아니면 세상을 흐릿해 보이게 했던 노안의 베일이 벗겨졌기 때문일까?

비올레트는 집 쪽으로 몸을 돌려, 조금 전 뛰어내린 창문을 힘껏 닫았다.

"자, 우리 이제 가 보자!"

비올레트가 우렁차게 외치자마자, 곧바로 우울한 감정이 파도처럼 밀려왔다. 우리라니? 믿음직한 친구이자 충성스러운 군마였던 파벨은 이제 곁에 없는데……

하지만 지금의 비올레트는 현실에 쉽게 굴복하는 노부인이 아니었다. 소녀는 마음에서부터 들려온 주문을 따르기로 했다. '그럼 그렇지 뭐.' 하면서 한숨 짓고 포기하는 일은 하지 않았다. 오히려 그런 생각을 단박에 밀어내고 소녀의 목소리로 힘껏 외쳤다.

"파벨! 이 바보야, 어디 있어? 어서 돌아와, 난 네가 필요해! 내가 왔단 말이야!"

그러나 그 외침에 반응한 건, 숲에서 날아오르는 개똥지빠귀 한 쌍뿐이었다. 눈물이 왈칵 차올랐다. 화가 나고 실망스러운 감정을 삼키면서 빠른 걸음으로 걷기 시작했다.

나무 사이를 지나면서, 그녀는 연극처럼 과장해서 말했다.

"파벨, 넌 나의 충성스러운 조수였잖아. 지금이라도 얼른 달려오는 게 좋을 거야. 안 그러면 네 마음도 결코 편하지 못할걸!"

3
돌아온 정원

무성하게 자란 정원의 풀밭 위를 자유롭게 뛰고 달리자, 침울한 기분은 금세 사라졌다. 튼튼하고 마음대로 움직일 수 있는 두 다리는 너무나 멋졌다! 비올레트는 한 발로 서서 빙그르르 돌기도 하고, 낮은 나뭇가지에 매달려 몸을 흔들기도 하고, 오솔길에서 단거리 경주도 해 봤다. 아무리 뛰고 달려도 지칠 줄 몰랐다. 보들보들한 피부에 느껴지는 따끔함이 재미있어서 일부러 쐐기풀에 손등을 스치기도 했다. 감각 하나하나에 그동안 잊고 있었던 활력이 되살아났다.

비올레트는 시간도, 방향도 신경 쓰지 않고 계속 앞으로 전진했다. 어차피 시간이니 방향이니 하는 개념들은 **비밀의 정원**에서 아무런 의미도 없었다. 이곳엔 한 시간을 60분으로 나누는 시계 같은 것도 없고, 지도를 그릴 전문가도 없으니까.

비올레트는 두 다리가 이끄는 대로 자연스럽게 **두 바위 언덕**으로 향했다. 잿빛 풀로 덮인 언덕 꼭대기에 상형 문자가 새겨진 커다란 쌍둥이 바위 두 개가 서 있었다. 거기에서라면 사랑하는 친구들이 사는

너른 잔디밭이 잘 보일 터였다.

그녀는 민첩한 걸음으로 쌍둥이 바위 쪽으로 올라갔다. 비탈을 오를수록 기분이 훨씬 차분해지고, 엄숙해지기까지 했다. 비올레트는 바로 이곳에서 이 놀라운 세상을 처음 발견했던 날이 떠올랐다. 그때 그 순간, 그녀는 이 정원이 자신의 삶을 영원히 바꿀 거라는 걸 직감했었다.

어른이 되어서도 비올레트는 줄곧 정원만 생각했다. 걱정거리가 생기거나 어려운 일이 닥칠 때마다 생각했다. 두더지 세 자매라면 어떤 현명한 조언을 해 줄까, 항상 즐겁고 태평한 블루베리라면 어떻게 반응했을까…….
또 고통스러운 시간을 지날 때는 묵직한 트롤들의 인내심을, 자기를 위협하는 자들에게 반격해야 할 땐 늑대들의 맹렬함을 떠올렸다.

하지만 과연 정원은 비올레트를 기억하고 있을까?

마침내 정상에 이르렀다.

두 바위는 가만히 언덕 위에 그림자를 드리우고 있었다. 그림자는 두 개의 긴 귀를 가진 거대한 토끼처럼 보였다.

비올레트는 두 바위 사이에 웅크리고 앉아서, 돌들이 내는 나지막한 소리에 귀를 기울였다. 그 돌들은 주의 깊은 여행자에게 위험한 일이나 기쁜 일을 예고해 주거나, 그에게 꼭 필요한 게 뭔지 알려 주는 능력이 있었다.

하지만 아쉽게도 두 바위가 이번엔 침묵으로 그녀를 맞이했다. 마치 정원이 자신의 비밀을 굳게 지키기로 작정이나 한 것처럼…….

"좋아, 잘됐지 뭐. 새로운 폭풍우 소식 같은 건 안 듣는 편이 나아! 전쟁이니 사명이니 하는 건 됐어. 사랑하는 친구들을 만나고, 이곳 풍경을 한 번 더 감상하는 걸로 족해. 그리고 무엇보다 파벨을 다시 볼 수 있다면……."

비올레트는 일어섰다. 앞에 보이는 드넓은 잔디밭은 울창한 숲까지 이어져 있었다. 그 숲은 이전에 **황폐 숲**이라고 불리다가, 그곳에 생명이 돌아오자 순식간에 **풍요 숲**으로 이름이 바뀌었다. 지금은 그녀가 기억하던 것보다 훨씬 깊고, 울창하고, 생명력이 넘쳐 보였다.

비올레트는 정원에서 가장 비옥하던 정원 주민들의 마을을 찾아봤다. 그들은 **너른 잔디밭**에 오두막을 세우고 화분, 농기구, 씨앗뿐 아니라 능숙한 솜씨로 만든 머플러, 깃발, 자수 놓은 손수건, 작은 양산, 도자기, 하늘에 날리는 연, 구슬 등 온갖 것을 갖추고 살았다.

풍요 숲에서 가장 가까운 오두막은 금방 찾을 수 있었다.

그런데 그 모습은 비올레트의 기억과는 많이 달랐다. 아늑하고 안전한 은신처였던 집들은 모두 엉망이었다. 지붕은 내려앉고, 벽은 기울어진 데다가, 마을 전체가 잡초로 뒤덮인 채였다. 그리고 그곳엔 아무도 살고 있지 않았다. 비올레트의 심장이 빠르게 뛰기 시작했다. 소녀는 불안한 마음이 들어 구르듯 언덕을 내려갔다.

4
폐허가 된 마을

너른 잔디밭의 잔디는 전보다 억세고 무성하게 자라 있었다. 바짝 마른 풀 줄기들이 마을로 달려가는 비올레트의 장딴지를 후려치는 것이 느껴졌다.

드디어 주민들의 마을에 이르렀다. 수십 채의 오두막들이 보였다. 돛대와 텐트 천으로 얼기설기 대충 만든 집들이 있는가 하면, 정성 들여 페인트칠한 널빤지로 지은 집들도 있었다. 모든 집이 비어 있었고, 그중 많은 집이 무너진 상태였다. 정원 주민들이 모두 떠난 것이다.

더 가까이 가서 보니, 집들은 모두 식물로 뒤덮여 있었다. 굵거나 가느다란, 때로 가시까지 나 있는 수천 갈래의 넝쿨이 마을 전체를 점령하고 집들을 쓰러뜨린 상태였다.

비올레트는 빈집들 사이를 성큼성큼 걸어 다니며 외쳤다.

"여기요! 누구 없어요? 내가 왔어요, 비올레트 위르르방이요!"

아무도 대답하지 않았다.

의심의 여지가 없었다. 여기서 큰일이 일어났던 게 분명했다. **너른 잔디밭**의 주민들은 누군가 억지로 쫓아내지 않는 한, 절대로 자신들의 땅을 이렇게 버려둘 자들이 아니었다!

비올레트는 돌아다니면서 오두막 안에 들어가 보려고 애썼다. 녹색 넝쿨이 대부분 문을 막고 있어서 쉽지 않았지만, 마침내 아주 어렵사리 한 집에 들어가는 데 성공했다.

비어 있는 화분들, 여기저기 흩어진 도구들……. 정원 주민들은 미처 준비할 새도 없이 황급히 떠난 게 분명했다.

그러나 전쟁의 흔적은 전혀 없었다. 먹던 음식이 남아 있는 그릇 같은 것도 없고, 깨진 가구들도 없었다. 그녀는 어떤 일이 일어났던 것일지 계속 추리를 해 봤다.

"그들은 서둘러서 짐을 쌌어……. 하지만 들이닥친 적을 피해 다급하게 떠난 건 아니야."

그녀는 여러 가지 경우를 생각해 보면서, 자신도 어른이 되고 나서 부조리한 법이나 경제적 위기로 인해 자기 집에서 떠밀리다시피 나가야 했던 순간들을 떠올렸다. 최대한 빨리 집을 비우려고, 꼭 필요한 가재도구만 가방 안에 쑤셔 넣고, 다른 짐은 트렁크 안에 쓸어 담다시피 해서 떠난 적이 한두 번이 아니었다. 앞날이 불투명한 상황일 때도 많았다.

비올레트는 이를 꽉 물었다. 뭔가 다른 가능성, 더 낙관적인 가능성이 있을 것이다. 혹시 어떤 위험을 피해서가 아니라, 예상치 못한 일 때문에 떠난 거라면? 혹은 더 나은 장소에서 살기 위해 떠난 거라면?

그녀는 그렇게 생각하기로 했다.

***

드디어 월계수의 땅을 찾아냈다. '34~38호 구역의 책임자'로 불리길 좋아했던 월계수……. 그 진지하고 체계적인 작은 남자는 니스 칠한 널빤지로 만든 앙증맞은 집에 살았다.

그의 땅은 식물의 공격을 특별히 더 많이 받은 듯했다. 토마토와 호박 사이로 뻗은 넝쿨이 월계수의 오두막을 집중적으로 침범한 상태였다. 그의 집은 뾰족뾰족한 가시가 돋친 굵은 줄기가 완전히 점령하고 있었다.

그리고 마당에는 그가 정성스럽게 조각해서 세운 수많은 조각상이 넝쿨에 휩싸여 있었다. 마치 밧줄에 꽁꽁 묶인 포로들처럼.

비올레트는 불안한 마음으로 탐색을 계속했다. 월계수와는 딴판으로 자유분방한 몽상가인 블루베리의 오두막도 찾고 싶었다.

드디어 찾아낸 그의 집은…… 어찌나 참담하던지! 오두막의 한쪽 벽만 간신히 서 있었다. 나머지 벽은 모두 무너져서, 그 잔해가 비올레트의 허리춤까지 왔다.

그 음산한 장면에 놀라고 당황한 비올레트는 황량한 마을을 서둘러 떠나기로 했다. 친구들을 돕기 위해 다시 이곳에 와야겠지만, 지금으로선 파벨을 찾는 게 무엇보다 우선이었다. 갈 길이 멀었다.

우선 지팡이가 필요했다.

때마침 덤불 위로 불쑥 솟아 있는, 적당한 굵기의 말뚝이 눈에 들어왔다. 블루베리의 오두막 벽을 지탱하고 있는 말뚝이었다. 그거라면 그리 무겁지도 않고 제법 단단해서, 필요하면 무기로도 쓸 수 있을 테니 지팡이로 안성맞춤일 성싶었다.

그녀는 손으로 넝쿨 사이를 헤쳐서, 그것을 땅에서 뽑아냈다.

그때 하나 남은 벽에 걸려 있는 검고 네모난 돌판이 눈에 들어왔다.

그 돌은 일종의 칠판 구실을 하고 있었다. 거기에 블루베리가 삐뚤빼뚤한 글씨로 남겨 놓은 메시지가 보였다.

비오레트 우르르방
우리는 파개의 여신에게
쪼껴서
이고슬 떠나야 대
소시지 호스에서
만나자

5
스벤

가짜 폐허는 벽과 계단, 전망대 들이 이상한 집합체를 이루는 곳이었다. 사람이 다니지 않는 이곳에선, 기둥 뒤에 숨어 유령을 관찰하는 어린 스벤이 유일한 주민이었다. 유령 관찰은 마을을 떠나 이곳을 은신처로 삼은 스벤이 제일 좋아하는 소일거리였다.

스벤은 정원의 모든 길로부터 멀리 떨어져 있는 이 외딴 장소를 처음 본 순간, 마음을 완전히 **빼앗겨** 버렸다. 사실 그는 **너른 잔디밭**에서 끊임없이 잔디를 깎고, 꽃나무를 심고, 꺾꽂이를 하는 부지런한 주민들 사이에서 단 한 번도 편안함을 느껴 보지 못했다. 그런 것보다는 메꽃이 자라는 모습을 지켜보고, 사슴벌레를 쫓아다니는 편이 훨씬 더 좋았다. 햇빛 속에서 날아다니는 먼지를 하염없이 바라보는 것도…….

정원 주민들이 하는 일 중에서 스벤이 유일하게 마음에 들어 한 건 토템들을 돌보는 일이었다. 나무로 만든 토템은 규칙적으로 상태를 살펴보고, 말뚝을 갈아 주고, 못을 다시 박고, 니스 칠을 해 줘야 했다. 돌로 만든 토템이라면 주기적으로 이끼를 제거해 줘야 했다. 한마디로 토템이 항상 아름다워 보이도록 관리하는 것이다. 그런 일은 확실히 그의 취향에 맞았다.

스벤은 상형 문자 읽는 법을 배워서 토템에 적힌 문구를 해석하고 싶었지만, 월계수는 이렇게 말했다.

"그건 우리 일이 아니야. 우린 토템을 관리할 의무가 있어. 그러니 쓸데없는 일 하느라고 시간 잡아먹지 마."

스벤은 **가짜 폐허**를 처음 봤을 때를 생각했다. 그가 이곳에 온 건, 여기에 있는 수많은 토템들을 돌볼 운명이기 때문이란 걸 느꼈다.

가짜 폐허는 옛날에 어떤 수호자가 **비밀의 정원**에 도시를 세우려고 만든 장소 중 하나라고 알려져 있었다. 이곳은 수많은 구조물이 모여 미로 같은 형태를 이루고 있었다. 크기는 작은 편이지만, 길이 꼬불꼬불해서 헤매기 쉬운 곳이었다.

어떤 문을 열어도 건물 안으로 들어갈 수 없었고, 어떤 계단을 올라가거나 내려가도 층이 바뀌는 법이 없었다. 처음 건설되었을 때부터 이미 폐허 같았던 이 도시는 장난감 나무 블록들을 아무렇게나 모아 놓은 듯한 모습이었다. 어떤 사람도, 어떤 동물도 여기선 살 수 없었다. 하지만 그런 도시에 사는 이상한 존재들이 있었으니, 바로 **유령**들이었다.

주민들이 **너른 잔디밭**을 떠날 때, 스벤은 자신만의 길을 가기로 마음먹었다. **시멘트 사막**을 건넌 다음, **버려진 오두막 들판**을 지나고, 비눗방울로 덮여 미끌미끌한 돌들 위에서 넘어져 가며 가까스로 **비눗방울 퐁퐁 강**을 건넜다.

그리고 마침내 **가짜 폐허**에 이르러 유령들을 만났다.

스벤은 유령들을 보자마자, 그들의 우아한 움직임과 그림자도 없이 공중을 둥둥 떠다니다가 한순간에 사라지는 신비로운 모습에 매료되었다.

처음엔 유령들이 다가올 때면 감히 움직이지도 못했다. 그러다 차츰 자신의 존재가 그들에게 방해되지 않는다는 걸 알게 되었다.

어느샌가 스벤은 유령들이 신비스러운 산책을 할 때마다 졸졸 따라다니기 시작했다. 그러다가 자신이 이곳에 온 이유를 깨달았다. 당연히 유령을 잡으러 온 건 아니었다. 그리고 유령들이 어디서 왔는지, 그들이 이 도시에 살던 주민들의 영혼인지, 아니면 다른 세상에 사는 존재들의 환영인지도 전혀 궁금하지 않았다.

스벤이 원하는 건 오로지 *자신도 유령처럼 되는 것*이었다. 그들처럼 가볍고 날렵해져서 바람을 타고 날아다니고, 차갑고 부드럽게 빛나고 싶었다.

"숨결처럼 가볍게!"

스벤은 돌에서 돌로 펄쩍 건너뛰고는, 기둥들 사이를 스르륵 지나친 다음, 두 토템 사이에서 숨죽인 채 가만히 있다가 갑자기 공중으로 풀쩍 뛰어오르면서, 우상인 유령들의 움직임을 따라 했다. 그러면서 자신도 유령처럼 모습이 보이지 않게 되는 상상까지 했다.

바로 그때, 조롱하는 웃음소리가 그의 꿈을 산산이 부숴 버렸다.

"아니, 이게 뭐야! 이 폐허 속에서 쪼끄만 정원 주민이 혼자 춤을 추고 있네? 얘, 꼬마야! 너 여기서 뭐 하니? 길을 잃어버린 거야?"

목소리의 주인공은 아치 꼭대기에 태평스럽게 앉아 있었다. 가죽 부츠가 옆구리에 찬 검과 함께 허공에서 흔들거렸다.

그 사람은 짙은 색 망토로 온몸을 덮은 데다, 얼굴도 토끼 복면으로 감추고 있었다. 복면 사이로 보이는 눈만이 그가 인간이라는 걸 알려 주었다. 토끼 인간은 꿰뚫어 보는 듯, 생기 있는 눈으로 찬찬히 정원 주민을 탐색했다.

스벤의 얼굴이 붉어졌다. 토끼 인간과는 그때까지 한 번도 만난 적이 없었지만, 소문은 워낙 많이 들었기에 그를 금방 알아봤다.

"당신이 르비스군요, 그렇죠? 수집가 맞죠?"

토끼 복면을 쓴 사람이 땅으로 풀쩍 뛰어내리자, 뽀얀 먼지구름이 일었다.

그리고 유연하고 경쾌한 동작으로 망토의 먼지를 털어 내며 대답했다.

"그렇게도 부르지. 그런데 넌? 네 이름은 뭐니?"

스벤은 불편했다. 르비스에 관한 이야기는 각양각색이었다. 많은 기적을 일으킨 영웅적인 수호자로 여기는 자들이 있는가 하면, 변덕쟁이에 배신과 조종하기를 일삼는 별난 모험가로 여기는 자들도 있었기 때문이다.

"내 이름은 스벤이에요. **너른 잔디밭**의 주민이죠."

"**너른 잔디밭**? 거긴 이제 사람이 살지 않아. 다 어디로 가 버렸어. 심지어 월계수나 몇몇 사람들은 완전히 사라졌다던데……. 넌 여기서 혼자 뭐 하니?"

스벤은 거짓말에 서툴렀지만, 그렇다고 입 다물고 있을 줄도 몰랐다. 그래서 르비스가 틀림없이 자기 말을 비웃을 줄 알면서도 진실을 고백했다.

"유령들을 관찰하고 있어요."

하지만 토끼 소녀는 웃지 않았다.

"유령들? 정말?"

그녀는 소년의 어깨에 팔을 두르고, 다정한 듯 위협적인 말투로 말했다.

"스벤, 유령에 대해서 네가 알고 있는 걸 모두 말해 줄래?"

6
어두운 숲

비올레트는 숲속으로 깊이 들어갔다. 숲은 많이 변해 있었다. 예전엔 바짝 마른 나무들만 드문드문 있어서, 나뭇가지 사이로 햇빛이 환하게 내리비쳤었다. 그런데 지금은 나무줄기와 가지, 덤불과 뿌리가 복잡하게 얽힌 밀림으로 변해 있었다.

"내가 여길 떠난 뒤로 마치 몇백 년은 지난 것 같아!"

물론 정원에 시간 개념이 존재하지 않는다는 사실은 비올레트도 잘 알고 있었다. 바깥세상에서 몇 주를 보내고 돌아오든, 정원은 언제나 떠났을 때의 모습 그대로였다. 그러나 정원은 그녀가 없는 동안에도 계속 삶을 이어 나가며 진화했다. 비올레트가 폭풍우와 맞서다 도망치다시피 집으로 갔을 땐, 여러 달을 기다린 뒤에야 정원으로 돌아올 수 있었다. 그때 다시 돌아온 비올레트의 눈앞에 펼쳐진 정원은 꽃들이 만발하고, 친구들이 새로 집을 짓고, 모두가 평화를 되찾은 모습이어서 무척 기뻤었다. 이 놀랍고 아름다운 세상이 폭풍우의 재앙으로 파괴되었을까 봐 두려워했던 그녀에게 그 모습은 말할 수 없이 큰 위로가 되었다.

"이 모든 건 수호자인 비올레트 위르르방, 당신 덕분입니다." 월계수는 연설에서 그렇게 말했었다. "우리의 분쟁을 잠재우고, 깊고 깊은 어둠과 용기 있게 맞선 당신은, 우리가 폭풍우의 손아귀에서 벗어날 수 있다는 걸 몸소 보여 주었습니다. 우리를 보호하고, 우리가 마음을 모을 수 있도록 노력을 아끼지 않은 것에 대해 깊은 감사를 드립니다. 당신 덕분에 정원을 지킬 수 있었습니다."

비올레트는 정원의 모든 사람과 동물, 심지어 트롤까지, 모두가 **구슬치기 광장**에서 함께한 그날의 연설을 귀한 보물처럼 항상 가슴 깊이 간직하고 있었다.

구슬치기 광장. 그곳이 지금 비올레트가 가려는 목적지였다. 그녀는 주민들을 만나러 가기 전에 그곳부터 들러야겠다고 마음먹었다. 만일 블루베리의 메시지처럼 주민들이 **소시지 호수**에 잘 모여 있다면, 그들과는 나중에도 만날 수 있을 것이다. 무엇보다 긴급한 것은 파벨을 찾는 일이기에, 그녀는 **구슬치기 광장**에서 파벨을 다시 만나기를 기도했다.

그곳으로 가는 가장 쉬운 방법은 숲을 가로지르는 것이다. 그런데 가벼운 산책 정도일 거라고 생각했던 것이 예상 밖의 강행군이 되었다. 정원 주민들의 마을을 점령한 것과 비슷한 가시덤불들이 길이란 길은 모두 막아 버려서 자꾸 속도가 느려졌다. 비올레트는 맹수의 민첩함을 더해 주는 유물 '늑대 가죽'이 없다는 게 못내 아쉬웠다. 그래도 다행히 어린 시절로 돌아간 몸이 꽤 작아서, 나뭇가지와 뿌리를 요리조리 피할 수 있었고, 덤불 사이로도 어렵지 않게 비집고 들어갈 수 있었다.

숲속은 식물들이 너무 **빽빽하게** 자라 있어서 햇빛이 잘 들지 않았다. 비올레트는 태양의 위치로 방향을 확인하려고 몇 번이나 무성한 나뭇잎들 사이로 고개를 쭉 빼 들고 하늘을 살펴야 했다.

그녀가 개미들을 발견한 건 개울을 훌쩍 뛰어넘고
나서였다. 작은 개미 떼가 땅에 떨어진 굵은 나뭇가지를 따라서 줄지어 가
고 있었다. 비올레트는 미소를 지었다. 그들의 도움을 받으면 친구들과 연
락도 할 수 있고, 파벨도 찾을 수 있을 터였다!

비올레트는 무릎을 꿇고서 예전처럼 외쳤다.

"샛길 군단! 내 메시지를 친구들에게 전해 주세요!"

개미들이 행진을 멈췄다. 선두에 있던 개미가 비올레트를 향해 몸을 돌
리더니, 작지만 아주 또렷한 소리로 물었다.

"샛길 군단이라고? 이제 그 군단은 존재하지 않아, 아가씨. 그것도 모르
다니, 대체 어디서 온 거야?"

"뭐? 샛길 군단이 없다니? 어째서?"

"쉬멘 여왕님이 **개미 왕국**을 떠난 뒤로 그렇게 됐어. 여왕님이 갑자기 어
디론가 사라지셔서, 우리 왕국은 그야말로 아수라장이 됐지. 이럴 시간 없
어, 우린 지금 먹이를 찾아야 한다고. '파괴의 여신' 때문에 삶이 너무 고달
파졌다니까! 자, 다시 전진!"

"잠깐만! 그게 뭔데?" 비올레트가 물었다. "파괴의 여신이란 게 뭐야?"

어디선지 그 이름을 들어 본 것 같았다. 순간 머릿속에 블루베리가 돌판
에 쓴 '파개의 여신'이라는 단어가 떠올랐다.

하지만 개미들은 더 물을 새도 없이 서둘러서 그 자리를 떠났다.

비올레트는 난감해졌다. 그녀는 어른의 삶을 사는 내내, 언젠가는 정원
땅을 다시 밟을 수 있기만을 꿈꿔 왔다. 그런데 드디어 정원에 들어온 지금
그녀가 마주한 건, 친구들을 찾을 길이 막막한 데다 냉담하기까지 한 세상
이었다.

샛길 군단이 없으면 정원 주민들에게 메시지를 전할 방법이 없었다. 이
제 파벨을 찾는 건 운과 피나는 노력에 달렸다.

7
토템 공원

마침내 비올레트는 하늘을 마음껏 볼 수 있는 훤히 트인 공간에 이르렀다. 여기저기 수많은 바위들이 흩어져 있는 그곳엔 덤불과 듬성듬성한 이끼만 자라고 있었다.

온통 잿빛으로 덮인 땅 위로 불쑥불쑥 솟아 있는 돌들이 눈에 띄었다. 사람 키보다 훨씬 커서 비석처럼 보이는 것들도 있었다. 그리고 이 모든 게 완전히 넝쿨로 덮여 있었다. 월계수 집의 조각상들처럼…….

그런데 그 석상들이 놓인 위치가 아주 익숙했다. 불현듯 그녀는 자기가 있는 곳이 어디인지 깨달았다.

"그래, 여긴 **토템 공원**이야!"

비올레트는 정원 주민들이 정성껏 관리하던 이 공원에 여러 번 와 봤다. 그때만 해도 정원에서 가장 아름답기로 손꼽히는 토템들을 포함해서 수십 개의 토템들이 세워져 있었다. 리본으로 단장한 나무 말뚝 같은 토템도 있었고, 정교한 조각상 같은 것도 있었으며, 바람에 깎여 반짝이는 바위 토템, 오래된 이야기가 새겨진 토템도 있었다. 말하자면 이 토템들은 정원의 회고록인 셈이었다. 그래서 사람은 물론 동물과 트롤까지도 종종 찾아와서 감탄의 눈으로 토템을 보고, 읽고, 마음에 새기곤 했었다.

그 신비하고 소중한 토템들이 이젠 알아보기 힘들 정도로, 미라처럼 넝쿨에 꽁꽁 싸매져 있었다.

비올레트는 가장 가까이 있는 토템을 자세히 관찰했다. 가시넝쿨에 붙들린 모습이 꼭 괴물 곤충의 고치처럼 보였다. 그녀는 작은 틈으로 지팡이를 쑤셔 넣어, 넝쿨을 살살 걷어서 조금 벗겨 냈다.

손바닥 넓이만큼 모습을 드러낸 토템은 상처 하나 없이 깨끗했다. 조금 더 넝쿨을 걷어 내려는데, 갑자기 발목이 간지러웠다. 뭔가가 비올레트의 왼쪽 다리를 기어오르고 있었다!

비올레트는 반사적으로 발을 들어 올리려고 했다. 하지만 무슨 일인지 바닥에서 발을 뗄 수가 없었다.

발목에서부터 다리 위로 기어오르고 있는 건 다름 아닌 넝쿨이었다! 머뭇거리는 사이에 넝쿨은 이미 허벅지까지 올라왔다. 비올레트는 토템 위로 늘어져 있는 긴 줄기를 붙잡았다. 그 줄기를 꽉 잡고 발을 빼내려는데, 이번엔 목에서 따끔함을 느꼈다.

가시 돋친 줄기가 토템에서 떨어지며 목덜미를 할퀸 거였다.

비올레트는 족쇄처럼 발목을 감은 넝쿨을 다른 발로 툭툭 차 낸 다음, 옷에 달라붙은 가시 줄기를 떼려고 토템에서 한 발자국 떨어졌다.

그때 세 개의 다른 넝쿨들이 자기에게 기어 오는 걸 발견하고는, 얼른 뒤로 물러나 간신히 피했다.

"조심해야겠어!"

비올레트는 떨어뜨린 지팡이를 다시 줍고 재빨리 주위를 둘러봤다. 가느다란 다른 줄기가 그녀 쪽으로 길게 뻗어 오고 있었다. 마치 비올레트를 꽁꽁 묶는 임무를 맡은, 살아 있는 안테나 같았다. 하지만 진짜 위험한 건 자신이 공원 한가운데에 있다는 거였다. 비올레트는 그제야 비로소 깨달았다.

그곳엔 사방으로 뻗은 넝쿨들이 거대한 덩어리를 이루고 있었다. 우뚝 선 모습이 매우 괴기스럽기까지 했고, 그 식물 덩어리의 움직임은 마치 인간처럼 보였다. 사방으로 뻗으며 꿈틀대는 줄기들을 보니, 무수한 팔을 움직이며 춤을 추는 여신이 떠올랐다.

"파괴의 여신이…… 바로 이거구나!"

비올레트는 그곳을 벗어나기 위해 지팡이로 길을 내면서 빠르게 걸었다.

"이거나 받아라!"

지팡이로 넝쿨을 내리친 순간, **토템 공원**의 모든 것이 진동하기 시작했다. 토템을 휘감고 있던 가시넝쿨들이 우수수 떨어지더니, 쉭쉭 소리를 내며 위협적으로 허공을 마구 후려쳤다. 더 무시무시한 건, 감아 놓은 밧줄이 풀리듯 파괴의 여신이 제자리에서 천천히 돌기 시작한 것이다. 그 기괴한 식물은 자신의 적을 향해 수십 개의 팔을 내뻗었고, 가시 돋친 팔들은 물결치듯이 움직이면서 비올레트를 향해 기어 왔다.

비올레트는 그 팔에 붙잡히지 않으려고 지팡이를 휘두르면서, 튀어 오르는 공처럼 펄쩍펄쩍 뛰어 도망쳤다. 걸음을 내디딜 때마다 발밑의 넝쿨이 발을 걸어 넘어뜨리려고 했기 때문이다.

비올레트는 숲 근처까지 가서야 뒤를 돌아보았다. 그리고 숨을 헉 삼켰다. 파괴의 여신은 여전히 빙글빙글 돌며 넝쿨을 휘두르면서, 그녀를 잡으러 오고 있었다. 파괴의 여신 옆에 있는 토템들도 그 리듬에 따라 흔들거렸다. 그와 동시에 넝쿨들이 허공을 획획 가르는 모습이 마치 괴기스러운 춤으로 최면을 거는 것 같았다.

비올레트는 두려움 때문인지, 몽롱함 때문인지 목덜미의 털이 쭈뼛 서는 걸 느꼈다. 그녀는 괴식물이 춤에 정신이 팔린 틈을 타서 숲속 깊숙이 들어갔다.

안전한 곳에 다다른 비올레트는 어슴푸레한 빛에 눈이 익숙해질 때까지 잠시 기다렸다가, 모든 감각을 총동원하여 조심스럽게 앞으로 나아가기 시작했다. 목덜미에서 끈적끈적한 피가 흘렀다.

이제 그녀의 불안은 분노로 바뀌었다.

"나의 소중한 정원을 망가뜨리다니, 저게 대체 뭐지? 파괴의 여신이라고? 좋아, 내가 누군지 똑똑히 보여 주겠어! 난 비올레트 위르르방이야. 이보다 더 끔찍한 상황에서도 살아남은 수호자라고. 고작 넝쿨 몇 가닥 때문에 친구들과 만나지도 못한다니, 말도 안 되는 소리지!"

주변의 숲은 침묵을 지키고 있었다. 마치 인간 꼬마와 괴이한 식물의 만남을 목격하고 놀라서 숨을 죽인 것처럼……. 비올레트는 땅 위로 뻗은 뿌리들과 널브러진 나뭇가지들을 뛰어넘으면서 숲이 끝나는 곳을 향해 계속 나아갔다.

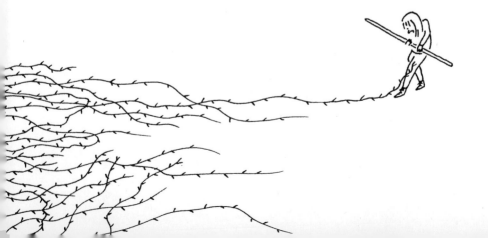

8
이상한 물건들

지도가 없는 정원 세상에서 **덩굴광대수염 다리**는 주된 지표 중 하나였다. 숲 어귀 바로 옆에 있는 이 다리는 골짜기 위에 걸쳐 있는데, 예전엔 다리 밑으로 강물이 무서울 정도로 큰 소리를 내면서 흘렀었다. 그런데 지금은 물줄기가 아주 가느다랬다. 게다가 다리 양쪽 끝에 세워져 있는 두 개의 나무 토템도 가시넝쿨로 뒤덮여 있었다.

비올레트는 좁은 다리를 경계의 눈초리로 자세히 살폈다. 다리 위에서는 넝쿨의 공격을 피하기가 어려울 터였다. 그래서 다리 아래로 내려가, 좁아진 개울을 훌쩍 뛰어넘었다. 그런 다음 바위가 많은 건너편 비탈을 천진난만한 어린애같이 요리조리 올라갔다. 날렵한 두 다리로 바위를 기어오르는 재미를 잊고 산 세월이 얼마였던가! 노인에겐 극복할 수 없는 장애물로 보이던 것이 지금은 마치 놀이 같았다.

강을 건너자 익숙한 풍경이 눈에 들어왔다. **일흔일곱 개의 오솔길 숲**의 나지막한 나무들은 여전히 듬성듬성해서, 햇빛이 넓게 비치고 있었다. 비올레트는 다시 희망이 솟는 걸 느꼈다. 모든 게 다 변한 건 아니었다!

마침내 목적지에 도착했다. 정원에서 가장 활기찬 곳인 **구슬치기 광장**에! 정원 주민들은 아름드리나무와 수많은 기념물이 서 있는 이곳에 모여서, 물건을 사고팔거나 갖가지 최신 소식들을 주고받곤 했다.

광장 안으로 들어선 비올레트는 분위기가 좀 가라앉은 걸 느꼈다. 몇몇 가판대가 영업 중이긴 했지만, 손님은 거의 없었다. 한쪽에서 늑대 둘이 수염 난 할아버지가 파는 옥수수를 살펴보고 있었고, 그 옆 가판대에선 돼지가 과일 바구니를 놓고 흥정하는 중이었다. 그들의 시선은 곧 비올레트에게로 향했고, 이어서 수군거리는 소리가 퍼져 나갔다.

"그 애야! 그 애가 돌아왔어!"

"수호자가 왔어!"

즐겁고 밝은 목소리가 광장의 반대편 끝에서도 들려왔다.

"수호 소녀야! 뭐 팔러 온 거야? 아니면 사러 왔니?"

친하게 지냈던 겨자 부인이 실내 소품들을 파는 가판대 앞에 서서 그녀를 반겼다.

비올레트는 색색의 접시와 화분이 가득 쌓인 가판대를 향해 곧장 달려가서, 자그마한 부인의 품으로 뛰어들었다.

"이렇게 오랜 세월이 흘러 아주머니와 다시 만나게 되다니…… 너무 행복해요!"

겨자 부인의 눈이 놀라서 동그래졌다. 그제야 비올레트는 부인이 자신의 말을 이해하지 못했다는 걸 깨달았다. 정원엔 세월이란 개념이 존재하지 않으니까! 영원한 현재 속에서 살아가는 겨자 부인에게, 시간의 길이를 잰다는 건 한 번도 생각하지 못한 일일 것이다. 비올레트는 그냥 얼마 전에 만났던 친구처럼 자연스럽게 대할걸 하고 후회했다.

"마침 새로운 물건을 아주 많이 갖고 왔단다!" 다행히 겨자 부인은 평소와 다름없는 이야기로 돌아갔다. "너한테는 아주 싼 가격에 줄게!"

거자 부인의 동업자인, 산사꽃이라는 이름의 족제비가 상점에서 뛰어나왔다.

"이것 좀 마셔 봐! 샐비어 차야. 집에서 만들었어." 그가 김이 모락모락 나는 찻잔을 건네면서 말했다.

"고마워요." 비올레트가 대답했다.

비올레트는 차를 마시면서 두 친구의 가판대를 대충 훑어보았다. 그녀의 머릿속엔 물건을 사는 것보다 더 급한 질문이 있었다.

"아주머니, 오늘은 뭘 사러 온 게 아니고, 파벨을 찾으러 왔어요. 여기에 파벨을 위한 토템을 세웠었는데, 파벨이 가끔 그걸 보러 오진 않았나요?"

"파벨의 토템? 아, 그래! 파벨의 모습을 새긴 기둥 같은 토템이 저쪽에 있었지. 음…… 그런데 거기서 그 애를 본 적은 없는데…….

"아, 그렇군요. 직접 찾아보는 게 낫겠네요."

비올레트는 거자 부인과 산사꽃에게 작별 인사를 했다. 그런데 그때 그들의 가판대 끝에 있는 상자 하나가 그녀의 호기심을 자극했다. 선명한 색깔의 잡동사니들이 가득 든 상자였다. 가판대 위의 물건들은 대부분 조약돌, 리본, 조개 같은 것들이었는데, 상자 속의 물건들은 달랐다.

비올레트는 상자 안을 뒤적거려서 몇 가지 물건을 꺼냈다. 작은 군인 인형, 빨대, 투명한 숟가락, 낚시찌 그리고 작은 파란색 막대기였다.

"안목이 여전하구나." 산사꽃이 말했다. "이것들은 모두 진귀한 거야."

"이런 건 어디서 났어요?"

"**비눗방울 퐁퐁 강**에서 물을 길어다 주는 물장수한테서 샀어. 그가 그러는데, 굉장히 귀중한 물건들이래. 틀림없이 **키다리 풀숲** 부근의 호수 주민들에게서 얻었을 거야."

키다리 풀숲. 그곳은 정원 세상에서도 아주 외진 곳이었다. 소녀는 호기심 어린 표정으로 그 물건들을 더 관찰했다.

"마음에 드는 게 있으면 하나 가지렴." 겨자 부인이 말했다. "다음번에 새로운 여행 이야기를 들려주는 걸로 갚으면 돼."

비올레트는 파란 막대기를 골랐다. 그리고 막대기를 찬찬히 살폈다. 한쪽 끝에 고리 두 개가 달려 있었다. 그 물건은 유용할 것 같지도 않고, 특별히 예쁘지도 않았다. 여기가 바깥세상이었다면 아무도 그런 막대기 따위에 관심 두지 않았을 것이다. 하지만 그건 상자 속에 있던 다른 물건들처럼 플라스틱으로 만든 거였다. **비밀의 정원**에는 플라스틱으로 만든 물건이 있을 리가 없는데……

그렇다면 이 물건들은 누군가가 저쪽 세상에서 정원에 들여왔다는 뜻이다. 비올레트는 막대기를 가방에 넣고, 초조한 걸음으로 광장을 가로질러 갔다.

9
파벨의 토템

"파벨, 파벨! 내가 왔어! 빨리 나와 봐!"

비올레트는 광장에서 조금 떨어진 곳에 있는 나무 토템 밑에 가서 앉았다. 파벨이 이곳에 있길 간절히 바랐는데…….

하지만 아무리 불러도 대답이 없었다.

비올레트는 한숨을 쉬면서 토템을 바라봤다.

아직도 그때의 기억이 생생했다. 새들의 언어를 거기 새겨 넣기 위해 열심히 연습하던 기억이. 비올레트는 단검으로 문자를 새길 때, 책 새 리자베트의 조언과 격려를 받으며 복잡한 춤을 추었었다.

지혜로운 새 리자베트는 파벨의 토템을 세우면, 파벨이 **비밀의 정원** 일부가 되어 살 수 있다고 알려 주었다. 그것도 영원히.

비올레트는 그때를 기억하면서 또다시 한숨을 내쉬었다.

이제 그 옛 친구를 어디에서 찾아야 할까?

파벨이 그렇게 좋아하던 오이피클만 있었어도……. 오이피클을 뚝 자르기만 하면 그 소리를 듣고 당장에 뛰어올 텐데! 파벨을 부르려면 휘파람보다 그게 훨씬 확실한 방법이었다. 그러나 불행하게도 비올레트조차 오이피클을 못 본 지 수십 년이 됐다. 비올레트의 세상에선 시간이 흐르며 오이피클이 점점 이색적인 음식이 되더니, 이젠 아예 구경하기도 힘들게 되었다. 그리고 당연한 거지만, 정원에도 오이피클은 존재하지 않았다.

"내가 여기에 오이를 심었어야 했는데!" 비올레트가 한숨을 쉬었다. "그랬다면 오이가 지금쯤 다 자라 있었으려나?"

이렇게 중얼거리고 있는데, 갑자기 앞에서 작은 흙더미가 봉긋 솟아오르더니, 뾰족한 코가 쏙 튀어나왔다.

"뭘 심는다고? 오이? 그게 뭔데?" 툴툴거리는 목소리였다.

무뚝뚝한 말투에도 불구하고, 비올레트는 앙증맞은 모자를 쓴 두더지를 알아보고 미소를 지었다.

"마르그리트! 이런 우연이 있나!"

그 말에 두더지가 얼굴을 찌푸리며 대답했다.

"바보 같으니라고! 내가 나타난 건 우연이 아니야. 때맞춰서 나온 거지!"

비올레트는 웃음을 참을 수 없었다.

"어쩜 하나도 안 변했네요!"

"변해? 여기서 변하는 게 뭐가 있다고 그래? 알다시피 정원에선 아무도 안 변해. 아무튼 수다는 그만! 내가 여기 온 건 네게 해 줄 말이 있어서야."

"혹시 파벨이 어디 있는지 알아요? 정원의 일은 뭐든 다 알잖아요!"

"꼬마야, 넌 나를 과대평가하고 있구나. 난 네 개가 어디 있는지 몰라. 내가 아는 건 그 녀석이 정원 어딘가에 있다는 사실뿐이지. 그 녀석은 여전히 미련퉁이 먹보야. 네가 남겨 두고 떠났던 그때 그대로."

"그렇지 않아요. 파벨은 용감한 개예요, 영웅이라고요!"

"쳇! 네 개는 멧돼지나 늑대 같은 깡패 놈들하고 어울려서 돌아다니고 있을 게 뻔해. 그건 그렇고, 더 중요한 게 있어. 네가 돌아온 건 우연이 아니야. 정원이 널 필요로 하고 있거든. 뭔가가 정원을 위협하고 있는데……."

비올레트가 고개를 끄덕였다.

"파괴의 여신이죠! 나도 알아요, 마르그리트. 그렇지 않아도 여기 오는 길에 만났어요. 하지만 난 그런 괴상한 식물과 싸우려고 여기 온 게 아니에요, 난……."

"그래, 맞아! 파괴의 여신. 그게 매일 숲을 집어삼키고, 영역을 넓히고 있어. 우리가 사는 땅굴에도 가시투성이 넝쿨 덫들을 놓아 두었다니까. 하지만 내가 말하려던 건 더 심각한 일이야. 아직 아는 사람이 별로 없어. 들어 봐, 지금……."

10
위협

예전에 비올레트가 싫어하던 엄격한 학교 선생님이 있었다. 마르그리트가 바로 그 선생님 같은 목소리로 설명을 늘어놓는 동안, 비올레트의 생각은 갈피를 못 잡고 여기저기 떠돌아다녔다.

처음 **비밀의 정원**에 왔을 때, 비올레트는 아홉 살이었다. 그녀는 수호자가 뭔지도 잘 모르면서 임무를 받아들였고, 결국 실제로 수호자가 되었다.

수호자라는 이름은 평생 그녀와 함께했다. 힘든 순간을 만날 때마다, 비올레트는 용기를 얻기 위해 주문처럼 중얼거리곤 했었다.

"난 수호자야. 지금껏 별별 고비를 다 이겨 냈지. 이번에도 그럴 거고."

안 된다고 해야 할 때 거절하는 용기, 운명도 바꿀 강인한 의지 그리고 도움이 필요한 사람들을 돌볼 힘도 거기서 샘솟았다.

이번에 정원으로 들어왔을 땐 달랐다. 수호자가 아닌 그저 손님으로 왔을 뿐이었다. 옛 친구들을 다시 만나고, 사랑하는 친구이자 충성스러운 조수였던 파벨을 품에 안아 보고, **초록 바다**와 새들의 **거대 피라미드**와 **너른 잔디밭**을 감탄하며 바라보고 싶었다. 노인이 된 지금까지 그녀를 따라다닌, 정원과 친구들에 대한 추억을 되새기는 것만이 유일한 계획이었다.

그러나 지금은 완전히 계획과 다르게 흘러가고 있었다.

비올레트는 한숨을 쉬었다. 별안간 우울해졌다.

"마르그리트, 미안해요. 다시 돌아오지 말았어야 했나 봐요. 내가 느끼는 두려움이나 근심이 폭풍우를 일으켜요. 그러니……."

두더지가 비올레트의 말을 끊었다.

"비올레트! 네 뇌는 깨알만큼도 안 자랐구나. 내가 하는 말을 듣긴 했니?"

"아, 그게……. 아뇨, 미안해요. 생각할 게 너무 많아서 그만……."

'가만! 내가 꼬마처럼 야단맞고 있다니, 너무 재미있네!'

저쪽 세상에서는 모두가 그녀를 할머니로 대했지만 여기서는 어린 소녀였다. 그래서 두더지에게 잔소리를 듣고 있는 것이다!

"그럼 내가 다시 이야기할 테니까, 정신 똑바로 차리고 들어! 지금 내가 말하는 건 정원이 수없이 겪었던 그런 폭풍우가 아니야. 그래, 우린 홍수도, 태풍도, 지진도 다 겪어 봤어. 끔찍했지. 너도 같이 겪었으니 알 거야. 그래도 정원은 여전히 살아남았어. 그런데 이번 것은 달라, 전혀 다르다고."

비올레트는 심각한 얼굴로 고개를 끄덕였다. 파벨의 토템 밑에 앉아 있는 그녀는 두더지의 말을 듣기 위해 숨을 죽였다. 두더지가 너무나 작은 소리로 속삭이듯 말했기 때문이다. 행여 누군가 엿들을까 봐 단단히 경계하는 모습이었다. 마치 자기가 말하는 내용이 너무 끔찍해서, 그 소식이 정원 전체에 퍼지기라도 하면 큰일이 날 것처럼.

"정확히 무슨 일이 일어난 건지는 나도 몰라. 소식을 전해 나르던 샛길 군단이 사라졌으니까. 정원을 구석구석 돌아다니기 힘들어진 데다가, 여왕개미 쉬멘이 떠난 뒤로는 개미들이 전보 전하는 일을 그만뒀거든. 하지만 나와 언니는 또다시 진동을 느꼈어. 누군가가 정원에 들어왔다는 뜻이지. 강력한 물건, 그러니까 유물들을 많이 가진 바깥세상의 인간 같아. 어쨌든 적어도 새 수호자는 아니야."

비올레트는 아까 겨자 부인이 준 파란색 플라스틱 막대기를 떠올렸다. 마르그리트의 말을 들으니 그녀의 생각이 맞다는 게 확실해졌다. 누군가가 정원 밖에서 몇 가지 물건을 가지고 들어왔다. 파란 막대기도 유물이 될 수 있을까? 막대기는 어디서 본 것 같았지만, 딱히 용도가 생각나진 않았다.

마르그리트가 비올레트의 허벅지를 톡톡 치며 말했다.

"이것 보라니까! 또 딴생각에 빠졌잖아! 정신 차려. 진짜 문제는 새로 들어온 그자가 아니야. 이제껏 한 번도 보지 못한 불행이 지금 정원을 집어삼키려 하고 있다고!"

"그게 뭔데요?" 비올레트가 물었다.

"정원에서 사라진 곳이 한두 군데가 아니야. 거기 살던 수많은 주민들과 함께 말이야. 그것 때문에 우리 자매가 아주 골머리를 앓고 있어. 대체 무슨 일인지 이해하느라고 말이야. 그중에서도 최악이 뭔지 아니? 정확히 뭐가 사라졌는지도 모르겠다는 거야. 우리가 짐작하는 거라곤, 정원의 끄트머리부터 사라지고 있다는 것뿐이야. 이 재앙이 뭔지 알아낼 수 있는 자는 정원 세상에 속하지 않는 너밖에 없어."

비올레트는 두더지가 전해 준 소식에 충격을 받고, 두 손으로 머리를 감쌌다.

"오, 마르그리트! 대체 이게 무슨 비극인지……. 확실요? 다른 자매들은 어쩌고 있어요?"

"시몬은 다른 곳으로 떠났어. 이 불행이 어디서 온 건지 알아보겠다면서."

"그럼 비르지니아는요? 시몬과 같이 갔나요?"

마르그리트가 고개를 들더니 비올레트의 두 눈을 빤히 들여다봤다.

"비르지니아? 처음 듣는 이름인데……. 그게 누구지?"

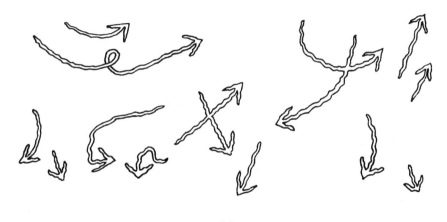

11
뒤죽박죽 표지판

비올레트는 한 걸음마다 지팡이로 땅을 푹푹 찔렀다. 오르막길이 가파른 것도 아니었는데, 뭔가 화풀이할 만한 게 필요했기 때문이다. 두더지와의 대화는 그녀의 초조함을 불안으로 바꿔 버렸다.

정원이 점점 사라지고 있을 뿐만 아니라, 기억까지 완벽하게 지워져서 마르그리트가 여동생을 전혀 기억하지 못할 정도라니! 세 두더지 중 가장 엉뚱했던 비르지니아는 무척이나 유쾌하고 낙천적이었다. 그런 친구가 사라지다니…… 너무 슬프고 끔찍했다.

그래도 마르그리트는 파벨을 기억하고 있었고, 그건 파벨이 사라지지 않았다는 증거였다. 그 점에서는 희망이 있었다.

"자, 용기를 내자." 비올레트가 중얼거렸다.

그녀는 **납작한 언덕**을 올라갔다. 이런 이름이 붙은 이유는, 멀리서 보기엔 분명히 봉긋하게 솟은 언덕인데, 실제로는 꼭대기와 기슭의 높이가 거의 비슷하기 때문이었다. 숲을 통과하지 않고 **소시지 호수**로 가려면 많이 돌아가야 했지만, 비올레트는 파괴의 여신을 또다시 만나고 싶지 않았다.

"좋아, 이제 블루베리에게 가는 거야. 제발 블루베리는 나한테 좋은 소식만 많이 들려주면 좋겠어!"

비올레트는 **납작한 언덕** 꼭대기에 도착했다. 한가운데에 '뒤죽박죽 표지판'이 세워져 있었다. 여행자를 위해 여러 곳의 방향을 알리는 화살표들을 석판에 새겨 놓은 거였다. 비올레트는 그 표지판을 보고 웃음이 터졌다. 위치를 알려 주는 지도나 설계도 같은 게 없는 정원 세상의 규칙은 이 표지판에서도 예외가 아니었다. 화살표 옆에 이렇게 쓰여 있었다.

(1) 앞으로

(2) 저쪽으로

(3) 이 방향으로

(4) 정원 어딘가로

(5) 똑바로

(7) 발이 가는 대로

(8) 주의! (6)은 없음

파벨은 방향 감각이 뛰어났다. 그러나 파벨이 없는 지금, 그녀 스스로 길을 찾는 수밖에 없었다. 비올레트가 정원 세상에서 길을 찾을 유일한 방법은 자신의 기억력을 믿고, 행운이 따라 주길 바라는 것뿐이었다.

그녀는 **거대 피라미드**로 이어지는 완만한 비탈을 따라 내려갔다. 낙엽으로 지어진 그 어마어마한 건물은 정원에서 위치를 가늠하게 해 주는 지표였다. 거기서부터는 **소시지 호수**로 가는 길을 금방 찾을 수 있을 터였다.

비올레트는 들판에 들어서면서부터 왠지 불길한 예감이 들었지만, 걸음을 멈추지 않았다. 처음엔 길을 잘못 들었나 싶었다가, 그다음엔 한참 더 가야 하는 줄 알았다. 그러나 그녀의 불길함은 확신으로 바뀌었다.

거대 피라미드가 없었다.

소녀는 분명히 그 자리에 있었던, 미로 같은 통로들로 가득했던 거대한 건물을 떠올리며 바닥을 자세히 살폈다. 땅은 여전히 잿빛이었고, 재난이나 파괴의 흔적은 없었다. 피라미드는 무너진 것도, 지진이나 태풍으로 파괴된 것도 아니었다. 피라미드는 그냥…… *사라져 버린 거였다.*

마르그리트의 말이 맞았다. 그 거대한 건축물이 처음부터 없었던 것처럼 감쪽같이 사라졌다. 소녀는 피라미드 찾기를 포기하고, 친구들이 피난을 떠난 **소시지 호수**로 가기로 했다. 친구들을 만날 수 있기를 바라면서……

그곳으로 가려면 **가물가물 따분한 숲**을 따라가야 했다.

처음 정원을 탐험할 땐 정원 세상에 끝이 없는 줄 알았다. 나중에 알게 된 거지만, 사실 **비밀의 정원**은 여러 개의 경계선으로 둘러싸여 있었다. 비올레트는 한 번도 그 선을 넘어가 보지 못했다.

자작나무가 가득한 이 숲도 그중 하나였다. **가물가물 따분한 숲**의 나무들은 규칙적으로 박은 말뚝처럼 한결같이 곧고 날씬해서 다 똑같아 보였다.

'어릴 때 봤던 비디오 게임 속에 들어와 있는 것 같네.' 비올레트는 그렇게 생각했다. '똑같은 풍경이 끝도 없이 계속되잖아.'

예전에 파벨과 함께 이 숲을 통과해 보려고 시도한 적이 있었다. 그렇지만 아무리 가도 밋밋한 나무들 외에 살아 있는 생물이라곤 전혀 보이지 않는 지루한 풍경 앞에서, 그들의 인내심은 금세 바닥났었다. 결국 둘은 이 재미없는 숲이 끝없이 이어질 거라는 결론을 내렸었다.

숲 가장자리를 따라 한참 걸었을 즈음, 나무들 사이로 공터가 보였다. 나무 한 그루 없이 휑한 공터는 눈에 다 담을 수 없을 만큼 넓었다.

"여기도 사라진 곳인가 봐……."

하지만 그건 아니었다.

나무들이 베어진 것이었다. 나무 그루터기에 도끼 자국들이 선명했는데, 그 흔적이 아주 깔끔한 것이, 정원 주민들의 솜씨가 분명했다.

대체 무슨 일이 일어났던 걸까? 비올레트는 정원 주민들이 이처럼 많은 나무를 한꺼번에 베어 낸 건 한 번도 본 적이 없었다. 아주 가끔, 오두막을 짓기 위해 꼭 필요한 만큼 소나무를 베는 일은 있었다. 더군다나 그들은 커다란 나무라면 한 그루만으로도 수십 채의 오두막을 지을 수 있었다.

어째서 정원 주민들이 **가물가물 따분한 숲**을 처참하게 파괴해 버린 걸까?

　비올레트는 다시 길을 걸었다. 그러다 나무들 사이로 언뜻 무언가를 보고 소름이 끼쳤다.

　나무만 한 실루엣이 공터를 재빠르게 기어갔다. 긴 나뭇가지들로 이뤄진 듯한 바짝 마른 다리가 셀 수 없이 많은, 괴물 거미를 연상케 했다.

　비올레트는 잠시 서서 숲을 돌아보았다. 더 이상 그 괴물은 보이지 않았다. 안심하고 다시 길을 가려는데, 숲 안쪽에서 절박한 외침이 들려왔다.

　"도와줘!"

12
덫에 걸리다

비올레트는 **비밀의 정원**에서 겪는 위험이 실제라는 걸 알았다. 잘못하면 여기서 입은 상처로 목숨을 잃을 수도 있었다. 하지만 그녀는 지금까지 한 번도 위험 앞에서 물러선 적이 없었고, 이번에도 막대기를 휘두르며 나무들 사이로 거침없이 나아갔다.

그녀는 소리에 귀 기울이고 아까 거미 괴물을 봤던 숲속 안쪽을 계속 살피면서, 훤히 트인 넓은 길을 전속력으로 달렸다. 공터의 끝에 이르렀을 때, 가까운 곳에서 또다시 외침이 들렸다.

"빨리 풀어 줘야 해!"

"어서! 그 끔찍한 괴물이 다시 돌아올 거야!"

분명 사람 목소리였다. 비올레트는 소리 나는 쪽으로 달려가다가 갑자기 멈춰 섰다. 어떤 경우에도 **가물가물 따분한 숲** 안에서 길을 잃어선 안 된다. 지금은 파벨도 없었기에, 자칫하다간 **가물가물 따분한 숲**에서 지쳐 죽을 때까지 헤맬 위험이 있었다. 그래서 소녀는 지팡이를 땅에 끌면서 다시 달렸다. 그러면 땅에 쌓인 낙엽 위에 흔적을 남길 수 있을 터였다. 비올레트는 돌아올 때 그 흔적을 따라서 제대로 빠져나올 수 있길 빌었다.

지팡이로 흔적을 남기며 가던 비올레트는 다시 비명을 듣고 깜짝 놀랐다. 이번엔 아주 가까이서 들렸다.

"도와줘요!"

"안 돼⋯⋯. 너무 딱 붙어서 안 떨어져!"

비올레트는 지팡이를 끌며 소리 나는 곳으로 갔다. 멀지 않은 곳에서 덫에 걸린 정원 주민들을 발견했다. 그들은 여러 그루의 나무 사이에 쳐져 있는 거대한 거미줄에 걸린 상태였다.

그 거미줄은 보통의 거미줄보다 몇 배는 더 질겨 보였다. 하지만 어찌나 가느다란지, 자작나무 사이로 들어오는 희미한 빛 속에서는 거의 눈에 띄지 않았다. 만일 이 사람들이 발버둥 치는 걸 보지 못했더라면, 비올레트도 무심코 지나가다가 분명히 거미줄에 걸리고 말았을 것이다.

그녀는 걸음을 멈추고 주민들을 향해 외쳤다.

"기다려요! 내가 도와줄게요!"

정원 주민 넷이 모두 그녀가 있는 쪽으로 고개를 돌렸다. 거미줄 한가운데에 수염이 듬성듬성 난 작은 남자가 걸려 있었다. 그리고 그 옆에는 통통한 부인이 팔 절반 정도가 거미줄에 휘감긴 채로, 가지치기용 가위로 거미줄을 끊으려 애쓰고 있었다. 다른 두 명은 붉은 머리의 남매였는데, 손에 든 도끼로 거미줄을 지탱하고 있는 나무들 가운데 한 그루를 막 패기 시작한 참이었다.

비올레트는 네 사람이 모두 똑같은 옷을 입은 것에 놀랐다. 대개 정원 주민들은 남과 다른 독특한 옷으로 자기를 돋보이게 하길 좋아했다. 그래서 보통 각자 개성을 살린 옷을 직접 만들어 입었다. 그런데 어쩐 일인지 이들은 똑같이 짧은 겉옷에 펠트로 만든 묘한 모자를 쓰고 있었다.

이유가 궁금하긴 했지만 비올레트는 묻지 않았다. 지금은 거미줄에서 그들을 구해 내는 게 시급했다.

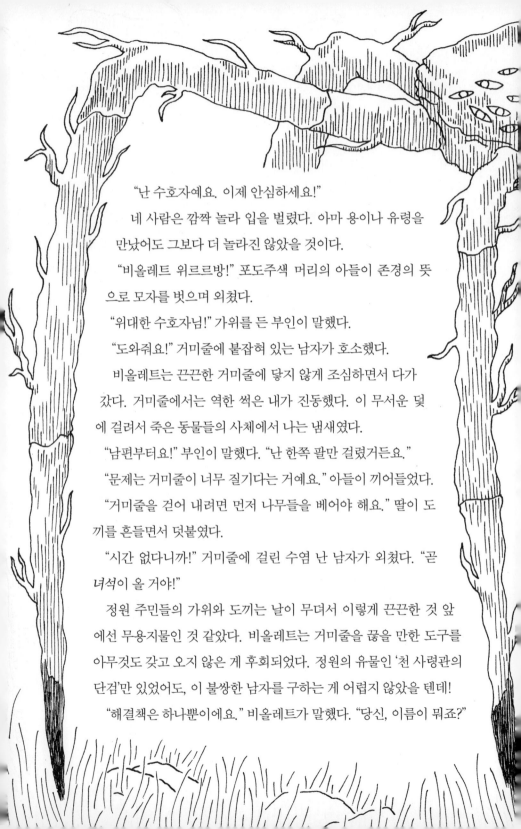

"난 수호자예요. 이제 안심하세요!"

네 사람은 깜짝 놀라 입을 벌렸다. 아마 용이나 유령을 만났어도 그보다 더 놀라진 않았을 것이다.

"비올레트 위르르방!" 포도주색 머리의 아들이 존경의 뜻으로 모자를 벗으며 외쳤다.

"위대한 수호자님!" 가위를 든 부인이 말했다.

"도와줘요!" 거미줄에 붙잡혀 있는 남자가 호소했다.

비올레트는 끈끈한 거미줄에 닿지 않게 조심하면서 다가갔다. 거미줄에서는 역한 썩은 내가 진동했다. 이 무서운 덫에 걸려서 죽은 동물들의 사체에서 나는 냄새였다.

"남편부터요!" 부인이 말했다. "난 한쪽 팔만 걸렸거든요."

"문제는 거미줄이 너무 질기다는 거예요." 아들이 끼어들었다.

"거미줄을 걷어 내려면 먼저 나무들을 베어야 해요." 딸이 도끼를 흔들면서 덧붙였다.

"시간 없다니까!" 거미줄에 걸린 수염 난 남자가 외쳤다. "곧 녀석이 올 거야!"

정원 주민들의 가위와 도끼는 날이 무뎌서 이렇게 끈끈한 것 앞에선 무용지물인 것 같았다. 비올레트는 거미줄을 끊을 만한 도구를 아무것도 갖고 오지 않은 게 후회되었다. 정원의 유물인 '천 사령관의 단검'만 있었어도, 이 불쌍한 남자를 구하는 게 어렵지 않았을 텐데!

"해결책은 하나뿐이에요." 비올레트가 말했다. "당신, 이름이 뭐죠?"

"샐러리요."

"샐러리 씨, 날 꽉 잡아요. 그리고 두 남매는 내 손을 잡고, 다른 손으로는 가까이 있는 저 나무를 붙잡아요. 우리 셋이서 샐러리 씨를 잡아당겨서 떼어 내는 거예요. 일단 부인은 멀리 떨어져 계세요. 그다음에 당신을 구해 드릴게요."

미나리와 고수풀이라는 이름을 가진 남매는 비올레트의 지시대로 그녀의 양옆에 섰다. 거미줄 맞은편의 자작나무를 한 팔로 껴안고, 다른 팔로는 비올레트의 양팔을 하나씩 잡았다. 그리고 힘껏 잡아당겼다. 샐러리는 앞으로 한 걸음 한 걸음 힘겹게 발을 떼는 비올레트를 붙들었다.

거미줄은 어찌나 질기던지, 쭉쭉 늘어나기만 할 뿐 끊어지진 않았다. *계속 버텨야 해!* 세 발자국, 네 발자국……. 거미줄은 점점 더 늘어났고, 비올레트는 한계를 느꼈다. 다섯 번째 발걸음을 뗐을 때…….

"아무래도 손을 놔야겠소!" 샐러리가 외쳤다.

"놓지 말아요! 거의 다 됐어요!" 비올레트가 말했다.

여섯 발자국, 일곱 발자국.

내면 깊은 곳에서부터 샘솟은 몇 가지 것들이 비올레트에게 힘을 불어넣었다.

날래고 활기차던 어린 소녀, 건강함이 넘치던 젊은 여성 그리고 고통을 무던히 넘길 수 있는 노부인……. 거미줄의 포로가 된 이를 구하기 위해 비올레트의 시간이 뒤섞이며 서로 힘을 합쳤다.

찌지지직! 됐다!

샐러리는 찢어진 옷 조각과 머리카락 몇 줌을 거미줄에 남겨둔 채, 덫에서 떨어져 나왔다. 그 바람에 비올레트와 남매는 한꺼번에 고꾸라졌다.

비올레트가 일어나 외쳤다.

"자, 됐어요! 이제 부인만 구하면 돼요. 그런데 여러분은 구석진 **가물가물 따분한 숲**에서 뭘 하고 있었던 거예요?"

"우린 임무를 수행 중이었어요." 한쪽 팔이 걸린 여자가 대답했다. "나중에 다 말해 줄 테니, 우선 이 거미줄부터 떼어 줘요!"

"방법은 간단해요, 부인. 겉옷을 벗어 버리세요."

"이 개척자 유니폼을요? 말도 안 돼요! 그럼 난 처벌을 받…….."

그때 우지끈하는 소리가 부인의 말을 중단시켰다. 비올레트와 주민들은 동시에 소리가 들려온 나무 위쪽을 올려다보았다.

수많은 나무 중 유독 눈에 띄는 것들이 있었다. 다른 나무들과 달리 곧게 서 있지 않은 그것들은 나무가 아니라…… 거대한 다리였다!

"나뭇가지 거미가 나타났다!" 고수풀이 외쳤다.

13
마른 가지

거미줄에 샐러리 부인의 멋진 제복만 덩그러니 남은 채, 정원 주민 가족은 달아나고 없었다. 어떤 방향으로 뛰어야 할지 알았다면, 비올레트도 잽싸게 도망쳤을 것이다. 하지만 끝없이 펼쳐진 자작나무 숲에서 방향을 잘못 잡았다간 오히려 거미와 다시 맞닥뜨릴 것 같았다.

괴물은 나무 사이로 성큼성큼 걸어 나왔다. 마치 움직이는 나무 같았다. 괴물의 긴 다리들은 생물의 다리라기보다는 마른 나뭇가지처럼 보였다.

물론 그게 정말 누군가의 다리인지 나무인지 확인해 볼 생각은 추호도 없었다. 그녀는 지팡이로 표시한 흔적을 찾기 위해 땅부터 살폈다. 하지만 주민들이 달아나면서 낙엽이 흩뜨려져 흔적을 찾기가 쉽지 않았다.

비올레트는 아주 가까이서 들린 우지끈 소리에 소스라치게 놀랐다. 나뭇가지 거미는 어느새 거미줄 바로 뒤까지 와 있었다.

괴물이 어디를 보고 있는지 파악하기가 어려웠다. 고목의 껍질에 파인 골처럼 보이는 눈이 머리에 셀 수 없이 많아서, 동시에 여러 곳을 볼 수 있었기 때문이다. 하지만 뾰죽뾰죽한 가시가 돋친 억센 아래턱을 보면 의심의 여지가 없었다. 거미는 분명히 비올레트를 보고 있었다.

수호자는 어서 도망치고 싶은 본능을 억누르며 한 걸음씩 천천히 뒷걸음질로 물러났다. 오랜 경험을 통해 배운 한 가지가 있다면, 두려움은 언제나 가장 나쁜 조언을 한다는 거였다.

왔던 길을 찾아야 했다. 그러려면 우선 시간을 벌어야 했다.

정원에선 동식물은 물론 광물까지도 모두 언어를 갖고 있다는 걸 비올레트는 알고 있었다. 예전에 돌들과도 소통했던 그녀였다. 그녀는 자신이 가진 최고의 카드인 대화를 사용하기로 했다.

"거미 씨, 너무 화내지 마세요. 난 당신의 영역을 침범하려던 게 아니에요. 이제 곧 떠날 거예요."

괴물이 천천히 머리를 흔들었다. 그녀의 말을 이해한 걸까?

비올레트는 둘 사이를 가로막고 있는 거미줄에 의해 어느 정도 보호받고 있는 느낌이 들었다. 하지만 거미줄이 괴물을 막아 줄 정도로 튼튼할까? 아닐 것이다. 그렇지만 그 거미줄을 만든 게 정말 괴물 거미라면, 분명 자기 작품을 찢고 싶지 않을 터였다. 얇은 실을 이렇게 촘촘히 짜는 건 길고도 치밀한 작업이었을 테니까. 거미는 거미줄을 찢으면서까지 비올레트를 공격하지는 않을 것이다. 적어도 배가 몹시 고프지만 않다면……

"내 이름은 비올레트예요. 난 당신에게 해를 끼칠 생각이 없어요. 거미줄을 망가뜨릴 생각도 없고요. 정말 아름다운 거미줄이에요."

마른 가지.

불쑥 그 한마디가 비올레트의 머릿속에 떠올랐다.

그녀는 나갈 길을 찾으려고 계속 땅을 살피면서, 가만히 서 있는 나뭇가지 거미에게 잠깐씩 눈길을 던지며 말을 계속했다.

"거미 씨는…… 거미줄 짜는 솜씨가 기가 막히네요. 보시다시피 우린 당신의 거미줄을 망가뜨리지 않았답니다……."

마른 가지.

이번엔 어떤 장면이 함께 떠올랐다. 아까 봤던 네 가족이 도끼와 가위를 휘두르는 모습이었다. 그들은 아주 열심히 나무를 베고 있었다. 그러다가 갑자기 공중으로 던져졌다. 날아가는 그들 뒤에 나뭇가지 거미의 거대한 다리들이 힘차게 위로 들려 있었다. 정원 주민들이 땅으로 떨어지자, 괴물은 아래턱을 움직여 그들을 차례로 집어삼켰다.

그 장면이 어찌나 끔찍하고 강렬했던지 비올레트는 자신이 찾고 있는 것, 그러니까 지팡이 자국을 찾는 일에 집중하기가 어려웠다. 그녀는 자신의 생각을 쫓아내느라 소리를 지르고 말았다.

"안 돼요! 사람들을 해쳐선 안 돼요. 난…… 나무를 베지 않았어요!"

그러다 비올레트는 하마터면 비명을 지를 뻔했다. 바닥에 난 지팡이 자국을 발견했기 때문이다.

마른 가지!

이번엔 거미가 거미줄에 걸린 짐승들을 떼어 내는 것이 보였다. 그런데 지금 보고 있는 장면은 뭘까? 괴물이 보낸 이미지일까, 아니면 실제 상황일까? 너무 혼란스러워서 뭐가 뭔지 알 수가 없었다. 비올레트는 머릿속에 떠오르는 단어를 무시하려고 애쓰면서, 땅만 보고 반대편으로 달렸다.

마른 가지! 위험! 떠날 것!

소녀는 정신없이 달려서 숲의 출구까지 이르렀다. 그제야 뒤를 돌아보고 괴물이 어디쯤 있는지 살폈다.

보이지 않았다.

가물가물 따분한 숲은 정원의 끝을 알리는, 한없이 길고 지루한 경계선에 불과한 곳이 아니었다. 여기엔 다른 위험들이 도사리고 있었다. 그런데 어째서 그 가족은 이런 곳까지 와서 험한 일을 하고 있었을까? 그리고 그들이 말한 '임무'라는 건 대체 뭐였을까?

비올레트는 급히 **소시지 호수**로 이어진 길로 들어섰다. 그곳에 가면 친구들이 답을 알려 줄지도 모른다.

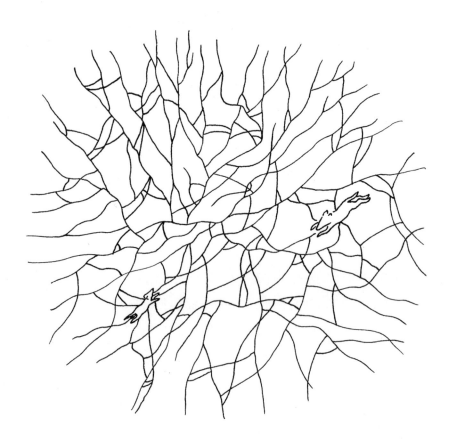

14
물 위 둥둥 마을

비올레트의 기억 속 **소시지 호수**는 조용하고 평화로웠으며, 드넓은 호수보다는 커다란 늪지에 가까운 곳이었다. 그 호수의 가장 매력적인 점은 소시지가 풍부하다는 것이다. 어부들은 긴 그물망으로 소시지들을 잡아 석쇠에 구워 먹거나 시장에 내다 팔곤 했다.

유감스럽게도, 비올레트가 도착한 이곳 역시 그녀의 기억 속 모습과 전혀 달랐다. 멀리서 봤을 땐 호수 한가운데에 섬 하나가 솟아 있거나, 아니면 섬 여러 개가 다리를 통해 연결되어 있는 것처럼 보였다. 그러나 가까이 가서 보니, 섬이 아니라 작은 배들을 서로 붙여 그 위에 집들을 지어 놓은 거였다.

말 그대로 물 위를 떠다니는 마을이었다. 밧줄과 널빤지를 엮어 만든 다리로 연결된 수십 대의 배들이 물 위에 유유히 떠 있었다.

예전에 어부들이 살던 낡은 오두막들은 모두 사라지고, 늪지 주변 여기저기에 초가지붕만 몇 채 남아 있을 뿐이었다.

비올레트는 진흙에 빠지지 않게 조심하면서 최대한 호수 가까이 다가가, 있는 힘을 다해 소리를 질렀다.

"여기요! 여기 좀 보세요! 비올레트 위르르방이 왔어요!"

"오, 이런!" 갈대숲 뒤에서 누군가의 소리가 들렸다. "네 목청은 하나도 안 변했구나!"

조각배 하나가 그녀를 향해 소리 없이 미끄러져 왔다. 목소리의 주인공은 그 배에 타고 있는 정원 주민, 아니 호수 주민이었다. 호수 마을에 사는 사람들은 자신들을 잔디밭에 사는 정원 주민과 구별하여 반드시 '호수 주민'이라고 부르게 했다.

"로스 할머니! 앗, 죄송해요. 로솔리 부인이라고 불러야 하는데!"

"하하하!" 어부 할머니는 비올레트 쪽으로 계속 노를 저어 오면서 유쾌하게 웃었다. "내 애칭을 잊지 않았구나. 죄송하긴 뭘! 전처럼 로스 할머니라고 불러도 돼. 너도 나처럼 늙으면, 호칭쯤은 아무렇지도 않게 된단다."

비올레트는 그 말이 무슨 뜻인지 자기도 잘 안다고 대답하고 싶었지만, 꾹 참았다. 이 여행을 시작한 뒤로, 그녀는 이곳 주민들에게 자기 인생이나 자기가 사는 이상한 세상에 대해선 자세한 이야기를 하지 않겠노라고 결심했다. 어차피 그들은 이해하지도 못할 텐데, 굳이 자신의 실제 나이를 알려서 혼란을 주고 싶지 않았다.

그런데 어느 쪽이 실제일까? 이쪽 세상일까, 아니면 저쪽 세상일까? 그것도 아니면 둘 다일까? 비올레트는 여기 사람들이 자기를 어린아이로 보는 게 싫지 않았다. 몸은 어리지만, 정원 세상의 운명을 바꿀 만큼의 지혜를 가진 아이로.

"**너른 잔디밭**에 살던 정원 주민들을 찾고 있어요. 그들이 있는 곳에 데려다주실 수 있으세요? 블루베리와 월계수가 저기 살고 있는지, 혹시 할머니는 알고 계시나요?"

"오, 이런! 하나씩 물어보렴, 아가야. 내 머리는 이제 한 번에 하나씩밖에 생각할 수 없단다. 내 배가 한 사람만 태울 수 있는 것처럼 말이야. 원하면 올라타려무나. 마침 나도 조금 전에 잡은 소시지들을 저기 **물 위 둥둥 마을**의 소시지 가게에 넘기러 갈 참이었거든."

"고마워요! **너른 잔디밭** 사람들이 저기 살고 있나요?"

"그렇단다. 그들뿐 아니라, 곳곳에서 그 고약한 가시넝쿨 때문에 피난 온 사람들이 저기서 살고 있지. 내가 하고 싶은 말은, 저 많은 사람들 때문에 소시지들이 잔뜩 겁을 먹고 있다는 거야! 그 바람에 이젠 아코디언 연주로 소시지를 낚는 건 거의 불가능하게 되었지 뭐냐. 그래서 지금은 얼굴 찡그리기 낚시법을 연습하고 있단다."

"얼굴 찡그리기요?"

"그래! 물속에 머리를 담그고 얼굴을 찌푸리면서 별난 표정을 다 지어 보는 거지. 그러면 흥미를 느낀 소시지들이 와서 구경하고 따라 한단다. 어휴, 그건 아주 볼품없고 무척 힘이 드는 낚시법이야. 그물을 끌어 올리면 한 번에 열두 마리 정도를 잡는데, 그게 내가 잡을 수 있는 최대치란다."

비올레트가 배에 올라타자 노인은 **물 위 둥둥 마을** 쪽으로 노를 젓기 시작했다.

그리고 잠시 뒤, 호수에서 배가 가장 많이 모여 있는 곳에 배를 댔다. 솔직히 말해 그것들은 제대로 된 배라고 할 수 없었다. 확실히 정원 주민들은 식물을 가꾸는 덴 일가견이 있지만, 배를 만드는 재능은 없었다. 그들의 배는 나무판자, 물뿌리개, 물병, 우산 같은 것들을 있는 대로 모아서 만든, 뗏목 비스름한 것에 불과했다. 그러나 물에는 꽤 잘 떠 있었다. 뿐만 아니라 정원 주민들의 작품답게 위에 널판을 깔고 흙을 덮어 온갖 식물을 재배하고 있었다.

비올레트는 가까이 있는 말뚝을 잡고 판판한 배 위로 올라섰다.

"여러분, 내가 왔어요!"

비올레트가 왔다는 소문이 이 집에서 저 집으로 삽시간에 퍼졌다. 이곳에 자리 잡은 정원 주민 대부분은 비올레트와 아는 사이였다. 그들의 기뻐하는 얼굴이 그녀에게 감동을 주었다. 흥분한 사람들이 큰 소리로 환호하며 그녀를 맞이했다.

"와, 비올레트다! 수호 소녀야!"

"이제 우린 살았어!"

"수호자가 분명히 파괴의 여신을 무찌를 수 있을 거야!"

"이제 우리도 옛날 집으로 돌아갈 수 있겠지?"

비올레트는 아무 말도 하지 않았다. 미소를 지으며 차분함을 유지하려고 애썼지만, 이토록 자기를 기다린 사람들을 어떻게 하면 실망시키지 않을지 고민이 되었다.

그때 아주 작고 귀여운 여자아이가 작은 다리를 폴짝폴짝 넘어서 그녀 앞에 나타났다.

"비올레트 위르르방이다! 만세!"

그러더니 다짜고짜 비올레트의 품으로 뛰어들었다. 가늘고 작은 몸에 인동덩굴처럼 덥수룩한 머리칼을 가진 아이였다. 비올레트는 자신을 열렬히 환영해 주는 소녀 앞에서 웃음을 터뜨리지 않을 수 없었다.

"그래, 내가 비올레트야! 귀염둥이야, 네 이름은 뭐니?"

"솔방울이에요. 아빠가 언니 얘기를 얼마나 많이 들려줬는지 몰라요!"

"아빠가? 네 아빠가 누군데?"

"우리 아빠 이름은 블루베리예요. 우린 저기 빨간 리본으로 장식한 섬에서 살아요!"

아이의 말에 비올레트는 너무 놀라서 입이 다물어지지 않았다. 블루베리에게 딸이 생겼다니!

다시 돌아온 정원엔 너무나 많은 변화가 있었다……. 하지만 그중에서도 블루베리가 이렇게 귀여운 아이의 아빠가 된 것이 가장 큰 기적 같았다!

비올레트는 꼬마 솔방울의 뒤를 따라 좁은 다리를 건너서, 리본으로 장식한 오두막에 들어갔다.

15
늪지 국수

블루베리의 오두막은 다섯 개의 배로 이뤄진 작은 섬 위에 있었다. 덩굴을 꼬아 만든 밧줄로 배들을 연결한 뒤, 잼 항아리를 함께 묶어 물에 떠 있게 만든 섬이었다.

현관문 대신 달아 둔 알록달록한 커튼을 열어젖히자, 점심 식사 준비로 바쁜 친구의 모습이 보였다. 블루베리는 비올레트를 보고 조금도 놀라지 않고 태연한 표정으로 말했다.

"딱 맞춰 왔네! 거기 해먹 위에 걸려 있는 국수 받치는 체 좀 건네줘!"

물론 비올레트도 놀라지 않았다. 그녀는 원래 식구인 것처럼 자연스럽게 체를 건넸다.

비올레트는 블루베리를 와락 껴안고, 드디어 다시 만나게 되어서 얼마나 좋은지 모르겠다고 말하고 싶었다. 그리고 그의 딸과 아내, 호수에서 시작한 새로운 삶에 대해 당장 물어보고 싶었다. 그를 얼마나 자주 생각했는지, 어렵고 힘든 순간마다 블루베리의 단순함과 유쾌함이 그녀에게 얼마나 큰 힘이 되었는지도 말해 주고 싶었다. 할아버지 집을 떠나게 되었을 때, 비올레트는 블루베리 덕분에 불안감보다는 따뜻한 마음으로 작별 인사를 할 수 있었다. 가장 힘들고 지쳤던 시기에 아들 르뮈엘이 태어났을 때도, 그녀는 블루베리 덕분에 삶에 대한 믿음을 끌어낼 수 있었고, 그 믿음으로 내일을 걱정하지 않고 아이를 키울 수 있었다. 비올레트는 친구에게 고마움을 전해야 할 이유가 넘치도록 많았다. 하지만 다른 세상의 이야기로 정원 사람들의 마음을 복잡하게 만들지 않겠다고 다짐하지 않았던가. 그녀는 함께 보낼 수 있는 이 순간을 그냥 즐기기로 마음먹었다.

블루베리가 냄비 안에 담긴 굵은 초록색 국수의 물기를 털면서 설명했다.

"늪지 국수는 정말 맛있어. 물론 얼마나 잘 삶느냐가 관건이지. 안 그러면 국수가 접시 밖으로 미끄러져 나가서 집 안을 엉망으로 만들거든!"

블루베리가 제 맘대로 움직이는 국수 가닥을 냄비 안에 담느라 고군분투하는 동안, 비올레트는 그의 작은 오두막을 찬찬히 구경했다. 어떻게 이 작은 집에서 식구 전체가 살 수 있는지 궁금했다. 풀을 꼬아서 만든 커다란 침대가 방을 거의 다 차지하고 있었고, 갈대 피리와 국자로 만든 기타 등의 악기들, 털실로 짠 조그만 동물 인형들이 가득했다.

"자, 드디어 다 됐다! 연꽃이 소시지를 갖고 오면 그때 상을 차리자!"

"와, 신난다! 소시지다!" 솔방울이 외쳤다.

비올레트가 용기 내어 친구에게 어려운 이야기를 꺼냈다.

"블루베리! 네가 **너른 잔디밭**에 남겨 둔 메시지를 봤어. 마을이 파괴된 걸 보고, 얼마나 끔찍한 일이 있었을지 너무 걱정이 되고 무서웠어……."

블루베리가 펄쩍 뛰어 품에 안기는 딸을 가리키면서 농담을 던졌다.

"네 말이 맞아! 요 꼬마가 얼마나 끔찍한지 말도 못 하거든! 그런데 비올레트, 아직 연꽃은 못 봤지? 얘 엄마 말이야."

"아직. 참, 월계수는? 잘 지내지?"

블루베리의 미소가 사라졌다.

"월계수는…… 잘 있길 바라지. 그럴 거라고 믿어. 솔직히 말하면, 난 그 녀석 소식을 듣지 못한 지 오래됐거든."

"월계수에게 무슨 안 좋은 일이 생긴 거야?"

"글쎄……. 아, 걱정하지 마. 그 녀석이 다쳤다거나 그런 건 아니니까. 어떤 면에선 더 잘된 일인지도 모르지. 그러니까 내 말은……."

비올레트가 버럭 화를 냈다.

"블루베리! 말을 빙빙 돌리지 말고, 얼른 시원하게 다 털어놔 봐. 도대체 정원에 무슨 일이 일어난 거야?"

블루베리가 잠시 뜸을 들였다.

이내 무릎에 앉아 있던 솔방울을 번쩍 안아서 바닥에 내려놓으며 말했다.

"솔방울, 엄마한테 가 보렴. 가서 비올레트가 왔으니 소시지를 더 많이 갖다 달라고 해! 자, 어서!"

그는 꼬마가 나가자마자, 비올레트에게로 몸을 돌리고는 덥수룩한 머리를 긁으면서 이야기를 시작했다.

"정말 많은 일이 있었어. 어디서부터일까? 그래, 숲이 점점 어둡고 울창해져서 우린 끊임없이 숲에 가서 잡초를 제거했어. 길을 내야 했으니까. 덤불로 뒤덮이지 않게, 토템에도 더 신경을 썼지. 모든 건 월계수가 세세하게 지휘했고."

"당연히 그랬겠지." 비올레트가 말했다. "월계수는 그런 일이라면 전문가인 데다가 또 좋아했으니까."

"그런데 어느 날 그 넝쿨이 나타난 거야. 그것도 가시가 잔뜩 난 것들이. 우린 그걸 막느라 계속 싸워야 했어. 아냐, 남작이 먼저 들어왔던가?"

"남작이라니?"

"그가 자기를 그렇게 부르라더군. 그도 너처럼 저쪽 세상에서 왔고, 어른이었어. 아주 크고 검은 개를 타고 다녔는데, 숲에서 자기를 지켜 줄 사람이 필요하다면서 우리 중 몇몇을 고용했어. 그런데 그즈음에 파괴의 여신이 공격을 시작한 거야! 곧 도로도 막히고 넝쿨이 순식간에 우리 마을까지 집어삼켰지. 도랑을 파고 가지치기용 가위로 계속 잘라 냈는데도……. 결국 우린 밭을 버리고 떠날 수밖에 없었어. 연꽃이 우리를 이 늪지까지 데리고 왔지. 그녀는 **소시지 호수** 출신의 호수 주민이거든. 그래서 여기에 피난처를 만든 거야. 가시넝쿨은 물을 건너오지 못하니까. 마을 사람 절반이 우리를 따라왔어."

"그럼 월계수는?"

"그는 남작의 무리에 합류했어. 파괴의 여신에 맞서 싸우러 간 거지. 난 그게 쓸데없는 짓이라는 생각이 들어서……."

그때 솔방울이 소시지로 가득 찬 뜰채를 갖고 오두막으로 뛰어들었다.

이어서 키 큰 여자가 뒤따라 들어왔는데, 호수 주민만의 방식으로 풀을 엮어 만든 긴 원피스를 입고 있었다. 그녀는 자기 방석을 뺏긴 고양이처럼 달갑지 않은 표정으로 비올레트를 뚫어지게 쳐다보았다.

비올레트는 친구의 아내에게 호감을 얻으려면 조심스럽게 행동해야겠다고 속으로 생각했다.

16
문 없는 열쇠 구멍

가짜 폐허가 이렇게 어수선했던 적은 이제껏 한 번도 없었다!

그동안 르비스는 스무 번도 넘게 이곳을 수색하러 왔었다. **내려앉은 성벽** 위에도 올라가 보고, **무너진 신전**의 기둥들도 하나하나 다 조사하고, 혹시나 감춰진 장치 같은 거라도 있을까 싶어 **메마른 분수**의 동상들까지 모조리 손으로 더듬어 봤었다. 그러나 아쉽게도 비밀 장소는 찾지 못했다.

토끼 소녀는 쓰러진 기둥 위에 앉아서 생각에 잠겼다. 그녀의 눈앞에선 스벤이 이끼 낀 돌들 사이로 가볍게 날아다니는 청회색 유령을 이리저리 쫓아다니고 있었다. 그런데 그 유령이 갑자기 **엄청 작은 망루**를 향해 돌진하더니, 망루 벽을 타고 지붕까지 곧장 미끄러지듯 올라갔다.

스벤도 날아 보려고 애썼지만, 날지는 못하고 방방 뛰기만 할 뿐이었다. 그러다 망루 꼭대기로 이어지는 **아찔 층계**의 첫 번째 계단에 착지했다.

"잘하는 짓이다, 그러다 한번 떨어져 봐야 정신 차리지!" 르비스가 스벤에게 빈정거리듯이 외쳤다.

르비스는 그 망루와 나선형 층계가 착시를 일으키는 눈속임에 불과하다는 걸 알고 있었다. 이곳의 다른 건축물 대부분도 마찬가지였다. 사람들은 처음엔 자기가 거대한 성벽과 신전, 하늘을 찌를 듯한 탑을 보고 있다고 생각하지만, 조금 지나면 그 모든 게 원근법의 효과일 뿐임을 깨닫게 된다.

엄청 작은 망루도 밑에서 보면 어마어마하게 거대한 탑처럼 보이지만, 실제로는 작은 집보다 조금 높은 정도이다. 그런데도 그 탑이 높아 보이는 건 망루의 크기가 위로 올라갈수록 점점 작아지고, 계단들도 점점 작아지기 때문이다. 가장 높은 계단의 실제 크기는 인형의 집 계단만 할 것이다.

르비스의 경고대로, 스벤은 이 이상한 건물의 벽을 따라 빙글빙글 돌다가 땅으로 떨어졌다.

"르비스, **엄청 작은 망루**에 있는 열쇠 구멍 봤어요?" 스벤이 물었다.

"갑자기 웬 열쇠 구멍? 난 문도 본 적이 없는걸."

호기심이 생긴 르비스는 얼른 일어나서 망루 쪽으로 향했다. 그녀는 꼭대기까지 좀 더 빨리 올라가려고, 눈속임을 일으키는 계단 대신 커다란 통나무 하나를 찾아서, 그것을 벽에 기대 놓고 올라갔다.

스벤의 말이 맞았다. 탑 꼭대기 돌벽에 열쇠 구멍이 있었다. 르비스는 그 구멍에 눈을 갖다 댔다.

"안이 너무 캄캄해!"

"궁금하면, 그 안에 뭐가 있는지 유령들에게 물어볼게요!" 스벤이 맨 아래 계단에 앉아서 말했다. 유일하게 사람이 앉을 만한 크기의 계단이었다.

"풋! 네 질문에 대답해 주는 유령이 있긴 해?" 르비스가 비웃었다.

"그들은 내 말을 들어요, 확신해요. 언젠가는 내게 말도 할 거예요. 분명히 그들의 비밀을 모두 내게 말해 줄 거라고요. 하지만 듣게 되더라도, 당신에겐 알려 주지 않을 거예요. 당신은 심술궂은 사람이니까요."

르비스가 한숨을 쉬었다.

"그래, 그러면 늘 그랬듯이 이번에도 나 혼자 알아서 해야겠군. 그런데 확실히 저 안엔 뭔가 있어. 어쩌면 내가 찾고 있는 걸 수도 있고……."

"열쇠가 필요해요." 스벤이 말했다. "당신 물건 중엔 열쇠가 없나요?"

"그냥 물건이 아니고 유물이야. 그래, 내겐 열쇠가 없어. 잠깐! 한번 찾아보기라도 해야겠지. '끝나지 않는 그림책'에 나와 있을지도 몰라."

르비스가 스벤 옆에 앉더니, 품속에서 얇은 책을 꺼냈다. 표지가 어찌나 낡았던지, 수천 번도 넘게 들춰 본 것 같았다. 표지엔 이렇게 쓰여 있었다.

수집해야 할 정원의 유물들

그녀는 책을 한 장 한 장 조심스럽게 넘기며 살펴봤다. 페이지마다 수십 개의 네모 칸이 있었고, 그 안에 정원의 유물이 하나씩 그려져 있었다. 유물 그림 밑에는 글이 몇 줄씩 적혀 있었다. 유물은 모두 신비한 능력을 지닌 물건으로, 대부분 수호자들이 정원으로 갖고 온 것들이었다.

칸 안의 그림들은 크레파스나 수채 물감, 혹은 볼펜이나 연필로 그려져 있었는데, 이 책을 전해 받은 수호자들이 대를 이어서 그린 것들이었다. 하지만 그림은 몇 개에 불과할 뿐, 네모 칸은 대부분 비어 있었다. 주인을 찾지 못한 유물들이 많았기 때문이다.

수집가는 흥분한 얼굴로, 열쇠를 닮은 물건을 찾아 내려고 책을 샅샅이 살폈다.

"그 책을 아직도 다 외우지 못한 거예요?" 르비스가 수십 번도 넘게 책을 뒤적이는 걸 보고 스벤이 물었다.

"이 책을 외울 수 있는 사람은 아무도 없어." 르비스가 약간 짜증스러운 말투로 대답했다. "이 책은 같은 장소에선 절대로 두 번 열리지 않아. 게다가 그림들도 나타났다 사라졌다 하지. 그래서 빈칸이 많은 거야. 때로는 사라졌던 그림들이 갑자기 다시 나타나기도 하고……. 엇, 잠깐! 찾았다! 오, 이건 처음 보는 거네. 그래, 확실히 열쇠같이 생겼군."

이어서 그림 밑에 적힌 설명을 읽었다.

"보자, 그러니까 이름이…… *그거*? 그거라고? 이상한 이름이네. '황제의 검' 같은 이름이면 멋질 텐데!"

르비스는 스벤에게 그림을 보여 주었다. 한쪽 끝에 고리 두 개가 달린 파란색 막대기 그림이었다. 고리 하나는 크고 다른 건 좀 작았다.

"이렇게 생긴 열쇠는 못 봤는데……." 스벤이 중얼거렸다.

"누구라도 이런 열쇠는 못 봤을걸, 꼬마야." 르비스가 말했다.

그리고 그림 밑에 있는 글을 더 읽어 내려갔다.

이름: 그거
출처: 알 수 없음
용도: 정원 주민들이 통과할 수 없는 입구를 열어 줌
현재 소유자: 정원의 수호자 비올레트 위르르방

"뭐라고? 비올레트? 그 애가 돌아왔다는 거야?"

르비스는 책을 덮어 망토 속에 감췄다. 그리고 벌떡 일어나, 황제의 검이 허리에 잘 매달려 있는지 확인한 다음 **가짜 폐허** 출구 쪽으로 뛰어갔다.

"어디 가요?" 스벤이 뒤쫓아 달려가며 물었다.

"할 일이 생겼어." 르비스가 짧게 대답했다. "넌 여기서 계속 유령들을 감시해. 언젠가는 그들의 비밀을 알게 되겠지! 다시 올게, 열쇠를 갖고."

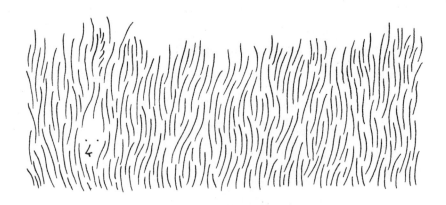

17
소시지 호수의 보물

소시지들이 마침내 다 구워졌다. 비올레트는 소시지를 한입 베어 물었다. 오랜만에 맛보는 소시지는 기분 좋은 추억을 떠올리게 해 주었다.

"파벨이 함께 있었더라면! 그 먹보도 소시지를 아주 좋아했는데⋯⋯."

블루베리에게 파벨의 행방에 관해서 물어봤지만, 그도 다른 주민들처럼 모호한 대답만 했다. 가끔 보긴 했다는 것이다. 파벨은 대체로 외진 곳을 돌아다녔고, 지금은 어디 있는지 아무도 모른다는 게 그의 대답이었다.

비올레트의 말에 블루베리가 고개를 끄덕이며 덧붙였다.

"그래! 그 녀석은 소시지를 보면, 틀림없이 네가 갖고 다니던 그 이상한 채소와 곁들여 먹으려고 했을 거야. '오이포크'라고 했던가?"

"오이피클." 비올레트가 한숨을 쉬며 말했다. "지금 그게 있다면 파벨을 당장 이리로 부를 수 있을 텐데. 그 녀석이 번개처럼 반응하는 건 오이피클 부러뜨리는 소리뿐이거든. 휘파람보다 더 효과적이었지."

"비올레트, 오이피클이라는 건 어떻게 생겼는데?" 연꽃이 물었다.

처음으로 블루베리의 아내가 대화에 끼어들었다. 블루베리와 비올레트가 둘만의 추억을 주고받는 게 무척 신경 쓰이는 것 같았다. 어쨌거나 비올레트는 연꽃이 처음으로 말을 건 것에 안심이 되어 설명을 시작했다.

"오이는 초록색 채소인데, 크고 단단한 애벌레처럼 생겼다고 해야 하나? 아무튼 그걸 식초에 절인 게 오이피클이야. 신맛이 나고, 아삭거리지. 솔직히 난 오이피클을 좋아하지 않아. 그래서 그걸 파벨에게 주기 시작했는데, 의외로 그 녀석이 아주 좋아하지 뭐야!"

그때 갑자기 솔방울이 일어났다.

"난 그게 어딨는지 알아요! 털보 아저씨네 집에서 봤어요! 숯불 화로 옆, 초록색 유리 항아리 안에 있어요. 딱 하나지만……. 아저씨가 가장 소중하게 여기는 보물이라고 했어요."

그래! 기억이 났다. 비올레트가 그 어부에게서 처음 소시지를 샀을 때, 그 값으로 조약돌 대신 오이피클 하나를 준 적이 있었다.

"털보 아저씨가 그걸 수십 년 동안 간직하고 있었다는 거야?"

"수십……? 그게 뭐예요?"

비올레트가 아차, 하고 고개를 흔들었다. 그리고 벌떡 일어나며 말했다.

"아무것도 아냐. 날 털보 아저씨네 집으로 데려다줄 수 있니?"

***

어부 마을의 촌장인 털보 아저씨가 자랑스럽게 유리 항아리를 보여 주었다. 정말 그 안에 오이피클이 들어 있었다. 털보 아저씨 집이 있는 큰 배다리 위로 비올레트를 기꺼이 데려다준 건 연꽃이었다. 털보 아저씨는 특별한 날에만 입는 수 놓은 옷을 입고서, 만족스러운 미소를 띠었다.

"수호자의 오이피클! 우리 마을의 자랑거리지! 정원 전체에서 하나밖에 없는 트로피야!"

비올레트는 어떻게 말해야 할지 몰라 망설였다. 그러나 용기를 내서 조심스럽게 입을 열었다.

"저기…… 어려운 부탁을 드리려고 하는데요."

"뭐든 괜찮으니, 걱정하지 말고 말하렴."

"고마워요. 아저씨도 내 친구를 기억하실 거예요. 파벨이요. 임무를 수행할 때마다 도와주었던 착한 개죠."

"아, 우리 집 소시지 먹을 생각만 하는 그 하얀 개?"

"네……. 난 어떤 대가를 치러서라도 반드시 그 개를 찾아야 해요. 그러려면, 실은…… 오이피클이 꼭 필요해요."

호기심을 갖고 이 장면을 지켜보고 있던 사람들 사이에 침묵이 감돌았다. 비올레트는 긴장감이 고조되는 걸 느꼈다.

"그 개를 부를 수 있는 유일한 것이거든요." 그녀가 호소했다.

털보 아저씨는 불안한 기색을 보이면서, 불룩 나온 배에 유리 항아리를 꼭 대고 끌어안았다. 비올레트가 다시 설득했다.

"아저씨가 그걸 무척 아낀다는 걸 알아요. 하지만 파벨이 없으면, 난 정원을 위협하는 것들과 싸울 수 없어요. 파괴의 여신, 남작, 나뭇가지 거미나 잘못 삶은 국수, 기타 등등이랑요……. 내겐 그 친구가 꼭 필요해요."

무리 속에서 작은 목소리가 들려왔다.

"괜찮죠, 아저씨? 우리가 정원에서 안전하게 지낼 수 있게 도와주실 거죠?"

솔방울이었다. 어린 소녀는 마을 촌장에게로 걸어가서 유리 항아리를 빼앗듯이 받아서, 위엄 있게 수호자에게 내밀었다.

"비올레트, 받아요. 우린 모두 당신과 당신의 믿음직한 개가 필요해요."

털보 촌장도 진지하게 고개를 끄덕였다.

"자, 그럼 어서 파벨을 불러 보렴."

비올레트가 항아리를 열고 오이피클을 꺼냈다. 크게 숨을 쉰 다음……
오이피클을 반으로 잘랐다.

뚝!

그리고 숨을 참으며 기다렸다.

호수를 둘러싼 숲속에서 긴 울음소리가 들렸다. 곧이어 나무들 사이에서 어떤 짐승이 튀어나오더니 천천히 늪지를 향해 걸어왔다.

거대하고 힘 있는 개의 자태였다. 비올레트는 심장이 조여 왔다.

하지만 그건…… 파벨이 아니었다.

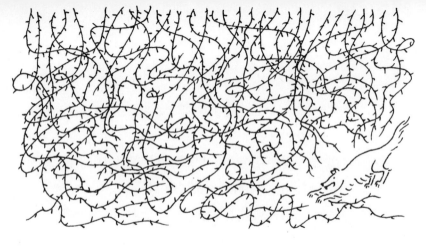

18
죽어 가는 숲의 동물

비올레트는 숲에서 나온 그 동물을 만나러 갔다. 블루베리가 노를 몇 번 저어서 늪 가장자리까지 데려다주었다. 그리고 위험한 순간을 대비해 배 위에서 기다렸다. 하지만 비올레트는 전혀 불안하지 않았다. 그건 늑대들의 대장인 키티였으니까. 맹수이지만 존경할 만한 암컷 늑대였다.

"수호 소녀! 드디어 네 개를 찾으려고? 너무 늦었어!" 키티가 인사 대신 그렇게 으르렁거렸다.

비올레트는 키티에게 다가갔다. 바로 코앞까지. 그리고 잠시 늑대를 관찰했다. 키티는 지쳐 보였고 눈에 띄게 삐쩍 말라 있었다. 윤기 없는 털과 다 드러난 갈비뼈, 이 모든 건 사냥이 점점 더 힘들어지고 있다는 증거였다. 비올레트는 키티를 잘 알고 있었기에 키티의 날 선 말을 맞받아치거나 다정한 말로 비위를 맞추려 하지 않고, 곧바로 본론으로 들어갔다.

"파벨에 대해서 뭘 알고 있지? 그는 지금 어디 있어?"

"그가 아주 용감한…… 미친 개라는 거? 그리고 어디 있는지 짐작은 가지만, 알아도 그 녀석을 찾는 건 어려울 거야. 그는 지금 숲속에 있어. 감옥 같은 가시덤불 한가운데 어딘가. 그리고 그렇게 된 건 다 네 탓이지!"

"내 탓이라고?"

"그래! 정원에서 일어나는 모든 문제를 해결할 수 있다는 생각을 심어 준 게 바로 너잖아. 네가 없는 동안 그 녀석은 정원의 모든 주민을 만나기 위해 안 가 본 길이 없고, 안 오른 언덕이 없었어. 자기가 이 정원의 책임자라도 된 듯이 말이야. 마치 자기가 네 자리를 대신해야 하는 것처럼 굴었지."

비올레트는 감정이 벅차올랐다. 파벨! 자신이 파벨에게 버거운 짐을 떠맡긴 것 같아 후회가 밀려왔다. 그녀는 목이 멘 목소리로 물었다.

"그런데…… 파벨에게 무슨 일이 일어난 거야?"

"파괴의 여신이 숲을 잠식하기 시작하자, 어김없이 그 녀석이 나섰지. 우리 늑대들은 조심하라고 충고했어. 처음엔 우리도 그 미친 식물에 맞서려고 했었어. 하지만 파괴의 여신과 싸워 봤자 승산이 없겠더라고. 우리가 가시넝쿨을 잡아 뜯어서 길을 터놓으면, 다른 넝쿨이 다시 그 자리를 메웠으니까. 우린 계속 파괴의 여신 손에 밀려서 점점 더 먼 곳으로 물러날 수밖에 없었지. 결국 가장 메마른 곳으로 쫓겨났어. 사냥감이 거의 없는 곳으로 말이야. 지금 우린 힘겹게 살아가고 있어."

"그 마음 이해해……."

"이해한다고? 흥! 어쨌든 난 이 모든 걸 파벨에게 설명했어. 그런데도 그 멍청한 녀석은 우리 충고를 듣지 않더군. 자기가 꼭 성공할 거라고 믿었지. 그래서 파괴의 여신과 맞서겠다며 숲속 깊이 들어간 뒤로 감감무소식이야."

비올레트는 대답하지 않았다. 파벨이 몹시 걱정되었다.

"키티, 네 말이 맞아. 파벨이 위험에 뛰어든 건 다 내 탓이야. 하지만 그의 선택이기도 하니까 존중해야겠지. 이제 내가 왔으니까 파벨을 구하기 위해 무슨 일이든 다 할 거야. 난 숲속으로 가겠어. 꼭 파벨을 찾을 거야."

"너도 그 녀석보다 나을 게 없구나, 꼬마 인간!" 거의 조롱하는 어조로 늑대가 말했다. "지금 숲속에선 아주 심각한 일들이 벌어지고 있어. 거긴 파괴의 여신만 있는 게 아니야. 만일 네가 아무 준비 없이 혼자 숲속으로 들어가면, 너도 사라지고 말 거야."

비올레트가 대답을 하려는데, 뒤에서 누군가가 먼저 나섰다.

"비올레트가 아무 준비도, 도움도 없이 숲속에 들어가는 일은 없을 거야."

소리 없이 다가온 블루베리였다. 그가 비올레트에게 말했다.

"키티 말이 맞아. 거기에 무턱대고 가면 안 돼. 백 걸음도 못 가서 갇히고 말걸. 파괴의 여신이 가로막고 있어도 숲속에서 이동할 방법을 내가 알고 있어. 비올레트, 당장 옛날에 우리가 살던 곳으로 가서, 월계수의 오두막 안에 들어가 봐. 거기 네가 찾는 게……."

"월계수의 오두막? 여기 오기 전에 들렀었는데, 가시넝쿨로 덮여 있었어. 거긴 못 들어가. 게다가, 내가 그 집에서 찾을 게 뭐가 있다는 거야?"

듣고 있던 키티가 땅 위에 엎드리며 졸린 목소리로 중얼거렸다.

"음, 둘이서 계획을 다 짜고 나면 날 깨워. 내가 **너른 잔디밭** 마을로 데려다주지, 꼬마 인간. 난 아직 다닐 수 있는 길들을 몇 군데 알고 있거든. 그리고 파벨은 도움받을 자격이 있는 녀석이니까."

19
늑대의 눈물

비올레트는 키티의 목덜미를 끌어안고, 낮은 나뭇가지에 얼굴이 긁히지 않도록 고개를 숙였다. 늑대는 거침이 없었다. 아마 파벨이었다면 주인이 불편하지 않도록 조심스럽게 달렸을 테지만, 키티는 가시덤불이든 빽빽한 나무 사이든 가리지 않고 요리조리 헤치면서 나아갔다.

그러나 날렵하고 지리도 훤히 꿰고 있는 키티조차도 지나가기 힘들 정도로, 가는 곳마다 험하게 변해 있었다. 가시넝쿨이 곳곳에 가로막고 있는 탓에, 키티는 몇 번이나 방향을 바꿔서 돌아가야 했다.

비올레트가 아까부터 궁금했던 이야기를 꺼냈다.

"키티, 내가 파벨을 불렀을 때 어떻게 네가 나타난 거야?"

"뭐? 나 말이야? 그러니까…… 네가 오이피클을 부러뜨렸을 때 내가 거기 간 건, 순전히 우연이었어."

"우연이었다고?" 비올레트가 말했다. "아닌데……. 피클 소리를 듣고 길게 울음소리를 냈잖아."

"네가 잘못 들은 거야!"

비올레트는 어깨를 으쓱하고는 늑대가 달리도록 내버려 두었다. 굶주림 때문에 많이 약해졌을 텐데도, 키티는 예상치 못한 힘으로 도랑을 훌쩍 건너뛰었다. 비올레트가 다른 질문을 시도했다.

"왜 이렇게까지 날 도와주는 거야? 파벨을 구해야 할 이유라도 있어?"

키티의 몸이 움찔하는 게 느껴졌다. 뭔가 뜨끔했다는 표시였다.

"흥! 넌 수호자야. 우리 늑대들은 네가 정원과 주민들을 위해 한 일을 잊지 않았어."

"그래? 근데 넌 오이피클 자르는 소리가 파벨을 부르는 소리라는 걸 어떻게 알았는데?"

"음…… 그건 모두가 다 아는 사실이야! 이제부터 말 걸지 마. 널 태우고 있는 것만으로도 피곤한데, 너랑 대화까지 하려면 얼마나 힘든지 알아? 아무튼 널 정원 주민들의 마을까지 데려다줄 테니, 그다음은 네가 알아서 해."

비올레트는 입을 다물었다. 그녀의 입가에 옅은 미소가 번졌다. 아홉 살 때였다면, 이 까칠한 늑대가 하는 말을 곧이곧대로 믿었을 것이다. 하지만 오랜 인생 경험 덕분에 분명하게 보이는 것들이 있었다. 키티는 단지 정원을 구하기 위해 이 고생을 하는 게 아니었다. 파벨을 깊이 걱정하고 있었다. 이런 마음이 일게 하는 유일한 감정, 인간은 그걸 *사랑*이라고 부른다.

어쨌든 이 늑대를 움직이게 하는, 강하고도 필사적인 감정은 놀라운 효과를 냈다. 둘은 곧 목적지에 도착했고, 키티는 **너른 잔디밭**의 가장자리, 정원 주민들의 마을 앞에 소녀를 내려 주었다.

월계수의 오두막은 금방 찾을 수 있었다.

"블루베리 말대로라면, 월계수네 집 안에 지금 내게 꼭 필요한 게 있다는 거지? 우선, 안에 들어갈 방법부터 찾아야겠어."

지난번보다 줄기들이 더 억세게 문과 창문을 꽁꽁 감싸고 있었다.

키티의 날카로운 송곳니도 도움이 안 되는 것 같았다.

"넝쿨이 너무 질겨!" 늑대가 한숨을 쉬었다. "언젠가 브루노프가 이것들을 뜯어내려다가 입천장이 찢어지고 말았어. 상처가 다 아물 때까지 곤충만 먹어야 했지……. 전처럼 먹이를 사냥하지 못하는 것만 문제가 아니야. 이 고약한 식물이 온 정원을 장악해 버리면……."

비올레트는 부드럽게 키티의 등을 도닥거려 주었다.

"내가 두려워하는 것도 바로 그거야. 그래서 이 오두막 안에 있는 게 필요한 거고. 그것만 있으면 난 다시 자유롭게 정원을 돌아다닐 수 있을 거야. 하지만 지금은 내 세상으로 돌아갈 시간이 왔어. 집에 가서 이 넝쿨을 베고 문을 열 수 있는 적당한 도구를 갖고 와야겠어."

"넌 해낼 거라고 믿어." 키티가 말했다. "난 부하들을 만나러 가야겠다."

"도와줘서 고마워, 키티. 나이 든 브루노프에게 안부 전해 줘. 그리고 파벨을 찾으러 다시 오겠다고 너랑 약속할게. 나도 너만큼 그를 아끼거든."

키티는 인사 한마디 없이 숲으로 들어갔다. 하지만 나무 사이로 사라지기 전에 한번 뒤를 돌아보았다. 비올레트는 늑대의 눈에서 흐르는 눈물을 본 것 같았다.

20
황혼

비올레트는 가까스로 창문턱까지 몸을 들어 올렸다. 창문을 넘는 순간 찌릿! 하고 통증이 등줄기를 타고 퍼졌지만, 고통을 무시하고 두 발을 천천히 왁스 칠한 바닥에 내려놓았다. 그리고 일어나서 창문을 닫았다.

그녀의 몸은 다시 무겁고, 둔하고, 고통스러워졌다.

"이게 내 *원래* 몸 상태인 거지. **비밀의 정원**에 들어갔던 건 꿈일까?"

비올레트의 정신은 두 세상 사이를 오갔다. 지금의 그녀는 신비로운 여행을 즐기는 아홉 살 소녀가 아니었다. 머릿속에선 여전히 소녀였지만, 거울에 비친 모습은 우울한 세상 속에 사는 몸이 둔한 노인이었다.

그녀의 진짜 인생은 정원에 속해 있었다. 그 외의 나머지 인생은 있어도 좋고 없어도 좋은 삽화 같은 시간일 뿐이었다.

***

밖에선 태양이 서서히 지평선 밑으로 지고 있었다. 비올레트는 침대에 누워 눈을 감고 오랫동안 그대로 있었다. 잠에 빠졌던 것일지도 모른다. 그녀의 정신은 끝없이 소녀 시절과 성인 시절 사이를 오고갔다. 머릿속에서 엄마와 할아버지와 친구들과 낯선 자들의 모습이 계속 나타났다. 동생, 아들, 남편, 아빠……. 마치 감옥에 갇힌 그녀를 만나기 위해 면회실로 찾아온 방문객들처럼 그들이 줄줄이 이어서 등장했다. 다들 그녀에게 몇 마디씩 말을 했지만, 모두 비올레트의 관심 밖이었다. 그녀가 무엇에 관심을 두고 있는지, 이쪽 세상의 사람들이 알 리 없었다.

그녀는 아무에게도 자신의 비밀을 털어놓지 않았다. **비밀의 정원**이 존재한다는 사실을.

별안간 비올레트가 눈을 떴다.

밤이었다. 노부인은 머리맡의 조명을 켜고, 힘겹게 침대 끝에 앉았다.

그리고 가방에서 반으로 자른 오이피클이 든 유리 항아리를 꺼냈다. 항아리가 자기를 따라온 걸 보고도 놀라지 않았다. 그녀는 오래전부터 정원이 환상이 아니라는 것, 말하자면 사람들이 '현실'이라고 부르는 이 세상만큼이나 견고하게 실재한다는 걸 알고 있었으니까.

이런 기적이 어떻게 가능한지, 다른 사람들도 이런 경험을 했는지, 살아오는 내내 너무나 알고 싶었다.

하지만 정원에서의 시간은 어떤 논문이나 연구 서적에도 나와 있지 않았다. 비올레트는 그곳을 다녀간 다른 여행자들의 흔적이 있는지 알고 싶었고, 또 이 두 세계 사이의 연결점에 대한 설명이 있는지 찾고 싶었다. 그 한 가지 소망 때문에 거의 모든 박물관과 도서관을 휩쓸다시피 하며 많은 시간을 보냈지만, 모두 헛수고였다.

그런데 이제, 마침내 정원에 다시 갈 수 있게 됐다. 더구나 이번 방문은 그녀가 여전히 수호자임을 상기시켜 주는 기분 좋고 의미 있는 여행이었다.

"내겐 임무가 있어. 마지막 임무겠지. 난 파벨을 꼭 찾아야 해. 그리고 그와 영원히 작별하기 전에 먼저 **비밀의 정원**에 평화를 다시 찾아 주겠어!"

수호자는 밤의 어둠 속에 잠긴 집을 뒤졌다. 오늘 같은 날이 오기를 수십 년 동안 기다려 왔을 정원의 유물들을 찾기 위해서였다. 정원의 운명은 아마 그녀가 조심스럽게 숨겨 두었던 그 유물들에 달려 있을 테니까.

2장

파괴의 여신

1
비올레트의 보물

비올레트는 방을 둘러보았다. 몇 년 전에 아들이 집 전체를 다시 수리했는데도 불구하고, 그 방만은 그녀가 머물던 때와 별반 다르지 않았다. 안쪽 벽 전체를 차지한 낡은 벽장도 그대로였다. 그녀가 열세 살이었을 때처럼. 그때는 이 집을 완전히 떠나기 전이었다.

그해엔 어찌나 힘든 일들이 줄줄이 이어졌던지, 비올레트는 매번 급히 해결책을 찾아야 했고, 그 때문에 후회할 때가 많았다.

우선 파벨이 아팠다. 점점 쇠약해져 가는 친구의 모습을 보며, 비올레트는 곧 닥칠 파벨의 죽음을 직감했다. 그래서 정원에 파벨의 토템을 세우기로 마음먹었다. 파벨이 정원 세상에 속해서, 다른 주민들처럼 거기서 영원히 지내게 하기 위해서였다. 그때 비올레트는 이웃 도시에 있는 할아버지, 할머니 집에서 살고 있었다. 학교가 거기서 가까웠기 때문이다. 재혼한 엄마를 만나러 주말에 가끔 이 집에 오는 걸 제외하면, 정원에 몰래 들어갈 기회는 아주 드물었다.

비올레트는 몇 주에 걸쳐서 토템을 만들었다. 아주 성공적으로. 그래서 파벨은 정원 주민이 될 수 있었다.

불행히도 그 당시 비올레트는 현실의 상황이 점점 비극적으로 변해 가는 걸 예측하지 못했었다. 큰 재앙이 닥치는 바람에 유럽의 모든 시설이 마비되었다. 전기도, 물도, 통신도 모두 끊어졌고, 당연히 온 나라가 무질서한 혼돈에 빠져 버렸다. 안전한 삶을 살 수 없는 곳들이 점점 많아졌다. 엄마는 마지막 휘발유를 사용해서 동생 이방을 데리고 비올레트를 만나러 할아버지 집에 왔다. 그때 비올레트는 몇 주일 치 짐만 챙겨 피난길에 올랐다. 어쩔 수 없이 떠난 피난이 수년이나 계속될 거라곤 아무도 생각하지 못했다.

비올레트는 고등학교를 마친 뒤, 새 삶을 찾아 다른 지역에서 공부를 하며 지냈다. 온 유럽이 몇 년 동안 힘든 상황이었기에 여행이 몹시 고됐지만, 그 와중에도 그녀는 리스본, 프라하, 오슬로 등지에서 일과 학업을 병행하며 바쁜 시간을 보냈다. 그녀는 자신의 삶을 바꿔 놓은 **비밀의 정원**이 대체 무엇인지 알고 싶어서 대학교란 대학교, 도서관이란 도서관은 빠짐없이, 또 끊임없이 돌아다녔다. 상상의 세계와 신화, 전설에 대해서 많은 것을 알게 되었지만 **비밀의 정원** 이야기는 어디에서도 찾을 수 없었다.

상황이 훨씬 나아지고 나서, 어릴 때의 집을 되찾은 건 성인이 된 동생 이방이었다. 그 집은 교통이나 통신은 발달하지 않았어도, 시골의 정취를 느끼면서 지낼 수 있는 곳이었다.

어느 일요일, 긴 여행을 끝내고 마침내 비올레트가 그 집으로 돌아왔다. 그녀는 참을성 있게 혼자 있는 시간이 오기만을 여러 날 기다렸다. 누구도 눈치채지 못하게 정원 세상으로 들어가기 위해서였다.

그리고 거의 10년 만에 처음으로 다시 창문을 뛰어넘었다.

그런데 그녀가 착지한 곳은…… 정원이 아닌 채소밭 한가운데였다.

비밀의 정원으로 들어가는 길이 막혀 버린 것이다. 그 뒤에도 몇 번이나 시도해 봤지만, 그때마다 실망스럽고 씁쓸한 실패만 거듭됐다.

결국 비올레트는 그 집에 정원의 유물들을 그대로 남겨 놓은 채, 정원으로 돌아가는 걸 포기하고 말았다. 사실 유물들은 그녀 외의 다른 사람들에겐 쓸데없고 하찮은 것들에 불과했다. 그 물건들이 정원 세상으로 들어가기만 하면, 전혀 다른 모습으로 변해서 특별한 능력을 지니게 된다는 걸 아는 사람은 비올레트뿐이었다. 그녀는 유물들을 어릴 때 쓰던 가방에 넣어서 벽장에 숨겨 두었다.

오늘, 드디어 유물들을 꺼낼 시간이 왔다.
비올레트는 나무로 된 벽장문을 열었다. 삐걱거리는 소리는 거의 안 났다.
벽장 안엔 수많은 서류와 서류철, 뽀얗게 먼지 쌓인 상자가 가득했다.
그녀는 다섯 번째 선반 밑을 손으로 더듬었다. 선반 널판은 벽난로의 굴뚝 파이프가 있는 곳까지 연결되어 있었다. 손목을 구부려서 좁은 틈에 손을 넣자 가죽이 만져졌다. 낡은 가방이었다! 그녀는 가방끈을 잡고 천천히 잡아당겼다. 먼지 덩어리와 석회 몇 조각이 함께 떨어졌다.

가방을 열기도 전에, 비올레트는 뭔가 이상하다는 걸 느꼈다.

가방에 작고 동그란 검은콩 같은 게 잔뜩 붙어 있었는데, 그건 분명히 바짝 마른 쥐똥이었다. 그러나 그녀를 불안하게 한 건 그게 아니었다. 비올레트는 생쥐를 무서워하지 않으니까. 문제는 가방이 너무 가볍다는 거였다.
당황한 비올레트는 급히 가방 안을 뒤졌다. 텅 비어 있었다! 가방 안에 들어 있어야 할 이 빠진 칼과 오렌지빛의 조약돌이 온데간데없었다.
비할 바 없이 예리한 날을 가진 천 사령관의 단검.
말은 많아도 아름다운 빛을 내는 '귀한 조약돌'.
유물 두 개가 사라지고 없었다.

누군가가 훔쳐 간 걸까? 하지만 누가? 왜? 그것들의 가치를 아는 사람은 아무도 없는데…… 적어도 이쪽 세상엔 아무도 없었다!

비올레트는 포기하지 않고 다시 벽장 뒤로 팔을 넣어 빈 공간을 더듬었다. 그때 어떤 물체가 만져졌다. 둥글고 매끄러우면서도 딱딱하고 울퉁불퉁한 것…… 그녀는 그것을 끄집어냈다. 그걸 본 순간 놀라서 소리를 질렀다.

그건 하얗고, 반질반질하고, 두 눈이 텅 비어 있고, 턱에 예리한 송곳니가 솟은…… 작은 동물의 두개골이었다. 크기는 주먹보다 약간 큰 정도였다.

"대체 이게 무슨 일이야?" 노부인이 중얼거렸다.

그녀는 이 으스스한 물건을 가방에 쑤셔 넣고는 다시 벽장문을 닫았다.

실망감이 이젠 분노와 뒤섞였다. 누군가가 비올레트의 비밀을 발견하고는, 그녀의 유물을 훔치고 그 자리에 이 불길한 두개골을 넣어 둔 것이다. 용서할 수 없는 일이다, 본때를 보여 줘야 했다!

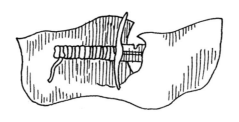

2
새로운 유물

*"난 수호자야! 난 믿음직한 나의 친구를 구하러 갈 거야! 그리고 둘이서 **비밀의 정원**을 구할 거고!"*

비올레트는 의식을 앞둔 전사가 주문을 외우듯 외쳤다. 어렸을 때 이후로는 처음이었다. 그녀를 둘러싼 정원의 풍경을 다시 보자, 기쁨인지 불안인지 알 수 없는 감정이 마음을 죄어 왔고, 두 뺨에선 눈물이 흘러내렸다.

비올레트가 집으로 다시 돌아간 건 천 사령관의 단검을 가지고 오기 위해서였다. 그 예리한 무기라면 쉽게 넝쿨을 제거할 수 있었을 터였다. 하지만 단검이 사라졌으니, 급한 대로 부엌칼을 손수건에 싸서 갖고 왔다.

비올레트는 활기찬 걸음으로 정원 주민들의 마을을 향해 곧장 걸었다. 버려진 옛 동네에 이르자, 월계수의 오두막에 먼저 시선이 갔다. 그곳엔 사람의 흔적도, 동물의 흔적도 없었다. 가시덤불 속에서 헛되이 꽃을 찾으며 슬프게 붕붕거리는 벌레 몇 마리만 있을 뿐이었다.

수호자는 가방을 열고, 손수건으로 싼 부엌칼을 꺼냈다. 그리고 정원을 향해 중얼거리듯 기도했다.

"이 칼이 잘 들기를, 제발……."

비올레트는 손수건을 한 겹씩 펼칠 때마다 왠지 불안한 느낌이 들었다. 역시나 정원 안으로 들어온 부엌칼은 무기라기보다는 장난감처럼 변해 있었다. 길이가 아홉 살 난 그녀의 검지보다 짧은 미니어처 칼로.

비올레트는 그 작은 칼로 맨 밑에 있는 줄기를 끊어 보려 했지만, 미끄러지기만 할 뿐 넝쿨에 상처조차 내지 못했다. 그녀가 투덜댔다.

"이런 싸구려 칼 같으니! 이럴 줄 알았어……. 전혀 안 들잖아!"

사실 이전에도 종종 외부의 물건들을 갖고 정원에 온 적이 있었는데, 그때마다 그것들은 거의 쓸모없게 변해 있었다. 전자 기기나 모터를 쓰는 기계들은 아예 작동하지 않았고, 톱, 주머니칼, 쌍안경 같은 도구들은 장난감으로 변했다. 반대로 가치 없어 보이는 자질구레한 것들, 망가지거나 가방 밑바닥에 넣어 두고 까맣게 잊고 있던 잡동사니 같은 것들은 오히려 신비한 힘을 지니게 될 때가 많았다. 그것들은 비올레트에게 필요한 것, 예를 들면 월계수의 오두막 안에 숨겨져 있는 물건처럼 귀중한 유물이 되었다.

난감해진 비올레트는 미니어처 칼의 뾰족한 끝으로 가시덤불을 베어 보려고, 칼을 들고 아무 데나 마구 찌르기 시작했다. 그러나 그 작전은 힘만 낭비시킬 뿐이었다.

"그렇게 해선 절대 성공하지 못해!"

그 소리에 비올레트는 놀라서 온몸이 굳어 버렸다. 그리고 몸을 돌려서 말을 걸어온 게 누군지 찾아봤다.

"관찰력이 영 별론데……."

목소리는 작았지만, 매우 가까이서 들려왔다. 바로 가방 속에서!

가방 안을 뒤져 본 비올레트는 당황스러웠다. 비스킷 봉지, 물통, 둘로 잘린 오이피클이 든 유리병……. 그중 말을 할 수 있는 건 없었다. 혹시나 싶어서 그녀는 벽장에서 발견한 고양이 두개골을 조심스럽게 꺼냈다.

상아를 세밀하게 조각한 듯 새하얗게 빛나는 물체를 보니 작은 뱀파이어의 머리가 떠올랐다. 긴 송곳니와 커다란 눈은 사악해 보였지만, 그나마 크기가 작아서 그 느낌이 좀 덜하긴 했다.

그때 콧소리 섞인 목소리가 더 분명하게 들려서, 비올레트는 놀라서 펄쩍 뛰지 않을 수 없었다.

"드디어 날 찾아냈네! 빨랐다고는 할 수 없지만!"

"너, 넌 누구야……?"

"토비."

말을 한 건 분명 두개골이었다. 그러나 두개골의 턱이 움직이진 않았다. 그녀는 자세히 보려고 두개골을 눈 가까이 갖다 댔다.

"토비? 좋아. 난 비올레트야. 음…… 반갑다!"

"난 널 도울 수 있어. 비스킷 몇 조각만 주면, 보답으로 기꺼이 해 줄게."

"날 돕는다고? 네가? 어떻게?"

"내가 가시덤불을 끊을 수 있어, 썩 내키진 않지만. 난 아주 튼튼하고 날카로운 이빨을 갖고 있거든."

"정말? 그럼 어디 한번 해 봐. 내가 어떻게 해 줄까?"

"내가 넝쿨을 갉을 수 있게 그 옆에 나를 내려 줘."

지금껏 정원에서 이상한 것을 워낙 자주 봐 왔기에, 비올레트는 더 질문하지 않기로 했다. 그녀는 수다쟁이 조약돌과 친구로 지냈고, 사진 찍는 개미 군단의 도움을 받은 적도 있었다. 그러니 이빨로 넝쿨을 갉아 먹는 두개골이라고 해서 이상할 게 뭐가 있겠는가? 다만 두개골이 어떻게 할지가 궁금할 뿐이었다.

비올레트는 토비를 가시덤불 앞에 내려놓고 넝쿨을 갉아 주길 기다렸다. 하지만 그는 움직일 생각이 없는 것 같았다.

"더 가까이!" 토비가 약간 짜증을 냈다. "더 바짝 갖다 대라고!"

점점 더 의심이 갔지만, 속는 셈 치고 두개골을 덩굴에 바짝 갖다 댄 다음 턱을 열어 주었다. 아무 일도 일어나지 않았다.

잠시 뒤, 두개골이 아주 조금씩 움직이면서 규칙적으로 이 가는 소리가 들렸다. 얼마 안 가서 첫 번째 넝쿨이 깨끗하게 절단되었고, 이어서 두 번째 넝쿨도 끊어졌다. 비올레트는 미소를 지었다. 그제야 이 새로운 친구를 인정할 수 있었다.

"브라보, 토비!"

"내가 계속할 수 있게 두개골을 옮겨 줘. 하지만 먼저 비스킷 좀 줄래? 이 역한 맛을 잊으려면 비스킷이 필요해!"

비올레트는 봉지에서 비스킷 하나를 꺼내 네 조각으로 잘라서 토비의 이빨 사이에 한 조각을 넣었다. 그러자 비스킷이 턱 사이로 빨려 들어가듯이 사라지더니, 곧이어 비스킷을 갈아 먹는 소리가 들렸다.

"토비, 대체 어떻게 한 거야? 넌 평범한 두개골이 아니구나?"

비올레트는 자기가 한 말에 웃음을 터뜨렸다. 말도 하고 비스킷도 먹는 죽은 고양이 머리뼈에다 말을 걸면서, 그 두개골이 '평범'하지 않다고 놀라다니! 비스킷 먹는 소리가 멈췄다. 대답 대신 비음 섞인 목소리가 명령했다.

"자, 이제 일을 끝내야지!"

비올레트는 두말없이 두개골을 들어서 제일 높은 곳에 있는 넝쿨에 가까이 대 주었다. 토비는 아까처럼 치밀하게 일을 해치웠다. 작업은 몇 번이나 계속되었고, 중간중간에 비스 킷이 토비 입 속으로 사라졌다.

드디어 기나긴 기다림이 끝났다! 월계수의 집 문을 막고 있던 가시덤불들이 모두 끊어져 축 늘어진 채 바닥에 널브러졌다. 마침내 길이 트였다.

"고마워, 토비! 넌 내가 아는 최고의 두개골이야!"

"이제 날 가방에 넣어 줘. 잠 좀 자야겠어!"

그녀는 가방 속에 두개골을 넣었다. 아무 쓸모도 없는 작은 칼 옆에. 비올레트는 두개골을 더 정성스럽게 돌봐 줘야겠다고 마음먹었다. 하지만 지금은 새로운 유물을 찾는 게 먼저였다.

가시덤불의 무게로 오두막이 많이 내려앉아 있어서, 문을 열기 위해 문고리를 있는 힘껏 잡아당겨야 했다.

들어서는 순간 곰팡내가 확 풍겼다. 그래도 손상된 곳은 없어 보였다. 비올레트는 블루베리의 말을 기억하며 곧장 안쪽 선반으로 갔다.

친구가 설명해 준 대로, 그곳에 범상치 않은 물건이 있었다. 둘둘 말린 빨갛고 커다란 두루마리. 너비는 비올레트의 팔 길이만 했다.

비올레트는 두루마리 귀퉁이를 한 손으로 잡고, 다른 손으로 두루마리를 천천히 풀었다. 두루마리는 두툼하고 부드러우면서도 가벼운 직물로 되어

있었다. 할아버지 집 욕실에 깔려 있던 카펫과 비슷했다.

"이게 '양피지 두루마리'구나." 비올레트가 중얼거렸다. "블루베리의 말이 사실이라면, 숲을 지나갈 때 아주 요긴하게 쓰일 거야."

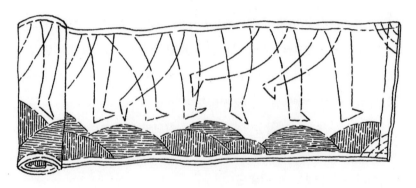

3
양피지 두루마리

풍요 숲은 지난번에 왔을 때보다 더 울창해 보였다. 숲을 가로지르기 위해 걸었던 좁은 오솔길도 이젠 풀과 나무, 가시덤불로 덮여 거의 다닐 수 없을 정도였다.

"좋아, 이 유물을 시험해 보지 뭐. 블루베리가 들려준 거짓말 같은 이야기가 사실이기를 바랄 수밖에 없겠어!"

비올레트는 붉은 두루마리를 풀 위에 조심스럽게 내려놓고 돌돌 말린 부분을 조금 펼쳤다.

"자, 내가 제대로 이해했다면, 이제 이 위를 걸어가면 된다는 거지?"

소녀는 카펫처럼 깔린 부분에 먼저 한 발을 올리고, 이어서 남은 발도 올렸다. 그러자 두루마리의 말린 부분이 앞쪽 나무들이 있는 곳까지 양탄자처럼 좌르르 펼쳐졌다. 신기하게도 나무들이 순식간에 비켜나면서 두루마리가 지나갈 길을 내주었다!

수호자는 조심스럽게 한 발 한 발 계속 내디디면서 숲을 뚫고 나갔다. 양쪽에서 나지막한 나뭇가지들이 격렬하게 움직였다. 앞을 가로막고 있던 가시덤불도 적의를 품고 거칠게 물결치기 시작했지만, 비올레트는 개의치 않고 계속 힘차게 걸었다. 넝쿨의 뾰족뾰족한 발톱은 붉은 통로와 거리를 두고 멀찌감치 물러났다.

비올레트가 뒤를 돌아보았다. 앞으로 나아간 만큼 두루마리는 저절로 감겼고, 그러면 그녀 뒤의 숲은 다시 닫혔다. 붉은 길은 비올레트의 걸음 속도에 맞추어 앞으로 뻗어 가다가, 아주 큰 장애물이 나타나면 빙 돌아갔다. 그녀는 붉은 길이 백 걸음 정도의 길이로 늘어나면서, 거대한 너도밤나무 뒤로 사라지는 걸 보았다.

"우아, 엄청난 유물이야! 블루베리의 말이 사실이었어. 월계수가 이 유물 이야기를 한 번도 한 적이 없어서 처음엔 거짓말일 줄 알았는데……. 이건 정말 귀한 보물이네!"

비올레트의 걸음이 더 빨라졌다. 양피지 두루마리는 길만 터 주는 게 아니었다. 움푹 팬 곳이나 불룩 나온 곳을 평평하게 하고, 돌과 뿌리를 부드러운 벨벳으로 덮어서 두꺼운 양탄자 위를 걷는 것처럼 편하게 해 주었다.

그러나 시간이 흐를수록 비올레트의 기쁨은 차츰 사라졌다. 숲속으로 깊이 들어가는 동안 어두운 그림자가 점점 압박감을 주었다. 빽빽하게 들어찬 나무들 때문에 머리 위로 보이는 푸른 하늘의 면적은 아주 작은 파란 색종이 정도밖에 안 되었고, 드문드문 들려오던 소리도 점차 희미해져 갔다.

이젠 몇 미터 앞도 보이지 않을 정도였다. 그러다 갑자기 붉은 양탄자가 더 이상 풀리지 않았다. 그때 블루베리가 했던 말이 떠올랐다.

'양피지 두루마리는 옛날에 길이 있던 곳만 따라갈 수 있어. 그리고 갈림길을 만나면, 네가 방향을 지시해 주길 기다릴 거야.'

두루마리 끝이 파닥거렸다. 갈림길이었다. 왼쪽으로 가면 **토템 공원**으로 가게 될 터였다. 그곳은 파괴의 여신을 만났던 장소로, 거기만 지나면 숲을 나갈 수 있었다. 오른쪽으로 가면 더 깊은 숲속으로 들어가게 된다.

"어, 잘 모르겠는데……. 두루마리야, 날 파벨이 있는 곳으로 데려다줘."

하지만 유물은 꼼짝하지 않았다.

"네가 내 말을 못 알아듣거나, 아니면 파벨이 어디 있는지 모르거나, 둘 중 하나겠지." 비올레트가 중얼거렸다.

그때, 약간 언짢은 듯한 토비의 목소리가 가방에서 자그맣게 들려왔다.

"뭐야, 우리 지금 숲속에 들어와 있는 거야? 그럼 네가 말한 유물을 찾은 거로구나?"

비올레트는 그 목소리가 무척 반가웠다. 이처럼 험한 곳에서 함께 탐험할 친구가 있다는 게 안심이 되어, 얼른 반질반질한 고양이 두개골을 꺼냈다.

"토비! 잘 잤니? 맞아, 그 유물을 찾았어. 그 덕에 여기까지 왔지. 내 목표는 나의 개 파벨을 찾는 거야. 그 녀석은 지금 숲속 어딘가에 있어. 너라면 어느 쪽으로 가겠어?"

두개골은 대답도 하지 않고 움직이지도 않은 채, 왠지 차가운 표정으로 한동안 가만히 있었다.

'속을 통 알 수가 없군.' 비올레트가 생각했다.

마침내 토비가 말했다.

"여긴 내가 모르는 냄새들로 가득해. 벽장과는 정말 달라! 그래도 두 가지 냄새는 확실히 알 수 있겠어."

"그게 뭔데?"

"하나는 가방 안에 있는 초콜릿 비스킷 냄새. 맛있는 냄새지. 그리고 또 하나는 개가 풍기는 고약한 냄새야."

비올레트의 얼굴에 활짝 미소가 피어올랐다.

"바로 그거야! 파벨의 냄새가 분명해! **비밀의 정원**에 개라곤 그 녀석뿐이거든. 아니, 아마도 그럴 거야. 파벨이 있는 곳으로 가려면 어디로 가야 해?"

하지만 토비가 어물거렸다.

"넌 내가 그런 위험하고 덤벙대는 녀석한테 가고 싶어 할 것 같니? 그보다 난 다른 냄새에 더 끌리는데."

비올레트는 한숨을 쉬고 가방을 뒤졌다. 그리고 비스킷을 꺼내서 두개골의 이빨 사이에 넣어 줬다.

"아, 이제야 널 좀 알겠다! 넌 해골치고 식욕이 아주 좋구나? 자, 먹어. 그리고 안심하렴, 파벨은 절대로 고양이 두개골을 먹은 적이 없으니까. 개에게 너처럼 작은 뼈는 아주 위험하거든."

아작아작 바사삭……. 그녀는 비스킷 갉아 먹는 소리가 멈추길 기다렸다가 다시 물었다.

"자, 이제 어디로 가면 될까? 왼쪽? 아니면 오른쪽?"

"잘 모르겠는걸. 아마…… 왼쪽?"

4
돌고 또 돌고

양피지 두루마리가 갈림길에서 비올레트의 선택을 기다리면서 가만히 서 있는 게 벌써 네 번째였다. 매번 비올레트에게 질문을 받은 토비는 최선을 다해 파벨에게 가는 길을 찾고자 했지만, 끝에는 언제나 자신 없는 목소리로 안내할 수밖에 없었다.

"희미하게 개 냄새가 나긴 해. 이곳을 지나간 건 틀림없는데……."

비올레트는 그제야 토비가 얼마나 어려운 임무를 수행하고 있는지 짐작할 수 있었다. 다섯 번째 갈림길에 이르렀을 때는 절망감이 소녀의 어깨를 짓눌렀다.

"여기 이 구멍 난 나무등치하고, 버섯들이 둥글게 무리 지어 자란 곳하고……. 분명히 아까 지나갔던 곳이야, 토비! 우린 지금 계속 돌고 있어!"

"그렇군!" 토비가 말했다. "그러니까 왼쪽 길은 잘못된 길이라는 거군! 그래도 진전은 있었네……. 과자 조금 더 먹어도 돼?"

"어휴! 넌 안내자로는 영 꽝이야!"

지친 비올레트는 나무등치에 늘어지듯 걸터앉아서 두개골을 눈높이까지 들어 올렸다.

"이제 우린 어떻게 해야 하지?" 그녀가 한숨을 쉬었다.

두개골은 말이 없었다.

"토비?"

그때 비올레트는 누군가가 자기를 관찰하고 있다는 걸 느꼈다.

"이봐, 신참! 하다 하다 이젠 두개골하고도 대화를 하는 거야? 쟤는 토비고, 난 토끼네? 하하하!"

비밀의 정원에서 그녀를 신참이라고 부를 자는 한 사람밖에 없었다. 예전에는 경멸하는 뜻이 담긴 별명이었지만, 이젠 친구끼리 재미 삼아 놀리는 별명이 되었다. 비올레트가 뒤를 돌아봤다.

"르비스! 거기서 뭐 하는 거야?"

르비스는 낮은 나뭇가지 위에 앉아 있다가, 유연하게 땅으로 뛰어내렸다.

"널 찾고 있었어. 네가 돌아왔다는 소문을 들었지. 호수에 사는 정원 주민들이 말해 주더라, 여기로 가면 널 찾을 수 있을 거라고. 네가 개의 흔적을 찾고 있다면서!"

비올레트는 한때 경쟁자였던 이에게 친근한 미소를 보이며 일어났다. 르비스는 변덕이 심했지만, 비올레트는 그녀를 좋아했다. 게다가 마침내 자기를 도와줄 사람이 나타났으니, 오랜만에 만난 친구가 더 반가웠다! 비올레트는 가장 중요한 순간마다 르비스가 도움을 준다는 걸 알고 있었다. 토끼 복면으로 얼굴을 완전히 덮고 있었지만, 비올레트는 그 뒤에 있는 르비스의 두 눈이 기쁨으로 반짝이는 걸 보았다.

비올레트가 웃으며 말했다.

"맞아, 파벨이 숲속 어딘가에 있대. 그곳을 찾기가 어려운 게 문제지만. 근데 때마침 네가 날 도우러 와 주다니 정말 놀라운걸!"

르비스는 친구의 발밑에 있는 붉은 양탄자 길을 바라봤다. 그리고 마치 비올레트가 근사한 새 옷이라도 입은 것처럼 감탄했다.

"와, 너! 양피지 두루마리를 손에 넣었네! 부럽다……. 그게 있으니까 칼로 가시덤불을 베며 가는 것보다 훨씬 빨랐겠구나? 난 널 따라오느라 계속 덤불을 베면서 왔거든. 네가 같은 곳을 빙빙 돌고 있어서 다행이지 뭐야. 안 그랬으면 널 따라잡지 못했을 거야. 그런데 그 두개골은 뭐야?"

르비스는 호기심으로 눈을 반짝거리며 풀쩍 뛰어 다가왔다. 그리고 토비를 잡으려고 팔을 뻗었다. 비올레트는 황급히 토비를 가방 안에 넣었다.

"아니, 아니! 이건 내 거야!"

"욕심 같은 건 없는 줄 알았더니. 그건 새로운 유물이니? 그런 유물은 한 번도 들어 본 적 없는데!"

"그런 건 아무래도 좋고, 넌 파벨이 어디 있는지 알아? 내가 잘 찾아온 거야? 부탁해, 제발 파벨을 찾게 도와줘!"

르비스는 한숨을 쉬더니 심각한 표정을 지었다.

"나도 그 녀석이 숲속에 있다고 생각해. 하지만 넌 이렇게 숲을 무작정 돌아다니다 우연히 그를 만나길 바라나 본데, 그런 식으로는 절대 개를 못 찾아. 만일 그 개가 못된 자라도 만났다면, 아마도 그럴 가능성이 큰데, 만일 정말 그랬다면 그자를 공격할 계획도 세워야 할 거야."

비올레트는 묻고 싶은 게 수천 가지도 넘었다. 어떤 질문을 먼저 해야 할까 고민하고 있을 때, 르비스가 자기 턱을 만지면서 고개를 갸웃거렸다. 그러더니 비올레트의 눈을 가만히 들여다보며 말했다.

"비올레트, 너 많이 변했구나. 눈빛이 뭔가 달라졌어. 뭐랄까…… 아주 많은 일을 겪은 사람처럼 말이야. 지난번에 정원에 들른 뒤로 무슨 일이 있었던 거야?"

비올레트는 잠시 망설였다. 그녀는 지금 정원 세상에서 자신의 이야기를 이해해 줄 수 있는 유일한 자와 마주하고 있었다. 르비스 역시 비올레트와 마찬가지로 바깥세상에서 왔기 때문이다. 르비스는 저쪽 세상 일을 알고 있었고, '세월'이라든가 '늙는다'라는 말의 의미도 알았다.

하지만 비올레트는 자기가 늙었다는 걸 고백하고 싶지 않았다. 그녀는 르비스가 자기를 또래 친구로 봐 주는 게 좋았다. 그래서 얼버무리듯 말했다.

"많은 일이 있긴 했지. 어쨌든 이제 돌아왔어. 그런데 와 보니, 정원 세상이 이런 위험에 처한 거야."

"자, 가자!" 르비스가 대답했다. "걸으면서 이야기하자. 그리고 너, 내게 보여 줄 새로운 걸 갖고 있지? 난 지금 열쇠처럼 생긴 작고 파란 물건을 찾고 있어. 그거라고 부르는 거."

5
흑요석 도로

양피지 두루마리가 두 소녀 앞에서 길을 만들면서 계속 펼쳐졌다. 르비스는 비올레트가 겨자 부인에게서 얻은 파란 막대기를 찬찬히 살펴보고 있었다. 비올레트는 친구에게 정원의 변화에 관해 물었다.

"넌 그 남작이란 자를 만난 적 있어?"

"아니, 만나긴커녕 피해 다니지……. 그 잘난 체하는 자에게 내 시간을 빼앗기고 싶은 생각이 조금도 없거든. 그는 덩치가 크다더라. 성인이라는 거지. 어쨌든 그는 정원 주민 일부를 설득해서 자기를 위해 일하게 만들었어. 그들을 정원 곳곳으로 보내서 엄청나게 많은 일을 시키지."

"가물가물 따분한 숲에서 나무를 베는 것처럼?"

"흠, 그것도 포함되겠지. 그들은 온갖 곳에서 물건을 수집하는 일도 해. 그런데 아무 가치도 없는 이상한 것을 주면서 값을 치른대……. 네가 가진 바로 이 그거 같은 물건으로 말이야. 나한테 맡기면 이걸 어디에 쓰는 건지 알아봐 줄게."

르비스가 이 물건의 용도가 궁금할 뿐, 욕심은 없다는 투로 제안했다.

비올레트는 멈추지 않고 계속 걸으면서 손바닥을 내밀었다.

"자, 이리 돌려줘. 그건 내 거야. 네가 그런 표정을 지을 때는 뭔가 수상한 짓을 꾸미고 있단 뜻인 거 다 알아. 이걸로 뭘 할 생각인지 솔직하게 털어놔 봐, 응?"

르비스가 입술을 삐죽거리며 비올레트의 손에 그 작은 물건을 도로 올려 놓았다.

"이건 아마 정원의 유물일 거야. 내가 찾고 있는 열쇠인 거 같아."

"뭘 여는 열쇠인데?"

"내가 **가짜 폐허**에서 발견한 열쇠 구멍이 있어."

"좋아, 그렇다면 빌려줄게. 하지만 조건이 있어. 내가 파벨을 찾을 수 있게 도와줘. 그리고 만약 파괴의 여신이 방해하면 너도 함께 싸워 줘."

르비스가 한숨을 쉬었다.

"겨우 그거야? 왜, 죽은 사람도 살려 달라고 그러지? 뭐, 좋아! 네 열쇠가 기능만 제대로 한다면, 파괴의 여신을 무찌를 방법이 생길지도 모르니까!"

비올레트는 열쇠에 관해 막 르비스에게 물어보려다 말고, 갑자기 길에 관심을 빼앗겼다. 두루마리가 비탈을 빙 돌자마자, 별안간 숲속에 넓은 도로가 나타났기 때문이다.

"아니, 대체 이게 어떻게 된 거야?"

가시넝쿨, 덤불, 나무 들이 모두 베어져 있었다. 검은 돌로 포장된 도로 옆엔 아직 초록색을 띤 풀들과 나뭇가지들이 나뒹굴고 있었다.

비올레트는 **비밀의 정원** 안에서 이처럼 반듯한 길은 본 적이 없었다. 이곳의 길이란, 주민들이 자주 다닌 덕에 절로 생겨난 오솔길들이 전부였다. 정원 주민들은 이처럼 넓고 반듯한 길을 만들 필요도 없었고, 방법도 몰랐다.

"남작의 짓이야." 르비스가 중얼거렸다. "바로 이런 게 그가 할 수 있는 일이지."

"그렇군. 그런데 어떻게 이런 도로를 만들었을까? 숲을 이렇게 완전히 밀어 내려면 기계가 필요했을 텐데!"

"가물가물 따분한 숲에 벌목하는 사람들이 있었다고 네가 말했잖아."

비올레트는 그곳을 떠올렸다. 그랬다, 그 숲 안에도 이렇게 다듬어진 도로와 비슷한 길들이 있긴 했다. 하지만 거기선 도끼로 나무를 쓰러뜨리고 있었다. 그게 정원 주민들이 할 줄 아는 유일한 방법이었다. 그런데 여기선 더 강력한 뭔가를 이용해서 나무를 베고 자른 것 같았다.

르비스는 두루마리에서 내려, 흙이 묻어 있는 바위 쪽으로 다가갔다. 땅속에서 캐낸 것으로 보이는 바위는 새로 만든 도로 밖으로 밀려나 있었다.

그녀는 몸을 굽히고 발밑에서 뭔가를 주웠다.

"이거 봐." 르비스가 검고 반짝이는 광석 조각을 비올레트에게 내밀었다.

"깨진 유리 같아. 잘못하면 베이겠어!"

비올레트는 그 광석을 본 적이 있었다. 정원이 아닌 바깥세상에서였다. 그녀는 그 광석의 이름을 기억해 내려고 애썼다.

"그래, 흑요석이야! 아즈텍 사람들이 칼을 만들 때 사용했던 돌이지. 강철로 만든 검보다 더 예리하다고 했어."

비올레트가 르비스 쪽으로 몸을 돌리고 말했다.

"흑요석으로 만든 도구라니……. 정원 주민들이 그런 도구를 갖고 있을 리 없잖아?"

"글쎄, 내 알 바 아니지만, 남작이 그들에게 그런 아이디어를 주었을지도 모르겠단 생각은 들어."

"확실히 알아봐야겠어."

비올레트는 양피지 두루마리를 둘둘 말아서 가방 안에 넣었다. 이 새로운 도로를 따라가 보기로 한 것이다.

"좋아, 어느 쪽으로 가 볼까?"

숲속 한가운데에 나 있는 이 도로는 커브를 그리고 있었다. 왼쪽으로도 오른쪽으로도 아주 크게 휘어 있어서, 어디로 가는지 가늠이 안 됐다.

르비스가 태양을 향해 머리를 들더니, 손목에 찬 반짝거리는 물건을 슬쩍 쳐다봤다.

"흠, 내가 틀린 게 아니라면⋯⋯ 왼쪽으로 가면 **가물가물 따분한 숲** 근처로 갈 거고, 오른쪽으로 돌면 숲속으로 더 깊이 들어가게 돼."

비올레트는 르비스가 쳐다본 것이 뭔지 가까이서 보려고 다가갔다. 짐작했던 대로 태양을 움직이는 정원의 유물, '바늘 없는 시계'였다.

"난 방향을 알아볼 때도 이걸 사용해." 유물 수집가가 설명했다.

비올레트는 톱니바퀴와 바늘을 대신해서 움직이던 개미들이 생각났다.

"그럼 개미 정비사 군단이 아직 그 안에 있는 거야?" 그녀가 물었다.

"당연하지! 봐!" 르비스가 시계를 친구의 눈 가까이 갖다 대며 말했다.

검은 개미 두 마리가 숫자판 위에서 천천히 움직이고 있었다. 비올레트가 그들을 불렀다.

"안녕, 정비병들! 난 정원의 수호자, 비올레트 위르르방이에요, 여러분은 혹시 파벨이 어디 있는지 알고 있나요? 나의 개 말이에요."

"우린 전혀 몰라요." 큰 바늘이 대답했다. "우린 달과 태양의 움직임에만 집중해야 해요. 다른 데 신경 쓸 여력이 없어요!"

"가끔 밖으로 나가서 먹이를 먹긴 하지만요." 작은 바늘이 덧붙였다.

비올레트는 실망감을 감추려고 다른 질문을 했다.

"개미 여왕님이 **개미 왕국**에서 사라졌다고 하던데⋯⋯. 여러분은 그분이 어디 숨어 있는지 아세요?"

"우린 몰라요." 큰 바늘이 대답했다. "여왕님은 아무에게도 알리지 않고 사라지셨거든요. 납치되었다는 둥 도망쳤다는 둥 소문만 무성해요."

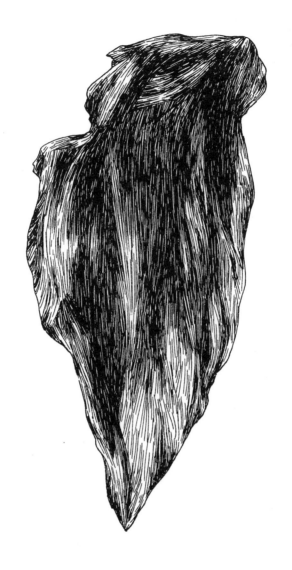

"애인과 함께요!" 작은 바늘이 덧붙였다.

"바보 같은 소리!" 큰 바늘이 나무랐다. "우리 여왕님은 그러실 분이 아니라니까!"

"그래도 여왕님이 어떤 음악가와 자주 어울리는 걸 봤다는 자들이 있잖아. 그와 사이가 아주 좋은 것 같다고 했어⋯⋯. 심지어 **딸꾹 벤조**에서 둘이 함께 있는 걸 봤다는 말도 들었단 말이야." 작은 바늘이 계속 말했다. "매암미 트리오도 같이 있었대!"

"다 거짓말이야! 모함이라고!" 큰 바늘이 무서운 말투로 말을 끊었다.

"**딸꾹 벤조?**" 비올레트가 르비스에게 물었다. "그게 뭐야?"

"**가짜 폐허** 근처에 있는 술집이야. 사방에서 모여든 손님들로 항상 붐비는 곳이지." 르비스가 설명했다. "그러니 많은 정보가 오가는 건 당연하고."

"정말? 나 좀 거기로 데려다줘!"

"뭐, 꼭 가고 싶다면⋯⋯. 네가 거기 들어갈 수 있을지 모르겠지만⋯⋯."

"그거야 두고 볼 일이지!"

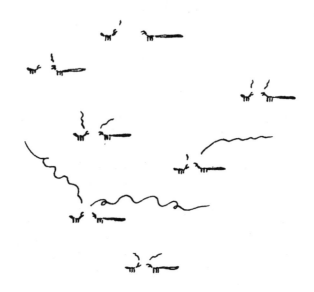

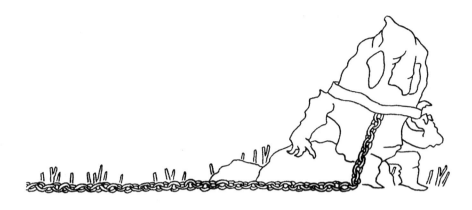

6
옵시디언

작업을 하던 정원 주민들은 잠시 쉬기로 했다. 열두 명의 작은 사람들이 휴식을 취하는 동안, 새로 만든 도로 옆 바위 위에는 트롤이 앉아 있었다. 온몸이 흑요석으로 된 옵시디언이었는데, 목에는 수레와 연결된 사슬을 목줄처럼 매고 있었다. 목을 꽉 죄는 쇠사슬이 답답한지, 그는 있는 힘을 다해 수천 번도 넘게 목줄을 잡아당겼다.

작업 팀 중 한 명이 그걸 보고 조롱하는 미소를 지으며 놀려 댔다.

"이봐, 덩치! 목걸이 때문에 목이 간지러우신가?"

옵시디언은 팔을 내리고 그를 향해 고개를 돌렸다. 돌로 된 검은 얼굴에 감정이 다 드러나진 않았지만, 그는 그 무례한 작은 남자가 자신의 증오심을 눈치라도 채길 바랐다. 물론 주먹 한 방으로 남자를 짓뭉갤 수도 있었다. 목줄은 그에게 갈 수 있을 만큼 길었으니까! 그러나 트롤은 만일 자기가 조금이라도 그러려는 낌새만 보여도 자기에게 어떤 일이 일어날지 알고 있었다. 심지어 그런 상상만 했을 뿐인데도 벌써 다리에 찍힌 낙인이 또다시 찌르는 듯한 고통을 주는 듯했다.

낙인은 반항하지 말라는 명령을 충분히 상기시켜 주었다.

"자, 덩치. 다시 일 시작하자! 성에서 우리가 벤 나무들을 기다리고 있어!"

휴식을 끝낸 정원 주민들은 트롤에게 채운 쇠사슬이 나무를 가득 실은 두 대의 수레에 잘 묶여 있는지 확인했다.

옵시디언은 다시 일어나 걷기 시작했고, 무거운 수레들도 그 뒤를 따라 굴러갔다. 그가 이미 세 번이나 왕복하면서 성까지 가는 길을 터놓았건만, 가시엉겅퀴와 덤불들이 다시 도로를 잠식하기 시작했다. 정원 주민들도, 숲도 전부 미친 것처럼 보였다.

바퀴 구르는 소리, 나뭇가지와 조약돌을 짓밟는 트롤의 묵직한 발소리, 정원 주민들의 낄낄거리는 웃음소리. 그 소리들은 작업 팀의 위치를 사방팔방에 알릴 정도로 소란스러웠다.

아직 숲에서 끈질기게 살아가던 몇 안 되는 동물들은 그 소리를 듣고 그들이 오기 전에 일찌감치 달아나 버렸다.

옵시디언이 멀리서 뭔가가 움직이는 것을 발견했을 때, 그게 여우나 멧돼지는 아닐 거라고 생각한 것도 그래서였다. 트롤의 시력은 인간의 시력보다 나빴지만, 뭔가 본 건 확실했다. 주민들의 날카로운 외침이 그 사실을 확인시켜 주었다.

"멈춰! 누군가 있다!"

경고를 보낸 건 팀장인 당근이었다. 그녀의 말에 다른 정원 주민들이 수레에서 내려 방어 대형을 이뤘다.

두 침입자가 그들을 향해 똑바로 다가왔다. 이제 트롤의 눈에도 차츰 그들의 모습이 선명해지기 시작했다. 하나는 머리가 금발이었고, 다른 하나는 하얀 깃털 두 개가 달린 우스꽝스러운 모자를 쓰고 있었다…….

아, 아니었다. 그건 깃털이 아니었다. 아주 긴 귀였다.

그들은 정원 주민들이 아니었다.

"안녕하세요!" 금발 소녀가 외쳤다. "난 비올레트 위르르방이에요, 정원의 수호자요. 여러분은 누구세요? 여기서 뭘 하고 있는 거죠?"

오, 수호 소녀! 옵시디언은 정원의 골치 아픈 문제에 종종 개입했었다는 이 인간의 이야기를 몇 번 들은 적이 있었다. 지난번 폭풍우 때 정원 주민들과 트롤들 사이의 갈등을 끝낸 자도 바로 수호 소녀였다고 했다. 그는 이 작은 인간이 어떤 변화를 가져올지 기대하면서도 긴장했다.

당근은 손에 도끼를 들고서 두 침입자에게로 걸어갔다. 조심스럽게 약간 거리를 두고 멈춰 서서 선포했다.

"당신들은 지금 남작님의 길 위에 서 있습니다. 수레가 지나가도록 비켜 주시고, 빨리 이 영토에서 나가십시오!"

그 말에 대답한 건 토끼 머리의 침입자였다.

"하하, 이것 보게?"

트롤은 목소리를 듣고 토끼 머리 역시 소녀일 거라고 추측했다.

"흥, 난 널 알고 있어." 토끼 머리가 말했다. "넌 **너른 잔디밭**에 살던 당근이지? 너도 남작 편에 선 거야? 대체 너희 여기서 뭘 만들고 있는 건데?"

정원 주민은 망설였다. 눈에 띄게 당황하고 있었다.

"나, 나는……. 르비스, 이 일에 끼어들지 마. 너와는 상관없는 일이야. 수호자도 마찬가지고."

그 순간 금발 소녀가 당근 앞으로 나아갔다. 당근이 도끼를 들고 방어 자세를 취했지만, 수호 소녀는 멈추지 않았다.

"당근! 이 숲에서 무슨 일이 일어나고 있는지 설명해 줘. 목에 사슬을 맨 저 트롤을 데리고 뭘 하는 거지? 당신들이 섬기고 있는 남작이란 사람은 대체 어떤 사람이고?"

검은 트롤은 당근이 떨고 있는 걸 봤다. 몹시 긴장하고 있음을 알 수 있었다. 피와 살을 가진 그 작은 존재들은 어찌나 표정이 풍부한지, 무슨 생각을 하는지 얼굴에 바로 티가 났다. 그가 주먹으로 당근을 위협했던 날에도 당근이 이렇게까지 떨진 않았었다. 그날은 그녀가 옵시디언에게 커다란 떡갈나무를 쓰러뜨리라고 시킨 날이었다.

침입자들이 한 걸음 더 다가오는 걸 보고 당근이 외쳤다.

"멈춰! 안 그러면 너희를 체포하라고 트롤에게 명령할 거니까!"

비올레트 위르르방이 트롤을 쳐다보았다. 트롤은 그녀의 눈에서 어떤 메시지를 읽었다. 수많은 폭풍우를 겪은 몇몇 트롤들과 똑같은 눈빛이었다.

그때 당근이 별안간 호통을 치는 통에, 그는 꿈에서 깨어났다.

"옵시디언! 내 말 듣고 있는 거야?" 당근이 되풀이했다. "그 녀석들한테서 물러서지 못해!"

검은 바위 거인은 차분하게 두 소녀를 향해 걸어갔다. 그 침착한 태도에 자신도 놀랄 정도였다. 하지만 그는 자신이 해야 할 일이 뭔지 정확하게 알고 있었다.

7
성으로

    트롤이 다가오자, 르비스는 도망칠 수 있는 길을 찾으려고 도로 가장자리를 살피기 시작했다. 왼쪽으로 세 번만 훌쩍 뛰면, 울퉁불퉁한 나무줄기와 커다란 바위 사이에 좁은 통로가 있었다. 그녀가 비올레트에게 속삭였다.

    "바위 옆에 빠져나갈 구멍이 있어. 혹시라도 저 녀석이 공격할 기색을 보이면, 잽싸게 도망치는 거야."

    하지만 비올레트는 고개를 가로저었다.

    "도망치지 않아도 돼."

    그리고 트롤을 향해 나아가면서 말했다.

    "내 말 좀 들어 봐요! 난 당신과 싸우고 싶지 않아요. 난 늘 트롤들을 존경해 왔어요, 정원에 있는 모든 주민을 존중하는 것만큼 말이죠."

    검은 트롤은 그녀와 두어 걸음 떨어진 곳에서 고개를 숙였다. 그리고 느리지만 놀랍도록 섬세한 동작으로 비올레트를 향해 손을 내밀었다. 마치 존경을 표하는 것처럼……. 그리고 널찍한 손을 땅바닥에 닿을락 말락 한 높이에서 찻잔 모양으로 살짝 오므렸다.

비올레트는 잠시 망설이다가 트롤의 초대를 받아들였다. 그녀는 그와 눈을 계속 맞춘 상태로 트롤의 손바닥에 한 발을 올리고, 나머지 한 발도 올려놓았다. 트롤은 마치 나비를 손에 쥔 아이처럼 조심스럽게 손을 들어 올렸다.

당근은 놀라서 입을 떡 벌린 채 그 장면을 바라보았다. 비올레트는 당근이 또 다른 명령을 외칠 틈도 없이, 쾌활한 말투로 그녀에게 말했다.

"자, 보다시피 난 네가 부리는 트롤의 손아귀에 꼼짝없이 잡혀 있어. 그러니 날 성까지 데리고 갈 수 있겠지? 난 남작과 인사를 하고 싶어."

그 말에 르비스가 도로 가장자리에 있는 통로로 급히 달려갔다. 그녀는 트롤과 정원 주민들을 따라갈 마음이 전혀 없었다.

"자, 이쯤에서 난 사라진다! **가짜 폐허**에서 기다릴게."

"알았어! 우리 거래 잊지 마!"

당근은 허울뿐인 권위를 지키려고 동료들에게 억지 미소를 지어 보였다.

"저 애는 이제 우리 포로야. 틀림없이 남작님이 우릴 칭찬해 주실 거야."

비올레트는 그 말을 못 들은 척했다. 상황을 악화시키고 싶지 않았고, 다른 한편으론 당근이 체면을 잃지 않도록 해 주고 싶었다.

트롤은 울퉁불퉁한 자기 손 때문에 소녀가 다치지 않도록 아주 조심스럽게 걸음을 옮겼다. 비올레트는 그를 주의 깊게 관찰할 수 있는 최적의 자리에 있게 된 셈이었다. 숲을 가로질러서 도로를 닦은 건 이 트롤이 확실했다. 그의 손가락이 날카롭게 갈렸을 뿐 아니라, 깊게 베이고 긁힌 상처가 손바닥에 무수했기 때문이다. 게다가 팔에 난 상처들도 그가 혹독한 시련을 겪고 있다는 걸 보여 주었다. 트롤들은 사람이나 동물처럼 상처로 고통을 느끼진 않았다. 하지만 그들의 느리고 무던한 본성을 보건대 극한의 상황이 아닌 이상, 그렇게 상처가 날 만한 행동은 하지 않았을 것이다. 옵시디언이 이처럼 파괴적인 작업을 할 수밖에 없었던 이유는 뭘까?

비올레트는 트롤이 끌고 가는 수레에 무엇이 담겨 있는지 보려고 몸을 돌렸다. 자작나무였다. **가물가물 따분한 숲**에서 베어 온 게 분명했다. 하지만 어째서 정원 주민들이 그것들을 베었단 말인가?

비올레트는 더 작은 수레에 쌓여 있는 다른 물건들도 눈여겨보았다. 길고 납작한 물건 세 개가 덮개에 싸인 채 나무줄기에 묶여 있었다. 크기는 비올레트의 키만 했다. 저건 대체 무엇일까? 도무지 알 수 없었다.

드디어 문제의 남작을 만날 시간이 다가왔다.

8
뾰족 담 성채

멀리 나무들 위로 성벽이 보이기도 훨씬 전부터 비올레트는 성 근처에 왔다는 걸 짐작했다. 그곳에서 들려오는 소리 때문이었다. **비밀의 정원**에서는 거의 들을 수 없는 요란한 소리였다.

톱으로 나무를 베는 소리, 나뭇조각들을 끼워 맞추기 위해 끊임없이 망치를 두드리는 소리, 작업 지시를 하는 정원 주민들의 고함……. 평소 같으면 한없이 적막했을 숲을 그 요란한 소리가 완전히 뒤덮고 있었다.

게다가 공장이나 기계가 존재한 적 없던 이 세계에서, 금속 물체가 부딪칠 때 나는 덜커덕 소리까지 들렸다. 대체 무슨 상황인지 짐작조차 안 됐다.

커브를 돌자, 마침내 성이 모습을 드러냈다.

"바로 저기야!" 당근이 자랑스럽게 말했다.

성에 가까워질수록 당근은 본래의 자신감을 되찾았다. 그녀는 수레에서 내려 트롤 앞에 섰다. 오는 내내 열심히 준비했던 말을 드디어 꺼냈다.

"비올레트 위르르방, 이제 우리는 남작님의 영토 안에 들어왔어. 널 정중하게 환영할게. 하지만 반드시 우리 규칙에 따라야 해. 안전을 위해서 절대로 톱이나 압착기 근처엔 가지 마. 그리고 본관으로 들어갈 수 있을지 어떨지는 남작님의 허락에 달려 있으니, 그런 줄 알고."

"이젠 나를 포로 취급하는 건 포기한 거구나?" 비올레트가 말했다.

당근은 대답하지 않았지만, 갑자기 귀가 빨개진 걸 보니 당황한 모양이었다. 비올레트는 그녀와 대화하느라 시간을 지체할 생각이 없었다. 주위의 광경이 온통 관심을 사로잡았기 때문이다.

앞에 웅장한 **뾰족 담 성채**가 보였다. 성은 뾰족뾰족한 나무 울타리에 둘러싸여 있었는데, 그 울타리에서 이름이 붙은 것임을 알 수 있었다. 끝을 뾰족하게 자른 나무 울타리 덕분에, 성은 가시로 뒤덮인 꽃처럼 보였다. 그제야 비올레트는 **가물가물 따분한 숲**에서 베어 온 자작나무들을 어디에 쓰는지 알 것 같았다. 자작나무들은 잘 깎은 연필처럼 끝이 뾰족하고 곧게 다듬어져서 매우 인상적인 담을 이루고 있었고, 주변엔 더 작지만 여전히 위협적인 말뚝들이 삐죽삐죽 솟아 있었다.

도로가 끝나는 곳에서 만난 커다란 정문은 굳게 닫혀 있었다. 정원 세상에 이처럼 공격적인 요새가 있다니! 마치 장난감 상자 안에 들어 있는 전갈만큼이나 어울리지 않는 모습이었다.

"멋……지다." 비올레트가 짧게 말했다. "이걸 세우기 위해 아주 많은 일을 했겠네."

당근이 미소를 지으며 고개를 끄덕였다.

"그럼! 하지만 이건 시작일 뿐! 남작님에겐 기막힌 아이디어가 넘치거든."

"그런데 왜 저렇게 뾰족한 말뚝들이 많지? 공격당할까 봐 두려워서?"

당근은 다시 당황스러운 표정을 지으며, 그냥 이렇게만 대답했다.

"뭐든 미리 대비할수록 좋아. 성안엔 진귀한 보물들이 많으니까……."

"정말? 나도 보고 싶어!"

트롤과 수레가 도착하자 성문이 열리고, 많은 정원 주민들이 나와 손님을 구경했다. 그곳 사람들은 모두 똑같은 복장을 하고 있었다.

옵시디언이 팔을 들어서, 비올레트를 자기 머리 위로 들어 올렸다. 비올레트는 이 동작이 자기가 땅으로 폴짝 뛰어내려 도망칠까 봐 높이 드는 건지, 아니면 모두에게 그녀를 자기의 트로피처럼 과시하려고 그러는 건지 알 수 없었다. 그러나 이왕 이렇게 됐으니 그 동작을 이용하기로 마음먹고, 우아한 자세를 취했다. 수호자는 모두가 반기는 특급 손님일 테니까!

적어도 그러길 바랐다. 겁 많은 노부인도, 수줍은 어린 소녀도 이런 불길한 곳에선 동료가 아무도 없다는 생각에 자신감이 떨어질 수밖에 없었기 때문이다.

마침내 트롤은 커다란 문을 지나 성안으로 들어갔다. 비올레트는 트롤의 머리 위에서 성 전체를 관찰했다. 그곳에서 무슨 일이 꾸며지고 있는지 알고 싶었고, 만약을 대비해서 출구를 찾아 놓을 필요가 있었다.

그러나 뾰족한 나무 담 사이에는 다른 출구가 보이지 않았다.

우선 비올레트는 성 전체가 몹시 질서정연한 것을 보고 놀랐다. 모든 게 완벽하게 조직되어 있었다. 건물들은 좌우 대칭을 이루었고, 양쪽엔 정원 주민들이 사는 작은 오두막들이 질서 있게 줄지어 있었다. **너른 잔디밭**에선 본 적 없는 모습이었다. 정문 앞 도로와 이어지는 넓은 길은 공사 중인 한 건물로 똑바로 이어졌다. 유달리 웅장한 모습을 자랑하는 건물이었다. 그곳이 그 유명한 '본관'인 게 분명했다. 그 건물 정면에 세워져 있는 조각상들은 눈을 홀릴 만큼 아름다웠다.

옵시디언이 마침내 비올레트를 내려놓으려고 손을 천천히 땅으로 내리는 동안, 비올레트는 뛰어내릴 준비를 했다. 순식간에 작은 무리가 주위를 둘러쌌고, 그녀를 알아보는 정원 주민들도 여럿 있었다. 하지만 **물 위 둥둥 마을**의 주민들처럼 수호자의 이름을 부르며 반가워하는 사람은 아무도 없었다. 그들은 의심 반, 두려움 반으로 그녀를 바라보기만 할 뿐이었다.

비올레트는 그런 반응에 당황해서인지, 검은 트롤의 손에서 뛰어내리다가 하마터면 넘어질 뻔했다. 얼른 균형을 잡기 위해 댄스 스텝으로 빙그르르 도는 동작을 했는데도 웃는 사람은 아무도 없었다.

당근은 호기심으로 가득한 사람들 사이를 헤치고 가면서, 비올레트에게 따라오라고 신호를 보냈다.

"이리 와. 넌 내가 데려왔으니, 내가 책임지고 이곳을 구경시켜 줄게."

9
딸꾹 벤조

르비스는 가능한 한 빨리 숲을 가로질러서 달아났다. 종종 앞길을 방해하는 가시덤불을 피하느라 더 집중해야 했다.

한편으로는 남작의 군대와 맞서는 것보다는 차라리 가시덤불에 찔리는 편이 낫다는 생각이 들었다. 남작을 따르는 주민들을 만난 적이 몇 번 있었는데, 그때마다 껄끄러웠다. 심지어 몇몇은 그녀를 위협했었다. 그들은 르비스에게 정원 세상과 유물에 대한 모든 정보를 털어놓고 남작을 도우라고 했다. 그러지 않으면 남작이 그녀를 적으로 여길 거라고 으름장까지 놓았다.

그러나 르비스는 아무리 작은 것이라도 남에게 자신의 비밀을 털어놓는 게 죽을 만큼 싫었다.

마침내 숲을 완전히 빠져나오는 데 성공했다. 이제 여행길은 훨씬 수월해졌다. **시멘트 사막**을 가로지르자, **가짜 폐허**가 나왔다.

르비스는 폐허의 입구를 표시한 비석 앞에 멈춰 서서, 비석 꼭대기에 작게 쓰인 문구를 다시 읽어 봤다. 다섯 줄을 해독하는 데 꽤 많은 시간이 필요했다. 그 글귀는 새들의 문자로 기록되어 있었다.

극히 작은 것들의 힘

존재한 적 없는 장소의 폐허 속에서
우선 돌문을 지날지어다
거기서 그대는 전쟁   를 발견하리라
그대에게 승리를 안겨 줄 전쟁   를

'전쟁'이라는 단어 옆에 한 글자가 지워져 있었지만, 르비스는 그 글자가 '터'라는 걸 금방 추측할 수 있었다. 그녀는 폐허 안에 숨겨져 있다는 그 신비한 전쟁터가 어디 있는지 오랫동안 궁금했었다. 하지만 지금 확신이 섰다. **엄청 작은 망루**의 열쇠 구멍이 그곳으로 인도해 주리라는 확신이! 그 전쟁터의 문을 여는 데 필요한 건 비올레트가 가진 열쇠였다. 그거 말이다.

'이제 그 애가 성에서 돌아오기만 기다리면 돼.' 수집가는 생각했다.

그러면서 폐허 속을 걷고 있는데, 멀지 않은 곳에서 음악 소리가 들려왔다. 그 소리를 듣자 비올레트와 나눴던 대화가 떠올랐다.

"맞아, **딸꾹 벤조**가 바로 옆에 있었지! 그 애를 기다리는 동안, 술주정뱅이들의 소굴이나 구경하지, 뭐. 꽤 유익한 정보를 얻을지 또 알아?"

***

딸꾹 벤조는 **가짜 폐허**에서 아주 가까운 자두나무 줄기에 있었다. 그 가게엔 독특한 점이 있었는데, 그 점이 바로 비올레트가 그곳에 발을 들여놓지 못하는 이유였다. **딸꾹 벤조**는 정원에서 가장 작은 주민들, 그러니까 곤충과 달팽이를 비롯한 작은 동물들을 위한 곳이기 때문이었다.

그 안에 들어가려면, 고객들은 벤조라는 악기의 줄 사이를 통과해야 했다.

르비스는 속이 텅 빈 나무줄기에서 새어 나오는 요란한 소리를 따라갔다. 즐겁게 붕붕거리는 날갯짓 소리, 꿀벌들과 뒤영벌들을 춤추게 하는 매암미 트리오의 연주, 작디작은 크리스털 병 속에서 감미로운 과즙들이 찰랑대는 소리……. 이 모든 즐거운 소리가 벤조의 울림판 덕분에 더욱 증폭되었다.

수집가는 몸을 숙였다. 그 안에서 뒤영벌 한 마리가 튀어나왔기 때문이다. 붕붕거리며 날던 뒤영벌이 그녀를 살짝 스쳤다. 하마터면 그녀에게 머리를 박을 뻔했다.

"과즙을 취하도록 마셨군! 아무래도 난 너무 커서 저 안에는 못 들어가겠어. 하지만 다른 방법은 있지!"

르비스는 토끼 복면의 긴 귀를 술집을 향해 바짝 세웠다. 이 유물은 아주 먼 거리에서 나는 소리를 들을 수 있게 할 뿐 아니라, 평범한 인간은 들을 수 없는 소리까지 감지하게 만들어 주었다.

딸꾹 벤조에서 들려오는 소리에 집중하자, 르비스는 자신이 마치 가게 안에 앉아 있는 파리라도 된 것처럼, 거기에 손님이 몇이나 있고, 그들이 누구누구인지 알 수 있었다.

우선 가게 주인이 츠츠거리는 소리를 감지했다. 주인은 철갑이라는 이름의 쇠똥구리였는데, 단골손님들에게 박새에 관한 이야기를 떠벌리고 있었다. 박새는 대부분의 곤충 고객들에겐 무시무시한 존재였다.

얼근히 취한 말벌이 쇠똥구리의 말을 듣고 있다가 화를 냈다.

"새들이라니, 그 악독한 놈들! 그것들을 몽땅……!"

하지만 그는 미처 말을 다 끝내지 못했다. 새라는 단어를 듣는 순간 모두가 침묵에 빠졌기 때문이다. 심지어 매암미 트리오도 연주를 중단했다.

"새들? 새들이 뭐 어쨌다고?" 저음의 목소리였다.

토끼 소녀는 방금 말벌에게 말을 건 게 누구인지 확인하려고 집중했다. 말벌이 당황하여 윙윙거렸다.

"앗, 로드리고! 당신 들으라고 한 소리가 아니라……. 정말 미안해요!"

"자, 자. 진정해." 세 번째 목소리가 지지짓거리며 말했다. "악의를 갖고 한 말은 아니잖아!"

르비스는 그 목소리를 알고 있었다. 자기도 모르게 미소가 지어졌다. 그건 바로 쉬멘, 여왕개미였다!

그러니까 사라졌다던 여왕개미는 여기, **딸꾹 벤조**에 있었던 것이다.

"철갑!" 여왕개미가 외쳤다. "이곳에 있는 모든 손님에게 과즙 한 잔씩 돌리게. 그리고 매암미 트리오도 다시 음악을 연주하고!"

곤충들이 다시 와글와글 노래를 부르는 동안, 르비스는 우연히 얻은 정보에 흡족해하며 자리를 떠났다. 비올레트에게 부탁할 게 생기면 거래할 만한 정보였다. 이제 친구가 **뾰족 담 성채**에서 돌아오기만 기다리면 되었다.

10
출입 금지 구역

"여기가 바로 가장 자랑스러운 곳이지! 종이 만드는 공장! 저 물레방아는 성 밑으로 흐르는 강의 물줄기를 이용해서 계속 돌아간단다."

당근은 성의 안내를 마치고 마지막 장소에 이르렀다. 그동안 그녀는 각종 작업실과 채소밭, 특히 큰 통과 식량 자루, 나무 널빤지와 밧줄 등이 질서정연하게 보관된 창고들을 모두 비올레트에게 보여 주었다.

성안의 노동자들은 땀을 뻘뻘 흘리며 일하고 있었다. 그들은 종이에 적힌 지침에 따라 쉬지 않고 망치질을 하거나 자르는 일을 했다.

당근이 자랑하는 그 물레방아는 종이를 만들기 위한 거였다. 정원에서 물레방아는 무척 희귀한 것이었다. 그러고 보니 비올레트가 처음 성에 왔을 때부터 들렸던 덜컥 소리는 물레방아와 연결된, 지하의 기계에서 나는 거였다.

"정말 굉장하네." 그녀가 말했다.

비올레트는 작은 사람들이 하는 일이 인상적이었다. 하지만 안내자가 시설들을 보여 줄 때마다 그녀의 마음은 점점 불편해졌다. 남작은 왜 이런 것들을 만들었으며, 어떻게 정원 주민들이 꽃 가꾸기를 포기하고 고된 노동을 하도록 설득했을까? 거기엔 뭔가 찜찜한 비밀이 감춰져 있을 것이다……

게다가 정원 근위대 제복을 입고 있는 동물도 여럿 보였다. 그들은 정원 주민들을 감시하는 역할을 맡은 듯했다.

어쨌든 비올레트는 계속 당근에게 찬사를 보냈다.

"난 지금까지 정원 주민들이 이처럼 많은 일을 해내는 걸 본 적이 없어. 그리고 저런 기계들도! 그런데 남작은 이 모든 걸로 도대체 뭘 하려는 거야?"

"오! 그분에겐 아주아주 원대한 계획이 있어. 정원 전체를 위한 거라고 할 수 있지."

"멋지다! 그런데 그분을 좀 만날 수 있을까?"

그러자 당근의 미소가 약간 일그러졌다.

"아…… 틀림없이 남작님도 널 보면 기뻐하실 거야. 그런데 아쉽게도 지금은 성에 안 계셔. 여길 비우실 때가 많거든."

비올레트는 성곽 중앙에 있는 커다란 건물을 가리키며 말했다.

"그렇구나. 꼭 만나 보고 싶은데……. 그럼 그분을 기다리는 동안 본관에 들어가서 구경해도 돼?"

"아, 그건 잘 모르겠어. 물어봐야 하는데……."

"그래, 얼른 물어보고 와. 그동안 난 저 건물을 좀 가까이서 보고 있을 테니까. 어쨌든 난 네 손님이잖아, 안 그래?"

당근은 당황해서 대답도 못 한 채, 비올레트를 붙잡을 타이밍을 놓쳐 버렸다. 당돌한 손님은 눈 깜짝할 새에 웅장한 건물로 이어지는 넓은 길을 반쯤 건너가 있었다.

수호자는 빠른 걸음으로 본관 문으로 향하는 계단을 올라갔다.

"쫓겨나기 전에, 저 안이 어떻게 생겼는지나 좀 봐야지."

문손잡이를 살며시 돌리자, 문이 소리 없이 열렸다.

뒤에서 당근이 외치는 소리가 들렸다.

"기다려! 거긴 들어가면 안⋯⋯!"

비올레트는 서둘러 건물 안으로 들어간 다음 문을 닫았다.

"불쌍한 당근! 감히 날 따라오질 못하는군. 나 때문에 곤란한 일을 당하는 일은 없었으면 좋겠는데⋯⋯. 어쨌든 여기서 무슨 일이 꾸며지고 있는지 알아야겠어."

비올레트는 광대한 홀을 관찰했다. 2층으로 올라가는 널찍한 층계가 보였다. 홀은 염소 털로 짠 두꺼운 양탄자와 대리석 조각상들로 장식되어 있었는데, 월계수의 집에 있는 것과 비슷했다. 전체적으로 묘한 분위기가 느껴졌다. 마치 궁전 같은 분위기를 풍기려고 애쓰는 커다란 오두막 같다고나 할까?

"아무래도 남작은 몹시 잘난 체를 하고, 거드름을 피우는 사람 같은걸." 비올레트가 중얼거렸다.

막 층계를 올라가려다가, 뒤에서 나는 소리에 멈춰 섰다. 당근이 결국 출입이 금지된 이 안까지 따라 들어왔기 때문이다.

"당장 나가, 비올레트! 넌 여기 들어올 권한이 없어!"

비올레트는 2층으로 뛰어 올라갈지 말지 고민했다. 손님이라면 이렇게 무례하게 행동하지 않는 법이니까. 게다가 도망자는 되고 싶지 않았다.

당근이 손님 대접의 미덕에 관해서 연설을 하려는 순간, 계단 뒤 그늘진 구석에서 작은 남자가 불쑥 튀어나왔다.

공들여 섬세하게 짠 천으로 지은 긴 코트를 입은 그는 비올레트가 정원을 여행하는 동안 만났던 어떤 주민들보다도 가장 나이가 들어 보였다.

"진정하십시오, 당근!" 그가 소리쳤다.

남자의 목소리는 놀랍도록 젊었다.

"괜찮습니다. 남작님이 안 계시는 동안 내가 수호자를 모실 테니, 나가서 공장 일에나 신경 쓰도록 하시죠!"

당근은 당혹감과 안도감이 뒤섞인 얼굴로 대답을 대신했다.

작은 남자가 비올레트 쪽으로 몸을 돌리며 말했다.

"제 이름은 칼드롱입니다, 수호자님. 드디어 당신을 만나게 되어 기쁩니다. 저를 따라오세요. 이야기를 좀 나누죠."

11
목록 작성자 칼드롱

칼드롱은 지하로 내려갔다. 비올레트도 그 뒤를 따라가면서 그 작은 남자가 풍기는 냄새가 무슨 냄새인지 알아내려고 애썼다. 연기, 갑오징어 먹물 그리고 낡은 종이에서 나는 향……

'고서적들에 파묻혀 오랜 시간을 보내는 사람인 게 분명해.' 그녀는 그렇게 생각했다.

층계는 지하의 거대한 홀로 이어졌다. 천장이 아주 낮아서 저절로 목이 어깨 사이로 움츠러들었다. 다진 흙바닥과 벽돌담이 소리를 완전히 흡수해서인지, 정원 주민들이 내는 요란한 소리가 일시에 사라졌다. 그러나 어둡고 폐쇄된 이곳에선 물레방아 소리가 밖에서보다 훨씬 더 크게 들렸다.

칼드롱은 손에 양초를 들고서 반쯤 열린 문을 향해 걸어갔다. 그 문에서 오렌지색 불빛이 새어 나왔다. 비올레트는 그를 따라 홀을 가로질러 갔는데, 홀의 구석은 어둠 속에 묻혀 보이지 않았다.

"이쪽으로요. 제 서재가 수호자님의 마음에 들 거라고 확신합니다."

좁은 환기창으로 한 줄기 햇빛이 비쳐 들었고, 수십 개의 양초와 기름 등잔의 연기가 빠져나가고 있었다.

"등잔을 엎지 않게 조심하세요!" 그 방의 주인이 말했다. "제 방은 종이로 꽉 차 있어서 불이라도 붙는 날엔……."

말 그대로 책장과 책상엔 양피지와 두루마리, 종이 들이 잔뜩 쌓여 있었다. 그리고 수많은 판화와 수채화로 근사하게 장식되어 있었다.

비올레트는 처음엔 정원의 풍경들을 표현한 것인 줄 알았지만, 놀랍게도 인간 세상의 장소들이었다. 폭발하는 베수비오 화산, 아이슬란드의 간헐 온천, 아마존의 삼각주가 눈에 들어왔고, 매우 익숙해 보이는 다른 풍경들도 있었다.

"와…… 이런 그림들은 모두 어디서 구한 건가요?"

"제가 직접 그린 것들입니다. 기억을 떠올려서요. 이 그림들이 수호자님의 취향에 맞으면 좋겠군요!"

비올레트는 대답하기 전에 잠시 뜸을 들였다. 이 남자의 말이 진실이라면, 그 역시 인간 세상에서 왔다는 뜻이었다. 그렇다면…….

"당신은 이전의 수호자인가요? 나처럼? 그런데 여기서 뭘 하는 거죠? 그리고 왜……."

칼드롱은 손짓으로 손님을 진정시켰다.

"서두르지 마세요! 당신의 질문에 모두 답해 드리죠, 비올레트. 안심하세요. 전 지금의 수호자이신 당신의 정통성에 이의를 제기할 생각이 전혀 없습니다! 전 아무 후회 없이 그 역할을 포기했거든요."

비올레트는 칼드롱의 이야기를 가만히 듣고만 있었다. 등잔 기름이 지글거리며 타는 소리 외엔 아무 소리도 들리지 않을 정도로 고요했지만, 그의 목소리가 워낙 작아서 바짝 귀를 기울여야 했다.

"수호자이기를 포기한 뒤로 줄곧 목록 작성 일을 하고 있답니다. 전 정원 세상의 유일한 목록 작성자죠."

"목록을 작성한다고요? 무슨 목록이요?"

그는 고상한 손짓으로 주변의 수많은 두루마리와 종이를 가리켰다.

"아, 정원 주민들이 따라야 할 지침들?" 비올레트가 외쳤다. "그 목록을 당신이 작성했군요!"

"그렇습니다. 목록을 작성하는 일은 손이 많이 가죠. 아, 주민들을 위한 지침은 아주 단순한 것들이지만요. 제가 진짜 좋아하는 일은 꼼꼼하게 모든 걸 목록으로 정리하는 겁니다. 제가 본 것들의 목록, 봤다고 생각하는 것들의 목록, 사람들이 말해 준 것들의 목록…… 심지어 목록들의 목록까지요!"

그는 아무 종이나 한 장 집어서 비올레트에게 내밀었다.

거기엔 부드럽고 우아한 글씨체로 목록이 기록되어 있었고, 목록의 내용에 맞는 단순하고 정확한 그림이 옆에 그려져 있었다.

정원에 있는 신기한 바위들
(목록 번호 230)

17개의 면을 가진 바위, 풍요 숲의 갈림길
흔들대는 바위, 콘크리트 들판
곧추선 바늘 바위, 초록 바다
짝이 안 맞는 쌍안경 바위, 제멋대로 강의 감독
고독한 눈의 바위, 크리스마스 무덤

비올레트는 감탄했다. 그녀는 테이블 위에 있는 다른 종이들도 쓱 훑어보았다. '호수 주민들이 수놓은 모자들', '정원의 언덕들', '토끼풀이 있는 들판의 꽃들', '소시지 호수의 나비들이 걸린 질병'……. 얼마나 놀라운 작업인가!

"언제부터 이런 목록을 만든 거예요?" 그녀가 물었다.

"그런 질문은 정원 세상에선 아무 의미가 없다는 걸 당신도 아시잖아요! 저도 당신처럼 인간입니다. 아주 오래전에 당신의 세상에서 살았었죠. 그래요, 저도 수호자였어요. 아주 형편없는 수호자였죠. 전 닥치는 대로 모든 걸 다 조직하려고 했어요. 심지어 정원 세상을 제대로 지휘해 보고 싶다는 열망에 근위대를 만들기도 했고요. 그런데 그 결과는 재앙이었어요……. 그래서 그 이후론 오로지 학문에만 몰두했죠. 이제 제가 조직하는 건 오로지 지식뿐입니다."

"하지만 당신이 작성한 목록들은 지금 정원 주민들을 관리하는 데 사용되고 있잖아요, 아닌가요?"

칼드롱은 놀라는 표정이었다. 그는 잠깐 망설이다가 대답했다.

"흠, 전 그들이 좀 더 효율적으로 일하도록 도울 뿐입니다. 여기서 모든 걸 결정하는 건 남작이에요. 전 목록 작성하는 일만 계속할 뿐이죠."

비올레트가 그의 말을 끊었다. 갑자기 퍼뜩 떠오른 생각이 있었다.

"그럼 파벨은요? 당신은 분명 알고 있을 거예요! 나의 개 말이에요. 지금 어디 있죠?"

"파벨이라고 했나요?"

칼드롱은 근심 어린 표정을 지었다.

"그게…… 그래요, 그 개도 어딘가 목록에 있을 겁니다. 그 목록을 찾을 수 있을지가 문제지만."

목록 작성자가 선반을 뒤지기 시작했다. 그러면서 이렇게 중얼거렸다.

"어디 보자, 그 이름을 분명히 본 적이 있는데……. 아! 여기 있다!"

그가 긴 두루마리를 흔들어 보이면서, 빽빽하게 적힌 목록에서 한 줄을 조심스럽게 손가락으로 가리켰다.

"여기 있어요. 이것이 그에 대해서 제가 알고 있는 마지막 흔적입니다."

그녀는 주민들의 이름이 빼곡히 적힌 두루마리를 보자 목이 메었다.

파괴의 여신이 붙잡은 포로들

다섯 번째 줄에 파벨의 이름과 목격된 장소가 있었다.

파벨, 세 개의 강 골짜기

불길한 소식이었다. 그러나 이젠 적어도 파벨이 어디 있는지 알았다.

12
문과 사슬

"아, 난 지금 떠나야 한다니까요! 급한 일이 있단 말이에요!"

비올레트가 정문의 문지기인 플라타너스에게 성문을 열어 달라고 부탁한 게 벌써 세 번째였다. 그리고 플라타너스는 세 번 다 똑같은 대답으로 비올레트의 청을 거절했다.

"불가능합니다. 전 남작님이 돌아오실 때까지 당신을 지키고 있으라는 명령을 받았습니다."

비올레트는 문지기의 마음을 돌리기 위해 자기의 계획을 말해 주었다.

"난 내 개를 찾으러 가야 해요. 잠깐이면 돼요. 아마 남작님이 오시기 전에 다시 올 수 있을 거예요. 멀지 않아요, 바로 이 근처에 있는 **세 개의 강 골짜기**에 갔다 오면 되거든요."

그 말에 플라타너스의 얼굴이 창백해졌다. 그는 자기도 모르게 두 문짝을 가로질러 잠그고 있는 문빗장을 초조하게 두드리며 말했다.

"**세 개의 강 골짜기**요? 거기에 뭐가 있는지 알고 하는 소립니까?"

비올레트는 숲속 한가운데에 있는 그곳을 어렴풋이 기억하고 있었다. 거기는 **제멋대로 강**이 **끓어오르는 강, 터무니없는 강**과 만나는 곳이었다.

"네, 거긴 일종의 늪지 같은⋯⋯."

문지기가 머리를 흔들었다.

"거긴 여신의 심장이 있는 곳이에요, 파괴의 여신이요! 가시넝쿨의 가지들이 모두 거기에서부터 뻗어 나온단 말입니다. 그러니 더더욱 당신을 그곳에 가게 내버려 둘 수 없습니다!"

그는 비올레트에게 대답할 시간도 주지 않고 덧붙였다.

"여기 있지 말고 들어가세요, 안 그러면 근위대를 부르겠어요."

비올레트는 근위대 병사들을 금방 알아보았다. 남작은 이전 근위대의 제복들을 찾아내서 동물들에게 입혔다. 우스꽝스러운 차림을 한 그들은, 불친절하기 짝이 없는 거대한 황소 세 마리와 맥 두 마리였다.

맥은 코가 짧은 코끼리와 멧돼지를 섞어 놓은 듯한 모습의 동물이다. 이들은 성곽 안을 오가면서, 고된 노동에 지쳐서 행동이 느려진 정원 주민들에게 호통을 치고 있었다.

이 성을 관찰하면 할수록, 비올레트가 가졌던 첫인상이 점점 더 뚜렷하게 드러났다. 그것은 성안에 사는 주민들이 아주 힘들게 일을 하고 있지만 아무도 불평하지 않는다는 점이다. 그녀가 말을 걸어 본 사람들은 한결같이 남작이 정원에 큰 발전을 가져온 위대한 인물이라며 추켜세울 뿐이었다.

목재소 뒤에서 커다란 웃음소리가 터져 나왔다. 수호자는 플라타너스와의 말싸움을 포기하고, 웃음소리가 나는 쪽으로 걸어갔다.

휴식 시간이었다. 널빤지를 만드느라 분주하던 사람들이 바구니 안에 든 사과들을 서로 나누고 있었다. 하지만 과일 대부분이 썩은 것이었고, 그것을 본 사람들은 잔인하면서도 슬픈 놀이를 생각해 냈다. 그들은 상한 사과들을 모아서, 작업장 가장자리에 있는 도랑에 던져 넣으며 즐거워했다. 거기엔 쇠사슬에 묶인 옵시디언이 있었다.

트롤은 이미 온통 갈색 얼룩으로 뒤덮여 있었다. 정원 주민들은 과녁을 맞힐 때마다 환호했고, 야유와 조롱을 곁들였다.

"야, 덩치! 너한테 꿀벌들이 엄청 꼬이겠는데?"

"자, 이것 좀 먹어 봐!"

나무둥치에 앉아 있는 검은 트롤은 그들이 던지는 걸 굳이 피하려 하지 않고 묵묵히 몸으로 받아 내고 있었다. 그렇지만 비올레트는 이런 수모를 당하는 그가 어떤 기분인지 느낄 수 있었다. 분노와 슬픔이 뒤섞인 감정, 잃어버린 자유에 대한 그리움과 상실감. 그는 어쩌다 이들의 포로가 되어 이 가증스러운 곳에서 일하게 되었을까?

또 하나의 사과가 트롤을 향해 날아갔다. 비올레트는 더 참을 수 없어서 사과를 던진 정원 주민에게 말했다.

"그만! 그 바보 같은 장난을 당장 멈춰!"

그러자 그들이 웃음을 터뜨렸다. 심지어 가장 가까이 있던 자는 먹다 만 사과를 비올레트에게 겨냥하는 시늉까지 했다. 비올레트가 그를 지목했다.

"너! 난 널 알아! 넌 **너른 잔디밭**에 살던 샐비어지? 예전에 나비 무늬의 근사한 코트를 입고 있던 애! 뭣 때문에 저 트롤을 괴롭히는 거야?"

샐비어는 팔을 내리곤 감히 더 던지지 못했다. 그런데 별안간 뭔가가 비올레트를 향해 똑바로 날아오더니 가슴에 맞고 으깨졌다. 그 때문에 수호자는 하마터면 뒤로 넘어질 뻔했다.

후추 빛깔 머리칼의 키 큰 정원 주민이 썩은 사과를 던진 거였다. 무리가 더 크게 웃었고, 이어서 사과가 비 오듯이 그녀에게 날아오기 시작했다.

비올레트는 뒤로 물러날 수도 있었다. 그러나 오히려 그들이 있는 쪽으로 달려갔다. 이 못된 자들 앞에서 약해 보이면, 그걸 지켜 보고 있는 다른 정원 주민들이 실망할 테니까!

"당신들은 이런 바보짓보다 훨씬 가치 있는 일을 하는 사람들이잖아요!" 그녀는 무리에게 다가가면서 외쳤다.

그녀의 행동은 효과가 있었다. 벌써 몇몇은 우물쭈물 망설이다가 던지려던 사과를 내려놓았다. 하지만 키 큰 정원 주민은 겁을 먹기는커녕 다가가는 비올레트를 향해서 이번엔 초록색 사과 하나를 힘껏 던졌다.

썩지 않아 나무 조각처럼 단단한 사과였다. 그것이 소녀의 눈을 정통으로 때리고 말았다. 어찌나 충격이 컸던지, 비올레트는 다리가 후들거리고 정신이 멍해졌다. 수호자는 고통을 참기 위해 크게 한 번 숨을 쉰 다음 중심을 잡았다. 어떻게든 균형을 잡고 위엄을 찾으려고 애쓰면서, 다시 힘을 모아서 같은 말을 반복했다.

"당신들은…… 이런 바보짓보다, 훨씬 가치가 있는 일을 하는 사람들이라고요."

눈물로 앞이 뿌얘진 그녀의 눈에 작은 무리가 주동자를 중심으로 다시 단단하게 뭉치는 게 보였다.

그때였다. 별안간 커다란 외침이 온 성을 뒤흔들었다.

뒤에서 모든 장면을 지켜보던 옵시디언이 벌떡 일어나 울부짖은 거였다. 그는 트롤들의 방식으로 소리를 지르면서 목에 매인 사슬을 잡아당겼다. 드륵, 끼이이긱 하는 끔찍한 소리가 났다.

검은 거인의 분노 앞에서 목재소의 일꾼들이 뒤로 주춤주춤 물러났다. 비올레트는 입에서 흐르는 피를 닦으며, 바위 거인을 바라보았다.

쇠사슬은 견고했다. 아무리 힘이 센 트롤이라도 탈출하지 못하도록 무척 고심해서 만든 게 분명했다. 그러자 트롤은 날카로운 손가락으로 땅을 파서 커다란 흙덩어리를 정원 주민들에게 던지기 시작했다.

비올레트는 그게 얼마나 위험한 상황인지 바로 깨달았다. 만일 그가 던지는 흙덩어리 속에 돌이라도 들어 있으면, 정원 주민이 크게 다칠 수도 있다.

수호자가 옵시디언 쪽으로 몸을 돌리고 말했다.

"옵시디언, 고마워요! 난 괜찮아요! 이제 됐어요! 진정해도 돼요."

그때, 그녀의 말을 끊고 불쾌한 금속 마찰음이 들려왔다. 트롤을 묶은 두 개의 사슬이 감기면서, 그를 뒤로 끌고 간 것이다. 도랑 반대편에서 근위대 병사 넷이 쇠사슬을 죄는 커다란 톱니바퀴를 작동시키고 있었다.

동시에 제복을 입은 동물 세 마리가 비올레트를 향해 다가왔다. 덩치가 가장 크고 온몸이 상처투성이인 커다란 황소가 그녀 앞에 서더니 고래고래 소리를 질렀다.

"그만! 넌 성의 질서를 어지럽히고 있어. 난 근위대장 아스테르다. 날 따라와, 수작 부릴 생각은 하지 말고!"

비올레트는 주위를 돌아보았다. 톱질하던 주민들이 그녀에게 적의의 시선을 보냈다. 그리고 다른 주민들은 두려워하는 표정으로 고개를 돌렸다. 누구에게도 도움을 바랄 수 없었다. 분노보다 더 깊은 처절함이 느껴지는 트롤의 외침을 들으며, 소녀는 두 병사에게 에워싸인 채 황소를 따라갔다.

13
사과 주스와 치즈

비올레트는 이번에 진짜 포로가 되었다. **비밀의 정원**에서 수많은 모험을 겪는 동안, 도무지 탈출구가 안 보이는 상황에서 아무것도 할 수 없는 경우가 종종 있었다. 이번엔 거기에 자신에 대한 실망감까지 더해졌다. 믿음직한 친구 파벨이 적의 손에 붙잡혀 있는데도 자신이 할 수 있는 게 전혀 없다는 걸 깨닫자, 훨씬 더 고통스러웠다.

뾰족 담 성채의 지하실에서, 수호자는 거칠거칠한 의자 위에 앉아 생각에 잠겼다.

아스테르와 그의 부하들은 자물쇠로 잠글 수 있는 방을 찾지 못하자, 그녀를 이 어둡고 구석진 곳에 데려다가 밧줄로 묶어 놓았다. 그리고 그녀의 가방을 빼앗아 안에 있는 내용물을 검사하겠다고 지하실의 한쪽 끝, 환기창 밑으로 들고 갔다. 그들은 비올레트의 가방에서 꺼낸 비스킷과 사과 주스와 치즈를 게걸스럽게 먹어 치웠다.

식사가 끝나자 그들은 가방을 의자에 걸어 놓고는, 포로를 묶은 밧줄이 충분히 튼튼하다고 믿었는지 그녀를 방 안에 혼자 남겨 두고 떠났다.

비올레트는 인내심을 발휘하려고 애썼다. 정원 세상에서는 무한정 기다리는 것이 두렵지 않았다. 시간이 흐르지 않기 때문이다. 기다리는 지루함만 견디면 됐다.

"난 기다릴 수 있어. 반드시 누군가가 날 풀어 주러 올 거야. 칼드롱이든 그 유명한 남작님이든, 결국 누군가는 오겠지. 남작은 내가 여기 들어온 의도가 궁금할 테니, 절대로 날 여기 오래 놔두지 못할 거야. 틀림없어."

가장 급한 건 파벨을 만나러 **세 개의 강 골짜기**에 가는 거였다. 그다음은 어떻게 파괴의 여신 손에서 파벨을 빼낼지가 문제였다. 황제의 검을 가진 르비스라면 넝쿨 괴물과 맞서서 비올레트를 도울 수 있겠지만, 과연 그것으로 충분할까?

그러다 갑자기 비올레트는 피식 웃음이 나왔다. 문득 자신이 정말 살아 있다는 생각이 들었기 때문이다. 물론 지금 상황은 비관적이긴 했다. 하지만 텅 빈 집에서 시간 맞춰 약을 먹으며 병들고 고단한 몸으로 그 지루한 시간을 견디는 것보다는 훨씬 나았다.

'진정한 삶은 자기 운명을 스스로 결정할 수 있는 삶이야.' 그녀는 생각했다. '이 짜증 나는 밧줄만 끊을 수 있다면 좋겠는데!'

비올레트는 두 손을 입에 가져가서 이로 매듭을 풀어 보려고 시도했다. 그러나 소용 없었다. 밧줄은 너무 꽉 묶여 있었다.

"내가 밧줄을 끊는 건 불가능해……. 하지만 난 그걸 할 수 있는 친구를 알고 있지!"

비올레트는 겨우겨우 옆으로 움직였다. 팔다리가 묶여 있는 터라, 가방이 걸려 있는 의자 옆으로 가려면 아주 조금씩 100번을 움직여야 했다. 엉덩이와 허벅지가 말할 수 없이 아팠다.

드디어 가방 코앞까지 왔다. 이제 남은 일은 그녀에게 달린 게 아니었다.

비올레트는 바로 앞에 있는 가방에 얼굴을 대고 속삭였다.

"토비! 내 말 들리니?"

가방 안에서 부스럭거리는 소리와 기기긱거리는 소리가 들리더니, 두개골의 대답이 새어 나왔다.

"비올레트? 무슨 일이야? 방금 족제비에게 쫓겨서 땅굴로 도망쳐 숨는 꿈을 꿨는데……."

"그 꿈이 틀리지 않았어. 우린 지금 지하에 갇혀 있거든. 하지만 네가 넝쿨을 끊었던 것처럼 내 손의 밧줄을 끊어 주면, 우린 나갈 수 있어."

"그런 일이라면 내게 맡겨!"

"좋아, 우선 내가 널 가방에서 꺼내 줄게."

비올레트는 가방이 걸린 의자가 쓰러지도록 몸으로 몇 번 의자를 쳤다. 의자가 쓰러지자 저린 손가락으로 가까스로 가방에서 두개골을 꺼냈다. 세 번의 시도 끝에 성공한 거였다.

"자, 이제 네 차례야!"

두개골의 이빨에 손목을 갖다 대니, 기다리던 진동이 느껴졌다.

토비는 어렵지 않게 밧줄을 끊어 냈다. 비올레트는 자유로워진 두 손으로 다리를 묶은 밧줄을 풀었다.

"넌 내가 만났던 고양이 두개골 중에 가장 멋진 두개골이야!"

"날 그렇게 부르지 마! 난 그냥 토비야!"

"고마움의 표시로 내가 뭘 할 수 있을까? 네 목을 긁어 줄까?"

"아니, 됐어. 그런데 아까부터 방 안에서 치즈 냄새가 나네. 어디에 치즈가 있는 걸까?"

비올레트가 테이블을 살펴봤다. 근위병들이 먹다 남은 치즈가 접시에 조금 남아 있었다. 그녀는 그것을 고양이 이빨 사이에 넣어 주었다.

그리고 토비를 다시 가방 속에 넣은 다음 문 쪽으로 가면서 중얼거렸다.

"이제 성에서 몰래 빠져나갈 방법을 찾아야겠군……."

14
숨겨진 목록

비올레트는 지하 중앙 홀로 들어갔다. 그리고 안도의 한숨을 쉬었다. 그곳이 텅 비어 있었기 때문이다. 하지만 1층으로 올라가는 건 위험했다. 나가자마자 눈에 띌 테니까.

그녀에겐 다른 계획이 있었다. 물레방아 돌아가는 소리가 여기, 지하에선 어떤 곳에서보다도 더 크게 들리고 있었다. 수호자는 물레방아 날개가 규칙적으로 부딪치는 소리가 들리는 복도로 향했다.

그러려면 우선 칼드롱의 방 앞을 지나야 했다. 비올레트는 소리 내지 않으려고 애쓰면서 최대한 방 가까이 다가갔다. 열린 문을 통해서 오렌지색 등잔 불빛이 새어 나왔다. 방은 비어 있었다. 칼드롱이 자리를 비운 것일까? 아니면 구석진 곳에 있는 것일까? 후자라면, 그 앞을 지날 때 칼드롱이 그녀를 보게 될 것이다.

하지만 다른 선택지가 없었다. 비올레트는 빠르게 걸어서, 가능한 한 잽싸게 열린 문 앞을 지났다. 그런데 방문을 지나가자마자 그녀를 부르는 소리가 들렸다.

"아, 비올레트 위르르방! 이젠 옛 친구와 한마디도 안 하는 거야?"

그녀는 소스라치게 놀랐다. 칼드롱의 목소리가 아니었다. 비올레트는 그게 누구의 목소리인지 금방 알 수 있었다. 하지만…… 설마! 비올레트는 믿을 수 없다는 표정으로 뒤로 돌아갔다.

"귀한 조약돌? 너니?"

"고리타분한 종이들로 가득 찬 음산한 지하실에서, 나 말고 누가 이렇게 아름다운 빛을 내며 반짝일 수 있겠어? 당장 이리 와, 그 늙은이는 여기 없으니까!"

비올레트는 방 안으로 들어갔다. 선명한 오렌지색 빛을 내는 작은 돌멩이가 칼드롱의 책장 선반 위, 두 개의 기름 등잔 사이에 놓여 있었다.

귀한 조약돌! 비올레트가 자기 방 벽장 안에서 애타게 찾던 정원의 유물 중 하나였다.

"귀돌아! 정말 너구나! 너무 기뻐……. 아까 내가 처음 이 방에 들어왔을 때, 그때도 여기 있었니?"

"응! 하지만 아무 말 않고 가만히 있는 게 낫겠다고 생각했어."

"오, 정말 다행이야! 널 얼마나 찾았는지 몰라. 그런데 넌 어떻게 여기 오게 된 거야?"

마침내 자기 이야기를 할 기회가 주어져서 신이 난 조약돌이 더 강한 빛을 내기 시작했다.

"꽤 긴 이야기지. 내가 깨어났을 때, 난 가방 속에서 흔들리고 있었어. 너저분한 잡동사니들과 함께 말이야. 옆에는 피가 묻은 단검도 있었고. 우리를 데리고 가는 자는 아주 정신없이 뛰더라. 그래서 그게 비올레트 네가 아니라는 걸 금방 알아차렸지. 나는 몹시 불안해서……."

비올레트는 친구의 이야기를 중단시켰다.

"귀돌아! 우린 할 이야기가 너무 많아. 하지만 난 일단 여기서 도망쳐야 해. 나랑 함께 갈래?"

"그걸 말이라고 해? 여기서의 내 삶은 지루할 뿐이야. 온종일 밑도 끝도
없는 목록들을 휘갈겨 쓰며 하루를 보내는 남자 옆에서 책상 램프로 사는
건 정말……. 당연히 함께 가야지! 이렇게 우아한 나의 빛이 먼지 속에 파묻
혀 있으면 안 되잖아!"

조약돌의 입에서 기다리던 대답이 나오자, 비올레트는 조심해서 조약돌
을 집었다.

그때, 그 옆에 놓여 있는 목록이 눈에 들어왔다.

구슬치기 광장에서 팔았던 말린 과일들

정원 주민들이 썼던 모자들

온갖 강들의 강둑에 있는 땅굴들

"쓸 만한 건 하나도 없네!" 그녀가 한숨을 쉬었다. "빨리 도망……."

귀한 조약돌이 말했다.

"내가 한 가지 조언을 해 줄게. 오른쪽 서랍 속을 봐. 중요해 보이는 목록이 하나 있어. 칼드롱이 자주 들여다보더라. 몇 번이나 남작에게 보여 주기도 했고 말이야."

비올레트는 서랍을 열었다. 펜대들과 연필들 사이에서 종이 두루마리를 발견했다. 그녀는 제목이 보일 정도로만 조금 펼쳐 봤다.

정원의 경계선들

"정말이네! 고마워, 귀돌아. 넌 정말 귀중한 친구야!"

비올레트는 두루마리가 구겨지지 않게 그 안에 연필 하나를 끼워 넣은 다음 가방에 담았다.

"자, 이제 가자! 지하를 향해!"

***

수호자는 긴 터널 속을 달렸다. 귀한 조약돌을 머리 위로 들어 올리자, 조약돌이 터널의 둥근 천장을 비추었다. 조약돌 덕분에 천장을 비집고 내려온 뿌리에 걸려 넘어지는 걸 몇 번이나 피할 수 있었다.

앞으로 갈수록 물레방아 소리가 점점 가까워졌다. 게다가 발밑의 땅도 축축해졌다. 잘 다진 흙길은 이제 군데군데 웅덩이가 있는 진흙길이 되었다.

"소리가 점점 크게 들려. 이리로 가면 밖으로 나갈 수 있을까, 귀돌아?"

"난 이리로 지나간 적이 없어서 몰라. 난 진창길은 끔찍하게 싫어. 더럽고, 축축하고, 격 떨어져."

마침내 통로 끝에 불빛이 나타났다.

"귀돌아! 빛을 꺼 봐. 이젠 몰래 나가야 해!"

조약돌이 오렌지색 불빛을 껐다. 비올레트는 발소리를 죽이고 터널 끝까지 계속 걸어 나갔다. 터널은 더 넓은 수로로 이어졌고, 중간중간에 일정한 간격마다 뚫린 환기창을 통해 빛이 들어왔다.

지하도의 거의 전체를 차지하고 있는 운하로 물이 거세게 흘러갔다.

"내 생각대로야." 비올레트가 말했다. "역시 **제멋대로 강**이었어! **제멋대로 강**이 물레방아를 돌리고 있는 거야."

"그래서 좋니?" 귀한 조약돌이 빈정대듯 말했다. "낚시라도 할 생각이야?"

"천만에! **제멋대로 강**은 남작의 성에서 밖으로 흐르고 있는 게 분명해. 이 강을 따라가다 보면 밖으로 나가는 통로를 만날 거야."

"흠…… 온몸이 홀딱 젖겠네." 귀한 조약돌이 투덜댔다. "난 그런 건 딱 질색인데!"

"네가 싫어하던 먼지가 싹 씻겨질 거야! 가자! 강이 깊지 않길 바라야지!"

15
유령 너머의 세계

햇빛이 **가짜 폐허**에 내리쬐었다. 유령을 관찰하기 딱 좋은 순간이었다.

스벤은 **무대 없는 극장**을 떠다니는 유령들을 감탄하며 바라봤다. **무대 없
는 극장**은 바위를 깎아 만든 좌석들이 즐비한 원형 극장이었다. 널찍한 의자
에 반쯤 누워 유령을 관찰하던 스벤은, 깜빡깜빡 졸다가 문득 놀라운 사실
을 발견했다. 그는 일어나서 유령을 더 자세히 살펴봤다.

그때 뒤에서 그를 부르는 소리가 들려왔다.

"스벤, 일어나! 일하러 가야지!"

르비스의 목소리였다.

스벤은 그녀를 향해 고개를 돌리고 조용히 하라는 신호를 보냈다.

"쉿!"

르비스는 아랑곳하지 않았다. 그녀는 요란스럽게 돌계단을 올라와서 스
벤 옆으로 왔다. 짜증이 난 스벤이 다시 조용히 하라고 말했다.

"조용하라니까요." 그가 속삭였다. "저기 좀 봐요, 유령들이요."

"관심 없어. 유령은 너나 좋아하지! 봐, 이제 문을 열 수 있게 됐……."

"저기, 유령들 좀 봐요! 투명하게 뭔가 비쳐요!"

그 말에 유물 수집가는 자기 앞을 왔다 갔다 하는 형체들을 보았다. 그녀는 투명한 모습으로 공중에 둥둥 떠다니는, 모두가 '유령'이라고 부르는 이 존재들을 오래전부터 봐 온 터라 익숙했다.

"그래, 저 녀석들은 원래 투명해." 그녀가 어깨를 으쓱하며 말했다. "새삼스러울 것도 없잖아. 내가 없는 새에 발견한 게 고작 그거야?"

"그들을 *통해서* 보라고요!" 스벤이 작지만 단호한 목소리로 말했다.

"그게 무슨 말이야? 어떻게 하라고?"

"방금 알아냈어요."

스벤이 가까이 있는 유령을 가리켰다. 거의 움직이지 않고 떠 있는 유령은 줄에 매달린 연처럼 살짝살짝 움찔거렸다. 마치 오한이라도 든 것처럼.

"잘 봐요. 유령을 보라는 게 아니라, 투명한 유령 *너머*를 보라는 거예요."

르비스는 꼬마 친구의 지시에 따라 눈을 가늘게 뜨고 지켜보았다.

곧 꼬마 친구의 말이 무슨 뜻인지 알았다.

환히 비치는 유령의 몸을 통해서 보이는 풍경은 아주 독특했다. 그 건물들은 실제보다 훨씬 새것처럼 보였다. 마치 이끼와 먼지와 곰팡이를 제거한 것처럼 깨끗했다. 실제로 유령들 뒤에 있는 건물과 식물들의 모습과는 전혀 달랐다.

너무나 잠깐 나타났다 사라지는 그 이미지들을 보며, 르비스는 마치 별똥별을 볼 때처럼 감탄사를 내뱉기 시작했다.

"나도 봤어! 오, 저기! 또!"

"소리 좀 낮춰요! 유령들이 놀라서 도망치겠어요!"

"좋아! 근데 꼬마야, 이건 네 취향이지, 내 취향이 아니거든! 그보다 더 중요한 게 있어. 우연히 비올레트와 마주쳤는데, 그 애가 **엄청 작은 망루**의 열쇠를 갖고 있지 뭐야! 여기서 만나기로 했는데, 혹시 아직 안 왔어?"

스벤이 깜짝 놀라는 표정이었다. 그는 소중한 유령들 관찰을 멈추고 긴장한 말투로 물었다.

"비올레트 위르르방이요? 그녀가 온다고요? 그럼 옷 좀 깨끗하게 손질해야겠어요!"

르비스가 그를 보며 놀리는 미소를 지었다.

"너, 멋지게 보이고 싶은 거니? 그 앤 그냥 어린애일 뿐이야!"

하지만 스벤은 옷에 신경이 쓰이는 듯했다. 그는 옷에 묻어 있는 갈색 얼룩을 소매로 문지르더니, 르비스를 향해 몸을 돌렸다. 르비스는 스벤의 행동을 잠깐 지켜보다가, 곧 낮은 목소리로 중얼거렸다.

"그 애가 여기 와 있길 바랐는데! 위험에 빠진 건 아니겠지……."

16
제멋대로 강

강물은 벌써 비올레트 가슴까지 올라왔고, 변덕스러운 물살은 앞으로 나아가게 도와주질 않았다. **제멋대로 강**은 그녀가 가려는 방향과 반대쪽으로 흐르다가도, 갑자기 진흙밭인 강바닥에서 그녀를 들어 올리다시피 하면서 앞으로 밀어 냈다. 그러다가 또다시 돌변하여 갑자기 소용돌이쳐서, 비올레트는 한 걸음 한 걸음 씨름하듯이 나아가야 했다. 두 팔을 모두 높이 들고 있어서 팔도 쓸 수 없었다. 오른손은 귀한 조약돌을 들어 좁은 터널을 비춰야 했고, 왼손은 가방이 젖지 않도록 들어 올리고 있어야 했기 때문이다.

운하 안을 힘겹게 지나는 것보다 비올레트를 더 불안하게 하는 것은 앞에서 나는 소리였다.

물레방아 소리는 아니었다. 처음에 출발할 때는 물레방아가 앞을 가로막고 있을까 봐 걱정했었다. 하지만 앞으로 나아가는 동안 물레방아 소리가 점점 약해져서, 물레방아와 반대 방향으로 가고 있다는 걸 깨달았으니까.

소리의 정체는 터널 끝에서 들려오는 발걸음 소리였다. 그 소리는 점점 더 가까워졌다. 어디선가 사람들이 비올레트를 찾고 있는 게 분명했다. 정안 되면 무력을 써서라도 그들을 뚫고 지나갈 방법을 찾아야 했다.

마침내 앞에 하얀 불빛이 보였다.
"이번엔……." 그녀가 중얼거렸다.
강물은 여러 개의 환기창을 통해 빛이 들어오는 커다란 홀을 가로지른 다음, 좁은 터널 쪽으로 들어가고 있었다. 밖으로 나가는 통로일 게 분명했다. 그런데 운하 둑에 누군가 서 있었다.
"귀돌아, 불빛을 꺼! 들키지 않게!"
조약돌을 가방에 넣자, 그제야 오른손을 쓸 수 있었다. 비올레트는 머리를 물속에 담그고 가방만 물 밖으로 내놓은 채 걸어갔다.
잠시 뒤 고개를 약간 들고 운하 둑에서 망을 보는 자의 거동을 살폈다.
"칼드롱이로군! 내가 그냥 도망치게 내버려 둘 리 없지."
작은 남자는 곤봉처럼 생긴 길고 하얀 물체를 쥐고 있었다.

비올레트가 지체할수록 주위에 근위병들이 더 많이 몰려들 가능성이 컸다. 그렇다고 지금 그에게 맞서는 건 위험천만한 일이었다. 비올레트가 칼드롱에게 덤비려고 운하 위로 올라가는 순간, 칼드롱이 병사들을 시켜 그녀를 체포할 게 뻔했다.
그러니 그의 목록을 돌려주는 척하면서 화를 풀어 준 다음, 다리를 잡아당겨서 물속에 빠뜨리는 게 가장 좋은 계획일 것 같았다. 하지만 그것도 확신할 순 없었다. 그가 순진하게 속아 넘어갈 리 없을 테니까…….
비올레트는 또 다른 방법을 생각해 냈다. **제멋대로 강**이 세차게 흐를 때를 기다렸다가, 재빠르게 물살의 흐름을 타고 단숨에 휩쓸려 가는 거였다. 그렇게 해서 칼드롱이 있는 곳을 순식간에 지나간다면, 그로선 그녀를 막을 도리가 없을 것이다.

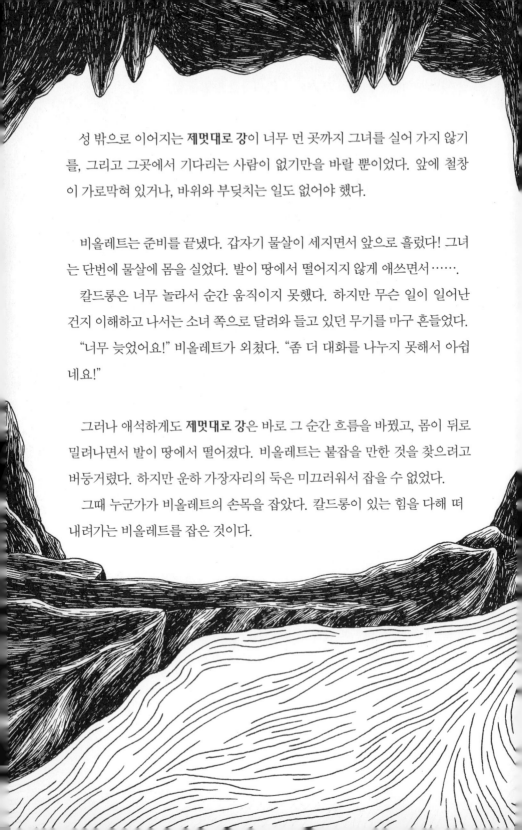

성 밖으로 이어지는 **제멋대로 강**이 너무 먼 곳까지 그녀를 실어 가지 않기를, 그리고 그곳에서 기다리는 사람이 없기만을 바랄 뿐이었다. 앞에 철창이 가로막혀 있거나, 바위와 부딪치는 일도 없어야 했다.

비올레트는 준비를 끝냈다. 갑자기 물살이 세지면서 앞으로 흘렀다! 그녀는 단번에 물살에 몸을 실었다. 발이 땅에서 떨어지지 않게 애쓰면서……

칼드롱은 너무 놀라서 순간 움직이지 못했다. 하지만 무슨 일이 일어난 건지 이해하고 나서는 소녀 쪽으로 달려와 들고 있던 무기를 마구 흔들었다.

"너무 늦었어요!" 비올레트가 외쳤다. "좀 더 대화를 나누지 못해서 아쉽네요!"

그러나 애석하게도 **제멋대로 강**은 바로 그 순간 흐름을 바꿨고, 몸이 뒤로 밀려나면서 발이 땅에서 떨어졌다. 비올레트는 붙잡을 만한 것을 찾으려고 버둥거렸다. 하지만 운하 가장자리의 둑은 미끄러워서 잡을 수 없었다.

그때 누군가가 비올레트의 손목을 잡았다. 칼드롱이 있는 힘을 다해 떠내려가는 비올레트를 잡은 것이다.

비올레트는 그를 바라보며 애원했다.

"당신의 목록이에요. 이걸 받고 날 그냥 놔주세요!"

비올레트는 칼드롱의 표정을 보고 놀랐다. 그의 얼굴에선 승리감도, 분노도 아닌 걱정만 가득했다. 그가 비올레트에게 긴 원통 같은 것을 내밀면서 말했다.

"전 당신을 방해할 생각이 없어요. 단지 이걸 전해 주려고 했을 뿐입니다. 그 목록이 물에 젖지 않도록요."

비올레트는 그가 내미는 원통을 바라보았다. 그건 속이 빈 뼈였다. 비올레트는 종이 두루마리를 그 안에 넣고 두꺼운 코르크 마개로 막았다.

"여기만 지나면, 이 강은 곧장 성 밖으로 나갑니다." 칼드롱이 말했다. "전 이제 수호자가 아니지만, 당신이 정원을 구할 수 있게 최선을 다해 도울 생각이에요! 자, 빨리 가세요!"

17
거꾸로 나무

비올레트는 강을 따라 나 있는 양지바른 풀밭에 이르렀다. 먼저 가방 안부터 확인했다.

"다행이야, 목록은 무사해. 번진 데가 하나도 없네!"

그러고 나서 가방에서 귀한 조약돌과 토비를 꺼냈다.

"괜찮니? 물놀이가 많이 힘들진 않았지?"

"후아! 다행히도 난 숨을 참을 줄 알아."

토비가 물을 한 모금 뱉어 내며 말하자, 예쁜 조약돌이 식겁했다.

"와, 대체 이게 뭐야? 고양이 두개골이 말을 하잖아? 으스스한걸!"

"으스스한 건 바로 너야, 이 돌대가리야!" 화가 난 두개골이 쏘아붙였다.

비올레트가 한숨을 쉬었다.

"소란 좀 그만 피워! 그러다 성 사람들이 우리를 보면 어쩌려고 그래!"

그러고 나서 두 친구를 서로 마주 볼 수 있게 놓았다.

"귀돌아, 토비를 소개할게. 내가 이제껏 봤던 고양이 두개골 중에서 가장 친절하게 날 도와준 친구야. 토비, 이쪽은 귀한 조약돌인데, 독특하고 아름다운 빛을 내는 조약돌이야."

그들이 서로 아무 말도 하지 않는 걸 보고 비올레트가 진지한 목소리로 한마디 했다.

"너희 둘은 여기서 나의 유일한 동지들이야! 파벨을 파괴의 여신에게서 구하려면 너희의 용기와 지혜가 필요해. 너희 둘만 믿을 테니까, 서로 싸우지 말고 협력해 줘!"

하마터면 '너희가 자꾸 다투면, 둘 다 **제멋대로 강**에 던져 버릴 거야!'라고 덧붙일 뻔했지만, 두 친구에게 쓸데없이 겁을 주지 않기로 마음을 다졌다. 가장 작은 친구들이 가장 큰 도움을 주었던 걸 이미 경험했으니까!

비올레트는 물을 잔뜩 먹은 양피지 두루마리를 꺼내서, 마구 흔들어 최대한 물기를 털어 낸 다음 땅 위에 펼쳤다. 두루마리는 전보다 조금 천천히 풀렸지만, 강을 따라 나 있는 길을 보여 주었다. 비올레트는 그 위에 올라섰다. 축축한 스펀지를 밟는 기분이었다.

강둑은 점점 더 가팔라졌다. 두루마리는 그곳을 빙 돌아, 걸어 다닐 수 있는 땅으로 안내했다. **세 개의 강 골짜기**에 가려면 강물을 따라가는 편이 더 좋았겠지만, 다른 방법이 없었다. 몇 번이나 그 마법의 양탄자를 **제멋대로 강** 쪽으로 다시 펼쳐 보았지만, 유물이 고집스럽게도 강기슭을 떠나 숲속 언덕 쪽으로 인도했기 때문이다.

비올레트는 어쩔 수 없이 안내에 따르기로 했다. 파괴의 여신이 친 가시덤불이 나무들 사이에 방어막을 만들어 놓아서, 이 귀중한 양피지 두루마리가 없다면 절대로 넘지 못할 터였다.

***

비올레트는 가파른 산비탈을 기어 올라갔다. 점점 힘이 빠졌다. 드디어 숲속에서 가장 높은 곳에 이르렀다. **거꾸로 나무 언덕**이었다.

그곳엔 이 언덕 이름의 유래가 된 특이한 나무 한 그루가 서 있었다. 굵은 아름드리 줄기는 사과나무처럼 생겼는데, 나머지는 도무지 더 설명할 길이 없었다. 왜냐하면 그 나무는 윗부분이 땅속에 깊이 박혀 있고, 뿌리가 하늘로 처들린 데다가, 나뭇가지와 나뭇잎은 모두 땅 밑으로 파고 들어가 있는 이상한 나무였기 때문이다.

수많은 새들이 뿌리 사이에 우글거리는 작은 벌레들을 잡으려고 나무 위로 몰려들었다. 이 믿을 수 없는 나무는 머리를 땅속에 파묻은 채 영양분을 섭취하는 것 같았다.

"넌 키가 커서 전망대 역할에 딱이겠는걸." 비올레트가 중얼거렸다.

그녀는 가방을 땅바닥에 내려놓고, 나무껍질에 새겨진 깊은 주름들을 움켜쥐며 줄기를 타고 아주 빠르게 가장 낮은 뿌리에 도달했다. 거기서 꼭대기에 있는 뿌리들을 헤치고 길을 만들었다. 가장 높은 곳에 있는 뿌리는 너무 가늘어서 비올레트의 무게를 지탱하기엔 무리일 성싶었다. 하지만 중간 높이에서도 충분히 언덕 밑에 있는 숲 전체를 내려다볼 수 있었다.

세 개의 강 골짜기가 보였다.

18
재회

비올레트는 자기 눈을 믿을 수 없었다. 세 개의 강이 만나는 그곳에 파괴의 여신이 있었다. 그리고 그건 상상했던 것처럼 넝쿨과 가시덤불이 서로 뒤엉켜 있는 모습이 아니었다. 여신의 근원은 엄청나게 거대하고 웅장했다. 마치 궁궐처럼……!

가시투성이 벽들이 초록색 탑들을 감싸고, 그 탑들은 대칭을 이루면서 넓은 돔을 둘러싸고 있었다. 그 형태는 **토템 공원**에서 보았던 것과 비슷했지만, 훨씬 더 컸다. 그 궁궐이 바로 가시넝쿨이 시작되는 곳이었고, 거기서 나온 가시넝쿨은 수많은 팔이 달린 것처럼 숲속 깊은 곳까지 뻗어 있었다.

이 거대한 식물 건축물에 매혹당한 비올레트는 궁궐을 둘러싸고 있는 골짜기 근처에 정원 주민들이 있다는 걸 처음엔 알아차리지 못했다. 그런데 늪지에서 나무 쓰러지는 소리가 들려왔다.

"무슨 일을 꾸미는 거지?" 그녀는 눈을 가늘게 뜨고 그쪽을 바라봤다.

정원 주민들과 근위대 동물들이 나무로 만든 건축물을 조립하는 중이었다. 분주하게 일하는 주민들 틈에서, 비올레트는 그들에게 명령을 내리는 사람을 실루엣만으로도 금방 알아볼 수 있었다.

"월계수다! 그가 일하는 곳이 바로 여기였어!"

남작의 일꾼들은 하나가 아닌 여러 개의 건축물들을 짓고 있었다.

우선, 축축한 늪지 위에 뗏목 같은 나무 데크를 군데군데 놓고, 그 사이를 연결하는 다리를 세우고 있었다. 여러 개의 탑들과 움직이는 방어용 장비들도 있었다. 진짜 무기 창고도 보였다.

"남작은 파괴의 여신을 공격할 준비를 하는 거야!" 비올레트가 외쳤다. "그렇게 많은 나무가 필요한 이유가 이거였군!"

그때 작은 목소리가 그녀에게 화답했다. 나무 밑에서 나는 소리였다.

"브라보! 넌 한눈에 알아봤구나. 난 저들이 저기서 대체 뭘 만들고 있는지 아무리 머리를 쥐어짜고, 파고들어도 모르겠던데. 아, 땅을 파고들었다는 뜻은 아니고!"

비올레트는 거꾸로 나무 밑에서 뾰족한 주둥이와 구겨진 모자를 발견했다. 눈에 익은 모자였다. 마르그리트의 자매인……

"시몬!"

"그 뿌리에서 어서 내려오렴, 이야기 좀 하자꾸나!"

비올레트는 얼른 내려와 옛 친구를 만났다. 두더지 시몬은 노랗고 길쭉한 과일 두 개를 가지고 구멍에서 기어 나왔다.

"받아! 땅속의 배라고도 하는 '물구'야. 마침 아주 적당하게 익었단다! 얼른 한입 먹어 봐."

"이게 거꾸로 나무의 열매인가요?"

"물론이지!"

"난 이게 사과나무인 줄 알았는데."

"틀렸어. 너도 '물구나무 선다'는 표현을 알고 있지? 물구는 사촌 격인 고구마보다 훨씬 맛있어, 먹어 봐!"

비올레트는 두더지의 말대로 기가 막히게 맛있는 과일을 먹으면서, 그제서야 배가 고팠다는 걸 깨달았다. 그녀는 간식을 오물거리며 시몬에게 무엇부터 물어볼지 생각했다. 너무 많아서 어떤 것부터 질문해야 할지 몰랐다. 파벨에 대해서? 남작? 주민들의 실종?

그녀는 아주 단순하게 물었다.

"정원에서 무슨 일이 일어나고 있는 거죠? 다 말해 줘요!"

"넌 생각보다 더 많은 걸 알고 있어. 난 저 밑에서 정원 주민들이 뭘 만들고 있는지 이해하지 못했거든."

"이리 와요! 저 꼭대기에서 보면 더 잘 보여요."

비올레트는 친구를 어깨 위에 올리고 나무뿌리로 다시 올라갔다. 그리고 두더지에게 남작이 준비하고 있는 것들을 보여 줬다.

"시몬, 당신이 이해하지 못하는 게 당연해요. 정원에는 전쟁을 위한 도구가 없으니까요."

"하지만 전쟁이라면 우리도 여러 차례 치른 적이 있어."

"맞아요, 폭풍우를 몇 번이나 겪으며 전쟁을 치렀죠. 하지만…… 이번 건 전과는 달라요." 비올레트가 잠시 생각에 잠겼다가 말했다. "당신은 남작이 파괴의 여신을 무너뜨릴 수 있다고 생각하세요? 그리고…… 파벨이 저 괴물 식물의 포로가 되어 있는 게 사실인가요?"

"아, 그것도 알고 있니? 그래, 맞아."

시몬은 걱정스러운 표정으로 설명하기 시작했다. 그녀는 비올레트에게 남작이라는 이방인이 나타난 이후로 거대하고 위험스러운 식물이 어떻게 숲을 침범하기 시작했는지 들려주었다.

"마르그리트와 내가 수상한 실종이 계속 일어나고 있다는 걸 깨달은 것도 바로 그즈음이야. 정원의 주민들뿐 아니라 몇몇 장소도 갑자기 사라졌지. 텅 빈 자리만 남았어."

"비르지니아는요? 혹시 당신도 비르지니아를 잊었나요?"

"비르지니아? 그게 누군데?"

슬픔이 비올레트의 가슴을 죄어 왔다. 사라지는 것보다 더 슬픈 건, 사라진 자들의 존재를 잊게 만드는 이 저주였다.

"아무것도 아네요, 시몬. 그냥 어떤 친구예요. 그런데 당신이 파벨을 기억하고 있다면, 그는 아직 사라진 게 아니라는 거죠?"

시몬이 끄덕였다.

"맞아. 마르그리트와 난 무슨 일인지 알아보려고 정원을 구석구석 뒤지고 다녔어. 샛길 군단도 심부름 일을 중단했거든. 내가 파괴의 여신이 이곳을 근거지로 삼았다는 걸 알았을 때만 해도, 여신은 이 정도로 힘이 세진 않았단다. 그즈음에 파벨과 다른 이들이 여기로 왔고, 네 개가 괴물과 싸우려고 했어!"

"아!" 비올레트가 외쳤다. 목이 메어 왔다. 키티의 말이 맞았다. 얼마나 무모한 녀석인가!

"가시넝쿨이 순식간에 그를 둘러쌌어. 날카로운 송곳니와 굳센 용기를 가진 파벨도 어쩔 수 없었어. 도저히 빠져나올 수가 없었지. 그리고 파괴의 여신은 계속 자랐고……. 파벨은 아직 여기 있어, 저 녹색 감옥 안 어딘가에."

"파벨이 더 버텨 주면 좋겠는데!" 비올레트가 신음하듯이 말했다.

"아마 물은 마실 수 있을 거야. 손 닿는 곳에 지나가는 먹이들도 잡아먹고 있을 거고. 하지만 감옥에 갇혀 옴짝달싹 못 하고 있는 건 사실이야!"

비올레트는 **세 개의 강 골짜기**가 있는 쪽을 바라보았다. 두 손으로 나팔을 만들어 입에 갖다 댄 다음, 있는 힘을 다해 소리 질렀다.

"파벨! 나야! 내가 왔어! 잘 버티고 있어, 내가 곧 거기서 구해 줄게!"

그 소리를 들은 정원 주민들이 하던 일을 멈추고 비올레트 쪽으로 몸을 돌렸다. 그들은 놀란 듯 그녀를 뚫어지게 쳐다보았다. 월계수가 겁먹은 표정으로 그녀에게 크게 신호를 보내면서 외쳤다.

"여기 오지 마! 너무 위험해!"

비올레트는 뭐라고 말해야 할지 몰라서 머리를 끄덕이는 걸로 그쳤다. 차가운 침묵이 골짜기를 삼켰다.

그때, 짖는 소리가 세 번이나 울려 퍼졌다. 식물 감옥에 가로막혀서 희미하게 들리긴 했지만, 가시넝쿨 깊은 곳에서부터 올라오는 소리였다…….

파벨이 주인의 부름에 대답한 것이다.

19
남작

비올레트의 엄마가 처음 파벨을 데리고 왔을 때, 파벨은 작은 강아지였고, 비올레트 역시 아주 어린 소녀였다. 그녀는 파벨과 함께 세상을 배워 갔다. 파벨은 비올레트보다 훨씬 빨리 커서, 곧 위풍당당한 커다란 개가 되었다. 어린 비올레트가 올라탈 수 있을 정도로……. 비올레트가 **비밀의 정원**을 발견했던 시기에 그녀는 아홉 살 꼬마였지만, 파벨은 이미 건장한 성견이었다. 그녀는 어렸을 때 같이 놀던 개의 등에 올라타서 정원 세상을 돌아다녔고, 파벨은 기꺼이 그녀에게 충성스러운 군마가 되어 주었다.

둘은 그 경이로운 장소를 늘 한 팀으로 탐험하며 수많은 모험을 함께 겪었다. 비올레트가 늙지도 않고 질병이란 것도 없는 정원에 파벨을 맡기던 그 순간까지.

수십 년이 흐른 지금, 비올레트는 시간이 존재하지 않는 이곳으로 다시 돌아왔다. 어른으로서의 긴 인생을 살아 내고 나서 마지막으로 파벨을 되찾으러. 그런데 사랑하는 개가 위험에 빠져 있었다. 죽음의 저주가 정원 세상에까지 드리운 것이다.

지금 유일하게 아는 것은, 친구가 괴물 식물의 포로가 되었다는 사실뿐이다. 정확히 어떤 상태인 걸까? 상처를 입지는 않았을까, 굶주리고 있진 않을까, 아니면 천천히 숨이 멎어 가는 건 아닐까……. 걱정은 끝이 없었다.

가시덤불 속에서 파벨의 모습은 보이지 않았지만, 비올레트는 확신할 수 있었다. 방금 들은 소리는 분명히 파벨이 낸 거라고.

"저 처참한 곳에서 당장 파벨을 구해야 해요!" 비올레트가 주먹을 꼭 쥐고 목소리를 높였다.

시몬이 경고했다.

"지금은 아냐. 제대로 된 무기도 하나 없이 그렇게 뛰어들면 안 돼. 가시덤불들이 널 사정없이 찌르거나, 네 개처럼 가둬 버릴 거야."

"꼭 방법을 찾을 거예요. 난 항상 새로운 방법으로 문제를 해결했어요. 남작의 부하들이 공격할 때를 기다리겠어요. 그리고……."

비올레트가 말을 멈췄다. 호랑이도 제 말 하면 온다더니, 마침 남작이 **세 개의 강 골짜기**에 막 당도했다.

"그는 분명 정원 사람이 아니야." 비올레트가 눈으로 그를 쫓으며 말했다.

그는 저쪽 세상의 인간이고, 성인이었다. 비올레트는 정원에 바깥세상에서 온 성인이 있었다는 말은 한 번도 들은 적이 없었다. 이전 수호자들도 거의 아이들이었고, 간혹 청소년도 있긴 했었다. 칼드롱도 성인이라기보다는 이상하게 늙어 버린 아이의 모습에 가까웠다.

하지만 남작은 힘과 풍부한 경험을 가진 사람이라는 인상을 풍겼다. 그의 완전무결한 의상은 진짜 제복은 아니었지만, 엄격한 중세 기사 같은 느낌을 주었다. 게다가 위엄 있는 흑마를 타고 있어서인지 더욱 거대해 보였다.

"그래, 저거였어! 블루베리가 말하던 거대한 개!" 비올레트가 무릎을 쳤다. "정원 주민들은 한 번도 말을 본 적이 없었던 거야."

남작은 **뾰족 담 성채**에서 온 수송대의 선두에 있었다. 바로 뒤에는 옵시디언이 무기로 쓸 재료를 가득 실은 수레를 끌고 있었다. 트롤마저도 남작의 지배를 받는 듯했다. 트롤은 성에서 봤던 분노의 기색이 사라진 상태였다.

남작이 가까이 있는 정원 주민들에게 몇 가지 지시를 내리자, 그들은 서둘러서 명령에 따라 조직을 정비했다. 남작은 몇 마디 말로 사람들을 움직이게 하는 권력을 가진 게 분명했다.

비올레트는 씁쓸한 분노에 사로잡혔다. 정원이 자기 손아귀에 있다고 믿는 저 거만한 자는 대체 누구란 말인가? 대체 어디서 와서 이 경이로운 장소를 좌지우지하고, 이 사랑스러운 주민들을 군인으로 바꿔 놓고, 순수하고 자유로운 바위 거인들을 사슬에 묶인 노예로 만들었단 말인가?

비올레트는 거꾸로 나무에서 내려와 시몬을 땅에 내려놓은 다음, 선포하듯이 말했다.

"이곳에 저자의 자리는 없어요. 감히 선량한 주민들을 이용하다니……. 난 파괴의 여신을 무찌르고 파벨을 구하기 위해 저 사람과 동맹을 맺을 수도 있겠다고 잠시 생각했었는데…… 이제 보니 어리석은 생각이었네요! 자신이 정원의 지도자라고 생각하는가 본데, 이곳에 지도자라는 건 없어요. 난 정원의 수호자예요. 그러니 내가 어떻게 하는지 똑똑히 보여 주겠어요!"

땅굴 속으로 들어가면서 시몬이 대답했다.

"조심해. 그는 자기의 계획을 실현하기 위해서라면 상대가 누구든 물러서지 않을 거야."

"그 말이 맞아요. 아무래도 동료들을 모아야겠어요. 르비스가 **가짜 폐허**에서 날 기다리고 있을 거예요."

시몬이 걱정스러운 표정으로 비올레트를 바라봤다.

"르비스? 흠, 난 그 수집가를 별로 좋아하지 않아. 하지만 뭐, 너도 이제 스스로 친구를 선택할 정도로 컸으니까……."

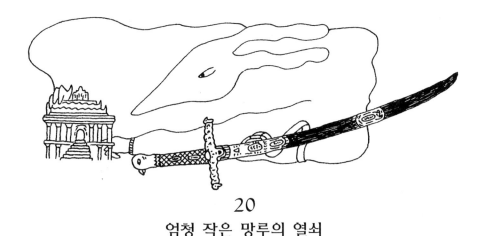

20
엄청 작은 망루의 열쇠

스벤은 비올레트가 가방에서 꺼낸 작은 물건을 찬찬히 들여다봤다.

"그러니까 이게 당신이 말하는 그 열쇠예요? *그거?* 그리 튼튼해 보이지 않네요. 훨씬 더 묵직할 거라고 생각했는데."

비올레트가 르비스 쪽으로 몸을 돌리며 말했다.

"넌 정말 이게 유물이라고 확신하는 거야?"

"응, 끝나지 않는 그림책에서 읽었어. 이 유물은 통과할 수 없는 곳, 그러니까 아무도 들어갈 수 없는 곳에 가게 해 준대. 스벤이 찾은 열쇠 구멍이 바로 그 장소로 들어가는 문일 거야!"

토끼 소녀가 플라스틱 막대기를 흔들면서 **엄청 작은 망루**를 향해 껑충거리며 뛰어갔다. 그녀는 사다리처럼 생긴 나뭇가지들을 올라가서 망루 꼭대기에 이르렀다. 비올레트는 밑에서 호기심 어린 눈빛으로 지켜보았다.

"거기 닫힌 문이 있니?"

"응! 내 생각이 옳다면, 이 문은 정원에서 가장 귀중한 비밀에 접근할 수 있는 문이야. 말하자면 전쟁터에 관한 비밀 같은 거 말이지!"

르비스는 돌벽 위에 뚫린 열쇠 구멍에 그거를 꽂고 돌렸다.

그렇지만 딸깍하고 문 열리는 소리는 안 났다.

"이런! 이건 열쇠 구멍이 아니라 그냥 구멍이잖아."

"됐어, 그만두자!" 비올레트가 한숨을 쉬었다. "네겐 훌륭한 검이 있으니까! 자, 파벨을 구하러 가자. 네가 약속했잖아!"

"내 조건은 열쇠를 빌리는 거였지. 그런데 이건 열쇠가 아니잖아. 여기에 맞는 열쇠가 아니라고!"

비올레트가 머리를 설레설레 흔들었다. 저런 변덕쟁이를 믿은 게 잘못이지. 저 이기주의자는 이번에도 자기 일에만 관심이 있었다. 그녀에게 정원의 운명 같은 건 조금도 중요하지 않았다.

"그런데 넌 뭘 찾고 있는 건데? 그 작은 탑 안에 뭐가 있는데 그래?"

"수집에 필요한 다른 보물이겠죠 뭐!" 지켜보던 스벤이 말했다.

"그런 거야, 르비스?"

토끼 소녀는 작은 망루 꼭대기에 앉아 열쇠 구멍으로 안을 들여다보고 있었다. 그리고 구멍에서 눈을 떼지 않은 채 설명했다.

"내가 닫힌 문을 찾으려는 건, 어떤 토템에 새겨져 있던 문구 때문이야. **가짜 폐허**에 비밀의 장소가 숨겨져 있다고 적혀 있었어. 전쟁터가 있다는 거야. 그곳을 발견한 자는 모든 적을 물리칠 방법을 찾을 거라고 했어."

"뭐? 그걸 왜 이제 말해?" 비올레트가 갑자기 흥미가 동해서 외쳤다. "그걸로 파괴의 여신을 무찌를 수 있겠네!"

비올레트는 정원에 대한 기억들을 되살려 봤다.

"어떻게 저기에 들어간담? 차근차근 생각해 보자, 계단을 하나하나 올라갈 때처……."

그러더니 손뼉을 쳤다!

"알았다! 스벤, 내 가방 좀 맡아 줘."

수호자는 곧장 망루의 계단 쪽으로 달려갔다.

밑에서 보면, **엄청 작은 망루로** 올라가는 **아찔 층계**는 아주 거대해 보였다. 하지만 비올레트는 그것이 착시 현상이라는 걸 금방 알아챘다. 그것은 위로 올라갈수록 점점 작아지는 층계였다. 그녀는 첫 번째 계단에 오른 다음 곧 두 번째 계단으로 올랐다.

르비스가 말했다.

"그렇게 해선 꼭대기까지 못 가. 저 위쪽 계단들은 너무 좁아서 올라설 자리가 없어. 이리 와서 나처럼 기둥을 타고 올라와!"

"아냐, 아냐. 일단 나를 믿어 봐."

비올레트는 세 계단, 다섯 계단, 그다음엔 열 계단을 한 번에 올라갔다. 계단은 올라갈수록 점점 좁아졌지만, 어렵지 않게 균형을 잡을 수 있었다. 계단의 3분의 1쯤에 이르러서는 약간 현기증이 났다. 그때 르비스가 외치는 소리가 들렸다.

"비올레트, 네 몸이 작아졌어!"

사실이었다. 수호자의 키는 어린 정원 주민 정도로 줄어들었다.

비올레트는 미소를 지으며 더 빨리 올라갔다.

"생각한 대로야! 층계로 올라가는 게 옳은 길이야."

이제 비올레트는 뛰어서 올라갔다. 계단을 올라갈 때마다 키가 점점 더 작아졌다.

금세 꼭대기에 도착했다. 숨을 고르고 주위를 둘러보니, 방금 일어난 일이 약간 두렵기도 했다.

망루 꼭대기에 있는 르비스가 마치 거대한 괴물 같았다. 르비스가 자신보다 천배는 크게 보였다. 비올레트는 벌레만큼 작아져 있었다.

"브라보!" 토끼 소녀가 말했다. "넌 지금까지 내가 한 번도 못 한 걸 해냈어! 비올레트, 요 쪼그만 녀석! 이제 그 열쇠 구멍을 어떻게 열 거야?"

비올레트는 몸이 작아진 것에 대해서 생각하고 있을 시간이 없었다. 두려움이 생길 때 정신을 더 바짝 차려야 했다. 비올레트는 돌벽에 나 있는 구멍 쪽으로 걸어갔다.

"이건 열쇠 구멍이 아니라 통로야! 이제 난 여길 통과할 수 있어."

비올레트는 그 좁은 구멍 안으로 쏙 들어갔다.

엄청 작은 망루 내부의 서늘함이 느껴졌다.

밖에서 나는 르비스의 목소리가 망루 안에 쩌렁쩌렁하게 울렸다.

"어때? 그 안에 뭐가 있어?"

비올레트는 희미한 빛에 눈이 익숙해지길 잠시 기다렸다. 그곳은 아주 거대한 방 안이었다. 개미만 한 크기가 된 비올레트에겐 그렇게 보였다.

"아무것도 안 보여. 양초가 있어야 하는데……. 아! 귀한 조약돌을 넣어 줘, 내 가방 안에 있어."

르비스가 구멍으로 조약돌을 넣었다. 조약돌이 굴러서 비올레트 옆에 와서 멈췄다. 비올레트는 친구에게 눌려 짓이겨지지 않도록 뒤로 물러났다.

"아이, 추워! 여긴 왜 이렇게 추운 거야?" 조약돌이 부르르 떨면서 말했다.

"귀돌아, 빛을 좀 비춰 줄래?"

오렌지색 불빛이 방 안을 밝혔다.

"뭐가 보여?" 밖에서 르비스가 재촉했다. "전투의 흔적? 무기? 거긴 정말 전쟁터야?"

비올레트의 대답이 들린 건 한참 뒤였다.

"텅 비었어."

실망감이 가득한 목소리였다.

"비었다니! 어떻게? 거기 상자 하나가 있어야 하는데……. 혹시 비밀 문 같은 게 있는 건 아닐까?"

"없어. 그냥 비었어. 아무것도 없어."

짜증이 난 르비스가 되물었다.

"정말 없어? 아무것도? 아무것도 없다는 건 말도 안 돼! 틀림없이 뭔가가 있을 거야. 바닥도 좀 파 보고!"

비올레트가 발로 바닥을 쿵쿵 찼다.

"바닥도 그냥 돌이야. 벽도 그렇고."

돌벽. 비올레트는 그 돌벽을 관찰하다가, 뭔가를 본 것 같았다. 자기 앞에 있는 귀한 조약돌을 밀어서 굴려 보았다.

"지금 뭐 하는 거야?" 조약돌이 물었다.

"벽을 비추고 싶어서……. 윽, 네가 이렇게 무거운 줄 미처 몰랐어!"

조약돌을 벽에 기대 놓고 나서, 비올레트는 미소를 지었다. 그녀의 생각이 옳았다. 불빛을 비추자, 돌 위에 새겨진 선들과 표식들이 보였다. 그건 그녀가 잘 알고 있는 코드였다. 아쉽게도 해독할 줄은 몰랐지만…….

"어떻게 됐어?" 르비스가 초조해하며 물었다. "뭔가 찾았어?"

"응, 수수께끼가 풀렸어! 전쟁터가 아니라 *전쟁가(歌)*가 있어. 군사들이 부르는 전쟁 노래! 온 벽에 악보가 새겨져 있어. 너 악보 보는 법 아니?"

"악보? 오선지에 음표들이 그려져 있는 거? 아니, 난 악보 볼 줄 몰라. 하지만 음악가들이 어디 있는지는 알아. 이제 거기서 나와, 널 **딸꾹 벤조**로 데려다줄게! 네가 벌레만 해졌으니까 거기 들어가기 딱 좋겠네. **엄청 작은 망루**의 계단으로 내려오면 안 돼! 다시 커질지도 모르니까."

21
곤충과의 대담

비올레트는 친구의 조언에 따랐다. 작아진 몸을 그대로 유지하기 위해, 계단으로 내려오지 않고 르비스의 머리 위로 폴짝 뛰어 올라가서 벌레들의 술집으로 향했다.

토끼 소녀의 두 귀 사이에 자리 잡은 비올레트는 나무줄기에 붙어 있는 악기를 당황한 표정으로 바라보았다.

"그러니까 여기가 **딸꾹 벤조**라는 거지?" 비올레트의 몸은 작게 줄었지만, 목소리는 변함없이 또렷했다.

"응, 흥청거리며 놀기 좋아하는 곤충들의 모임 장소지. 저 안에 들어가는 게 무섭지 않겠어? 술집은 수상한 자들이 많이 드나드는 곳이라던데……."

비올레트는 피식 웃음이 새어 나오는 걸 참을 수 없었다. 그녀가 저쪽 세상에서 긴 세월을 사는 동안 '수상한 자들이 드나드는' 술집을 얼마나 많이 다녀 봤는지 르비스가 안다면……. 물론 그중에 쇠똥구리가 운영하는 술집은 없었지만!

비올레트는 고개를 가로젓는 것으로 그쳤다.

"걱정하지 마!"

르비스는 조심스럽게 비올레트를 가게의 입구에 내려놓았다. 개미만큼 작은 수호자는 어렵지 않게 벤조의 줄 사이로 들어갔다.

눈앞에 놀라운 광경이 펼쳐졌다! 비올레트는 이곳이 곤충들이 우글거리고, 바람에 날려 온 쓰레기 조각이 가득한, 한마디로 곤충들의 소굴일 거라고 상상했었다. 그런데 막상 들어와서 보니, 유쾌한 손님들 덕분에 활기차고, 생기 넘치고, 정겨운 분위기가 감도는 장소였다.

속이 빈 나무줄기의 맨 아래쪽에는 달팽이, 풍뎅이 등 덩치 큰 고객들이 차지하고 있었고, 꼭대기 층에는 날아다니는 곤충들이 있었다. 잠자리들은 무지개색 장신구들을 자랑하고 있었고, 나비들은 그 아래층에서 작은 날벌레나 파리 들과 어울려 우아한 날개를 서로 뽐내고 있었다. 그들은 모두 주인장인 쇠똥구리 철갑과 무당벌레 직원들이 운영하는 **딸꾹 벤조**의 단골들이었다.

가게 중앙에선 매미들로 구성된 매암미 트리오가 신나는 곡조로 흥을 돋웠고, 손님들은 그 곡에 맞춰 빙빙 돌며 춤을 추었다.

가게 안을 가득 채운 곤충들은 붕붕, 윙윙 소리를 내며 날갯짓을 하거나, 부르부르, 찌르르 차르르르, 뚜루루 쓰르르르 소리를 내거나, 온갖 냄새를 뿌리는 등, 수천 가지 방식으로 서로 이야기를 나눴다. 다행히도 비올레트는 그들의 소통 방식이 뭐든 간에 정원 안에 사는 모든 동물의 말을 알아듣는 법을 배운 터였다.

비올레트는 군중 속을 헤치고 앞으로 나아가면서, 자기가 들어온 것을 아무도 신경 쓰지 않는다는 걸 확인하고 실망스러웠다.

벌레들의 소굴에 엄청나게 작은 미니 인간이 침입했는데 아무도 놀라지 않다니!

철갑이 뚱한 표정에 심드렁한 말투로 한마디 던진 게 전부였다.

"뭘 드릴까?"

"아…… 모르겠어요." 비올레트는 진열된 음료수병들을 눈으로 훑었다.

오른편에 앉아 있던, 몸에 푸른 광택이 도는 파리가 턱을 괴고서 대화에 끼어들었다.

"엇! 난 당신을 한 번 본 적이 있어!"

비올레트가 이 곤충의 다면체 눈을 바라봤다. 그 눈 속엔 깜짝 놀란 자신의 모습이 수천 개로 보였다.

"정말요? 난 여기 처음 왔는데……."

"아냐, 정말 봤어!" 파리가 강조했다. "난 당신 덕분에 정원에 왔으니까."

그제야 비올레트는 자기 방 창문에 부딪혔다가, 그녀가 창문을 넘기 직전에 어깨에 앉았던 파리가 떠올랐다. 그 일이 아주 오래전 일처럼 느껴졌다! 정말 그 파리와 이야기를 나누고 있는 것일까? 현기증이 났다.

"오! 아무래도 정신 좀 차리게 강장 음료를 마시는 게 좋겠어. 철갑! 이 소녀를 위해서 이슬 한 방울!"

철갑이 스탠드바 위에서 자라고 있는 기다란 풀잎을 기울여서, 비올레트 앞에 수정처럼 투명한 액체 한 방울을 떨어뜨렸다.

작은 곤충들의 장점은 어떤 음료든 잔에 따라 마실 필요가 없다는 거였다. 비올레트는 옆 손님들이 주둥이나 흡관으로 음료를 마시는 걸 관찰하고는, 자신도 그들처럼 혀로 액체를 빨아 먹어야겠다고 생각했다.

하지만 시원한 음료나 마시려고 여기 온 게 아니었다. 그녀에겐 임무가 있었다. 그 순간 긴장감이 몰려와서, 목에 뭔가 걸린 기분이었다. 왁자지껄 떠들고 있는 이 이상한 곤충들 앞에서 말을 해야 한다는 건 생각만 해도 긴장됐다.

비올레트는 이전에 자신이 해낸 일들을 떠올렸다. 거대한 트롤들 앞에서, 초록 군단의 나무들 앞에서, 센다크가 이끌던 늑대 무리 앞에서, 또 대학교에서 논문을 심사하는 교수들 앞에서 당당하게 고개를 치켜들고 이야기하던 때를. 그런 그녀가 무당벌레와 꿀벌 앞에서 주눅이 들다니!

모두가 귀를 기울이게 만들어야 했다. 비올레트는 스탠드바 위로 훌쩍 뛰어올랐다. 그리고 연극을 하는 것처럼 발을 쾅쾅쾅 세 번 굴렀다.

청중들이 놀라서 모두 그녀를 향해 몸을 돌렸다.

"안녕하세요, **딸꾹 벤조의 친구들**! 난 비올레트 위르르방이에요. 보통은 풀숲에서 사는 여러분에게 인간이 말을 걸 일은 없겠죠. 하지만 우린 지금 정원 안에서 함께 살고 있고, 난 이 정원의 수호자예요. 여러분도 알겠지만, 지금 정원이 위협을 받고 있습니다! 난 그 위협과 맞설 생각인데, 음악을 사랑하는 여러분의 도움이 꼭 필요해요."

비올레트는 숨을 고르기 위해, 또 벌레들의 반응을 살피기 위해 잠시 말을 끊었다. 매미들은 연주를 멈췄다. 가게 손님들의 눈은 동의하는 건지, 반감을 갖고 있는 건지 읽기 어려웠지만, 적어도 그들의 주의를 끄는 것엔 성공했다. 그녀는 즉흥 연설을 이어 갔다.

"여러분도 알고 있듯이, 우리 정원에서 괴물 식물의 위협이 점차 커지고 있습니다. 그 주인공을 파괴의 여신이라고 부르죠. 여신의 가시넝쿨이 여러분에게 달콤한 음료를 제공하는 식물들을 공격하고 있어요. 뿐만 아니라 여러분의 둥지와 꿀벌집과 개미집까지 파괴하고 있죠. 다니던 길들도 막혀 버렸고, 땅굴들도 거의 모두 가시덤불의 뿌리에 점령당했잖아요. 그러니 파괴의 여신이 정원에 있는 모든 주민의 숨통을 조이기 전에, 작은 동물이든 큰 동물이든 사람이든 모두 협력해서 뭔가를 해야만 합니다!"

여기저기서 웅성거리는 소리가 일었다. 비올레트는 자기의 연설이 그들의 마음을 움직였다는 걸 알았다.

"여기서 멀지 않은 곳에 어떤 장소가 있어요. 아주 큰 힘을 품고 있는 곳인데, 그곳에는 여러분처럼 몸집이 작은 동물들만 들어갈 수 있답니다. 몸집이 크고 움직임이 둔한 큰 동물들은 도저히 할 수 없는 일이죠. 그 안에 특별한 무기가 있어요. 바로 정원의 운명을 바꿀 수 있는 노래의 악보예요. 가장 무서운 적을 무찌르기 위해 작곡된 전쟁 노래요. 혹시 이 중에 그 악보를 해독할 수 있는 음악가들이 계실까요?"

정적……. 곤충들은 큰 자들의 세상에서 살던 인간이 작디작은 자신들에게 도움을 구하는 상황에 어안이 벙벙했다. 잠시 뒤 누군가의 목소리가 들렸다.

"우리 매암미 트리오는 온갖 종류의 악보를 다 읽을 수 있어. 우리가 널 따라갈게. 파괴의 여신을 이제 멈추게 해야 해!"

그의 동료 하나도 벅찬 목소리로 외쳤다.

"내 동지, 곤충들아! 파괴의 여신이 점점 더 강해지고 있어. 이제 그 녀석을 혼내 주러 가자. 쉬지 않고 왈츠를 추게 해서 뻗게 만드는 거야!"

다시 정적…….

하지만 얼마 지나지 않아 **딸꾹 벤조** 전체가 웅성거리기 시작했다. 비올레트는 임무를 성공적으로 마쳤다!

미니 인간이 매암미 트리오에게 다가가려는데, 거대한 곤충 하나가 꼭대기 층에서 내려오더니 그녀 옆으로 내려앉았다.

"수호자! 내가 널 돕지. 전쟁터에 타고 갈 말이 필요하다면, 내가 기꺼이 그 말이 되어 줄게."

비올레트는 방금 자신에게 충성을 맹세한 자를 관찰했다. 그는 곤충이 아니라, 영롱하게 빛나는 깃털과 뾰족한 부리를 가진 벌새였다! 그는 이 술집에 들어올 수 있을 정도로 작았지만, 이곳 손님들 사이선 거인이나 마찬가지였다.

개미 한 마리가 벌새의 등에 걸터앉아 있다가 한마디 거들었다.

"난 쉬멘이란다, **개미 왕국**의 옛 여왕이지. 그리고 이 용감한 자는 바로 나의 멋진 친구인 로드리고야! 자, 어서 타거라, 친애하는 비올레트. 우리 함께 네가 말하는 그곳으로 매암미 트리오를 안내하자꾸나."

22
전쟁 준비

파괴의 여신과 싸울 준비를 하는 건 비올레트와 그녀의 새로운 동료들뿐만이 아니었다. 남작의 군대도 모든 준비를 끝내 가고 있었다. 그리고 그들을 감독하고 있는 자는 다름 아닌 수호자의 옛 친구 월계수였다.

정원을 위협하는 파괴의 여신을 없애 버릴 수 있는 결전의 날이건만, 어쩐지 월계수는 마음이 불편했다.

월계수는 상황에 따라 올리고 내릴 수 있는 도개교 위에 서 있었다. 파괴의 여신과 마주하고 있는 그 다리에서 남작의 군대가 잘 보였다. 그는 주민 각자가 제 위치에 있는 걸 확인했다.

늪지 위에 설치된 나무 데크에선 수십 명의 정원 주민들이 기계들을 정비하고 있었다. 남작의 설계도대로 만든 기계들이었다. 그중에서 가장 인상적인 것은 창을 날리는 무기인, 석궁처럼 생긴 거대한 '발리스타'였다.

그 무기로 괴물 여신을 향해 창을 발사할 것이다. 날카로운 강철 축을 박은 창은 적을 완전히 쓰러뜨리진 못해도, 적의 힘을 약화하는 효과는 있을 터였다. 그다음 월계수가 도개교를 내리면, 병사들이 늪지에 빠지지 않고 곧바로 적을 향해 돌진할 계획이었다. 그리고 병사들의 선두에 서는 것은 검은 트롤 옵시디언의 몫이었다.

월계수는 그 트롤을 확인하려고 몸을 돌렸다. 당근과 근위병들이 날카롭게 갈린 그의 두 손 상태를 확인하고 있었다. 한 병사가 트롤을 위장시켜 주겠다면서 그에게 진흙을 던지자, 월계수가 엄중히 경고를 보냈다. 병사는 어깨를 한 번 으쓱하곤 진흙 던지기를 멈췄다.

현장 감독인 월계수는 한숨을 쉬었다. 불편한 느낌은 여전했다. 어쩌다 이렇게 됐을까? 처음 남작이 여신과 싸울 힘을 모으자고 제안했을 때, 월계수는 주저하지 않고 응했다. 파괴의 여신이 이미 주민들에게 큰 해를 입히고 있었기 때문이다. 주민들은 마을을 침범하는 넝쿨을 끊임없이 잘라 내야 했다. 더 끔찍한 건, 파괴의 여신이 수많은 토템을 완전히 뒤덮어 버린 거였다. 정원 주민들에겐 토템들을 지켜야 할 의무가 있지 않았던가!

그랬기에 월계수는 이 동맹에 큰 희망을 걸었고, 남작을 신뢰했다. 그때 월계수는 자신이 군인이 되어, 위험한 일을 한 번도 해 본 적 없는 정원 주민들을 훈련시키게 되리라곤 꿈에도 생각하지 못했었다.

불쌍한 트롤만 해도 그렇다. 트롤은 늪지에서 일하기에 전혀 적합하지 않았다. 한 번만 미끄러져도 늪지에 푹 빠질 수 있기 때문이다. 그러나 옵시디언에게 주어진 임무는 막중했다. 괴물 식물의 중심부까지 길을 닦는 일은 그가 없이는 불가능했다. 남작의 계획에 따르면, 큰 가위와 톱으로 무장한 돌격대가 트롤을 돕기로 되어 있었다. 이들의 임무는 적을 둘러싸고 있는 엉겅퀴와 가시덤불을 헤치고 길을 여는 것이다.

불쌍한 정원 주민들! 밭의 식물들을 심고 다듬을 때 쓰던 도구들을 이젠 식물을 찢고 자르는 일에 써야 하다니! 솜을 두툼하게 넣어 만든 전투복과 장갑을 착용했다지만, 그들이 과연 이 전쟁에서 살아남을 수 있을지……

월계수는 쓰라린 마음에 머리를 흔들면서 중얼거렸다.

"너무 늦었어. 곧 공격 신호가 떨어질 거야."

때마침 나무 구조물 위에 선 남작이 주먹 모양 쇳덩어리가 달린 몽둥이를 지휘봉처럼 흔들었다. 그 옆엔 근위대 대장인 황소와 맥이 있었다. 맥은 남작의 명령이 떨어지면, 트럼펫을 불어 공격 개시를 알릴 준비를 하고 있었다.

그때 늪지에 다른 소리가 울렸다. 날카로운 진동 소리가 점점 커졌다.

거꾸로 나무 언덕 뒤에서 시커먼 구름이 나타났다. 처음엔 불이 난 줄 알았다. 하지만 연기는 보이지 않았다. 대신 요란한 소리를 내면서 연기보다 더 빠른 속도로 구름이 몰려오고 있었다.

정원 주민들이 소리의 정체가 대체 무엇인지 불안한 마음으로 하늘을 올려다보았다. 남작은 자신의 계획이 방해를 받자 불쾌한 표정으로 공격 신호를 하려고 손을 들었다.

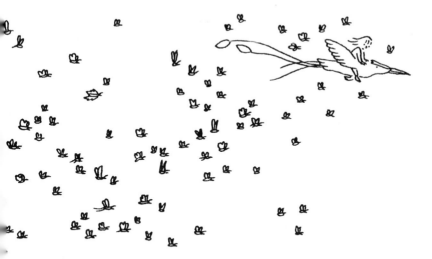

그 순간, 월계수는 마침내 자기가 보고 있는 게 뭔지 알 수 있었다. 그가 병사들을 향해 외쳤다.

"곤충 떼다! 수천 마리의 곤충들이 몰려온다! 저들이 파괴의 여신을 향해 가고 있다!"

이 전쟁에 곤충들이 뭐 하러 온 걸까? 파괴의 여신이 새로운 동맹군을 소집하기라도 했나?

구름이 점점 다가왔다. 두려워진 월계수는 피신하기 위해 급히 내려가려고 하다가, 이 곤충 떼의 선두를 보았다. 꽃과 나비의 섬세한 움직임까지 볼 줄 아는 정원 주민의 눈은 그걸 놓치지 않았다.

수많은 곤충을 이끄는 것은 벌새였고, 그 새의 등 위에는 아주 작은 무언가가 타고 있었다. 친구인 수호자를 꼭 닮은…….

"비올레트 위르르방!"

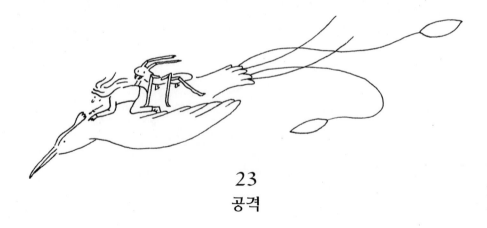

23
공격

비올레트는 바람에 머리카락을 휘날리면서, 오토바이를 타고 유럽 전역을 누비던 오래전 그 여름으로 돌아간 느낌이었다. 오토바이의 엔진 소리가 벌새 로드리고의 날갯짓 소리만큼 크진 않았지만!

쉬멘 여왕이 비올레트의 허리를 꼭 잡고서 외쳤다.

"어떤가, 수호자여! 땅 위를 기어 다니는 것과는 천지 차이지?"

"정말 그렇네요, 여왕님!"

벌새를 타고 하늘을 나는 흥분은 목표물이 가까워지자, 배로 증가했다.

"저기 파괴의 여신이 보이는구나! 다른 곤충들도 잘 따라오고 있겠지?"

여왕개미가 다른 곤충들이 제대로 뒤따르고 있는지 확인하기 위해 고개를 돌렸다. 작은 곤충 무리를 매암미 트리오가 양쪽에서 에워싸고 있었다. 곤충 떼 구름은 숲 위를 나는 동안 점점 더 커져 갔다.

곤충들은 박자에 맞춰서 부르릉거리며 날았고, 전쟁 노래를 부를 것에 대비해 목을 풀고 있었다. **엄청 작은 망루** 안에서 악보를 읽는 것은 매미들에겐 식은 죽 먹기보다 쉬웠다. 그들은 그 노래를 모든 동료들에게 가르쳤다. 하지만 몇 개의 음으로 과연 거대한 괴물을 무찌를 수 있을까……?

비올레트는 작은 남자가 나무다리 위에 서서 자신을 향해 팔을 흔드는 걸 보았다. 월계수였다! 공격 태세를 갖춘 무기들과 말을 타고 있는 남작의 모습도 보였다.

남작은 아무 말 없이 굳은 표정으로 곤충들을 바라보았다. 그는 자기 자신을 절대적으로 신뢰하는 듯했다.

"기다려요! 공격하지 말아요!" 비올레트가 소리쳤다. "우리에게 다른 방법이 있어요!"

안타깝게도 그 거리에선 비올레트의 말이 들리지 않았다.

비올레트는 망설였다. 곤충들에게 맡기고 남작을 설득하기 위해 밑으로 내려가야 할까? 가서 남작과 이야기하려면 시간이 걸릴 테고, 그러면 곤충들이 흩어져 본래의 목적을 놓칠 수 있었다.

"계속 가자." 비올레트가 결단을 내렸다.

벌새는 하늘을 나는 군대를 이끌고서 남작이 있는 곳을 지나 파괴의 여신을 향해 돌진했다.

비올레트는 파벨의 하얀 털이 눈에 띄기를 간절히 바라며 식물 감옥을 훑어보았다. 넝쿨이 너무 촘촘하게 자라서 그 안이 보이지 않았다.

그때 별안간 힘찬 소리가 뒤에서 울려 퍼졌다. 병사들이 기다리던 트럼펫 소리였다. 그러자 갑자기 열두 개의 발리스타에서 파괴의 여신과 곤충들을 향해 창이 발사되었다.

피융 하고 날아가는 소리가 연달아 들렸다. 그 소리에 곤충들은 아슬아슬하게 창을 피할 수 있었다. 수많은 창은 귀가 먹먹할 정도의 굉음을 내면서 적의 가장 크고 굵은 줄기들 위에 꽂혔다.

비올레트는 두꺼운 줄기가 찢겨지고, 가시넝쿨 무더기가 흔들리는 장면을 보았다.

"조심해!" 그녀가 로드리고에게 외쳤다.

하지만 벌새에겐 그런 경고가 필요 없었다. 곡예 비행사처럼 능숙하고 날렵한 그는 거의 수직으로 상승하여 날아오는 창을 피했다.

벌새의 심장 박동이 비올레트의 다리를 타고 전해졌다. 심장이 매우 빠르게 뛰고 있는데도 로드리고는 지치지 않았다. 이제 그는 파괴의 여신 본거지에서 가장 중심인 돔 지붕 위를 날고 있었다.

벌새가 돔 꼭대기에 내려앉았다. 그러자 모든 곤충이 그를 따라서 주변에 앉았고, 어떤 날벌레들은 식물들의 궁궐 안쪽에 자리 잡기 위해 줄기들 사이로 들어갔다. 곤충들의 붕붕거리는 날갯짓 소리는 이제 침묵으로 바뀌었고, 가끔 식물이 우지끈 부러지는 소리만 들렸다.

정원 주민들이 있는 쪽에서도 삐걱거리는 소리와 외침이 들려왔다. 그들은 창을 다시 장전했고, 그사이 도개교도 내려 놓았다. 옵시디언이 도개교를 걸어 파괴의 여신을 향해 곧장 나아가기 시작했다.

매미 한 마리가 로드리고 옆에 와서 앉았다.

"모두 준비됐어!" 매미가 노래하듯 말했다.

"좋아! 내가 신호를 줘야 하는 건가?" 비올레트가 물었다.

"뭐라고? 아냐, 우린 노래 부르고 싶어질 때를 기다리는 거야!" 곤충이 농담을 던졌다. "지금이 그때인 것 같아. 시작하자. *디, 다, 디다둠*……."

전쟁가의 순간이 왔다.

24
전쟁가

파괴의 여신 위에 앉은 수천 마리의 날벌레들이 합창을 시작했다. 부드럽고 아름다운 선율이 전율처럼 식물 전체를 훑고 지나갔다.

"노래라기보다는 그냥 숨소리 같은데?" 비올레트가 말했다.

"넌 인간이어서 아주 낮은 음은 듣지 못하는 거란다." 쉬멘이 알려 주었다. 저음의 소리는 식물의 가장 깊은 곳까지 파고들 거라고 했다.

정원 주민들이 공격을 멈췄다. 그리고 허공을 바라보았다. 어떤 이들은 발을 구르며 장단을 맞추기도 하고, 또 어떤 이들은 천천히 몸을 흔들기도 했다. 곤충들의 노래가 그들까지 감동시켰다. 발리스타 근처에서는 많은 사람이 창을 들고 있는 것도 잊고 좌우로 천천히 몸을 흔들었다.

그러나 남작만은 그 매혹적인 노래에 무감각했다. 그는 부하들이 투지를 잃어버린 걸 보고, 빨리 뭐라도 하지 않으면 안 되겠다고 생각했다. 그래서 쇠 주먹이 달린 지휘봉을 휘두르면서, 말을 타고 도개교 위로 뛰어들었다. 적의 들판을 향해 나아가고 있는 트롤 뒤에서 명령했다.

"공격! 저런 계략에 정신을 빼앗기지 마라!"

지휘봉을 든 그의 말에 노래에 빠져 있던 정원 주민들이 정신을 차렸다. 병사들은 다시 무기를 움켜잡고 대장의 뒤를 쫓아 달리기 시작했다.

한편 비올레트는 전쟁가의 효과를 지켜보는 중이었다. 처음엔 괴물 식물이 꼼짝 않고 굳어 버린 것 같더니, 곧 저항하기 시작했다. 정신을 산만하게 하는 조그만 곤충들을 제거하기 위해, 아주 얇은 넝쿨들을 사방으로 뻗었다.

그 때문에 수백 마리의 곤충들이 공중으로 흩어졌다. 그러나 여신의 저항은 헛될 뿐이었다. 여신의 적들은 너무 가벼워서 상처 하나 없이 다시 가시덤불 위로 내려앉았기 때문이다. 벌레들은 식물이 광기 어린 공격으로 마구 후려치고 흔드는데도 불구하고, 노래를 멈추지 않았다.

비올레트는 남작의 군대 쪽으로 눈길을 돌렸다. 말을 탄 남작은 선봉의 옵시디언을 거의 따라잡기 직전이었다. 검은 트롤은 길을 트기 위해서 굵은 넝쿨들을 잘라 내고 있었다.

비올레트는 몹시 불안해졌다. 지금으로선 노래가 별 효과 없이 그저 여신의 심기만 건드린 듯했다. 그리고 남작의 병사들이 식물을 찌르다가, 행여라도 가시덤불 속 어딘가에 잡혀 있을 파벨을 다치게 할까 봐 두려웠다.

"노래가 아직 효과를 못 내고 있어…… 아무래도 저쪽으로 가야겠어. 로드리고, 저 병사들을 멈추게 해야 해! 나를 저 트롤에게 데려다줘!"

"얼마든지!" 벌새가 다시 하늘을 날며 말했다. "꽉 잡아, 수호자!"

이제 벌새는 고도를 낮췄다. 트롤은 자기 얼굴 앞을 지나가는 화려한 빛깔의 새와 그 위에 올라타 있는 손톱만 한 비올레트를 알아보았다. 그는 망설이지 않고 팔을 내밀었다. 위협의 몸짓이 아니라, 새를 자기 손에 내려앉게 하기 위해서였다.

그 뒤에서 남작이 흥분해서 히히힝거리는 말을 멈춰 세웠다. 그리고 엉뚱한 짓을 하고 있는 트롤을 윽박질렀다.

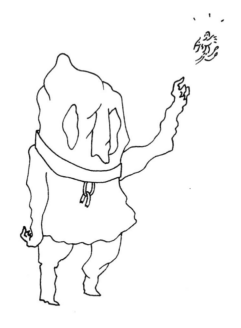

"뭐 하는 거야? 어서 길이나 내지 못하겠어!"

비올레트는 로드리고가 트롤의 손바닥에 내려앉자 조용히 말했다.

"옵시디언, 당신은 살인자가 아니에요. 전쟁 기계가 아니란 말이에요."

바위 거인이 고개를 끄덕였다. 그는 로드리고와 그의 등에 탄 수호자에게 멀리 떨어지라고 손짓했다.

그리고 몸을 돌리더니, 남작이 타고 있는 말의 코앞에서 도개교를 주먹으로 무겁게 내리쳐서 부숴 버렸다.

말은 물에 빠지지 않으려고 애쓰다가 쓰러졌다. 그 뒤에서 겁에 질려 있던 정원 주민 부대는 흔들리는 다리 위에서 균형을 잡으려고 허둥댔다.

남작은 말을 안정시키고 나서 뒤로 물러났다. 도개교가 무너지는 바람에 늪지 건너편의 들판으로 갈 수 없게 되었다.

옵시디언이 서 있던 곳도 흔들리더니, 와지끈하는 무서운 소리와 함께 늪으로 무너져 내렸다. 트롤이 진흙밭 속으로 빠지기 직전이었다!

바로 그 순간, 수많은 줄기가 파괴의 여신으로부터 튀어나와 트롤을 둘러싸서 그가 늪 속으로 떨어지지 않게 막았다.

벌레들은 이런 일이 벌어지고 있는 동안에도 노래를 멈추지 않았다. 그때 벌새의 등에 타고 있던 비올레트는 식물의 모습이 변해 가는 장면을 놀란 눈으로 내려다봤다.

여신의 가시투성이 줄기들이 점점 매끈하게 변하고 있었다! 그뿐만이 아니었다. 가시덤불 곳곳에서 잎사귀들이 솟아나고 꽃봉오리들이 맺히나 싶더니, 순식간에 온갖 색깔에 다채로운 향기를 발하는 꽃들이 피어나기 시작했다.

"우아, 예쁘다!" 수호자가 감탄했다. "전쟁의 노래는 적을 무찌르는 게 아니라, 적을 변화시키는 거였어. 세상에! 르비스는 실망하겠지. 하지만 난 우리가 이 전쟁에서 이길 거라는 확신이 들어."

확실히 전쟁의 노래는 목표를 달성했다. 그 노래로 인해 숲을 공격하는 거칠고 날카로운 괴식물이 가시 망토를 벗어 던지고 축제를 위한 새 옷으로 갈아 입었다.

파괴의 여신이 제자리에서 빙그르르 돌기 시작했다. 돔의 크고 둥근 지붕은 섬세한 꽃 자수가 놓인 아름다운 드레스로 바뀌었다.

여신의 넝쿨이 붙들고 있던 옵시디언도 그 왈츠에 동참했다. 그의 바위 얼굴을 봐서는 여전히 그 속을 알 수 없었지만, 비올레트는 그가 웃고 있다고 확신했다.

25
꽃과 눈물

벌레들의 노래가 끝났다. 식물 감옥 한가운데에 갇혀 있던 파벨은 무슨 일이 일어나고 있는지 알고 싶어서 두 배로 집중하여 귀를 기울였다. 붕붕거리는 음악 소리에 뒤이어 다른 소리가 들렸다. 멀리서 정원 주민들이 도망가면서 외치는 소리, 무거운 물체들이 삐그덕, 끼이익거리는 소리, 늪지로 텀벙 빠지는 소리⋯⋯. 그리고 더 가까운 곳에서는 수천 개의 꼬리 같은 것들이 휙휙거리며 신나게 흔드는 소리가 들렸다.

그것은 여신의 넝쿨들이 춤추듯이 공중으로 뛰어오르며 내는 소리였다.

파벨을 쥐고 있던 덩굴들도 느슨해져서, 파벨은 틈새로 광경을 볼 수 있었다. 포로가 된 이후로 입에 넣은 건 드문드문 발견한 애벌레들과 아주 가끔 운이 좋을 때 잡았던 다람쥐가 전부였다. 굶주린 파벨은 방금 피어난 수많은 꽃의 향기에 현기증이 났다.

이게 현실이 맞나?

아니, 분명코 그는 꿈을 꾸는 게 아니었다. 거대한 식물이 마치 회전목마처럼 스스로 제자리에서 돌고 있었다!

그를 둘러싸고 있던 넝쿨이 마치 털실 뭉치가 술술 풀리는 모양으로 순식간에 해체되었다. 개는 자신을 묶었던 굴레가 점점 느슨해지다가 마침내 사라지는 걸 느꼈다.

그러다 갑자기 몸이 앞으로 기울더니, 늪지 쪽으로 미끄러졌다.

"으아악! 안 돼!" 파벨이 추락하면서 외쳤다.

마지막 순간에 초록빛 물 위를 떠다니는 통나무를 겨우 붙잡은 덕분에 늪에 빠지는 건 간신히 피할 수 있었다. 통나무 위로 오르려고 애써 봤지만, 통나무가 계속 흔들려서 불가능했다. 그래서 뒷발로 물을 차면서 육지 가까이 다가갔다.

그때 어떤 목소리가 들려왔다. 파벨은 그게 누구의 목소리인지 바로 알아차렸다.

"저기 파벨이다! 늪에 빠져서 둑으로 올라가려 하고 있잖아! 로드리고, 빨리 저쪽으로!"

비올레트였다! 주인이 약속을 지켰다. 그녀가 돌아왔다!

힘이 솟은 파벨은 육지로 올라가려고 힘차게 움직였다. 드디어 늪 가장자리까지 와서 옆으로 미끄러지는 순간, 작은 파란색 공 같은 게 휙 날아오더니, 통나무 바로 앞에서 멈추는 걸 보았다.

그리고 아주 작은 것이 땅 위로 훌쩍 뛰어내리며 큰 소리로 외쳤다.

"내가 왔어, 파벨! 내 손을 잡아! 내가 육지로 끌어 올려 줄게."

파벨은 자기 눈을 믿을 수 없었다. 피곤한 데다가, 꽃가루 때문에 앞이 흐려져서 잘못 본 게 분명했다. 비올레트가 모기만 할 리가 없지 않나!

하지만 확신에 차고 힘이 있는 주인의 목소리만은 여전했다.

파벨은 곧바로 통나무를 놓고 비올레트를 향해 앞발을 내밀었다.

그 뒤는 뒤죽박죽이었다. 지금 상황이 어떻게 돌아가는지 모르겠고, 대체 비올레트에게 무슨 일이 일어난 건지 알 수 없었지만, 어쨌든 파벨은 물에 흠뻑 젖고 진흙에 뒤덮인 채, 사랑하는 비올레트를 다시 만난 것과 자유를 되찾은 행복감을 만끽하며 육지에 올라와 있었다.

수호자는 파벨을 꼭 끌어안았다. 파벨에게는 비올레트가 왜 이렇게 작아진 건지 이해할 시간이 필요했다. 비올레트가 두 팔을 활짝 펴 봐도, 그의 앞발 하나만 겨우 껴안을 수 있었고, 파벨이 숨을 쉴 때마다 소녀의 가느다란 황금빛 머리카락이 바람에 흩날렸다.

파벨은 주인을 마구 핥고 싶었지만, 조금만 움직여도 모기만 한 그녀를 다치게 할 것 같았다. 그래서 벅차오르는 기쁨을 단지 몇 번 짖는 것으로 표현해야 했다. 파벨이 숨을 가다듬고 말했다.

"주인님, 다시 봐서 너무 행복해요……."

"나도 그래, 나의 파벨!" 비올레트가 개를 쓰다듬으며 외쳤다. "아, 너 때문에 내가 얼마나 무서웠는지 알아? 네가 이 끔찍한 곳에 붙잡혀 있다고 생각하니 미칠 것만 같았어! 네가 너무 보고 싶었어, 너무나……. 내가 널 정원에 버리고 간 뒤로 줄곧……."

"비올레트, 주인님은 한 번도 날 버린 적이 없어요. 언제나 나와 함께 있었죠. 내 마음속에요. 어디를 가든, 언제나 난 등에 주인님의 무게를 느꼈고, 주인님의 조언과 지시를 들었어요. 우린 함께 수천 번도 넘는 모험을 했잖아요. 그래서 난 주인님에게 걸맞은 개가 되기 위해 최선을 다했어요."

"응, 알아! 네가 얼마나 용감했는지 다 들었어. 난 네가 너무 자랑스러워, 나의 파벨……."

파벨의 긴 주둥이를 타고 흘러내린 눈물이 비올레트 위로 떨어졌다. 짭짤한 눈물에 비올레트 몸이 홀딱 젖었다. 소녀는 울고 웃으면서, 그토록 소망해 왔던 재회의 행복을 마음껏 누렸다.

"파벨! 이렇게 다시 함께 있게 되어서 너무 좋아. 머리 좀 숙여 봐, 네 주둥이 위로 올라가게!"

개가 풀 위에 머리를 내려놓았다.

비올레트는 한마디도 하지 않고 오랫동안 그의 머리를 긁어 주었다. 그녀의 눈물이 개의 눈물과 뒤섞였다.

"주인님, 대체 무슨 일이 일어난 거예요?" 드디어 파벨이 물었다. "이렇게 작아지다니."

"걱정하지 마. 오래가지 않을 거야. **엄청 작은 망루**의 층계를 다시 내려가면 돼."

"층계?"

"가면서 이야기해 줄게. 내가 파리만큼 작아진 덕분에 여기까지 날벌레들을 데리고 올 수 있었어. 그리고 우리의 원정은 성공했고! 봐!"

세 개의 강 골짜기 풍경이 변해 있었다. 파괴의 여신은 알록달록 커다란 꽃다발이 되어 있었다.

그동안 너무 오랫동안 두려움과 분노로 웅크리고 있었던 길고 긴 줄기들은 마침내 모두 다 내려놓았다는 듯이 엉킨 것을 풀고, 물결처럼 유연하게 풀어져 있었다. 등과 다리를 쭉 펴면서 시원스레 기지개를 켜는 고양이처럼, 괴식물은 자기가 품은 꿀을 벌레들에게 내어 주는 행복감을 맛보면서 줄기들을 부드럽게 쭉 폈다. 남작의 군대가 다 도망치는 바람에 덩그러니 남게 된 전쟁 기구들도 다시 생명을 갖기 시작했다. 창과 통나무 들에 초록색 새순이 돋아난 것이다.

파벨의 머리 위에 올라앉은 비올레트가 새로운 친구들을 소개했다.

"파벨, 여기는 로드리고야, 비행의 챔피언이지. 그리고 여기는 개미들의 여왕인 쉬멘이야. 이들이 없었으면 난 여기에 오지 못했을 거야!"

쉬멘이 파벨에게 인사를 했고, 그동안 벌새는 동백꽃의 감미로운 즙을 맛있게 빨고 있었다.

"내 사랑, 너무 많이 마시지는 마!" 여왕개미가 잔소리를 했다.

"난 지금 피로 회복제가 필요해! 이 위업을 달성하느라 몹시 지쳤단 말이야." 벌새는 그렇게 말하며 다시 달콤한 음료 속에 빠졌다.

"위업이라니! 마치 당신 혼자 다 한 것처럼 말하네? 잊었나 본데, 전쟁의 노래를 부른 건 벌레들이야!"

"물론 알고 있지. 하지만 당신이 말했잖아. 내가, 딸꾹! 근사하고 멋있다고, 딸꾹!"

쉬멘이 비올레트를 향해 몸을 돌렸다.

"친구, 우린 그만 가 보지. 아무래도 로드리고가 너무 많이 마신 것 같아. 취하면 꼭 낮잠을 자야 하거든. 우린 **딸꾹 벤조**로 돌아갈 건데, 네 친구 르비스에게 데려다줄까?"

"아니에요, 어차피 파벨까지 데려다주긴 힘들 거예요! 난 파벨과 함께 갈게요. 하지만 떠나기 전에 여왕님과 **개미 왕국**에 대해 좀 이야기하고 싶어요. 다른 개미들에게 뭐라고 하면 좋죠? 개미들은 여왕님이 사라지고 나서 당황하고 막막해서 어쩔 줄 몰라하고 있답니다."

쉬멘이 아래턱을 갈아 쓰르르 소리를 냈다. 한숨을 쉬는 것 같았다.

"그 이야기를 꼭 해야 한다면…… 이제 그들에겐 내가 필요 없다고 말해다오. 난 한 번도 여왕이었던 적이 없었어. 어둠 속에 갇혀서 알 낳는 일만 했을 뿐이지! 그렇게도 여왕이 필요하면, 그 끔찍한 개미굴을 좋아하는 새 여왕을 다시 찾든지, 아니면 각자 자기 마음대로 살든지, 둘 중 하나를 고르라고 하려무나. 개미들은 알아서 잘할 거야. 자, 로드리고, 우린 이제 가자!"

"안녕, 비오…… 딸꾹! 비올레트!"

벌새는 그렇게 작별 인사를 하고 날아올랐다.

수호자는 딸꾹질하는 벌새가 하늘을 날아 사라질 때까지 한참 지켜봤다.

파벨의 털은 키 큰 풀 같아서, 작은 소녀는 그 속에 푹 파묻혔다. 소녀는 하얀 털 뭉치를 양손으로 꽉 부여잡고 외쳤다.

"우린 무사히 파괴의 여신을 무찔렀어! 자, 이젠 내 본래의 모습을 찾으러 가야지! 주인으로서 명하노니, 날 **가짜 폐허**로 데려다주렴, 충성스러운 나의 군마야!"

"명령 내리는 게 제법 그럴듯한데!" 개가 꼬리를 흔들면서 웃었다.

"어허! '명령 내리는 게 제법 *그럴듯하군요!*'라고 해야지!" 모기만큼 작은 주인이 바로잡아 주었다. "자, 달려! 전속력으로!"

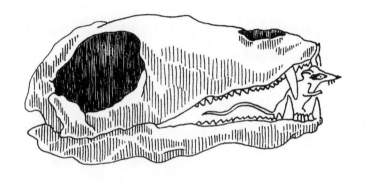

26
사라지는 것들

파벨이 **가짜 폐허** 안 **메마른 분수** 뒤에 있는 덤불숲에서 불쑥 모습을 드러냈다. 스벤이 가장 먼저 그를 발견했다. 소년은 곧바로 르비스를 불렀다.

"개예요! 그가 돌아왔어요!"

토끼 복면의 소녀가 담 위에 올라앉아 있다가 단숨에 폴짝 뛰어내렸다. 르비스는 높은 담 위에서 토끼 귀를 통해 전쟁과 벌레들의 노래에서부터 괴식물의 변화에 이르기까지 모든 상황을 파악하고 있었다.

그녀가 파벨에게로 달려왔다.

"파벨! 비올레트는 어디 있어?"

"비올레트? 어…… 난 너와 함께 있는 줄 알고 있었는데! 여기서 만나기로 했거든!"

르비스가 당황해서 어쩔 줄 모르겠다는 표정으로 주위를 둘러보았다.

"아냐! 여기 없어! 비올레트를 찾으러 가야겠다!"

그때 장난스러운 목소리가 들려왔다.

"그럴 필요 없어!"

그 소리는 파벨의 털 속에서 났고, 파벨이 크게 웃으며 짖었다.

"왈왈! 비올레트에게 무슨 일이 생긴 줄 알고 걱정했지? 그렇지?"

그때 비올레트가 파벨의 등 털 속에서 얼굴을 내밀었다.

"짠! 나는 여기 숨어 있었지!"

가슴이 철렁했던 르비스는 약간 화가 났지만, 이렇게 말하는 걸로 그쳤다.

"칫, 참 재미있네. 날 속이다니, 브라보!"

"미안해." 비올레트가 흡족해하며 말했다. "웃긴 장난은 아니었지? 하지만 네가 날 걱정하는 걸 보고 정말 감동했어. 수집가에게도 가면 뒤에 감춰진 따뜻한 심장이 있다는 걸 알게 됐거든."

"넌 해부학엔 통 재능이 없구나. 내 가면 뒤에는 뇌가 있어, 심장이 아니고! 그리고 그 뇌는 이제부터 해야 할 일에 대해 고민할 거고."

"음, 우선 내 키부터 되찾아야 해. 자, **엄청 작은 망루**로 가자. 르비스, 날 저 꼭대기에 올려 줘. 층계를 내려오면 분명히 다시 키가 커지겠지."

"엥?" 수집가가 투덜댔다. "널 어디에 올려 달라는 거야?"

비올레트가 한숨을 쉬었다.

"날 작게 만들었던 그 층계 말이야. 거기서 다시 내려와야 커질 수 있을 거 아냐, 그게 논리적이지! 자, 나를 **엄청 작은 망루** 꼭대기에 올려 줘."

"잠깐." 르비스가 한숨을 쉬었다. "지금 무슨 말을 하는 거야?"

순간 비올레트의 얼굴이 창백해졌다.

"오, 안 돼……. 제발 잊어버렸다고 하지 말아 줘. 층계가 있는 작은 망루 말이야……. 내가 올라갔던 곳! 거기서 내가 전쟁가를 발견했잖아."

르비스가 머리를 저었다.

"아냐! 노래는 벌레들에게서 배웠잖아. **딸꾹 벤조**에서……."

"아냐, 절대 그렇지 않아! 난 **아찔 층계**를 올라가면서 점점 작아졌잖아. 정말 기억이 안 나는 거야, 르비스?"

"**아찔 층계?** 난 **가짜 폐허**에서 그런 이름은 들어 본 적도 없어."

스벤도 당황한 표정으로 고개를 끄덕였다.

침묵이 내려앉았다. 그들은 아무 말도 하지 않은 채 서로를 바라봤다. 비올레트가 파벨을 데리고 망루가 있던 광장으로 갔다.

그들에게 증거를 보여 줘야 했다. 그런데 **엄청 작은 망루**와 거기에 딸린 마법의 층계는 그곳에 더는 존재하지 않았다.

"**엄청 작은 망루**가…… *사라졌어! 너희의 기억 속에서도!*"

작은 소녀는 파벨의 털 속에 주저앉아 울먹였다.

"말도 안 돼! 이제 난 어떻게 원래대로 돌아가지?"

파벨이 땅바닥에 앉아 생각에 잠겼다.

"난 그 망루도 층계도 기억나지 않아요. 나도 예전에 여기 온 적이 있었지만, 그런 건 본 적이 없다고요. 그러니 주인님이 그 기억을 간직하고 있는 유일한 자라는 건데, 아무래도 이상하잖아요."

그때 작은 목소리가 들려왔다.

"비올레트가 유일한 자는 아냐. 나도 그 망루를 기억하니까!"

그 소리는 비올레트가 스벤에게 맡겼던 그녀의 가방에서 났다.

비올레트가 외쳤다.

"토비구나! 맞아! 스벤, 어서 내 가방에서 그 애를 꺼내 줘!"

스벤이 가방 속을 뒤적거리다가 고양이 두개골을 보고는 비명을 질렀다. 그리고 허겁지겁 기둥 뒤로 가서 숨었다. 르비스가 어깨를 으쓱했다.

"온종일 유령들과 지내면서, 고작 작은 뼛조각을 보고 혼비백산해서 숨는 거니? 정말 넌……."

르비스가 고양이 두개골을 기둥 위에 올려놓았다.

토비는 수호자의 기억을 확인해 줬다. 계단을 하나하나 올라갈 때마다 몸이 작아지는 층계, 귀한 조약돌이 비춰 주던 벽, 그 벽에 그려져 있던 전쟁가의 악보까지…….

"앗, 조약돌!" 비올레트가 외쳤다. "그 생각을 못 했어! 너희, 조약돌이 망루에서 나온 걸 봤니?"

"무슨 말인지……. 조약돌이라니?" 르비스가 물었다.

"조약돌은 망루 안에 있었어." 토비가 말했다.

"오! 안 돼! 또 사라진 거야!"

르비스가 집중하는 표정으로 왼쪽 귀를 긁더니 말했다.

"좋아, 그럼 이제 요점을 정리해 보자. 정원 안에서 아무도 모르게 사라지는 것들이 있다. 정원의 주민들은 그 사라진 것들에 대한 기억이 없다, 나와 파벨을 포함해서 모두. 그리고 유일하게 바깥세상에서 온 비올레트만 그것을 기억한다. 그리고 토비도. 그는 정원의 유물이다."

"유물? 내가 유물이라고?" 토비가 물었다.

"말하는 고양이 두개골, 난 그런 걸 유물이라고 불러." 르비스가 말했다.

"하하! 정말로 내가 말하는 고양이 두개골이라고 생각해? 난 당신이 정원에서 가장 똑똑한 자라고 생각했는데, 유물 전문가님."

비올레트가 어깨를 으쓱했다.

"그게 아니라면, 넌 뭐니?"

그때 두개골의 턱뼈가 벌어지더니, 코가 뾰족한 생쥐가 나왔다.

"난 그냥 고양이 두개골 안에서 사는 생쥐야! 그리고 비올레트가 다시 거대하게 커질 수 있는 방법을 알고 있어. 아, '거대하게'가 아니라 '본래대로'라고 해 두지."

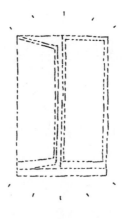

27
벽돌담

르비스와 파벨은 비올레트의 집으로 이어지는 길에 들어섰다. 소녀는 개의 머리 위에 올라앉아서 여행했다. 분위기가 썩 어두웠다. 벌레들이 가져온 승리, 변화한 파괴의 여신, 남작 군대의 실패 등에 관한 이야기도 비올레트에게 미소를 돌려주지 못했다. 그녀는 토비의 말이 맞기만을 바랄 뿐이었다. 하지만 **비밀의 정원**에선 모든 법칙이 제멋대로라는 걸 생쥐가 알까?

비올레트는 원래 세상으로 돌아가서도 여전히 완두콩만 한 자신을 상상해 봤다. 그런 생각을 하니 도저히 웃을 수 없었다…….

마침내 집이 보였다.

"이제 다 왔어! 르비스, 날 창문까지 올려 줄래?"

"음…….” 그녀의 친구가 말했다. "있잖아, 난 창문이 안 보이는데…….”

"뭐라고? 너희도 우리 집이 안 보여?" 비올레트가 거의 울기 직전이 되어 물었다.

"안 보인다니까." 르비스가 대답했다.

"난 구멍이 있는 벽돌담만 보여요." 파벨이 덧붙였다.

"집이 저기 있잖아!" 비올레트가 외쳤다. "저기, 내 방 창문도 보여! 내 방은 안 사라졌단 말이야!"

"안심해, 비올레트!" 수집가가 그녀의 말을 끊었다. "당연해. 내가 **비밀의 정원**에 남기로 결심한 이후로 내 눈에 저 집은 안 보이게 되었어. 예전엔 나도 집이 보였지만."

"나도 마찬가지예요." 파벨이 말했다. "내가 정원에서 살 수 있도록 주인님이 토템을 세워 주고 나서, 주인님 집이 보이지 않았어요. 난 이제 정원 세상에 속해 있어요. 더는 돌아가지 못해요."

마음이 놓인 비올레트가 토비에게 물었다. 여전히 토비는 르비스가 들고 있는 고양이 두개골 안에 웅크리고 있었다.

"토비, 넌 어때? 뭐가 보여?"

"집. 창문이 활짝 열려 있어. 우리가 저기를 통해서 정원으로 들어왔잖아."

"휴, 다행이다. 그럼 네 생각이 맞는지 확인하러 집에 들어가 보자."

생쥐가 움찔움찔 수염을 움직이며 말했다.

"난 확신해. 네가 해 준 이야기에 따르면, 본래의 세상으로 돌아가면 모든 게 본래의 형태를 되찾게 되어 있어. 거기선 유물들도 가치 없는 게 되고, 너도 성인의 상태로 다시 돌아가잖아. 그러니 네 키도 정상으로 돌아갈 거야. 그리고 난 다시 평범한 보통 생쥐가 되겠지."

"그럼 넌 더는 말할 수 없는 거니? 내 말도 알아듣지 못하고?"

"누가 알아? 말을 안 하고 있다고 해서 꼭 말을 못 알아듣는 건 아니잖아."

비올레트가 안도의 한숨을 쉬었다.

"좋아, 아무것도 안 하는 것보단 낫겠지. 르비스! 날 창문에, 아니, 벽돌담의 구멍이 있는 곳에 올려 줘. 그리고 토비도 내 옆에 놓아 주고."

"주인님, 키가 커지면 바로 돌아와야 해요, 알았죠?" 파벨이 간청했다. "우린 할 얘기가 산더미 같잖아요!"

"물론이지! 꼼짝 말고 여기서 날 기다려."

"난 널 기다릴 수 없어." 르비스가 대답했다. "난 해야 할 일이 있거든. 유령들과 확인해 보고 싶은 게 있어. 그리고 **뾰족 담 성채**에 가서 좀 샅샅이 뒤져 봐야겠어."

"좋은 생각이야. 남작을 잘 감시해. 다시 돌아오면 그를 만나러 갈 거니까. 그는 정원의 대혼란에 대해서 처음부터 자세히 알고 있을 거야."

파벨이 투덜거렸다.

"주인님, 더는 이런 일에 휘말리고 싶지 않다고 했잖아요? 이제 중요한 건, 친구들과 함께 좋은 시간을 보내는 거랬으면서……."

"내 친구들이 실종됐으니, 정원의 일은 여전히 내 일이야." 비올레트가 대답했다. "난 귀한 조약돌부터 시작해서, 증발해 버린 것들을 모두 다시 찾고 싶어. 그리고 이런 일이 더는 일어나지 않게 해야지! 자, 르비스, 날 올려 줘. 그리고 파벨, 멀리 가지 마!"

수집가는 단번에 그 작은 친구를 담 위에 올려놓았다.

비올레트는 창문 앞에 섰다. 그리고 좁은 틈으로 들어갔다.

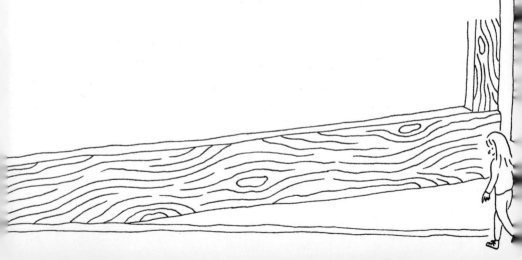

28
르뮈엘

비올레트는 약간 불안한 마음으로 그녀가 살던 세상 속으로 한 발을 내디뎠다. 후유! 토비의 말이 맞았다. 그녀는 고양이 두개골을 손에 들고 본래 세상으로 돌아갈 수 있었다. 침대, 의자, 옷장, 벽장……. 친숙한 모든 것들이 제자리에 있었다. 한쪽 다리를 마저 뻗어 바닥을 딛기만 하면 평범한 이 세상에 완전히 들어갈 수 있었다.

벌레만큼 작았을 때의 가벼움을, 그때는 미처 실감하지 못했었다. **아찔 층계**에 올라선 이후로 상상도 못 할 사건들이 잇따라 일어났기 때문이다. 하지만 창문을 넘어서는 순간, 믿을 수 없을 정도로 몸이 무겁고 피곤했다. 피로에 절은 다리는 고통스러울 만큼 용을 써야만 겨우 버티고 설 수 있었다.

비올레트는 힘겹게 몇 걸음 걸어서 침대 위에 주저앉았다.

그때 복도에서 목소리가 들렸다. 다른 말은 알아들을 수 없었지만, 자신의 이름을 부르고 있다는 건 알았다. 그러자 불안해졌다.

벌컥 문이 열렸다. 웬 여자가 들어왔다. 비올레트는 그녀가 누군지 짐작으로 알아맞혀야 했다. 아무튼 침착함을 유지하면서 그 낯선 여자에게 여유

롭고 자연스럽게 보이길 바라며 인사를 했다.

"엄마! 별일 없었죠? 난 지금 좀 쉬는 중이에요."

그 말에 방금 들어온 여자가 얼어붙었다. 마치 찬 바람에 놀란 사람처럼. 그러더니 천천히 다가와서 비올레트를 향해 몸을 굽히며 손을 잡았다.

"어머니, 여기 계셨네요! 걱정했어요."

이번엔 한 남자가 질겁한 표정으로 뛰어들어 왔다. 비올레트는 그를 알아보기 위해 꽤 뜸을 들여야 했다.

아, 알았다! 율리스구나, 몇 년 전에 엄마와 재혼한 남자.

"안녕하세요, 율리스!" 비올레트는 미소를 지으며 그를 맞이했다.

하지만 뭔가 잘못되었다는 걸 곧 느꼈다. 엄마와 율리스는 서로 불안한 눈길을 주고받으며 한숨을 쉬었다. 곧, 여자가 아주 부드럽게 말했다.

"어머니…… 저 에다예요, 어머니의 며느리. 그리고 이 사람은 르뮈엘이에요! 어머니 아들이자, 제 남편이요. 기억하시겠어요?"

비올레트는 불안에 사로잡혔다. 비올레트는 양피지처럼 얇은 피부에 푸른 핏줄과 주름으로 뒤덮인 자기 손을 내려다보았다.

기억이 났다. 그녀는 키만 커진 게 아니었다. 노인, 그것도 나이가 아주 많고 지칠 대로 지친, 병든 할머니라는 현실로 돌아온 거였다.

비올레트는 민망스러운 얼굴로 아들 내외를 향해 눈을 들었다.

"르뮈엘, 에다……. 오, 미안하다. 내가 잠시 정신이 없었구나."

"어머니, 어디 계셨어요?" 르뮈엘이 끼어들었다. "한 시간 전부터 온 집 안을 다 뒤졌다고요! 불안해서 죽는 줄 알았단 말이에요!"

"난…… 정원을 한 바퀴 돌아봤단다. 피곤하구나."

비올레트는 핸드백을 꽉 쥐고 있는 힘을 다 끌어모아서 몸을 일으켰다.

"금방 괜찮아질 거야. 커피나 한잔 마시고 싶구나. 너희를 다시 보니 정말 행복하다."

주방으로 가면서 그녀는 르뮈엘이 뒤에서 하는 몇 마디 말을 들었다.

"어머니가 전혀 좋아진 것 같지 않아! 여기에 혼자 놔둬선 안 되겠어."

"여보, 잠깐만. 어머니는 방금 병원에서 나오셨어. 아마 새로운 환경에 적응할 시간이 좀 필요하실 거야."

르뮈엘이 커피를 끓었고, 비올레트는 찬장에서 커피잔 세 개를 꺼냈다. 아주 오래전에 이웃 마을 시장에서 비올레트의 엄마가 샀던 찻잔들이었다. 70년도 더 지났지만, 비올레트는 아직도 선명하게 그때를 기억했다.

비올레트는 병원에서 지낸 시간과 육신을 갉아먹는 질병, 자신을 걱정하는 아들과 며느리에 대해 생각했다. 그리고 목을 빼고 기다리고 있을 파벨과 창문 너머에서 지금도 계속해서 지워지고 있는 정원 세상에 대해서도.

그녀는 한숨을 쉬고 이를 꽉 깨물었다. 의심의 여지가 없었다. 앞으로 다가올 일들과 맞서려면 굉장한 용기가 필요할 터였다.

3장

남작

1
추억의 사진첩

비올레트가 정원에서 돌아온 지 나흘이 지났다. 아니, 닷새인가?
그건 중요하지 않다.

어쨌거나 아무것도 하지 않는 자신이 그 어느 때보다 더 늙고 쓸모없다고
느껴져 지치는 날들이었다. 물론 르뮈엘과 에다는 정말 완벽했다. 주의 깊
고, 섬세하고, 심지어 재미있기까지 했다.

비올레트는 사진첩을 들여다보며, 아들과 며느리에게 자신의 어린 시절
추억들을 들려주었다. 엄마와 함께 솜씨 좋은 할아버지 스타니슬라스의 도
움을 받아서 집을 손보던 시절의 이야기였다. 르뮈엘은 지나가 버린 그 시
절 이야기를 듣는 걸 몹시 좋아했다. 그가 질문을 쏟아부었다.

"2019년에는 기름으로 가는 자동차를 몰았다는 거죠? 그리고 직접 핸들
을 잡고 운전하고요? 와, 난 그런 건 아주아주 옛날 일인 줄 알았는데, 할머
니도 그러셨다니!"

"아주아주 옛날이라니! 기껏해야 70년 전인걸. 하지만 네 생각만큼 그렇
게 신나는 세상은 아니었어, 전혀. 엄마가 도시에 갈 때마다, 교통 체증 때문
에 내내 투덜대던 기억이 나는구나."

르뮈엘은 그 장면을 상상하려고 애썼다. 수백 대의 자동차들이 도로를 꽉 메운 채, 몇 시간씩 움직이지 못하는 풍경이라니……. 어머니가 자란 세상은 참 이상했군!

"그래도 그땐 여행은 쉬웠겠죠. 자기 차를 타고 며칠씩 유럽 곳곳을 돌아다닐 수 있었을 테니까요. 아니면 비행기를 타거나."

"그래, 기름값과 필요한 것들을 살 돈이 있는 사람은 그랬지. 난 어른이 되기 전엔 한 번도 외국에 나가 본 적이 없었어. 여섯 살 되던 해 여름에 한 번 모로코에 갔던 걸 빼고는……. 그때 기억은 아주 희미해."

에다가 호기심을 보이며 물었다.

"비행기를 타셨겠군요! 정말 근사했겠어요. 여행을 더 많이 다니지 못한 걸 후회하세요?"

"아니, 내겐 정원이 있었으니까. 세상의 그 어떤 곳보다 멋진 곳이야."

비올레트는 아들의 놀란 눈빛을 눈치챘다. 자기도 모르게 너무 많은 것을 이야기하고 말았다.

'대체 내가 무슨 소릴 한 거야.' 그녀는 그렇게 생각했다. '이건 말하지 말았어야 했는데…….'

"난 그만 자러 가야겠다." 노부인이 몸을 일으켰다. "내일 저녁엔 너희가 이 집에서 지내던 때의 사진들을 보여 주렴, 알았지? 겨우 3년 만에 이 집을 정말 잘 손질하고 아름답게 꾸며 놨더구나!"

"이 집을 정말 잘 가꾸신 분은 그전에 사셨던 이방 삼촌이에요. 삼촌이 더 오래 여기 계셨더라면 좋았을 텐데요." 르뮈엘이 입술을 깨물었다. "자, 어머니, 이제 주무세요. 15분 뒤에 잘 주무시는지 확인하러 갈게요."

비올레트는 다리를 절뚝거리며 방으로 돌아갔다. 그녀는 병원에 가기 전의 모습을 되찾지는 못했지만, 이젠 혼자서도 잘 지낼 만큼 건강을 회복했다고 생각했다. 문제는 르뮈엘과 에다가 자신의 건강 상태를 몹시 걱정한다는 거였다. 둘이 온 이후로, 그들은 비올레트를 10분 이상 혼자 놔두지 않았다. 상황이 이렇다 보니, 저쪽 세상으로 돌아가는 게 여의치 않았다.

비올레트는 정원을 뒤흔든 사건에 관해 혼자 여러 생각을 해 봤다. 집으로 돌아와서 칼드롱의 목록을 조사해 보려고 종이를 펼쳤으나, 그건 이미 어린아이가 그린 듯 삐뚤빼뚤한 낙서가 가득한 종이로 변해 있었다. 칼드롱이 거기에 적어 놓은 걸 읽으려면, 다시 **비밀의 정원**으로 돌아갈 때까지 기다려야 했다. 그래서 그날 밤, 비올레트는 결심했다. 운에 맡겨 보기로. 오랜 궁리 끝에 밤에 나가는 게 가장 좋은 방법이라는 결론을 내렸다. 그러면 르뮈엘과 에다는 그녀가 사라진 줄 모를 것이다.

비올레트는 잠을 잘 자도록 도와주는 작은 알약을 먹지 않았다. 옷을 입은 채로 침대 속으로 들어갔고, 핸드백은 창문 옆에 놔두었다. 르뮈엘이 그녀를 살피러 방에 들어왔을 때는 일부러 눈을 감고 깊은 숨을 쉬었다.

아들이 나가고 문을 닫을 때까지 참을성 있게 기다리다가, 한참 뒤에 다시 눈을 떴다. 그러고 나서도 조금 더 기다렸다. 아들과 며느리가 깊이 잠이 들었는지 확인하기 위해서였다. 그런 다음에야 노인은 미소를 지었다. 그 나이에, 모험을 떠나는 십 대 소녀처럼 한밤중에 가출할 준비를 마친 자신을 보면서……!

드디어 때가 왔다. 비올레트는 커튼을 열어젖혔다. 밖에선 환한 보름달이 꽃 무더기를 비추고 있었다. 그녀는 창문을 열고서, 소리 내지 않고 창문 턱에 가만히 앉았다. **비밀의 정원**에서 또다시 펼쳐질 수많은 모험이 눈에 그려졌다……. 비올레트는 기쁘게 중얼거렸다.

"난 수호자고, 이제 나의 멋진 친구를 만나러 갈 거야. **비밀의 정원**엔 우리가 필요해!"

2
어둠

창문을 넘자마자, 비올레트는 때를 잘못 택했다는 걸 알게 되었다. **비밀의 정원**이 완전히 어둠에 빠져 있었기 때문이다. 마치 모든 풍경을 잉크로 물들이려는 듯이, '텅 빈 달'이 온 정원에 시커먼 빛을 뿌리고 있었다.

"이것도 내 운이지 뭐. 별수 있나?" 그녀가 중얼거렸다.

이런 암흑을 만나리라곤 생각지 못했다. 정원 세상에서는 달이 깨어날 때만 밤이 내려앉았다. 그건 강제 휴식의 시간이기도 했다. 달빛에 중독되지 않으려면 모두가 달이 내뿜는 무서운 빛을 피해 몸을 숨겨야 했으니까. 쓰러진 먹이를 찾아다니는 소름 끼치는 '이삭 줍는 자들'도 또 다른 이유였다. 그러니 비올레트도 그들이 다니는 길은 피하는 게 상책이었다.

비올레트는 어쩌나 난감했던지, 자기 몸이 아홉 살의 생기를 되찾고 키도 원래대로 커진 것을 기뻐하지도 못했다. 바깥세상으로 돌아가라고 조언해 준 영리한 토비를 칭찬해 주는 것도 잊어버렸다. 그냥 흘려보낸 시간이 너무 아까웠고, 정원의 밤은 막막했다.

"할 수 없지. 달의 힘이 약해질 때까지 마냥 기다리고만 있을 순 없어. 할 일이 너무 많잖아. 우선 파벨부터 만나야 해."

비올레트는 달빛을 피해 수풀 속으로 들어가서 주변을 재빠르게 탐색했다. 개의 흔적은 보이지 않았다.

"이런! 이 녀석은 어디에 숨은 거지? 기다리겠다고 약속해 놓고……."

또 파벨을 잃었다는 생각에 두려움이 엄습했다. 이번엔 어둠 속에서 파벨을 찾느라 다시 정원을 샅샅이 뒤지고 다녀야 하는 걸까?

"괜찮아, 그래도 내겐 토비가 있잖아."

비올레트는 가방을 열었다. 그리고 여전히 장난감만 한 칼을 싸고 있는 손수건과 칼드롱의 목록이 담긴 원통 사이를 뒤적거렸다.

비올레트가 하얀 두개골을 꺼내며 물었다.

"토비? 내 말 들리니? 여긴 지금 정원이야!"

"좋은 소식이네! 참, 가방에 넣어 둔 초콜릿, 고마워. 정말 맛있더라. 자, 이제 우린 뭘 하면 되지?"

"지금은 밤이야. 파벨을 찾아야 하는데, 혹시 개 냄새가 나니?"

토비가 킁킁대더니 말했다.

"멀리 있지 않아. 그런데 더 강한 다른 냄새도 나는걸. 너도 맡아 봐."

비올레트가 밤공기를 들이마셨다. 두개골 안에 숨어 있는 생쥐의 말이 맞았다. 더 짙은 짐승의 냄새가 났다.

"늑대야!"

"맞아, 우릴 태우고 전속력으로 숲을 가로지르며 달렸던 그 늑대."

"키티구나!" 비올레트가 기뻐하며 외쳤다. "그 생각을 미처 못 했네."

늑대들의 우두머리가 파벨을 만나러 온 것이다. 적어도 지금 파벨 곁에 친구가 있다는 소리였다.

"강가의 나무 아래야. 꿀 과자를 먹는 중이군." 토비가 정확하게 말했다.

비올레트는 강가로 내달리려다 말고 멈춰 섰다. 그곳까지 가려면 넓은 풀밭을 지나가야 했다. 그런데 그 들판엔 달빛을 피할 만한 곳이 전혀 없었다.

"몸을 고스란히 드러내고 강까지 가는 건 제 발로 불 속에 뛰어드는 거나 마찬가지야! 머리만이라도 보호해야지."

하지만 어떻게?

"모자를 쓰고 올걸! 하다못해 숄이라도……. 아, 생각났다!"

비올레트는 다시 가방을 열고, 작은 칼을 싸고 있던 손수건을 꺼냈다.

"이 칼은 전혀 쓸모가 없군. 오히려 칼을 싼 손수건이 훨씬 유용하네."

비올레트는 손수건을 펼쳤다. 그런데 손바닥만 하던 손수건은 정원에 들어오자 섬세하게 자수가 놓인 스카프로 변해 있었다.

소녀는 그걸로 금색 머리를 덮고, 턱 밑에서 양쪽 끝을 묶었다.

"자, 됐어. 아무것도 없는 것보다는 이게 훨씬 낫지. 토비, 이제 가자!"

3
늑대의 밤

파벨은 느릅나무 아래 편안히 누워, 통 안에 든 과자를 막 먹어 치운 참이었다. 거기서 달달한 꿀 냄새가 풍기는 걸 보아하니, 토비가 맡은 게 바로 그 과자 냄새인 모양이었다.

개는 들판을 가로질러 오는 주인의 냄새를 감지하고 고개를 들었다.

"비올레트다! 드디어 다시 왔어! 나 여기 있어요!"

"파벨! 오래 기다리게 해서 미안해."

비올레트는 어슴푸레한 빛 속에서 친구의 하얀 실루엣을 알아보고, 더 빨리 달렸다. 그리고 가까이 가서야 파벨 옆에 누워 있는 어두운 빛깔의 늑대를 발견했다.

"파벨, 여자 친구와 다시 만났네! 너희 지금 소풍을 즐기는 중이구나!"

키티가 몸을 일으키더니 퉁명한 말투로 대답했다.

"난 이 녀석의 여자 친구가 아냐! 난 늑대들의 대장이라고. 내가 없었으면 네 개는 굶주려서 반쯤 죽었을 거야! 사냥에 함께 가자고 제안했는데, 이 녀석은 단념하지 않더군. 네가 올 때까지 기다리겠다면서 말이지. 넌 그동안 이 녀석을 잊고 있었던 거야?"

"여기로 돌아오는 데 생각보다 어려움이 많았어. 내가 사는 세상은 때로 굉장히 복잡하거든. 거기도……."

"거기에도 너의 적이 있단 말이야?" 키티가 물었다.

"아니. 하지만 난 돌봐야 할…… 말하자면 무리가 있어. 너희 무리와는 좀 다르지만. 어쨌든 신경 쓰지 마. **비밀의 정원**에서도 할 일이 꽤 많잖아."

"과자가 두 개 남았어요." 파벨이 주둥이로 통을 살짝 밀면서 비올레트의 말을 끊었다. "주인님, 먹을래요?"

"네가 다 먹으렴." 비올레트가 말했다. "그런데 그건 어디서 난 거야?"

그 질문에 대답한 건 늑대였다.

"**너른 잔디밭**에 있는 정원 주민의 집에서."

"그들이 원래 살던 곳으로 돌아온 거야?"

"아니, 내가 거기 가서 빈집들을 좀 뒤졌지. 가시넝쿨이 물러가고 나니 오두막의 문이 모두 열려 있더군. 난 이 과자 통을 차지하기 위해 까마귀 두 마리를 쫓아내야 했어."

"잘했어! 나도 그곳을 한 바퀴 돌고 싶은데, 파벨, 날 태워 줄 수 있겠어?"

"당연하죠." 개가 대답했다. "하지만 거긴 아직도 텅 빈 달이 떠 있어요. **너른 잔디밭**을 지나려면……."

"숲을 돌아서 갈 거야. 시간은 더 걸리겠지만, 그게 안전하니까."

"나도 갈게." 키티가 선언했다. "여럿이 움직이는 게 더 나을 테니."

그때 작은 목소리가 들려왔다.

"나도 과자 먹고 싶어!"

비올레트는 토비에게 남은 부스러기를 준 다음, 파벨의 등에 올라탔다. 그들은 강 양쪽에 늘어선 나무들 사이로 행진을 시작했다.

"내가 거기 도착했을 때……." 키티가 말했다. "달이 하늘을 검게 물들이기 시작했어. 그때 멀리 **너른 잔디밭**에 있는 비쩍 마른 실루엣들을 봤지."

파벨은 아무 말도 없었지만, 비올레트는 그가 고개를 떨구는 걸 보고, 끔찍했던 기억을 떠올렸다는 걸 느꼈다. 이삭 줍는 자들은 밤에만 활동하는 자들로, 인간을 닮긴 했지만, 비쩍 마른 소름 끼치는 모습을 하고 있었다. 그들은 어둠 속에서 달빛에 희생된 동물들을 주워 가는 일을 했다.

"난 **너른 잔디밭**에선 한 번도 그들을 보지 못했어." 비올레트가 지적했다. "그들은 사람이 많은 곳에는 잘 나타나지 않잖아."

"파괴의 여신이 정원 주민들을 모두 쫓아냈다는 걸 잊었구나." 키티가 반박했다. "**너른 잔디밭**은 이제 황무지가 됐어. 그 음침한 말라깽이들에겐 꿈의 사냥터가 된 거라고!"

마침내 정원 주민들의 마을 가까이에 다다른 그들은 숲 가장자리에 몸을 숨겼다. 비올레트는 하늘을 올려다봤다. 여전히 캄캄한 빛을 내뿜는 달이 보였다. 밤이 끝나려면 아직 먼 것 같았다.

"난 마을을 좀 샅샅이 뒤져 볼게." 비올레트가 말했다. "파벨, 갈까?"

"난 이제 우리 무리를 만나러 가야 해." 키티가 말했다. "내가 없으면 다들 금방 새끼 늑대같이 된다니까!"

"다시 보러 올 거지?" 파벨이 키티에게 물었다.

"넌 책임져야 할 일이 있잖아. 이제 넌 내가 필요하지 않아."

비올레트는 그 말에서 약간 쓰라린 감정을 느꼈다. 어른으로 사는 동안 사랑의 기회를 놓친 경험이 꽤 있는 그녀였기에, 다시 오지 않을 순간들이 있다는 걸 알고 있었다……. 그녀는 파벨이 키티에게 조용히 작별 인사를 할 시간을 주기로 했다.

"파벨, 있잖아." 비올레트가 말했다. "우리 몸을 다 노출한 채로 **너른 잔디밭**을 지나는 건 너무 위험해. 그나마 내겐 스카프라도 있지만, 너는 털이 하얘서 금방 달의 눈에 띌 거야. 넌 여기서 날 기다려. 그동안……."

"그동안 뭐요?" 파벨이 물었다. "또다시 날 혼자 놔두고 가는 거예요?"

"그럴 리가, 이 바보야!" 비올레트가 그에게 속삭였다. "그동안 키티와 이야기 좀 나누란 말이야, 키티가 떠나기 전에."

"무슨 이야기요?"

"그건 네가 알아서 해야지!"

소녀는 그렇게 말하고 다시 스카프를 둘렀다. 그리고 마을이 있는 쪽으로 달려갔다.

토비가 가방 안에서 한마디 했다.

"네 개는 정말 요령이 없어! 여자 친구 앞에서 어떻게 해야 하는지 몰라도 너무 몰라!"

"흉보지 마. 파벨은 용감한 개야. 사랑에 있어선 좀 서툴긴 하지만……."

첫 번째 오두막에 이르렀다. 파괴의 여신이 남긴 가시덤불 대신 향기로운 꽃들이 폐허가 된 집을 덮고 있었다. 대낮에는 분명 찬란한 빛깔로 마을을 수놓겠지만, 어슴푸레한 밤의 빛 속에서는 오히려 음산해 보였다.

"자, 이제……."

비올레트는 말을 하다 말고 갑자기 멈췄다. 멀리서 우지끈하는 소리를 들은 것 같아서였다.

"토비!" 그녀가 속삭였다. "너, 뭔가 느껴지니?"

"어, 하지만 뭔지는 모르겠어. 어떤 냄새가 나는데……. 썩는 냄새라고 해야 하나? 죽음의 냄새 같은 거……."

"이삭 줍는 자들이야." 비올레트가 말했다.

"파벨이 있는 곳으로 돌아갈까?" 생쥐가 기어들어 가는 목소리로 물었다.

"아냐, 그들은 절대로 날 공격하지 않을 거야. 그들은 썩은 고기만 먹거든. 그냥 계속 가자."

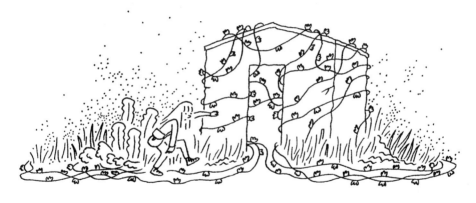

4
밤에 들리는 소리

비올레트는 귀한 조약돌이 사라진 게 더욱 아쉽게 느껴졌다. 그 조약돌은 어둠에 잠긴 마을을 탐험하는 데 매우 유용했을 것이다. 그리고 그 빛은 아마 이삭 줍는 자들을 도망치게 했을 것이다. 수호자는 **엄청 작은 망루** 안에 갇혀 있을 친구를 생각하니 목이 메었다. 다음번 희생자는 누가 될까…….

"그런데 말이야, 우리 지금 뭘 찾는 거지?" 토비가 소곤거리며 물었다.

"나도 몰라……. 추억을 간직한 것? 예기치 못한 것……? 파괴의 여신이 여기는 공격하지 않았네. 어쩌면 뭔가에 정신이 팔려 신경을 못 쓴 건지도 모르지."

비올레트가 조심스럽게 나아갔다. 다시 무슨 소리가 났다. 먼젓번보다 소리가 더 커서 소스라치게 놀랐다.

"저쪽에서 났어, 마을 끝에서!" 토비가 말했다.

"가 보자. 이삭 줍는 자들이 날 보기 전에, 내가 먼저 그들을 찾아야 해."

비올레트는 폐허가 된 곳을 빙 돌아서, 가능한 한 눈에 띄지 않도록 허리를 구부린 채 걸었다. 그리고 중앙 길로 가서 블루베리의 오두막을 지나치려다가, 생각을 바꿔서 오른쪽으로 돌아 친구의 집으로 향했다.

현관을 막고 있던 가시넝쿨들은 사라지고 수없이 많은 꽃이 집을 감싸고 있었다. 비올레트는 내려앉은 지붕 밑으로 들어가기 위해 몸을 숙였다.

집 안은 완전히 캄캄했다. 비올레트는 몸을 웅크린 채 주변을 손으로 더듬었다.

"아직도 유물인가 하는 그 이상한 물건을 찾는 거야?" 토비가 물었다. "나도 도울게."

비올레트는 땅바닥에 두개골을 내려놓았다. 그러자 곧 생쥐가 종종걸음으로 방 안을 오가는 소리가 들렸다.

"넌 이 어둠 속에서도 뭐가 보이니?"

"난 밝은 대낮보다 이런 어둠이 더 좋아! 내 귀와 코, 콧수염의 감각에 집중하면 돼. 어라, 근데 이게 뭐지?"

"뭔가를 찾았어?"

"죽은 동물 같아! 모피 같은데, 아주 부드러워."

"날 거기로 안내해 줘!" 수호자가 토비의 목소리가 들려오는 쪽으로 손을 뻗으며 부탁했다.

"조금 더 앞으로 와 봐. 거기서 옆으로. 그래, 맞아!"

"앗, 정말 뭔가 있네!"

그건 털이 많고 가벼웠다. 비올레트는 그게 뭔지 금방 알아내고 미소를 지었다.

"세상에, 내가 여기서 찾고 싶었던 게 바로 이런 거였어. 귀가 긴 것을 보니, 토끼가 분명해."

"죽은 토끼를 갖고 뭘 하려고? 너도 그런 걸 먹는 거야?"

비올레트는 웃음을 참을 수 없었다.

"아니! 이건 죽은 토끼가 아니야. 장난감인데, 아이들이 갖고 노는 인형 같은 거야."

"인간들은 참 이상해. 생쥐를 잡으려고 가구 밑에 덫을 놓으면서, 아이들에겐 가짜 토끼를 주니 말이야."

"네 말이 맞아. 인간은 이상해. 자, 이제 두개골 집으로 들어가렴! 그런데, 이상한 건 너도 마찬가지 아닌가?"

비올레트는 토비를 두개골 안에 넣고, 토끼 인형을 가방 안에 챙겨서 오두막에서 나왔다.

"쉿!" 생쥐가 작은 소리로 말했다. "그들이 아주 가까이 있어……."

사실 비올레트도 무언가 부딪치는 소리에 이어 삐걱거리는 불길한 소리를 들었다. 그리고 쉰 목소리가 들렸다.

"쏟아졌잖아! 고독, 내가 말했지! 도대체 자네는 내 말을 듣는 법이 없지! 손수레가 가득 찼단 말이야. 이제 더는 못 담아. 그건 두고 가자."

"알겠으니까 이것 좀 치우게 도와줘." 다른 목소리가 대답했다. 구멍 난 아코디언처럼 바람이 빠져 쉭쉭거리는 소리였다. "권태, 이제 가세. 이번 사냥은 이걸로 충분해."

"그래, 출발하자. 날이 밝기 전에 **뾰족 담 성채**에 도착해야지."

삐걱거리는 바퀴 소리가 다시 들렸다.

비올레트는 블루베리의 오두막 뒤에 웅크리고서, 이삭 줍는 자들의 기다란 두 그림자가 자기 앞으로 지나가는 걸 봤다. 그들 중 하나는 뭔가로 가득 찬 커다란 손수레를 힘겹게 끌고 있었다.

비올레트는 그들을 따라갈지 말지 망설여졌다. 그녀는 그 둘만큼 어둠에 익숙하지 않으니, 얼마 가지 않아서 눈에 띌 위험이 컸다. 그들이 살아 있는 존재는 공격하지 않는다고 알려져 있긴 하나, 그래도 이삭 줍는 자들과 접촉하는 건 피하고 싶었다.

어쨌거나 그들의 목적지가 어디인지는 알았다. 이제 그녀가 알고 싶은 건, 그들이 남작의 성까지 운반하려는 게 뭐냐는 거였다.

비올레트는 두 공범이 암흑 속에서 멀어지는 걸 바라봤다. 삐걱거리는 수레바퀴 소리가 충분히 멀어졌을 때, 다시 일어나서 머리와 어깨를 스카프로 감싼 채, 그들이 수레를 엎었던 곳으로 갔다.

그러다 길을 가로막고 있는 검은 물체에 부딪쳐 하마터면 넘어질 뻔했다. 그건 기둥처럼 길었다. 비올레트는 몸을 굽히고 그 물체의 표면을 만져 봤다. 나무가 아니라 돌이었다.

"월계수의 정원에 있던 석상이야! 그들이 찾으러 온 게 이거였구나."

이제 조각상들은 넝쿨에 묶여 있지 않았다. 그렇긴 해도 그 석상들을 들어서 손수레에 옮겨 실으려면 무척 힘들었을 것이다. 이삭 줍는 자들은 왜 굳이 무거운 석상들을 **뾰족 담 성채**로 가져가려는 걸까?

정원의 건축물과 사람 들을 사라지게 하는 건 아마 그들일 것이다……. 그들이 어떤 존재인지 이미 알고 있으니, 딱히 놀라운 일도 아니었다.

비올레트가 머리를 흔들었다.

"아냐, 말이 안 돼……. 저들은 **엄청 작은 망루**나 **거대 피라미드** 같은 건 못 옮겨. 게다가 주민들의 기억까지 사라진 이유도 설명할 수 없고."

비올레트는 한숨을 쉬었다.

"그들이 **뾰족 담 성채**로 갔으니, 파벨과 함께 거기 가서 직접 확인해야겠어. 그들보다 먼저 도착해야 해. 이 미스터리를 반드시 밝혀내고 말겠어!"

5
파벨의 고민

다시 만난 파벨은 웬일인지 부루퉁한 얼굴로 혼자 있었다. 하지만 여유롭게 그와 이야기를 나눌 시간은 없었다. 파벨의 등에 탄 수호자는 성으로 가자고 말했다. 그리고 파벨이 숲의 나무들 사이를 빠져나가는 동안, 이삭 줍는 자들을 만난 이야기를 간단하게 들려주었다.

그러자 파벨이 소리를 치기 시작했다.

"주인님이 이삭 줍는 자들에게 가까이 갔다는 말이네요. 도대체 주인님은 정신이 있는 거예요, 없는 거예요? 그러다 무슨 일이라도 일어났으면 어쩔 뻔했어요! 앞으론 주인님 말에 무조건 복종하면 안 되겠어요. 주인님이 뭐라 하든, 내가 함께 가야 했다고요!"

그랬다, 파벨은 화가 나 있었다. 하지만 정말 비올레트가 위험한 짓을 해서 이러는 걸까? 아무래도 그것 때문만은 아닌 것 같았다.

둘은 숲을 통과하는 동안 아무 말도 하지 않았다.

그러다 파벨이 약간 누그러지자, 비올레트가 말문을 열었다.

"키티와는 어떻게 됐어?"

"그 애는 다시 떠났어요. 왜 그런 걸 묻는 거예요? 키티는 자기 무리를 돌봐야 해요. 그 일이 나보다 더 중요하다고요…….”

비올레트는 잠시 뜸을 들였다.

“내가 여기 오지 못하고 있던 사이에, 그러니까 네가 혼자 있을 때 키티와
친구가 된 거 아니었어?”

“친구, 친구라……. 난 다른 늑대들과 함께 있는 게 편하지 않았어요. 그
들은 항상 불쾌한 표정으로 내 옆에 와서 킁킁거리며 냄새를 맡거든요. 무
슨 *귀족 개*라도 되는 양 군다니까요.”

“귀족 개라니?”

“자기들이 개보다 훨씬 우월한 종족이라고 믿는단 말이에요.”

“늑대들은 어쩌면 그냥 질투했던 게 아닐까?” 소녀가 말을 툭 던져 봤다.

그 순간 파벨은 약간 비틀거리는 것 같았고, 앞으로 넘어지지 않으려고
급히 옆으로 몸을 틀었다. 비올레트는 그의 등에 바짝 달라붙어서 가까스로
균형을 잡을 수 있었다.

개는 다시 몸을 바로 세우면서 짜증스러운 투로 말했다.

“주인님이 계속 말을 걸면 길 찾는 데 집중이 안 돼요. 어둠 속에서 걷는
게 어디 쉬운 일인 줄 아세요? 이제부턴 말 좀 시키지 마세요.”

파벨은 한마디도 하지 않고 걷기만 했고, 비올레트도 입을 다물었다.

비올레트는 태연한 척하려고 어깨까지 덮고 있는 수 놓인 스카프를 다시
매만졌다. 문득 스카프가 가방에서 꺼냈을 때보다 훨씬 커져 있다는 걸 깨
달았다. 손수건만 했던 게 어느새 망토만큼 커져 있었다!

깜짝 놀란 비올레트는 이게 무슨 일인지 알아봐야겠다고 마음먹었다.

파벨은 길 찾기가 힘들다고 했지만, 숲속을 걸어가는 건 전보다 훨씬 쉬
워졌다. 파괴의 여신이 보낸 가시덤불이 사라진 데다가, 개의 후각이 제 기
능을 훌륭하게 해냈기 때문이다.

그들이 계속 걸어왔던 좁은 길은 이제 포석이 깔린 넓은 도로로 이어졌다. 파벨이 걸음을 멈췄다. 새로 난 도로를 처음 본 것이다. 비올레트는 검은 트롤이 닦은 도로라는 걸 금방 알아차렸다. 트롤이 제거한 나무들은 다시 자라지 않았다.

"불쌍한 옵시디언……. 늪지 밖으로 무사히 나왔는지 궁금하네."

"그 커다란 검은 트롤이요?" 파벨이 물었다. "주인님이 벌새와 여왕개미에게 작별 인사를 할 때 내가 봤는데, **거꾸로 나무 언덕**으로 올라가던걸요."

"그렇다면 탈출했다는 거네! 정말 잘된 일이야. 남작에게는 아주 아까운 노예가 사라진 셈이군. 이 도로를 닦은 게 바로 그 트롤이거든. 이 길은 성으로 이어져 있어. 그러니 이 길로 가면, 시간이 절약될 거야."

"그러면 나무 그늘에 숨지 못하는데요?" 파벨이 지적했다.

비올레트는 하늘을 올려다보았다. 하늘은 밝은 회색빛으로 변해 있었고, 태양 주변은 거의 푸른색이었다. 밤이 끝에 이른 것이다.

"이젠 괜찮아. 이 길로 가면 훨씬 빨리 갈 수 있어. 더군다나 이삭 줍는 자들은 태양으로부터 몸을 숨기려고 오솔길로 갈 테니까, 아마 우리가 먼저 도착할 거야! 난 그들이 그 석상들로 대체 무슨 일을 꾸미는지 알고 싶어."

파벨은 잘 포장된 도로를 타고 빠르게 달렸다. 수월하고 빨라진 걸음에 기분도 훨씬 나아졌다. 비올레트는 키티와 늑대들을 입에 올리지 않도록 조심하면서 다시 그에게 말을 붙였다.

비올레트는 파벨에게서 남작과 그의 계획에 관련된 정보를 얻을 수 있기를 바랐다. 하지만 애석하게도 곧 실망하고 말았다. 그녀가 없는 동안 파벨이 토끼들을 쫓아다니고, 낙엽 위에서 뒹굴고, 햇볕을 쬐며 낮잠을 자는 데 시간을 몽땅 썼다는 걸 알게 되었기 때문이다. 때때로 파벨은 정원 주민들이 일하는 걸 돕기도 하고, 정원의 경계선을 탐험하기도 했단다. 하지만 비올레트는 그 이유가 정원 주민들과 놀기 위해서거나, 야생 소시지가 우글거리는 개울을 찾기 위해서였을 거라고 짐작했다.

소녀는 친구의 이야기를 듣는 동안 웃음이 새어 나오는 걸 참을 수 없었다.

"주인님은요?" 파벨이 물었다. "주인님은 집에서 맛있는 것 많이 먹었어요? 주인님 어머니는 지금도 다진 채소로 속을 넣고 둥글게 만 고기 요리와 구운 닭고기 요리를 하시나요?"

비올레트는 파벨이 그런 걸 묻는 것에 감동했다. 그는 이제 정원에 속한

자였으나, 비올레트의 세상을 잊지 않고 있었다.

"응, 엄마는 그 맛있는 요리들을 자주 만드셨어. 그리고 이젠 나도 요리를 할 줄 알아. 난 많은 것을 배웠거든."

"잘됐네요!" 개가 힘주어 말했다. "맛있는 음식을 할 줄 아는 건 중요하잖 아요!"

비올레트는 더 말하지 않았다. 이 용감한 개에게 자기가 경험했던 모든 걸 이야기하고, 자신이 엄마가 되고 할머니가 되었다는 걸 설명해 봐야 무슨 소용이 있을까? 파벨이 알던 인간들은 이미 오래전에 거의 다 사라졌다는 걸 말하는 게 무슨 의미가 있을까?

파벨은 다시는 저쪽 세상으로 돌아가지 않을 것이다. 그의 삶은 여기, 토끼들과 소시지들과 늑대들이 있는 이곳에 있다. 비올레트는 파벨을 위해 그 운명을 선택했었다, 그가 **비밀의 정원**에서 건강하고 안전하게 살게 하려고. 함께 있으면 행복한, 그런 동물과 작은 사람 들에게 둘러싸여 있게 하려고.

이제 하늘은 청명한 푸른색이 됐다. 도로 끝에서 연기 한 줄이 피어오르고 있었다.

"**뾰족 담 성채**다! 파벨, 우리 다시 나무 그늘 밑으로 가자. 몰래 들어가고 싶거든. 먼저 성안 시설들의 위치부터 살펴봐야겠어."

6
토비의 활약

비올레트는 파벨의 등에서 내린 다음, 최대한 나무들 뒤에 몸을 숨겨서 들키지 않고 성에 다가가려 했다.

그러다 뭔가가 스카프를 잡아당기는 것 같아서 한 발 뒤로 가 돌아보니, 그냥 낮은 나뭇가지에 스카프가 걸린 거였다.

"이젠 스카프를 가방에 넣는 게 낫겠어." 그녀가 중얼거렸다. "그런데 스카프가 또 커졌네. 굉장히 큰걸! 세상에, 대체 이게 무슨 일이지?"

네모난 천을 햇빛에 대고 살펴보니, 크기만 커진 게 아니었다. 색깔까지 변해 있었다. 어찌나 까매졌는지 가만히 바라보고 있으면, 끝이 없고 그림자도 비치지 않는 깊은 우물 속을 들여다보는 기분이었다.

비올레트는 그 빛깔에 매혹된 채 한동안 스카프를 응시했다. 그러다 파벨의 말에 정신이 퍼뜩 들었다.

"달빛에 중독되지 않으려고 쓴 스카프가 텅 빈 달의 빛을 모두 빨아들인 것 같아요."

"그래, 네 말이 맞아. 이걸 쓰고 있으면 위험할 것 같다는 생각도 드네. 어쩌면 이 달빛에 중독될 수도 있겠어."

"혹시 이 스카프에 주인님을 보이지 않게 해 주는 마법이 있진 않을까요?"

비올레트가 스카프를 망토처럼 둘러 봤지만, 딱히 그녀가 투명해지진 않았다. 그녀는 어깨를 으쓱하고는 다시 그 천으로 작은 칼을 둘둘 쌌다.

"시간을 꽤 잡아먹었어! 다시 떠나자."

얼마 지나지 않아 **뾰족 담 성채**의 높은 울타리가 나무들 뒤에서 나타났다. 성은 끝이 뾰족하고 약간 기울어진 말뚝들로 둘러싸여 있었다. 성벽에 다가가려면, 높은 감시탑 꼭대기에 있는 보초들에게 들킬 수도 있다는 각오로, 몸을 숨길 만한 나무나 덤불이 전혀 없는 이 넓은 지역을 아주아주 조심스럽게 지난 다음, 말뚝들을 넘어가거나 숨겨진 문을 찾아야 했다…….

파벨이 도로 주변에 있는 나무 뒤에 엎드린 채 물었다.

"자, 이제 계획이 뭐죠, 수호자 아가씨?"

비올레트가 미소를 지었다.

"수호자 아가씨는 아무 생각이 없답니다, 나의 군마여! 대신, 내가 전략가 한 분을 소개하지요." 그리고 두개골을 가방에서 꺼내며 말했다. "이삭 줍는 자들이 무슨 음모를 꾸미고 있는지 알아내려면, 어떻게든 성안으로 들어가야 해. 내가 전에 여기서 도망칠 때 이용했던 그 길을 통하면 들어갈 수 있어. 지하로 흐르는 **제멋대로 강** 말이야."

"네? 물속에 들어간다고요? 오, 안 돼요! 그런 말은 하지도 마세요." 파벨이 항의했다. "난 육지 동물이에요. 헤엄 잘 치는 동료가 필요하다면, 비버나 수달을 찾아보세요!"

토비가 끼어들었다.

"내가 갈게."

"뭐야, 헤엄 좀 치나 봐?" 파벨이 퉁명스럽게 대꾸했다.

"토비, 네가 나랑 성까지 헤엄쳐서 들어가겠다고?" 비올레트도 물었다.

"난 헤엄치겠다고 한 적 없어." 작은 목소리가 대답했다. "그보다 더 간단한 방법이 있지."

비올레트와 파벨은 조그만 동료의 계획을 듣고, 그의 아이디어가 아주 훌륭하다는 걸 인정했다. 소녀는 가방 속에서 초콜릿 조각을 꺼내 두개골의 턱 사이로 넣어 주었다.

생쥐는 식사를 끝내고 나서, 임무를 수행하러 나섰다. 두개골의 턱뼈가 잠깐 들어 올려지더니, 회색의 조그만 형체가 튀어나와 순식간에 풀밭 속으로 사라졌다. 토비는 장애물들 사이를 요리조리 피해, 어려움 없이 도랑을 건너고는, 꼭대기에 뾰족한 강철이 박힌 울타리, 그러니까 뾰족 담에 이르렀다. 생쥐는 뾰족 담을 빠져나갈 통로를 찾으려고 울타리를 따라 걷기 시작했다.

성의 방어 시설은 놀라웠다. 정원의 어떤 종족이 공격해 와도 확실하게 막을 수 있을 것 같았다. 근위대 동물이나 정원 주민, 심지어 트롤의 공격까지도 말이다. 하지만 보잘것없는 작은 생쥐 토비가 말뚝 사이에 난 좁은 틈새를 어렵지 않게 발견했고, 그 사이로 쏙 들어갔다.

비올레트는 토비에게 세 가지 임무를 맡겼다. 이삭 줍는 자들을 찾을 것, 그들이 운반해 온 석상들이 어디에 쓰이는지 밝혀낼 것, 마지막으로 남작이 무엇을 하고 있는지 알아낼 것.

토비는 채소밭 뒤에 있는 뜰로 들어가, 줄지어 선 채소들 사이를 종종거리며 재빠르게 걷기 시작했다. 사실 생쥐는 이상하지만 안전한 자기 집을 떠나 이렇게 야외에 있는 게 불안하고 불편하기 짝이 없었다. 시력이 별로 좋지 않은 그의 눈은 왔다 갔다 하는 실루엣들만 간신히 구별할 수 있었다. 하지만 귀는 수십 미터 밖에서 나는 아주 작은 소리까지도 감지할 수 있었고, 섬세한 콧수염은 극히 미세한 땅의 울림까지도 느낄 수 있었다.

생쥐는 주변의 모든 상황을 포착하는 데 신경을 집중했다.

7

남작의 흔적을 찾아서

토비는 아직 돌아오지 않았다. 비올레트는 초조한 마음으로 성벽을 훑어보았다. 토비의 몸집이 작긴 하지만, 경계를 게을리하지 않는 경비에게 잡힐 위험은 있었다. 그때, 작은 회색 점이 뾰족 담을 지나서, 풀숲으로 쪼르르 달려오는 게 보였다.

"토비? 돌아왔구나!"

"응." 생쥐가 작은 목소리로 대답했다.

수호자는 자신의 첩자를 소중히 들어 올린 다음 눈에 띄지 않도록 나무 뒤로 숨었다.

"아주 많은 걸 알아냈어." 토비가 숨을 몰아쉬며 말했다.

파벨도 그의 말을 듣기 위해 다가왔다.

"두개골 안에 들어가서 이야기할래?" 비올레트가 나무줄기에 등을 기대며 물었다.

"응! 거기 들어가서 말하는 게 낫겠어! 밖에 있으면 안정감이 들지 않아. 난 너희를 위해서 정말 큰일을 한 거라고……."

"알아, 알아. 고마워." 비올레트가 말했다.

파벨이 초조한 어조로 재촉했다.

"그래서? 이삭 줍는 자들을 봤어? 그들이 성안에서 뭘 만들고 있어?"

"내가 들었던 이야기를 다 해 줄게."

드디어 토비가 이야기를 시작했다. 그의 보고는 아주 길었고, 때로는 몹시 복잡하기도 했다. 성안에 있는 자들의 대화 내용보다 채소밭의 당근 냄새와 톱질 소리에 관한 이야기가 더 길었다. 아무튼 생쥐의 이야기를 듣고 비올레트가 알게 된 정보는 다음과 같았다.

* 성안에는 고양이가 없다.

* 이삭 줍는 자들이 조금 전에 짐을 내렸다. 이삭 줍는 자들은 비올레트가 만났던 둘만 있는 게 아니었다. 그들은 창고 안에 '수확물'을 쌓아 두었다. 손수레에 실린 석상들을 내리고 있는 정원 주민 두 명을 보았고, 또 다른 한 명의 주민이 그들을 감시하면서 소리를 질렀다. "내 석상들이야, 조심해서 다뤄!" (아마 그건 월계수일 거라고 비올레트는 생각했다.)

* 잠시 뒤 남작이 검은 말을 타고 석상들을 점검하러 왔다. 토비는 그 거대한 짐승을 보고 큰 충격을 받았다. 그는 정원 주민들이 존경심을 가득 담아 부른 그 짐승의 이름을 기억하고 있었다. 모르질. 말을 타고 있던 남작은 매우 만족한 표정으로 이렇게 말했다. "아주 좋아! 어두운 밤이라고 해서 완전히 비효율적인 건 아니로군! 이제 중요한 일을 시작해야지."

* 남작은 앞으로 주민들이 해야 할 일을 설명했다. 하지만 토비는 바로 그때 콧수염 밑으로 지나가는 달팽이 때문에 다 듣지 못했다.

* 끝으로 남작은 '가을 나무 따뜻한 숲'의 경계선에 가서 작업 진행 상황을 직접 살펴보겠다고 했다. 그리고 말을 타고 중앙 도로로 나갔다.

"뭐라고? 남작이 떠났다고?" 비올레트가 소리쳤다. "그것부터 말했어야지! 그를 따라잡아야 해. 무슨 일을 꾸미고 있는지 알아내야겠어. 파벨, 빨리 가자!"

"슬슬 몸 좀 풀어 볼까?" 개가 눈빛을 반짝이면서 왈왈 짖었다.

비올레트가 파벨의 등에 올라타며 말했다.

"빨리! 남작이 중앙 도로를 벗어나기 전에 찾아야 해."

파벨이 공터를 가로질러 달리는 동안, 비올레트는 고양이 두개골을 부드럽게 톡톡 쳤다.

"브라보, 토비! 정말 잘했어, 넌 정말 최고야!"

생쥐가 작게 그릉그릉거리는 소리로 대답했다.

파벨은 빠르게 숲을 가로지르며 중앙 도로에 이르렀다. 하지만 남작은 보이지 않았다. 개는 계속 앞으로 달렸다. 첫 번째 갈림길이 나올 때까지.

"어떻게 하죠?" 개가 물었다. "왼쪽? 오른쪽?"

"나도 모르겠어. 그런데 가을 나무 따뜻한 숲 말인데, 거기가 어디지? 뭐 생각나는 데 없어, 파벨?"

"아뇨, 처음 들어요. 이상한 이름이에요. 정원 세상에는 계절이란 게 없잖아요. 여기서 가을이나 겨울 같은 말은 들어 본 적이 없어요. 아마도 토비가 잘못 들은……."

"잠깐." 소녀가 무언가 생각난 듯 말했다. "토비가 가을 나무 따뜻한 숲의 '경계선'이라고 했지? 정원의 경계선! 그래, 지금이야말로 칼드롱의 목록을 읽어야 할 때야."

비올레트는 가방에서 칼드롱이 준 뼈로 된 원통을 꺼냈다. 그리고 그 안에서 두루마리를 꺼내 빠르게 훑어보았다.

정원의 경계선들
(목록 번호 183)

초록바다

키다리 풀숲

시멘트 사막의 분필 자국

가물가물 따분한 숲

쏴아쏴아 구렁

듬성듬성 나무 울타리

끝없는 철책

"난 여기 적힌 장소들의 절반도 모르겠어." 비올레트가 한숨을 쉬었다.

"그 장소들의 이름을 읽어 줄래요?" 파벨이 말했다.

수호자는 큰 소리로 목록에 적힌 장소들의 이름을 읽었다. 네 번째 순서인 **가물가물 따분한 숲**에 이르자, 개가 끼어들었다.

"그거예요! 그게 토비가 말한 거예요."

"정말? 아, 그러네! 가을 나무 따뜻한 숲! 토비가 잘못 알아들은 거였어."

"그럼 그리로 가요." 파벨이 자신있게 말했다. "나의 방향 감각은 정확해요. **가물가물 따분한 숲**은 오른쪽이에요!"

파벨은 자작나무 숲을 향해 빠르게 걷기 시작했다.

비올레트는 거미 괴물인 '마른 가지'와 만났던 때가 떠올랐다. 그녀는 남작이 그 음산한 장소에서 뭘 하려고 하는지, 짚이는 게 있었다.

"남작은 그곳에서 부하들에게 시켰던 작업을 마무리하고 싶은 거야." 비올레트가 말했다. "그 무서운 숲속 괴물을 상대하는 건 꽤 위험한 일인데…… 아, 르비스가 함께 있다면 좋을 텐데!"

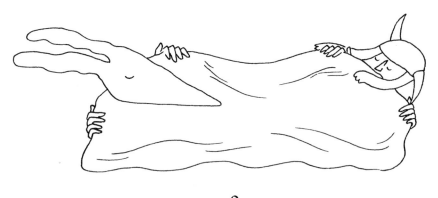

8
유령의 공연

르비스는 친구들과 멀리 떨어져 있었다. 예기치 못하게 밤이 찾아와서, 유령들에 대해 더 알아내려던 계획이 틀어져 버렸다. 대낮에 그들을 쫓아다니는 것도 어려운데, 어둠 속에선 유령들이 보이지 않았다. 게다가 르비스의 토끼 귀도 소용없었다. 그들은 아무리 움직여도 소리를 내지 않으니까.

그래서 수집가 소녀는 스벤 옆에서 밤을 보내기로 했다. 스벤은 **웅장한 아치** 아래에 자리를 잡고 어느새 곤히 잠이 들었다. 하지만 르비스는 잠이 오지 않았다. 이삭 줍는 자들이 오가는 소리가 귓가에 들렸다. 그들은 밤을 틈타 **가짜 폐허** 안을 휘젓고 다니고 있었다. 그 말라깽이들이 끄는 손수레에서 나는 불길한 삐걱삐걱 소리는 르비스를 더욱 침울하게 했다.

다시 태양이 비추기 시작하자, 스벤이 생기 있는 얼굴로 잠에서 깨어났다.
"우아! 유령을 관찰하기에 딱 좋은 순간이네요, 최고의 시간이죠!"
"나는 빼 줘! 난 가야 해. 비올레트가 돌아온 것 같아. 그냥 느낌이지만…….
아무튼 난 그 애랑 할 일이 있어." 르비스가 말했다. "네 투명한 친구들과 즐거운 시간 보내렴. 그리고 예사롭지 않은 걸 발견하면 꼭 보고하고!"

"가기 전에 크레이프 좀 먹고 갈래요?" 유령 지망생 소년이 물었다. "내가 직접 만들었어요. 산딸기를 넣은 거예요."

고소한 크레이프 냄새 때문에 토끼 소녀는 다시 스벤 옆에 앉을 뻔했다. 르비스에겐 맛있는 식사를 즐길 기회가 많지 않았다. 그저 오가다 눈에 띄는 열매를 따 먹거나, 강가에서 물고기를 낚아서 구워 먹는 게 대부분이었다.

수집가는 크레이프 하나를 받아, 빠른 걸음으로 들판을 향해 걸어가면서 먹는 걸로 만족했다.

스벤은 서두르지 않고 느긋하게 아침 식사를 끝냈다. 그는 굳이 유령들을 찾아 나설 필요가 없다는 걸 알고 있었다. 유령들은 호기심이 많아서 스스로 스벤을 찾아왔기 때문이다.

아니나 다를까, 곧 투명한 유령 셋이 아치 뒤에서 나타났다. 그들은 공중에 둥둥 떠서 그를 향해 다가왔다. 스벤은 유령 하나하나를 구분하려고 많이 노력했다. 사실 그들은 서로 너무 비슷해서 다른 점을 도무지 찾을 수 없었다. 하나같이 특별한 표시가 전혀 없는 데다가 애매한 실루엣에 모두가 똑같이 항상 눈을 동그랗게 뜨고 있었다.

하지만 끊임없이 관찰한 끝에, 마침내 하나하나 구분하는 방법을 알아냈다. 방법은 아주 간단했다. 유령이 이동하는 형태를 보고 구별하는 것이다.

어떤 유령들은 머뭇거리면서 느리고 수줍게 움직였다. 또 어떤 유령들은 급하게 휙휙 움직였고, 우아하고 위엄 있게 움직이는 유령들도 있었다. 유령들은 다른 동료들의 속도에 신경 쓰지 않고, 자기만의 리듬에 따라 움직였다. 마치 그들의 머릿속에 새겨진 춤을 끊임없이 반복하는 것처럼.

방금 나타난 유령 셋이 한꺼번에 자신을 향해 달려드는 걸 보고 스벤이 놀란 것도 그 때문이었다. 그들은 몇 걸음 떨어진 곳에서 멈추더니, 동시에 함께 움직이기 시작했다. 평소보다 훨씬 더 느린 움직임으로, 그러나 서로

완벽하게 조화를 이루면서.

스벤은 한동안 그들을 관찰만 하다가, 마침내 흉내를 내기 시작했다. 그랬더니 유령들은 그 순간을 기다려 왔다는 듯, 갑자기 빠른 움직임으로 스벤을 이끌었다! 스벤은 급히 그 뒤를 쫓아갔다.

유령들은 조금 남은 벽들과 돌무더기들로 둘러싸인 광장으로 나갔다. 그러더니 그곳에서 스벤을 빙 둘러싸고 다시 춤을 추기 시작했다.

스벤은 천천히, 왔다 갔다 하는 그들의 동작에 합류했다. 그에겐 이제 이 매혹적인 존재들의 리듬을 따라 움직이는 습관이 배어 있었다. 그러다 스벤은 유령들이 자신을 위해 춤을 추고 있음을 깨달았다. 어떻게 반응해야 할까? 유령들을 아무리 자세히 관찰해도 그들의 표정을 읽을 수 없었다.

한창 집중하다 지친 스벤은 시선을 돌려서 먼 곳을 바라보았다. 그때 그 예사롭지 않은 춤의 의미를 포착했다.

"유령 너머! 맞아, 그거야! 지난번처럼!"

정말로 유령들 너머로 전혀 다른 풍경이 보였다. 이번엔 그들의 투명한 몸을 통해서 **가짜 폐허**의 많은 부분을 볼 수 있었다. 비올레트가 말했던 망루와 계단도 보였다!

발밑에서 땅이 흔들리기 시작한 게 바로 그때였다. 정신을 차리고 보니 스벤은 땅바닥에 주저앉아 있었다. 그리고 유령들은 벽과 기둥 뒤로 빠져나가 곧 사라졌다.

스벤은 어지러웠다. 하지만 유령들을 따라 몸을 흔들다 현기증이 난 게 아니었다. 그것은 신비로운 경험으로 인한 어지러움이었다. 방금 본 것은 정원의 많은 부분과 함께 사라졌던 **엄청 작은 망루**였기 때문이다.

눈 깜짝할 사이에 그는 예전의 정원을 본 거였다. 어쩌면 이게 비올레트가 *과거*라 부르던 것일까? 덧없이 지나가고, 금방 사라지는 유령 같은⋯⋯.

그런데 그게 끝이 아니었다. 스벤의 내면 깊은 곳에 파묻혀 있는 어떤 것이 밖으로 나오려고 애쓰고 있었다.

그건…… 빛이었다!

그랬다, 그건 귀한 조약돌의 빛이었다. 비올레트가 **엄청 작은 망루**가 사라지기 전에 그 안에 놓고 왔다던 빛나는 조약돌이었다.

지금 스벤의 기억 속에서 작은 조약돌이 빛을 내고 있었다. 자신이 조약돌을 집어서 누군가에게 주는 장면이 보였다……. 이어서 그의 깊은 내면에 묻혀 있던 수많은 기억이 다시 돌아오려고 애쓰고 있었고, 스벤은 기억 속의 그 사건들이 얼마나 중요한 건지 직감했다.

마침내 기억이 모두 돌아왔다. 스벤 역시 과거를 갖고 있었다! 다시 떠오른 그 장면들로 인해 스벤은 끔찍한 공포에 사로잡혔다. 그는 급히 유령들에게 달려갔다.

"같이 가요! 나도 당신들처럼 되고 싶어요! *사라지고 싶다고요!*"

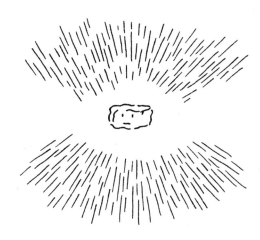

9
흔들대는 바위

비올레트와 파벨은 숲에서 나왔다. 앞에 펼쳐진 들판은 몹시 황량하고 광활했다. 쩍쩍 갈라진 땅 위에 가느다란 관목만 드문드문 자라고 있었고, 콘크리트 판과 쇳조각들, 벽돌 무더기들이 군데군데 쌓여 있었다.

"파벨! **버려진 오두막 들판**이 이전보다 더 황량해진 것 같지 않니?" 비올레트가 물었다.

"맞아요. 그런데 오두막들은 모두 어디 있죠?"

"오두막이 아니라 오두막의 잔재들이라고 해야지." 비올레트가 바로잡아 주었다. "원래도 이곳엔 곰팡이로 뒤덮인 널빤지 더미밖엔 없었어! 그런데 이젠 그마저도 없어졌네."

"여기에 있던 것들도 모두 사라진 걸까요?" 개가 불안한 어조로 말했다.

"아니, 그렇지 않을 거야. 봐, 여기선 그 오두막들이 있었다는 걸 짐작할 수는 있잖아. **엄청 작은 망루**나 **거대 피라미드**는 아예 흔적도 없이 사라졌고. 조약돌 한 개, 낙엽 하나 남지 않았단 말이야."

"그런 건 아마 폭풍우에 휩쓸려 갔을 거예요. 아니면 정원 주민들이 새 집을 짓는 데 쓰려고 가져갔던지." 파벨이 말했다.

"그럴 수도 있지. 물 위에 마을을 세울 재료들이 필요했을 테니까⋯⋯."

파벨은 생각에 빠져서 말없이 계속 걷기만 했다. 그들은 곧 들판 한가운데에 이르렀다. 멀리 보이는 기준점 덕분에 그곳이 중앙임을 알 수 있었는데, 기준점이란 붉은색의 거대한 바위였다.

"저건 '활활 타는 바위'예요." 파벨이 설명해 주었다. "난 왜 저 바위를 그렇게 부르는지 아직도 잘 모르겠어요. 저 바위가 특별히 뜨거운 것도 아닌데 말이에요. 아마도 붉은 색깔 때문인 것 같아요."

"잠깐, 그 이름을 들으니 생각나는 게 있어. 어쩌면 그런 이름이 아닐지도 몰라. 혹시 네가 잘못 알고 있는 건 아니야? 그 이름이 확실해?"

"틀림없어요. 저건 활활 타는 바위예요. 정원에 있는 신기한 바위죠."

정원에 있는 신기한 바위! 그것은 칼드롱이 보여 주었던 첫 번째 목록의 제목이었다. 그 덕에 비올레트는 목록 작성자가 이 붉은 바위에 붙인 이름이 기억났다.

"활활 타는 바위가 아니라 '흔들대는 바위'야! 이상하네? 저 바위는 **콘크리트 들판**에 있어야 하는데⋯⋯. 파벨, 잠깐 서 볼래? 확인 좀 해 보게."

비올레트는 파벨 등에서 내려 곧장 바위로 다가갔다.

고개를 들어 살펴본 바위는 약간 둥그스름했고, 높이는 소녀 키의 서너 배쯤 되었다.

"이 바위가 정말 흔들대는지 봐야지!"

비올레트는 두 다리를 벌리고 땅에 단단히 버티고 선 다음, 여기저기 구멍이 숭숭 나 있는 붉은 바위에 두 손을 댔다. 그리고 있는 힘을 다해서 오른쪽으로 기울여 보고, 왼쪽으로 기울여 봤다. 하지만 커다란 바위는 꿈쩍도 하지 않았다.

"흠! 움직일 생각이 조금도 없는 것 같아! 좋아, 이런 일에 시간을 빼앗길 순 없지. 다시 떠나자!"

소녀는 파벨의 등에 올라탔다. 개가 막 출발하려 할 때, 뒤에서 둔탁한 소리가 울렸다. 비올레트가 뒤를 돌아보았다.

붉은 바위가 그들 쪽으로 굴러오고 있었다. 아니, 더 정확히 말하자면, 좌우로 천천히 흔들거리면서 오고 있었다.

"어떻게 된 거지?" 비올레트가 물었다.

"주인님이 바위를 흔들어 놓은 거예요!"

바위가 점점 더 가까이 다가왔다. 파벨은 바위와의 거리를 유지하기 위해서 다시 걷기 시작했다.

"오른쪽으로 돌아 봐! 저 바위가 쫓아오는지 보자." 비올레트가 말했다.

개가 커브를 그리면서 몇 미터 달리다가 멈춰 섰다. 바위는 그들이 방향을 틀 때마다 똑같이 따라하면서 계속 굴러왔다.

"이런! 저 바위가 우리를 쫓아오네." 소녀가 중얼거렸다. "내가 괜한 짓을 한 게 아니길……. 거대한 돌덩어리를 움직여 볼 생각을 하다니, 얼마나 미련한 짓이야!"

"그래도 다행히 속도는 별로 빠르지 않아요!" 파벨이 말했다. "저 바위에 깔릴 위험은 없겠어요."

"그래, 아직은 말이지. 하지만 구르기 시작하면, 문제가 달라져. 저 바위를 진정시켜야 해. 뭐라도 해 봐야겠어."

수호자는 땅에 내려섰다. 그리고 죽은 나무 그루터기가 있는 곳까지 걸어 갔다. 바위는 돌아서, 큰 소리를 내면서 그녀를 향해 다가왔다.

비올레트는 굴러오는 바위를 향해 차분하고 확고한 목소리로 말했다.

"흔들대는 바위! 난 비올레트 위르르방, 정원의 수호자야."

바위는 계속 그녀를 향해 돌진했다. 하지만 비올레트는 침착함을 잃지 않 고 계속 말을 이어 나갔다.

"난 정원에 사는 주민 모두를 돕기 위해 여기 있는 거야."

이제 바위는 아주 가까이 와 있었다. 하지만 비올레트는 피하려는 시늉도 하지 않았다.

"동물, 식물 혹은 너 같은 광물까…… 아악!"

그녀는 펄쩍 뛰어서 옆으로 피했다. 연설이 아무 효과가 없었던 것이다. 거대한 붉은 덩어리는 속도를 늦추지 않았고, 나무 그루터기를 으스러뜨렸 다. 그루터기는 마치 판판한 널빤지처럼 짓밟혔다. 비올레트는 간신히 옆으 로 비킬 수 있었다. 계속 그루터기 앞에 서 있었더라면, 정원 주민들이 자주 만드는 크레이프처럼 납작해졌을 것이다.

비올레트는 더 머뭇거리지 않고, 개의 등에 홀쩍 올라탔다.

"빨리! 저 귀찮은 것을 떼어 버리자!"

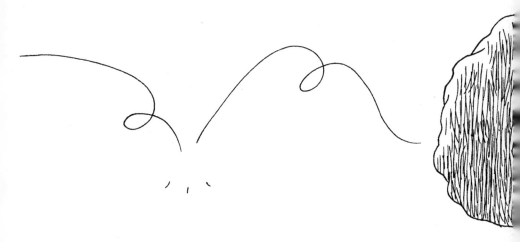

10
남작의 계획

파벨이 **가물가물 따분한 숲**에 도착했을 때는 흔들대는 바위도 한 개의 붉은 점으로밖에 보이지 않았다.

"어때? 바위가 아직도 우릴 쫓아오고 있는 것 같니?" 비올레트가 들판을 돌아보며 물었다.

파벨이 귀를 기울였다.

"아직도 저 멀리서 뭔가가 부딪치는 소리가 들려요……. 잠깐! 아니에요, 이건 다른 소리예요. 숲에서 들리는데, 쿵쿵거리는 도끼질 소리 같아요."

"남작의 부하들이야!" 비올레트가 말했다. "내 생각이 맞았어. 그가 무슨 일을 꾸미는지 보러 가자."

파벨은 그의 귀가 안내하는 대로, 규칙적인 간격으로 서 있는 나무들을 가로질러 곧장 전진했다. 굳이 돌아갈 때를 대비해서 지나온 길에 흔적을 남길 필요도 없었다. 그의 방향 감각은 실수하는 법이 없었기 때문이다.

이제 비올레트도 멀리서부터 울리는 둔탁한 소리를 들을 수 있었다.

"속도를 늦춰 봐. 최대한 조심스럽게 접근하자."

비올레트는 되도록 눈에 띄지 않으려고 친구의 등에서 내렸다. 나무를 내려치는 도끼질 소리가 아주 가까이서 들렸다. 그녀는 파벨에게 움직이지 말라고 신호를 보낸 뒤에, 웅크린 자세로 가느다란 자작나무들 뒤에 몸을 숨기며 몇 미터 더 나아갔다.

먼저 남작의 말이 보였다. 거대하고 위풍당당한 검은 말은 하얀 자작나무 껍질과 대조를 이루었다. 그다음엔 분주하게 일하고 있는 정원 주민 네 명이 보였다. 그들은 비올레트와 더 가까운 거리에 있었고, 밝은색 털 외투로 몸을 위장하고 있었다. 나무 두 그루를 베느라 아주 바빠 보였다.

그러나 남작은 보이지 않았다. 그 점이 아쉬웠다. 비올레트는 들키지 않도록 조심하면서 사방을 샅샅이 탐색했다. 그리고 정원 주민들을 더 자세히 관찰하기 시작했다.

그때 갑자기 가까이서 익숙한 목소리가 들렸다. 칼드롱의 어린아이 같은 목소리가 분명했다. 목록 작성자는 넓은 종이 두루마리를 두 손에 든 채로 자작나무 꼭대기에 걸터앉아 있었다.

"거의 다 됐습니다!" 칼드롱이 알렸다. "이제 가장 조심해야 하는 일이 남았습니다. 모두 나무줄기 주위에 서십시오! 내가 신호를 보내면, 여러분은 나무를 최대한 똑바로 세우고 마지막 도끼질을 하는 겁니다. 그런 다음 동시에 나무를 무너뜨리면 되고요, 알겠죠? 남작님, 그다음은 남작님의 뜻대로 하십시오."

나무 뒤에서 그림자 하나가 나타났다. 남작이었다. 하지만 뭔가 이상했다. 그의 실루엣이 약간 뿌옇게 보였다. 비올레트는 눈에 먼지가 들어갔나 싶어서 두 눈을 비볐다. 그러다 자기 시야를 방해한 게 무엇인지 알았다.

남작 바로 앞, 두 나무 사이에 얇은 막이 있었다. 커다란 거미, 마른 가지의 거미줄이었다!

비올레트는 정원 주민들이 하는 일이 무엇인지 그제야 깨달았다. 그들은 나무 두 그루를 베어서, 나무 사이에 쳐진 거미줄을 떼어 내려 하고 있었다.

"저들이 찾는 건 거미줄이었어!" 비올레트가 중얼거렸다.

전에 거미줄 덫에 걸렸던 주민이 했던 말이 떠올랐다. '거미줄을 걷어 내려면 먼저 나무들을 베어야 해요.' 그때는 그게 거미줄에서 빠져나오기 위해 하는 말인 줄 알았다. 하지만 그건 목표물을 얻으려고 했던 말이었다!

나무 꼭대기에 앉은 칼드롱이 거대한 양피지를 길게 죽 풀어냈다. 남작과 정원 주민 둘이 그 두루마리의 아랫부분을 잡고는, 그것을 아주 조심스럽게 거미줄에 갖다 붙였다.

"조심하십시오. 준비됐습니까?" 목록 작성자가 말했다.

칼드롱이 하나, 둘, 셋 세는 것과 동시에 주민들이 도끼로 두 나무의 밑동을 내리쳤다. 그다음엔 남작과 그의 부하들이 나무들을 천천히 밀어 쓰러뜨렸다. 그렇게 하니 거미줄이 양피지에 붙어 조금도 찢어지지 않았다.

정원 주민들은 쓰러진 나무의 작은 가지들을 쳐내서 매끈한 통나무로 만들기 시작했다.

"칼드롱, 자네가 생각한 방법이 아주 훌륭하군!" 남작이 말했다. "모두 수고했소. 이제 이 거미줄을 둘둘 마는 작업만 남았군. 지금 하는 그 일을 마치면……."

그때 들려온 우지끈 소리에 남작은 미처 말을 끝내지 못했고, 이어서 검은 말이 히이힝거리는 소리를 냈다.

"나뭇가지 거미다!" 정원 주민이 손으로 소리가 난 쪽을 가리키면서 소리쳤다.

비올레트도 그 손가락을 따라 고개를 돌렸다. 마른 가지의 긴 다리가 소리 없이, 음산하게 나무들 사이로 빠져나왔다. 나무에 부딪혀서 딱 한 번 소리가 났을 뿐이다.

"어서 거미줄을 가져가시오. 거미는 내가 상대할 테니!" 명령을 내린 남작은 벌써 말이 있는 곳으로 달려가고 있었다.

안장 위로 풀쩍 뛰어오른 그가 소리쳤다.

"모르질! 공격이다!"

뼈마디가 굵은 거미가 몹시 분노한 모습으로 그들을 향해 달려들었다. 분노한 마른 가지는 소리도 지르지 않고, 성이 나서 이를 갈지도 않았다…….

다만 증오의 파도에 삼켜졌을 뿐이다. 비올레트의 머리에 혼란스럽고 난폭한 이미지들이 불쑥 떠올랐다. 자신의 작품을 훔쳐 간 자들을 거미가 억센 턱으로 찢는 장면이었다.

수호자는 정신을 차리려고 머리를 흔들었다. 그녀는 남작의 부하들과 거대한 괴물 사이에 있었다. 마른 가지가 똑바로 비올레트를 향해 다가왔다!

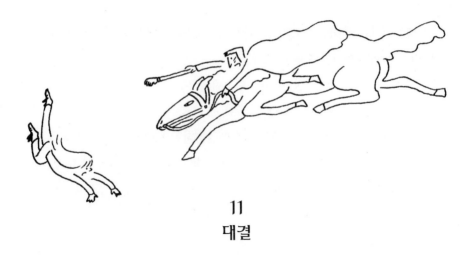

11
대결

마른 가지의 기다란 다리가 공중에서 휙휙 소리를 냈다. 머릿속에서 펼쳐졌던 잔혹한 장면들 때문에 정신이 멍해진 비올레트는 제대로 방어하기 어려웠다. 하지만 그녀의 몸은 얼른 도망치라고 명령하고 있었고, 사실 그게 가장 좋은 해결책이었다! 비올레트는 이리저리 나무들을 피하며 달리기 시작했다. 그러나 안타깝게도 멀리 가지 못했다.

눈이 붉고 코에서 연기가 나는 검은 괴물이 그녀가 가는 길을 막고 몸을 쭉 일으켰기 때문이다!

불쑥 나타난 소녀를 본 괴물은 용처럼 연기를 뿜으며 뒷발로 일어서서 놀란 듯이 포효했다. 아니, 히이잉거렸다. 그 거대한 동물은 남작의 말 모르질이었다.

비올레트는 반사적으로 몸을 옆으로 던졌다. 모르질은 비올레트가 방금까지 서 있던 바로 그 자리를 말발굽으로 콰직 짓이겼다.

남작은 비올레트에겐 시선조차 주지 않으며 경고했다.

"비켜! 이건 어린애들 소꿉장난이 아니야!"

비올레트는 낙엽 위로 굴러서, 나무를 붙들고 벌떡 일어섰다. 그리고 바로 옆에서 일어나는 전투를 지켜봤다. 검은 말이 공터를 가로질러 빠르게 달려가서 거미를 공격했다.

괴물 거미는 말과 그 위에 탄 남작보다도 훨씬 키가 컸다. 거미의 가느다란 다리가 승마용 채찍처럼 허공을 휙휙 때렸다. 휘두르는 힘이 어찌나 강한지, 단 한 번의 공격으로도 정원 주민을 죽일 수 있을 것 같았다. 하지만 육중한 거구에 힘이 센 말의 공격도 만만찮았다. 말에 탄 남작은 중세의 기사처럼 과감하게 무기를 휘둘렀다.

그의 무기는 창보다는 몽둥이에 가까웠다. 굵고 짤막한 나무 지팡이같이 생겼는데, 윗부분 끝에는 주먹 모양의 쇠붙이가 붙어 있었다. 몽둥이는 단단하고 강력해 보였다. 한눈에 엄청난 무기라는 걸 알 수 있었다.

마른 가지가 내뿜는 격앙된 생각의 파도가 계속해서 비올레트를 엄습했다. 남작은 그런 장면에는 무감각한 사람으로 보였다.

"공격!" 남작이 돌진했다.

그가 적에게 미처 다가가기도 전에, 마른 가지의 다리 하나가 검은 말을 후려쳤다. 모르질이 놀라운 반응 속도로 근육질의 긴 다리를 쭉 내뻗었다. 그러나 옆구리에 이미 채찍 자국처럼 붉은 줄이 생긴 뒤였다.

비올레트는 나무 뒤에 몸을 웅크렸다. 마치 화산이 분출하는 장면을 목격하고 있는 것 같았다. 눈앞에서 힘의 화신들이 격돌하는 걸 보면서, 언제라도 그들의 싸움에 휩쓸릴 위험이 있음을 직감했다.

수호자는 얼른 나뭇가지 하나를 집었다. 무기라고 하기엔 엉성했지만, 필요하면 맞서겠다는 각오를 다질 수 있었다.

모르질은 거의 그 괴물 바로 밑에 있었다. 남작이 몽둥이로 가장 가까운 거미의 다리를 세게 쳤다. 콰앙! 대포 같은 소리가 숲 전체에 울려 퍼졌다. 다리 하나가 부러졌다. 그러나 마른 가지는 조금도 신경 쓰지 않는 듯했다. 남은 다리들만 해도 빽빽한 나무만큼이나 많았으니까.

마른 가지는 움직이는 새장처럼 다리 사이에 모르질을 가둬 달릴 수 없게 만들었다. 이제 말은 속도라는 무기를 잃고 말았다. 괴물 거미는 적에게 빠르고 짧은 연타를 퍼부으며 집요하게 괴롭히기 시작했다.

"주인님! 괜찮아요?"

파벨이 비올레트에게 다가왔다. 그녀는 자기도 모르게 매달리듯 파벨을 꼭 끌어안았다. 눈앞에서 벌어지는 너무나 격렬한 전투 때문에 기절하기 직전이었다. 포근하고 든든한 파벨을 안고 있으니, 마른 가지가 보여 준 악몽 같은 영상이 차츰 희미해지기 시작했다.

마침내 정신이 돌아오자, 비올레트가 입을 열었다.

"지금이야, 지금 도망쳐야 해……. 하지만 저들이 저토록 서로를 괴롭히게 내버려 둘 순 없어!"

"어이쿠." 파벨이 투덜댔다. "주인님은 저들에게 아무것도 할 수 없어요. 게다가, 어느 쪽을 돕겠다는 거예요?"

비올레트는 목이 메었다. 그래, 어느 편을 택한단 말인가? 남작은 비올레트에게 호의적이지 않았다. 하지만 무시무시한 괴물과 싸우는 그는 자신과 같은 인간이었다. 그러나 이 일은 그가 자초한 일이기도 했다. 거미 괴물의 보물을 훔치지 않았던가! 남작은 정원 경계선에 있는 마른 가지의 영역을 침범한 것도 모자라, 주인에게 도전까지 한 것이다.

비올레트는 한숨을 쉬었다. 질문들이 막다른 길에 이르렀다. 설령 누군가의 편을 들겠다고 마음을 정했다 한들, 이 싸움에 끼어들 방법도 없었다.

긴 싸움이 이어졌지만 남작은 포기를 몰랐다. 그는 몽둥이로 계속 마른 가지를 때리면서, 공격에 공격으로 맞섰다. 모르질도 불굴의 의지를 가진 듯했다. 그 말은 놀라운 속도로 강하게 뒷발질을 해 댔다. 거미의 다리들은 말발굽에 부러져서 이제 힘없이 매달려 있는 꼴이 되었다.

마른 가지는 이런 식으로는 이길 수 없다는 걸 깨달았는지 뒤로 물러났고, 남작이 그때를 이용해서 숨을 돌렸다. 그의 표정에서도 지친 기색이 보였다. 피와 땀이 뒤범벅되어 말의 목을 타고 흘러내렸다.

하지만 휴식은 그리 길지 않았다. 거미가 별안간 몸을 납작 낮췄다. 다리가 마치 용수철처럼 줄어들어서, 울퉁불퉁한 몸을 거의 땅바닥에 닿을 듯 낮췄다. 그러더니 민첩한 동작으로 순식간에 말 위로 뛰어올랐다.

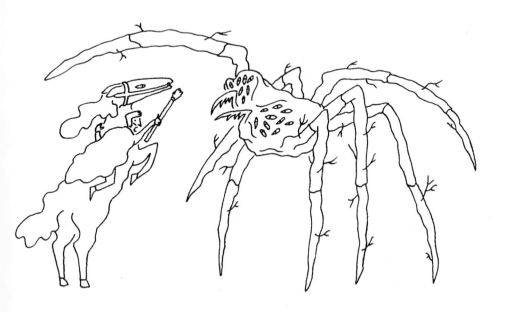

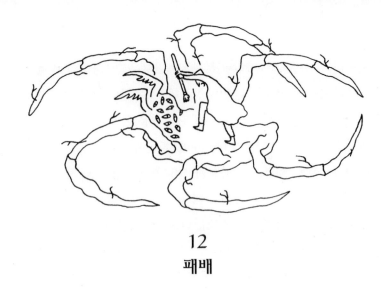

12
패배

거대한 집게처럼 생긴 거미의 턱이 검은 말의 목을 졸랐다. 모르질은 있는 힘을 다해서 거미를 떨치려고 했으나, 거미 쪽이 더 셌다. 말은 오래 견딜 수 없을 터였다. 이미 말의 몸짓이 차츰 느려지기 시작했다.

그러자 남작이 결정을 내렸다. 비올레트는 남작이 그럴 줄은 몰랐다. 자기 말을 버린 것이다! 남작은 땅으로 뛰어내려서 재빠르게 도망쳤다.

그건 아마 이 싸움에서 살아남을 유일한 방법이었을 것이다. 하지만 비올레트는 분노가 차올랐다. 자신이라면 절대로 저렇게 파벨을 내버려 두고 가지 않을 것이다.

수호자는 다른 생각을 할 겨를도 없이 숨어 있던 곳에서 튀어 나가, 가느다란 지팡이를 팔랑개비처럼 돌리면서 나무 거미를 향해 돌진했다.

"멈춰요! 말은 죄가 없잖아요! 거미줄을 훔친 건 다른 자들이라고요!"

거미는 소녀가 달려오자 놀라서, 말을 물고 있던 턱을 조금 풀었다.

비올레트는 마른 가지로부터 몇 발자국 떨어진 곳에서 멈췄다. 심장이 쿵쾅쿵쾅 뛰었다.

그때였다. 나무 뒤에서 불쑥 튀어나온 남작이 순식간에 괴물의 등 위로 뛰어올랐다. 그와 동시에 몽둥이로 죽을 힘을 다해서 거미의 수많은 눈 사이를 내리쳤다! 퍽, 퍽, 퍽! 세 번의 몽둥이질로 괴물의 머리가 쩍 하고 부서지는 끔찍한 소리가 났다.

쪼개진 머리에서 녹색 액체가 흘러나왔다. 나뭇가지 거미가 털썩 주저앉았다. 거미가 패배했다.

모르질은 간신히 가쁜 숨을 몰아쉬었고, 아직도 두려움이 가시지 않았는지 옆구리가 떨리고 있었다. 마침내 남작이 괴물의 등에서 내려왔다. 그는 덤불에다 몽둥이를 쓱쓱 문질러 닦았다. 그러고 나서 말의 목을 쓰다듬으면서 귓속말로 모르질을 진정시켰다. 남작은 안정을 찾은 모르질의 등에 다시 올라타서 비올레트를 향해 몸을 돌렸다.

"네가 위르르방이로구나. 용기가 제법 대단하더군. 하지만 세상엔 네가 감당할 수 없는 일들도 있는 법이야. 지금은 내가 정원을 돌보고 있다. 정원은 더 이상 너의 보호가 필요치 않다는 말이지. 정원은 이제 내 수하에 있으니, 더는 네가 상관하지 않는 게 좋을 거다."

"이 거미는 살 권리와 존중받을 권리가 있었어요. 싸움을 일으킨 건 당신이죠. 이 싸움 때문에 당신의 말이 생명을 잃을 수도 있었고요. 당신은 힘과 용기를 가졌지만, 정원에 대해선 아무것도 이해하지 못해요. 당신이 아무일이나 막 하고 다니도록 내가 내버려 둘 것 같아요? 그렇다면 오산이에요."

파벨이 주인 곁으로 오더니, 주인을 옹호하며 짖기 시작했다.

남작은 조롱하듯 피식거리면서 둘을 바라봤다.

"하하하! 그 털북숭이와 함께 날 협박하는 것도 네 권리지! 하지만 날 방해한다면, 후회하게 될 테니 명심해라. 그럼 난 할 일이 있어서 이만."

남작은 발로 말의 옆구리를 차서 출발 신호를 주었다. 모르질은 나무들 사이로 빠르게 사라졌다.

비올레트는 몸을 덜덜 떨며 주위를 살폈다. 정원 주민들과 칼드롱은 이미 거미줄을 수레에 싣고 떠난 뒤였다.

파벨의 등에 올라타자, 머릿속에 생각의 불씨 하나가 깜빡거리기 시작했다. 금방이라도 꺼질 듯한 등불이 보내는 미약한 신호처럼, 아주 희미하고 떨리는 불빛이었다.

비올레트가 경계 태세를 늦추지 않은 채 천천히 마른 가지에게 다가갔다.

"거미 씨…… 아직 살아 있는 거예요?"

흐릿한 이미지들이 전해졌다. 참을성 있게 거미줄을 짜는 거미의 모습이었다. 거미는 특별한 규칙에 따라, 또 거대한 동물에게선 전혀 상상할 수 없는 섬세한 기술로 비단실을 엮어 갔다. 그리고 정성스럽게, 정확히 계획대로 거미줄을 배열했다. 장면들은 점점 희미해지더니 숯불이 재로 변하듯 차츰 사라져 갔다. 거미는 그렇게 자신의 마지막 메시지를 전했다.

비올레트는 그 거미줄의 정체가 무엇인지, 그리고 그것이 남작에게 왜 그토록 중요한지 마침내 깨달았다.

13
정원의 경계선들

　가물가물 따분한 숲에서 나왔을 때, 비올레트는 남작의 수송대가 있는 위치를 금방 파악했다. 그들은 양탄자처럼 둘둘 말린 귀중한 전리품을 짐수레에 싣고 버려진 오두막 들판을 지나고 있었다. 비올레트는 눈썹 위에 손을 갖다 대고 집중하여 무리를 살폈다.

　"저기에 남작은 없어."

　"따라잡을까요?" 파벨이 물었다.

　"그럴 필요 없어. 저 사람들은 아는 게 거의 없을 거야. 그냥 시키는 대로 뾰족 담 성채로 가고 있겠지. 내가 알고 싶은 건, 지금 남작이 어디로 갔느냐는 거야. 저들과 합류하지도 않고 말이야."

　그 순간, 낙엽에 소리가 좀 흡수되긴 했지만, 쿵 하는 소리에 비올레트는 깜짝 놀랐다. 르비스였다. 파벨 뒤에 있는 나무에서 막 뛰어내린 참이었다. 늘 그렇듯 르비스는 등장할 때마다 이런 식으로 시선을 끌었다. 르비스가 물었다.

　"남작을 따라잡고 싶다고? 그가 지나가는 걸 봤어. 어디로 갔는지 말해 줄 수 있는데."

"너, 다 보고 있었던 거야? 그런데도 가만히 있었단 말이야?" 비올레트가 분노에 차서 물었다.

"진정해! 난 싸움이 끝난 직후에 도착했다고. 멀리서 소리만 들었을 뿐이야." 소녀가 토끼 귀를 가리키면서 말했다. "난 그때 멀리 있었어. 숲에서 나오는 정원 주민들을 보고, 숨으려고 이 나무 위에 올라갔던 거고. 그러다 남작의 말이 달려가는 걸 봤지."

"어련하시겠어." 비올레트가 씁쓸한 어조로 말했다. "넌 항상 지켜보기만 할 뿐, 절대로 도와주는 법이 없어. 네가 그 칼만 사용했으면……."

르비스가 어깨를 으쓱했다.

"내가 뭘? 남작을 죽이기라도 할까? 그게 네가 원하는 거야? 아니, 됐다. 이런 말싸움이 무슨 소용이야? 아무튼, 그가 어디로 갔는지 알고 싶어? 그럼 따라와."

비올레트는 골난 표정으로 파벨 위에 올라탔다. 개가 르비스 옆에서 걷기 시작했다. 르비스는 늘 빠르고 유연한 걸음으로 다녔는데, 절대로 지치는 법이 없었다.

르비스가 남작이 남긴 자취를 보여 주었다. 핏방울이 땅에 떨어져 있었다. 작은 얼룩이지만 **시멘트 사막**의 밝은 회색 시멘트 바닥 위에선 금방 눈에 띄었다. 모르질이 남긴 자국이었다.

사막의 끝자락을 따라 걸으면서, 토끼 복면을 쓴 소녀는 정원에서 아주 후미진 지역으로 친구들을 안내했다. **비눗방울 퐁퐁 강**이었다.

"남작이 여기 온 이유가 뭘까?" 비올레트가 물었다.

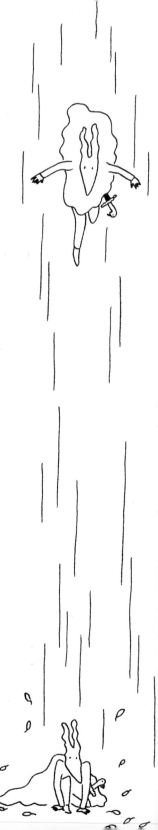

"여기서 할 일은 뻔하지 뭐. 강물에서 목욕하는 거. 아마 남작은 여기서 자기 옷을 빨고, 말도 씻겨 주겠지. 피가 튀어 더러운 상태일 테니까."

"그래, 싸움이 격렬했어. 거미를 몽둥이로 부숴 버린 건…… 어휴, 정말 끔찍했어."

비올레트는 자기도 모르게 자꾸만 뒤를 돌아보았다. 설마 거미가 쫓아올까 봐 두려운 걸까? 그녀는 말없이 파벨에게 속도를 내도록 신호를 주었다.

르비스가 그 속도에 발을 맞추며 말했다.

"남작의 몽둥이는 정원의 유물이야. '통솔자 몽둥이'라고 부르지. 끝나지 않는 그림책에서 읽었는데, 그건 모든 장애물을 부술 수 있대. 물건이나 생물뿐 아니라, 생각까지도……. 하지만 난 그게 내 검보다 더 굉장하다고 생각하지 않아. 남작이 그걸 어디서 갖고 왔는지 모르겠어. 분명히 자기가 온 곳에서 갖고 왔겠지."

비올레트가 고민하는 표정을 지었다.

"내가 궁금한 건, 그가 어디서 왔느냐는 거야! 내가 만일 그런 전투를 하고 난 직후라면…… 집으로 돌아가서 말의 상처를 봐 주고, 기력을 회복하려 할 거야. 남작이 정말 나와 같은 세상에서 온 사람이라면, 그곳으로 돌아갈 게 분명해. 난 그가 어디를 통해 저쪽 세상으로 나가는지 알고 싶어."

"너도 완전히 바보는 아니구나. 나도 그 사람이 어디를 통해서 정원으로 들어왔는지 알아내는 게 가장 중요하다고 생각해."

잠시 뒤, 르비스가 제대로 자라지 못한 소나무들이 서 있는 언덕을 가리켰다. 시멘트로 뒤덮인 건조한 사막이 끝나는 그곳엔 흙 빛깔의 거무스름한 언덕들이 있었고, 그 언덕들 뒤로 **비눗방울 퐁퐁 강**이 흘렀다.

"저 꼭대기까지 올라갈까? 운이 좋으면 저기서 보일 거야."

"좋아, 올라가 보자."

파벨이 소나무가 있는 언덕을 오르는 동안, 르비스는 친구가 끊임없이 뒤를 돌아보는 걸 눈치챘다.

"뒤에 뭐라도 있어?"

"그런 것 같아. 아니면 그냥 기분 탓인지도 모르지만……. 혹시 저 들판에서 무슨 소리 안 들려?"

"그러고 보니, 뭔가 들리는 것 같네. 멀리서 아주 희미한 게…… 천둥소리 같기도 하고. 규칙적으로 들려. *쾅, 쾅!* 무슨 소리지?"

들판 위로 비치는 햇빛이 눈부셨다. 그 때문에 보이는 것은 바람에 날리는 먼지구름뿐이었다.

"알 것도 같은데……. 여기 있지 말고 어서 올라가자. 언덕을 넘어야 마음이 편해질 것 같아."

소녀들은 곧 꼭대기에 이르렀고, 파벨은 잠시 숨을 골랐다.

언덕 너머에 **비눗방울 퐁퐁 강**이 완만한 굽이를 이루고 있었다. 때때로 하얀 거품이 빛바랜 장밋빛 강물 위에서 구름처럼 피어올랐다.

"저게 그 강이야!" 르비스가 외쳤다. "그런데 남작은 보이지 않네. 여기서 씻고 있을 줄 알았는데."

세 친구는 잠시 풍경을 훑어봤다. 말을 탄 남자는 보이지 않았다. 혹시 강둑을 따라 자란 관목들에 가려져 보이지 않을 수도 있었다.

"정원의 경계선까지 거의 다 왔어." 비올레트가 말했다. "강물이 흘러들어가는 협곡이 있나 봐."

"맞아." 르비스가 끄덕였다. "그게 **솨아솨아 구렁**이야. 사람이 많이 다니는 곳은 아니지. 오히려 아주 위험한 곳이야. 바람이 하도 변덕스럽게 불어서, 어부들이 돌풍 때문에 공중으로 휩쓸려 올라간 적도 있었어!"

비올레트가 고개를 끄덕였다.

"나도 저긴 가 본 적이 없어. 솔직히 말해 그곳에 관심이 있는 사람은 거의 없지, 칼드롱처럼 호기심 넘치는 사람이 아니면……. 아! 맞다!"

비올레트는 가방에서 정원의 경계선들이 적힌 양피지를 꺼냈다. 그리고 목록 작성자가 기록한 것을 큰 소리로 읽었다.

"**솨아솨아 구렁**. 칼드롱의 기록에 따르면 저긴 정원의 경계선 중 하나야. 하지만 그 구렁을 넘으면 어디로 통하는지는 기록하지 않았어."

"아무도 그 경계선을 넘어 보지 못했으니까." 르비스가 덧붙였다.

"심지어 저기선 새들도 가던 길을 되돌아오곤 해. 거센 돌풍이 무서워서 말이야."

"그렇구나. 그럼 남작도 여기서 멈출 수밖에 없겠네? 그를 따라잡을 수도 있겠다! 가자, 파벨! 계속 강을 따라서 가 보는 거야."

14
마른 가지의 비밀

처음엔 **비눗방울 퐁퐁 강**에서 나는 비누 냄새가 꽤 좋았다. 하지만 강둑을 따라 꽤 긴 거리를 걷고 나자, 그 향기가 점차 메스꺼워졌다.

비올레트는 굽이를 돌 때마다 남작과 모르질의 모습이 보이길 기대하며 강변을 살폈다. 하지만 그곳에서 볼 수 있는 유일한 생물은 설거지를 하는, 깔끔쟁이 고양이들뿐이었다. 그들은 본능적으로 경계심이 많아서, 파벨을 보자마자 허겁지겁 달아났다.

파벨은 진창을 걸으며 신이 나서 폴짝폴짝 뛰었다. 그때마다 비올레트와 르비스에게 흙탕물을 튀겼다. 수집가는 이 귀찮은 개에게서 멀찌감치 떨어졌다. 그래서 비올레트에게 말하려면 목청을 높여야 했다.

"자, 이제 말해 봐. 우리의 남작님께서는 **가물가물 따분한 숲**에서 뭘 찾으려고 했던 거지? 부하들이 꽤 큰 걸 수레에 싣고 가는 걸 봤는데, 분명히 아주 희귀한 거였을 거야. 남작이 직접 가지러 온 걸 보면 말이야."

비올레트가 설명했다.

"남작의 부하들은 거미의 작품, 그러니까 거미줄을 훔쳐 갔어……."

"엥? 거미줄이 그렇게 가치가 있다는 말은 한 번도 못 들어 봤는데."

"그 거미줄은 특별한 거야. 내가 마른 가지의 마지막 생각을 제대로 이해한 거라면, 그건 정원의 유일한 *지도*야."

"지도라고? 말도 안 돼!"

비올레트와 같은 세계에서 온 르비스는 지도가 뭔지 잘 알고 있었다. 하지만 비올레트의 말은 믿기 어려웠다. 르비스가 이어서 말했다.

"정원 세상에선 기준이라 할 만한 것들이 항상 움직이잖아. 길도 끊임없이 변하고. 어딘가에 가려면 그저 새로운 경로에 적응하거나 운에 맡기는 수밖에 없어. 이런 곳을 지도로 그리는 건 불가능해."

"맞아, 나도 알아." 비올레트가 대답했다. "하지만 알다시피 거미줄은 딱딱하게 굳어 있는 게 아니고, 탄력이 있잖아. 그래서 거미는 언제든 그것을 움직여 수정할 수 있는 거야. 그 지도는 정원의 실제 형태를 보여 주는 게 아니야. 단순히 한 지점에서 다른 지점으로 가는 길들만 보여 주는 거야."

르비스는 대답 대신 끝나지 않는 그림책을 꺼냈다. 그리고 거기에 그 이상한 지도가 있는지 찾아봤지만 헛수고였다.

그때 비올레트의 가방에서 날카로운 토비의 목소리가 들려왔다.

"너희가 말하는 지도라는 게 뭔지 전혀 모르겠지만, 방금 말 냄새를 맡았어. 여기서 멀지 않은 곳이야!"

파벨이 고개를 들고 냄새를 맡았다.

"나도 맡았어요. 비누 냄새가 진동하는데도 말 냄새가 나요."

그 말에 모두 주변을 살피기 시작했다. 대화하느라 주변을 관찰하는 걸 잠시 게을리한 것이다. 강물은 더 이상 잔잔하지 않았고, 점점 더 빠르고 세게 흐르고 있었다. 멀리서 거품 구름이 들판 위로 일어났다. 그리고 둔탁한 소리가 공기를 진동시켰다.

"**솨아솨아 구렁**이야!" 르비스가 외쳤다. "강물이 저 구렁으로 폭포처럼 떨어지고 있어."

"우리만 여기에 온 건 아니고 말이야……." 비올레트가 말했다.

실제로 검은 실루엣이 거품 구름 쪽에서 뚜렷이 드러났다. 모르질이었다! 말과 그 위에 탄 남자는 거의 폭포 가까이에 다가서고 있었다.

"이번엔 달아날 수 없을걸!" 비올레트가 외쳤다.

15
솨아솨아 구렁

그곳에 있는 깊은 구렁은 단순히 강물에 파인 협곡이 아니었다. 그것은 마치 하늘에서 떨어진 거대한 삽으로 흙을 퍼낸 것처럼 반듯하게 잘린 깊은 구덩이였다. 그 위를 빠른 속도로 미끄러지는 거센 바람이 요란한 소리를 냈는데, 그 소리가 이따금 음산한 웃음소리처럼 들리기도 했다.

비올레트 일행은 그 폭포에 이르렀다. 밑바닥이 보이지 않는 깊은 균열 속으로 강물이 떨어지면서 물거품을 일으켰다.

세 친구는 차례로 허리를 숙이고 아래를 내려다보았다. 비올레트는 깊은 구렁을 보고 순간 뒤로 물러났다. 그 어두운 심연 속에 무엇이 있는지 알아내는 건 불가능해 보였다. 깎아지른 절벽은 깊은 땅속으로 향한다기보다는 밑바닥이 없는 검은 공간으로 이어지는 것 같았다. 그리고 거기서 올라오는 요란한 소리는 마치 우주에서 들려오는 메시지 같았다.

이들은 이제 남작과 아주 가까워졌다. 남작은 구렁 가장자리를 조심스럽게 살피면서 모르질을 몰아가고 있었다.

"남작이 뭔가를 찾고 있는 것 같아." 르비스가 말했다.

"잘됐네, 덕분에 우리에게 신경 쓸 겨를이 없을 테니까. 게다가 거북이걸음으로 가고 있으니 금방 따라잡을 수 있을 거야."

파벨의 걸음이 빨라졌다. 곧 남작의 목소리가 들리는 곳까지 이르렀다.

비올레트는 자신이 그를 두려워하지 않는다는 걸 남작에게 알리고 싶었다. 그래서 큰 소리로 외쳤다.

"남작! 나, 여기 있어요!"

남작이 잠깐 비올레트 쪽으로 고개를 돌렸다. 그러더니 마치 참새 한 마리를 본 것처럼 대수롭지 않다는 표정으로 다시 천천히 앞으로 나아갔다.

"지금 날 무시한 거죠? 뭐, 좋아요." 비올레트가 말했다. "파벨, 빨리 가자!"

개가 르비스를 뒤에 남겨 둔 채 달리기 시작했다. 검은 말 가까이 다가갔는데도, 남작은 아랑곳하지 않고 오로지 밑의 구렁 쪽에만 눈을 고정했다.

비올레트는 파벨에게 말과 같은 속도로 걸으라고 말한 다음, 내려서 개와 함께 걸었다. 모르질의 털은 깨끗했다. **비눗방울 퐁퐁 강**에서 몸을 씻은 게 분명했다. 그러나 마른 가지와의 전투에서 생긴 상처는 여전히 남아 있었다.

구렁 밑에서 나는 요란한 쏴아쏴아 소리 외엔 아무 소리도 들리지 않았다. 긴 침묵이 계속되었다. 드디어 남작이 초연한 말투로 말했다.

"넌 시간만 낭비했다, 위르르방. 난 네게 할 말이 없어. 그리고 네 조언이나 설교 같은 것도 내겐 필요하지 않아. 이제 네 집으로 돌아가렴."

비올레트도 같은 말투로 대답했다.

"난 아무것도 묻지 않았어요. 잡담이나 하려고 여기 온 것도 아니고요."

"그렇다면 어서 돌아가. 여긴 위험해." 남자가 통솔자 몽둥이를 천천히 흔들며 말했다. "혹시라도 저 밑으로 떨어지면, 넌 그대로 끝나는 거야."

그 말에 파벨이 본능적으로 몇 걸음 뒤로 물러났다. 하지만 비올레트는 파벨을 다시 말 옆으로 가게 했다.

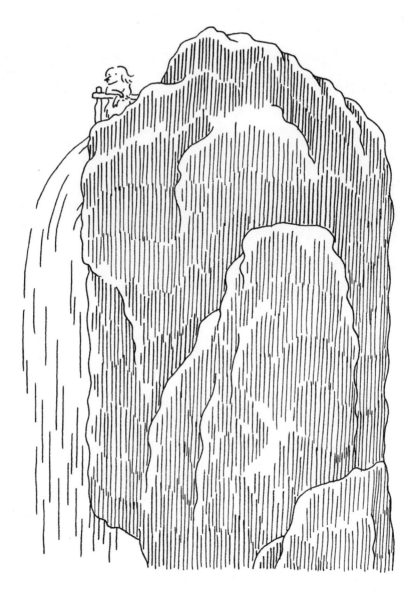

"난 정원을 잘 알아요. 또 지금 정원이 위험하다는 것도요."

남작이 갑자기 멈춰 섰다.

"우린 여기서 이만 헤어져야겠는걸." 그가 말했다.

"난 갈 생각 없어요." 비올레트가 대답했다. "내가 알고 싶은 건……."

그때 등 뒤에서 르비스의 외침이 터져 나왔다.

"비올레트! 왼쪽을 봐!"

수호자가 옆으로 고개를 돌렸다. 거대한 붉은 덩어리가 먼지구름을 일으키면서 그녀를 향해 돌진해 오고 있었다.

"흔들대는 바위야!"

파벨은 곧바로 피했고, 바위는 계속 모르질을 향해 나아갔다. 말이 위협적으로 다가오는 바위를 피하려고 자기도 모르게 펄쩍 뛰는 바람에, 남작이 몽둥이를 놓치고 말았다.

바위가 그들을 살짝 스쳐 지나쳤다……. 그러고 나서 속도가 줄었다.

비올레트가 파벨에게 말했다.

"최대한 **쏴쏴아 구렁**에서 떨어져. 공격해 오면 피할 공간이 필요해."

"공격? 누가요? 남작이요, 아님 바위가요?"

"어, 그러니까…… 둘 다."

흔들대는 바위는 절벽 가장자리에서 움직이지 않았다. 남작은 그 바위에서 눈을 떼지 않으면서, 자신의 소중한 무기를 잡으려고 말에서 살며시 내려왔다.

비올레트는 남작이 한쪽 다리를 저는 걸 보았다. 다리를 다친 걸까? 남작은 무기를 주워서 모르질 위에 올라탔다. 그러자 흔들대는 바위가 다시 구르며 그들에게 돌진했다. 하지만 모두 어느 정도 예상하고 있었다. 말은 바위를 피해 달렸다. 계속 돌진하던 바윗덩어리는 점점 더 멀리 굴러갔다.

"저건 대체 뭐야?" 다가온 르비스가 물었다.

"흔들대는 바위." 비올레트가 대답했다. "저 바위가 아직도 날 뒤쫓고 있을 줄 몰랐어. 저 바위는 **버려진 오두막 들판**에서부터 저렇게 날 쫓아오고 있어. 나한테서 뭘 원하는지 모르겠지만."

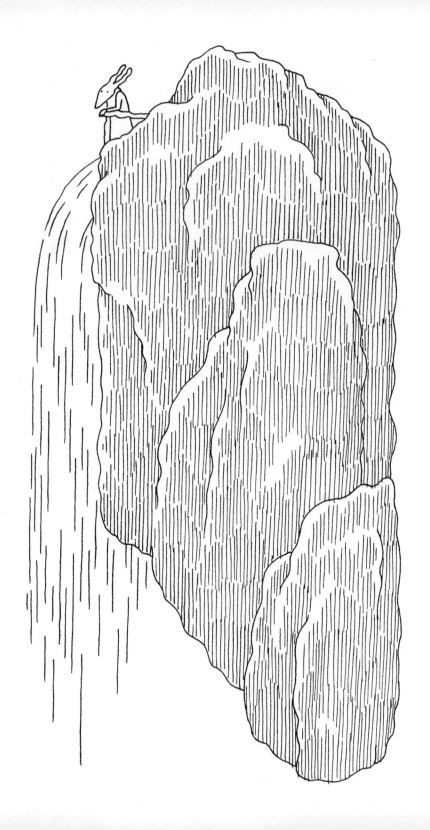

"바위가 뒤쫓는 건 남작 같은데!"

정말로 붉은 바위는 누가 봐도 그쪽을 향해 속도를 높이고 있었다.

남작이 말을 계속 앞으로 몰았다면, 안전하게 거리를 유지할 수 있었을 것이다. 하지만 그는 모르질을 폭포 쪽으로 가게 했다.

비올레트는 그의 계획을 금방 알아차렸다.

"교활한 인간! 그는 지금 바위를 절벽 쪽으로 유인하고 있어. 바위가 자기에게 덤벼들면 말의 방향을 갑자기 틀어서 바위를 절벽 아래로 떨어뜨리려는 거지. 위험한 방법이긴 하지만, 모르질은 해낼 수 있을 거야."

바위는 말을 쫓아서 구렁을 향해 달렸다. 비올레트는 자신도 모르게 소리를 질렀다.

"조심해, 바위야! 저건 함정이야!"

그 말에 바위가 멈춰 섰다! 바위는 먼지구름 속에서 옆으로 몸을 틀더니 절벽 바로 앞에서 멈췄다.

하지만 비올레트의 예상을 깨는 일이 일어났다. 모르질이 속도를 늦추지 않고 구렁을 향해 계속 달린 것이다. 몇 발자국만 가면 절벽이었는데도, 말은 오히려 속도를 더 냈다…….

비올레트는 숨을 멈췄다.

모르질은 말도 안 되는 일을 하고 말았다. 있는 힘을 다해서 밑으로 뛰어내린 것이다. 모르질은 자연의 법칙을 벗어나 허공을 나는 것처럼 보였다. 물론 **비밀의 정원**에서는 그런 자연의 법칙이 늘 적용되지 않지만…….

쏴아쏴아 구렁의 너비는 강폭보다 훨씬 넓었다. 그래서 모르질이 건너편으로 건너가는 건 불가능했다. 그러나 비올레트는 말이 건너편의 땅에 착지하는 걸 본 것 같았다. 모르질과 남작은 곧 안개구름에 휩싸여 사라졌다.

경계선을 넘어간 것이다.

16
그거의 비밀

    수호자는 절벽 가장자리를 따라서 걸으며, 주의 깊게 땅을 살폈다. 그 뒤에서는 호기심만큼이나 수줍음도 많은 동물처럼, 거대한 붉은 바위가 멀리서 그녀를 따라왔다. 르비스와 파벨은 그 위험한 돌덩어리와 꽤 거리를 둔 채, 궁금하면서도 불안한 심정으로 그 장면을 관찰하고 있었다.

    드디어 비올레트가 멈췄다.

    "여기야! 찾았어!"

    흔들대는 바위도 따라서 멈췄다.

    "좋아! 이제 네가 뭘 찾으려 했고, 뭘 발견했는지 말해 줄 수 있겠네!" 르비스가 거리를 두고서 외쳤다.

    "이리 와 봐." 비올레트가 손짓했다.

    토끼 소녀가 한숨을 쉬었다. 하지만 무서움보다 궁금한 마음이 더 컸다. 그리고 바위가 처음 봤을 때만큼 공격적이지 않다는 확신도 있었기에, 조심스레 그의 곁으로 갔고, 파벨도 그 뒤를 따랐다. 그러나 파벨은 거대한 돌덩어리를 향한 의심의 눈초리를 거두지 않았다.

    비올레트로부터 세 걸음 떨어진 곳, 거대한 구렁의 바로 가장자리에 어떤 물체가 땅속에 박혀 있었다. 파란색 손잡이가 달린 삽이었는데, 무성하게 자란 풀들 사이에 있어서 쉽게 눈에 띄지 않았다.

"와우, 엄청나게 흥미롭네!" 르비스가 빈정거리는 투로 말했다. "그러니까 네가 찾은 게…… 이 삽자루란 말이지?"

비올레트가 의기양양한 표정으로 미소를 지었다.

"중요한 건 이 물건이 아니야. 이게 **여기** 있다는 게 중요한 거지. 남작이 천천히 걷고 있을 때 너도 봤지? 땅에서 뭔가를 찾고 있었잖아. 그래서 나도 그 사람처럼 해 본 거야. 이 삽은 분명히 이곳을 표시하기 위해 꽂아 둔 거야. 그가 **솨아솨아 구렁**을 건널 때, 정확하게 이 지점에서 뛰었거든."

"네 말은 이 삽이 **그의 통로**를 표시한다는 거야?" 토끼 소녀가 물었다.

"응, 이 손잡이 좀 봐. 플라스틱이야. 플라스틱은 정원에 없는 거잖아."

"플라스틱이라……. 그거처럼 말이지." 르비스가 덧붙였다.

비올레트가 끄덕였다.

"맞아. 게다가 난 이 유물이 뭔지 알아냈어. 그건 진짜 열쇠는 아니야. 하지만 다른 세상으로 건너가게 해 주는 수단인 건 맞아."

그러면서 가방에서 그 작은 물체를 꺼냈다.

"우선 비눗물이 필요한데……."

그 말을 들은 르비스가 좀처럼 볼 수 없는 신난 눈빛으로 외쳤다.

"그래, 네 말이 맞아! 내가 이 물통에 가득 채워 올게!"

토끼 소녀가 강 쪽으로 뛰어갔다.

비올레트도 친구를 쫓아가려다가, 붉은 바위가 다시 자기를 향해 굴러오고 있는 걸 봤다. 그녀는 바위를 향해 다가갔다.

흔들대는 바위가 멈춰 섰다. 비올레트는 바위에 손을 갖다 대고 말했다.

"바위야, 부탁이니까 이젠 날 좀 가만 내버려 둘래?"

비올레트는 자기 손바닥 밑에서 바위가 점점 뜨거워지고 있는 걸 분명하게 느꼈다. 장담할 수 있었다. 심지어 *심장*이 뛰는 것까지 느꼈다. 약하긴 해도 규칙적인 박동이었다. 손을 타고 울리는 건 자신의 심장 소리일까, 아니면 바위의 깊은 곳에 있는 무언가의 소리일까?

수호자가 다시 바위에게 말을 걸었다.

"난…… 네가 바라는 게 뭔지 모르겠어."

여전히 쿵쿵대는 소리가 들렸다. 소녀는 다짜고짜 바위에 입을 맞췄다.

바위의 심장이 더 빨리 뛰자, 소녀는 당황해서 뒤로 물러났다.

"이젠 날 따라오지 마. 내가 가려는 곳은 위험하단 말이야!"

그리고 돌아서서 뒤도 돌아보지 않고 파벨이 있는 곳으로 달려갔다.

"자, 파벨, 물을 뜨러 가……."

"그럴 필요 없어!" 르비스가 멀리서 대답했다. 숨을 헉헉거리면서 강물을 길어 오는 길이었다. "내가 가져왔어. *그거*를 얼른 시험해 보고 싶어!"

르비스는 거품이 보글거리는 물통을 흔들어 보였다.

"좋아, 네가 먼저 해 봐." 비올레트가 친구에게 정원의 유물을 내밀었다.

르비스의 흥분은 절정에 달했다. 새로운 유물이라니! 그건 열쇠가 아니었다. 르비스는 저쪽 세상의 오래된 기억 속에서 그 쓰임새를 기억해 냈다. 소녀는 그거를 물통에 담았다가 꺼냈다. 끝에 달린 동그란 고리 사이에 생긴 비누막이 무지갯빛으로 반짝였다……. 르비스가 작은 고리에 입을 대고 조심스럽게 후 입김을 불자 비눗방울이 점점 커지기 시작했다.

"된다! 어렸을 때……."

토끼 소녀는 차마 마지막 말을 끝낼 수 없었다. 어린 시절을 떠올리는 건 너무나 힘든 일이었다. 비눗방울은 천천히 하늘로 떠올랐다.

옛날 생각에 먹먹해진 르비스는 하늘로 떠오른 비눗방울을 바라보았다.

미풍이 불어와 비눗방울을 **쏴아쏴아 구렁** 위로 밀어 냈다. 그러다 갑자기 방울이 팡 하고 사라졌다.

"터져 버렸어." 르비스가 말했다.

"아냐." 비올레트가 말했다. "저쪽 세상으로 건너간 거야. 그게 건너편 땅 위에 내려앉는 거 못 봤니?"

"내겐 건너편 땅이 안 보여. 그냥 안개만 보일 뿐이야."

비올레트는 금방 대답을 못 하다가, 결국 이렇게 물었다.

"안 끝나는 그림책에 뭐라고 써 있었다고? 다시 읽어 줄래?"

"끝나지 않는 그림책!" 수집가 소녀가 비올레트의 말을 정정했다. "잠깐 기다려 봐. 내가 읽어 볼게."

그 작은 물건에 관한 설명을 찾아내는 건 오래 걸리지 않았다.

이름: 그거

출처: 알 수 없음

용도: 정원 주민들이 통과할 수 없는 입구를 열어 줌

현재 소유자: 정원의 수호자 비올레트 위르르방

"바로 그거야!" 비올레트가 말했다. "비눗방울을 또 만들어 봐. 아주 크게."

르비스가 볼을 빵빵하게 한 다음, 천천히 숨을 불었다. 비눗방울이 점점 부풀어 기다래지면서 공중에서 천천히 흔들렸다.

"우아!" 파벨이 감탄했다.

비눗방울이 마침내 떨어져 나가더니 르비스보다 더 커졌다.

비올레트는 아주아주 조심스럽게 손을 가져갔다.

"그러다 터질 거야!" 르비스가 외쳤다.

수호자의 손짓은 아주 섬세하고도 정확했다.

그녀의 팔이 무지갯빛 벽을 뚫고 들어갔다. 그다음 더 천천히 한 발을 방울 속에 넣고, 나머지 발도 넣었다.

"조심해요!" 파벨이 왈왈거렸다. "주인님이 날아가요!"

정말로 비눗방울은 비올레트를 품은 채로 천천히 땅에서 위로 떠올랐고, 비올레트가 짧게 외쳤다.

"**소시지 호수**로 가. 나도 거기로 갈게!"

수호자는 곧 투명한 방울 속으로 완전히 빨려 들어갔다.

감옥에 갇힌 느낌은 아니었다. 그보다는 유유히 떠다니는 우주선을 탄 기분이었다. 비올레트는 무지갯빛 투명한 벽을 통해서, 친구들 모습이 놀이공원의 마술 거울에 비친 것처럼 일그러지며 멀어지는 것을 보았다.

놀라운 기분이었다. 하늘을 나는 느낌이라기보다, 발밑의 정원 세상 전체가 움직이지 않는 공 밑에서 천천히 이동하는 것 같았다.

비올레트는 깊은 구렁이 점차 다가오다가 마침내 자기 발밑을 지나가는 걸 보았다. 반대편에서 파벨과 르비스가 매우 흥분한 몸짓을 하고 있었다. 비눗방울 속 소녀는 침착하게 그들에게 인사했고, 두 친구는 점점 더 짙어지는 안개 속으로 사라졌다. 그리고 그녀 자신도 어둠 속으로 들어갔다.

비눗방울이 땅으로 천천히 내려가기 시작했다. 그곳은 시골의 오솔길이었고, 때는 11월의 쌀쌀한 한밤중이었다.

17
저택

　비눗방울이 터지면서 비올레트를 축축한 땅 위에 내려놓을 때 그 움직임이 어찌나 섬세했던지, 착륙하는 것도 느끼지 못했다.

　베일이 덮인 듯한 밤하늘에서 밝게 빛나는 달이 오솔길을 비춰 주었다. 비올레트는 원래 세상으로 돌아온 것에 별로 놀라지 않았다. 이미 예상했던 일이니까. 하지만 이처럼 낯선 곳에 도착할 것까지는 미처 생각하지 못했었다. 물론 여기선 트롤이나 괴식물을 만날 위험 같은 건 없었지만, 그녀는 이 세상도 이곳 나름으로 위험할 수 있다는 걸 잘 알고 있었다. 게다가 여기엔 송곳니로 무장한 개도, 검을 지닌 대담한 친구도 없는 데다가, 자신 역시 더는 날렵한 수호자가 아닌 연약하고 고독한 늙은이에 불과했다. 벌써 주변의 습기 때문에 관절들이 고통을 호소해 왔다. 달리고 뛰는 건 끝났고, 의지할 거라곤 정신력뿐이었다.

　"좋아, 가장 먼저 할 일은 돌아갈 때를 대비해서 표시가 될 만한 것들을 기억해 두는 거야."

　비올레트는 주변을 둘러보았다. 먼저 실개천이 눈에 들어왔다. 정원에서 넘어올 때 건넜던 구렁이었다. 또 멀지 않은 곳에 낡은 철탑이 보였다. 이미 수십 년 전에 전깃줄이 사라진 탑이었다. 그리고 '사유지'라고 쓰인, 반쯤 지워진 표지판이 바로 옆에 세워져 있었다. 덕분에 통로를 다시 찾는 건 그리 어렵지 않을 듯했다.

"다음은…… 내가 이 구렁을 어떻게 뛰어넘어야 할지를 알아내야겠군. 뭐, 그건 그때 다시 생각하기로 하고, 이왕 여기 왔으니 남작을 계속 따라가 봐야겠지. 토비, 넌 어떻게 생각하니?"

하지만 핸드백 속, 두개골에 사는 작은 세입자는 말이 없었다. 아, 맞다. 비올레트는 마법이 사라진 세계로 돌아왔다는 걸 잠시 잊었다…….

노부인은 흙길을 따라갔다. 주변에 소리라곤 나무들 사이로 부는 바람 소리뿐이었고, 빛도 달빛 외엔 없었다. 하지만 이 세상의 달빛은 전혀 위험하기는커녕 오히려 자비로워 보였다.

아! 그게 전부는 아니었다. 줄지어 서 있는 플라타너스 뒤, 수백 미터 정도 떨어진 곳에 가스등 하나가 있었다. 비올레트는 그쪽으로 갔다. 벌써 다리가 아프기 시작했다. 한 걸음 한 걸음 내딛는 일이 전부 도전이었다. 이 평범한 시골길을 걷는 데도 시간이 꽤 걸렸다. 정원에서는 전혀 신경 쓸 필요 없었는데, 여기선 시간이 가장 귀했다.

비올레트는 불안했다. 만일 남작이 이곳에 도착해서 말을 타고 이미 수 킬로미터를 갔다면? 만일 길에서 경비견이랑 마주치기라도 한다면? 만일 자신을 도둑으로 여기는 의심 많은 주민을 만난다면? 비올레트는 심호흡을 크게 하고, 예전에 극복했던 것보다 더 심한 위험을 만날 수도 있다고 마음을 다지며 계속 걸었다.

길은 철조망으로 둘러싸인 목장을 향하고 있었다. 한쪽에서 말 울음소리가 들렸다. 비올레트는 얼어붙었다. 이런 어둠 속에서 특히 노부인의 침침

한 눈으로는 뭐가 뭔지 구분하기가 너무 어려웠다. 하지만 고맙게도 잠시 뒤 달이 잠깐 모습을 드러냈다. 틀림없었다. 목장에 커다란 검은 말 한 마리가 있었다.

"모르질이다! 아, 제대로 온 거야."

자세히 보니 말은 자고 있었다. 그렇다면 아까 그 소리는 다른 말이 낸 소리일 것이다. 그때 훨씬 작은 말 한 마리가 그녀에게 다가왔다.

"망아지야! 예쁜 망아지로구나. 이름이 뭐니?" 비올레트가 철조망 너머로 망아지의 콧등을 쓰다듬으면서 물었다.

비올레트는 이 다정한 만남에 마음이 조금 풀려서 다시 길을 나섰다. 흙길은 커다란 대문으로 이어졌다. 두 개의 문짝이 달린 철문이었다. 문 뒤로 넓은 사유지가 보였다. 저만치에 4, 5층 정도의 호화로운 저택이 작은 성처럼 서 있었다.

1층에서 빛이 새어 나왔다. 비올레트는 철문에 손을 얹고 안을 살폈다. 창문으로 실루엣이 휙 지나갔다. 거동이 불편해 보이는 어떤 남자였다. 비올레트는 그가 겨드랑이에 끼고 있는 게 뭔지 이해하는 데 꽤 시간이 걸렸다.

"아, 목발이야! 목발을 짚고 걷는 거로군."

순간 몽둥이를 찾으러 갈 때 다리를 절며 걷던 남작의 모습이 떠올랐다.

"남작이 틀림없어! 그도 여기선 활기차고 팔팔한 사람이 아닌 거야."

적을 확인했으니, 이제 그 유명한 수호 소녀와 무시무시한 남작이 대결할 시간이 온 것이다. 힘 빠진 다리로 서 있는 처량한 그녀와 목발에 의지하고 걷는 그……. 현실은 **비밀의 정원**이라는 세상보다 훨씬 잔인했다.

비올레트는 철문을 밀어 봤다. 몹시 거슬리는 끼이익 소리에 이어 철커덩 소리가 났다. 문이 쇠사슬로 묶여 있었다. 비올레트가 곧장 문을 잡았지만, 음파가 사방 수 킬로미터까지 울려 퍼지는 것처럼 느껴졌다.

목장의 말들이 히이잉거리기 시작했다.

2층 방 조명이 켜졌다. 그 조명이 집 앞에 펼쳐진 정원을 비춰 준 덕분에, 비올레트는 정원을 관찰할 수 있었다. 그야말로 작은 공원이라고 할 만한 정원이었다. 석상들로 장식된 직사각형의 넓은 분수가 보였다. 정원은 2층 발코니부터 분수대 주위를 둘러싸고 있는 오솔길에 이르기까지, 모든 게 대칭을 이룬 모습이었다.

하지만 그런 것들에 감탄하다 시간을 낭비할 수는 없었다. 현관문이 막 열리며 목발을 짚은 남자가 손전등을 들고 한 걸음 나왔다.

"거기 누구요?"

바로 그였다. 남작. 비올레트는 그의 엄격한 얼굴, 피곤함이 묻어나긴 하지만 여전히 힘 있는 목소리를 금세 알아봤다.

손전등 불빛이 정원을 쭉 훑었다. 비올레트는 눈에 띄지 않게 문에서 떨어졌다. 동시에 창문 열리는 소리와 어둠 속에서 울려 퍼지는 어린 소녀의 목소리가 들렸다.

"아빠, 아무것도 없어요. 대문은 항상 잠겨 있잖아요."

"그렇구나. 줄리에트, 다시 가서 자렴. 나도 곧 올라가마."

남작이 집 안으로 들어가자 비올레트는 안도의 숨을 쉬었다. 그리고 얼른 창문 쪽으로 눈길을 던졌다. 2층에 있는 어린 소녀의 얼굴이 보였다.

줄리에트. 잠깐이지만 둘의 시선이 마주친 것 같았다. 하지만 아이는 말 없이 창문을 다시 닫았다. 위기는 넘긴 셈이다.

자, 이제 어쩌지? 이 한심한 다리로 철문을 기어올라야 할까? 대문에다 쇠사슬을 채워 두는 신중한 인간들의 세계로 돌아와 있는 지금, 이런 추적이 갑자기 우스꽝스럽고 무의미하게 보였다.

하지만 비올레트는 우울한 생각들을 쫓아 버리기 위해 고개를 흔들었다.

여기까지 오느라 온갖 수고를 겪었는데, 고작 이런 철문 때문에 풀이 죽을 순 없었다! 그리고 그녀는 뭔가를 알아보려고 온 거지, 뭔가를 해 보려고 온 게 아니었다.

노부인은 철문을 샅샅이 살피다 눈높이에 붙어 있는 우편함을 발견했다. 투입구가 있는 옛날식 우편함에는 이름이 새겨진 문패가 붙어 있었다. 뭐라고 쓰여 있는지 보려면 불빛이 필요했다.

비올레트는 고고학 실습을 하던 때, 조각된 글씨를 베끼기 위해 사용하던 오래된 방법이 떠올랐다.

얼른 가방에서 필기구를 찾았다. 칼드롱의 목록이 손에 닿았다. 그것은 초등학생의 공책을 북 찢어 놓은 종이처럼 변해 있었다. 비올레트는 종이를 펴서 문패 위에 대고, 그 위를 연필심으로 살살 문질러 문에 새겨진 글씨를 베꼈다.

"좋아, 이게 도움이 되었으면 좋겠군. 이제 정원으로 돌아가야겠지. 토비, 앞으로 어떻게 될지 보자꾸나, 알았지?"

생쥐는 대답하지 않았다. 하지만 비올레트는 두개골 안에서 갉작거리는 작은 소리를 들은 것 같았다.

'마법은 절대로 멀리 있지 않아.' 개천 쪽으로 가면서 그녀는 생각했다.

18
파괴의 여신이 남긴 것

늙은 비올레트는 **솨아솨아 구렁**의 가장자리에서 두 발을 모으고 뛰었다.

사실 남작의 집을 둘러싼 실개천을 뛰어넘기 위해서는 마음을 단단히 다잡아야 했다. 하지만 결국 성공했다. 노부인의 다리로 낯선 곳을 향해 뛰는 게 쉽진 않았지만, **비밀의 정원**에 착지한 그녀는 어린아이의 유연한 다리로 돌아왔다.

비올레트의 부탁대로 르비스와 파벨은 거기에 없었다. 흔들대는 바위가 있는지 사방을 훑어보았지만, 성가셨던 바윗덩어리 역시 그곳을 떠난 뒤였다.

그녀는 1초도 망설이지 않고, **소시지 호수** 쪽으로 길을 떠났다.

하지만 이쪽 길로는 한 번도 가 본 적이 없었기에 어디로 가야 할지 막막했다.

'지도가 있다면 훨씬 쉬울 텐데.' 그녀는 마른 가지의 거미줄을 떠올렸다. 왔던 길을 반대로 되돌아가는 것 말고는 다른 선택이 없었다.

먼저 **가물가물 따분한 숲**까지 강물을 따라간 다음, **버려진 오두막 들판**을 지나서 **풍요 숲**에 도착했다. 거기서부터는 호수로 가는 길을 알고 있었다. 파괴의 여신이 사라진 지금, 그 길을 지나가는 건 아주 쉬운 일이었다.

이전에 가시넝쿨이 사방으로 뻗어 있던 자리를 꽃과 녹색 줄기 들이 가득 채우고 있었다. 식물의 분노가 벌레들의 노래 덕분에 다양한 빛깔과 향기의 향연으로 변해 있었다. 자랑스러운 승리였다!

수호자는 처음 식물들과 싸웠던 바로 그 장소에 이르렀다.

"**토템 공원**이다!" 그녀가 탄성을 질렀다.

정원에서의 여행은 언제나 놀라움이 가득했다.

하지만 이번엔 놀라움이 곧 긴장감으로 바뀌었다.

이곳에 그녀 혼자만 있는 게 아니었다. 공원은 주민들로 북적거렸다…….

남작과 같은 색 옷을 입은 주민들은 **뾰족 담 성채**에서 한참 떨어진 여기서 도 바쁘게 일하고 있었다. 그들이 하는 일을 알아차렸을 때, 비올레트는 목 에 큰 덩어리가 걸린 것만 같았다.

"세상에, 토템들을 제거하고 있잖아!"

비올레트는 옵시디언이 끌던 수레에 실려 있던 것들과 이삭 줍는 자들이 실어다 성 창고 안에 쌓아 둔 것들이 떠올랐다. 타원형의 기다란 것들…….

"수수께끼 같던 그들의 일이 바로 이거였어? 정원 주민들은 신성한 토템의 수호자들이었는데, 대체 남작이 뭐라고 설득했기에 이들이 토템을 옮기게 된 거지?"

비올레트는 화가 났다. 이건 분명히 그 누구도 토템에 손을 대서는 안 된다는 정원의 중요한 규칙을 위반하는 일이었다.

소녀는 몸을 숨긴 채 공원을 빙 돌아봤다. 그리고 수많은 토템들이 이미 없어진 걸 확인했다. 정원 주민들은 여기 온 것이 이번이 처음이 아닌 게 분명했다. 한 팀이 되어 일하는 세 명의 일꾼들이 눈에 들어왔다. 그들은 뼈를 장식으로 박아 넣은 키 큰 통나무 토템을 뽑고 있었다. 그들에겐 크고 무거운 나무를 다루는 일이 힘겨워 보였다.

"정말 몸도 사리지 않고 열심히 일하는군!" 그녀가 중얼거렸다. "참 운도 좋아. 파괴의 여신이 더 이상 토템을 막고 있지 않으니까……. 어? 아냐, 설마! 그럴 리가……."

비올레트는 그 순간 아주 불쾌한 진실을 깨닫고 말았다.

"파괴의 여신, 그가 정원의 마지막 방어자였어! 토템들을 보호해 주는 유일한 존재! 내가 여신을 꽃으로 만들어 버리는 바람에, 모든 걸 망쳐 버렸구나. 남작의 부하들이 이제 아무 방해도 받지 않고 토템들을 약탈해 갈 수 있게 되었잖아. 나 때문에!"

비올레트는 정신없이 숲을 가로질러 달렸다. 나뭇가지가 얼굴을 할퀴었지만 그런 건 아무래도 상관없었다. 사라지고 싶었다, 땅속으로 스며들고 싶고, 과거로 돌아가서 모든 걸 다시 시작하고 싶었다! 하지만 새로 고침은 없었다. 두 번째 기회도 없었다. 누구도 아닌 바로 자신이, 수호자인 자신이 이 참담한 결과를 가져온 것이다. 이게 옳은 일이라고, 적을 이겼다고 믿으면서, 제 손으로 토템들을 남작의 탐욕스러운 욕망 앞에 갖다 바친 것이다.

19
진실

비올레트는 **토템 공원**과 **소시지 호수** 사이를 달리는 동안 한마디도 하지 않았다. 그저 계속 똑같은 생각, 말하자면 똑같은 후회로 가득 차 있었다. 파괴의 여신이 하려던 일을 눈치챘어야 했다! 남작이 온 지 얼마 되지 않아서 파괴의 여신이 나타난 것도, 넝쿨들이 다른 것보다 토템들을 더 꽁꽁 싸고 있었던 것도 결코 우연이 아니었다.

정원의 보물들을 지키던 힘센 식물이 자취를 감춘 지금, 그 이방인 남자는 이제 자신을 위해 보물들을 사용할 일만 남은 셈이었다. 이렇게 된 이상, 그가 토템들을 갖고 뭘 하려는 건지 알아내야만 했다…….

수호자의 표정이 어두웠지만, 다른 이들은 사정을 알 리 없었다. 비올레트가 호수에 가까이 왔을 때, 정원 주민들이 사는 **물 위 둥둥 마을**로부터 즐거운 음악 소리와 환호성이 들렸다.

호수 한가운데 그 작은 마을의 오두막과 다리 위에서 축제가 한창이었다. 정원 주민들은 배의 돛대와 밧줄에다 온갖 색깔의 리본을 달아 놓고, 춤을 추고, 웃고, 떠들고, 맛있는 것을 먹으면서 마음껏 즐기고 있었다.

르비스는 축제에 끼지 않았다. 대신 호숫가에 앉아서 비올레트를 기다렸다. 물속에 조약돌이나 던지면서……. 그 옆에 누워 있던 파벨이 꼬리를 흔들며 벌떡 일어나 주인에게 달려왔다.

"아, 왔구나!" 수집가가 반겼다. "어떻게 됐어? 구렁 건너편에서 뭘 봤어?"

"주인님, 혹시 오이피클을 가져오셨어요?" 파벨이 덧붙였다.

비올레트의 얼굴에 미소가 피어올랐다. 따뜻하고 포근한 친구들을 만나자 조금 기운이 나는 것 같았다.

그녀는 저쪽 세상에 가서 봤던 것들을 요약해서 들려줬다. 커다란 저택, 쇠사슬을 채운 대문 그리고 이쪽 세상과는 사뭇 달랐던 남작의 모습 등등.

"그럼 그를 공격해 볼 생각은 아예 안 한 거야?" 르비스가 물었다. "아무행동도 하지 않고 구경만 한다며 나를 비난할 땐 언제고!"

"난 그저 그가 사는 곳이 어딘지만 알아 두고 싶었어. 준비를 좀 더 철저히 한 다음에 찾아갈 수 있도록 위치를 확인한 거야!"

물 위 둥둥 마을의 주민들이 수호자가 온 걸 알아차렸고, 곧이어 조각배 한대가 둑으로 다가왔다. 블루베리가 힘 있게 노를 저으면서 그녀를 불렀다.

"비올레트! 이번에도 넌 정원의 영웅이 되었어! 파벨이 다 말해 줬어, 네가 파괴의 여신을 무찔렀다고! 그래서 우린 지금 축하 파티를 즐기는 중이야! 어서 와, 모두 널 기다리고 있어!"

블루베리 곁에 꼬마 솔방울이 함께 있었다. 솔방울이 배 밖으로 폴짝 뛰어내리더니 조금이라도 빨리 비올레트를 만나려고 물속을 달려왔다.

"비올레트, 정말 당신은 아빠가 이야기해 준 것처럼 멋져요! 당신이 정원을 살렸어요!"

꼬마가 비올레트의 다리에 매달렸다. 그리고 주머니에서 소시지 하나를 꺼내 쑥 내밀었다.

"그래서 내가 맛있는 걸 갖고 왔어요!"

비올레트가 웃음을 터뜨렸다. 그녀는 그 선물을 파벨과 토비에게 나눠 주고 나서, 가방을 열어 물건 하나를 꼬마에게 건넸다.

"자, 받아, 솔방울아. **너른 잔디밭**에 있는 네 집에서 가져왔어. 네가 이걸 보면 아주 좋아할 것 같아서 말이야. 이거, 네 인형이지?"

"와! 내 토순이!" 꼬마가 하얀 토끼 인형을 보고 기뻐서 방방 뛰었다. "이리로 이사 와서 짐을 풀었는데, 토순이가 없는 거예요. 그때 얼마나 찾았는지 몰라요. 정말 고마워요, 비올레트!"

비올레트와 솔방울이 이야기를 나누는 동안, 블루베리가 강가로 올라왔다. 그가 비올레트에게 타라고 권했지만, 비올레트는 난처한 표정으로 고개를 저었다.

"블루베리, 솔방울……. 나도 너희와 함께 파티를 즐기고 싶어. 그런데 난 아주 심각한 걸 봤어. 그래서 다시 떠나야 해. 안 그러면 파괴의 여신을 무찌른 일이 재앙으로 변할지도 몰라. 난 너와 파벨과 르비스에게 그걸 알려 주려고 왔어. 약속해 줘, 내가 돌아올 때까지 반드시 비밀을 지키겠다고. 그리고 아주 신중하게 처신해야 해."

세 친구는 그 말을 듣더니 매우 긴장하는 듯했다. 그녀는 그들에게 **토템 공원**에서 본 장면과 자기가 내린 결론도 털어놓았다.

"이 약탈을 주도한 건 남작이야. 난 그가 어떻게 정원 주민들에게 그 일을 하도록 설득했는지 모르겠어. 어쨌거나 그들은 지금 모든 토템을 분해해서 옮기는 중이야."

르비스가 얼굴을 찌푸렸다.

"토템을 훔치다니! 그게 바로 실종 사건의 원인이야."

"뭐? 어떻게?" 비올레트가 물었다.

"각 토템은 정원의 구성원들과 연결되어 있어. 만일 토템을 제거하면, 그 토템과 연결된 사람이나 동물, 건물도 사라지게 되는 거야."

블루베리가 이해하지 못하겠다는 듯이 어깨를 으쓱했다.

"그런데 그는 왜 그런 짓을 하는 걸까? 모든 걸 파괴하고 싶은 건가? 그렇게 해서 얻는 이득이 뭔데? 아무튼 넌 이 사실을 모두에게 알려야 해, 비올레트. 함께 성으로 가자. 토템을 구하러! 필요하다면 맞서 싸워야지!"

비올레트가 두려워했던 게 바로 이런 반응이었다. 수호자는 목소리를 차분하게 유지하려고 애쓰면서 친구에게 말했다.

"블루베리, 네 심정은 나도 이해해. 하지만 무력을 사용하면 우리 모두 죽게 될 거야. **뾰족 담 성채**는 어떤 공격도 막아 내도록 만들어졌으니까."

"맞아." 르비스가 한숨을 쉬었다. "서로 싸워서는 정원을 구할 수 없어."

비올레트는 자신감을 보여야만 했다. 그래서 결론을 내렸다.

"해결책은 한 가지뿐이야. 내가 남작과 직접 만나서 이야기해 볼게. 부하도 무기도 없이, 그 혼자 있는 곳에서. 남작이나 나나, 그저 평범한 사람에 불과한 저쪽 세계 말이야. 거기서 그를 만날 수 있을 거야."

"그럼…… 우린 여기서 뭘 하지?" 블루베리가 당황해서 물었다.

"힘들겠지만, 너희는 정원 주민들이 토템을 약탈해 가는 걸 막아 줘. 무력은 쓰지 말고. 너희가 그들의 작업을 늦춰 주면, 내가 해결해 볼게."

비올레트는 하마터면 '할 수 있다면.'이라는 말을 덧붙일 뻔했다. 하지만 입술을 꽉 깨물고 그 말을 삼켰다. 자신이 두려워하고 있다는 걸 드러낼 필요는 없었다. 그러면 이미 지는 게임이 되고 만다.

"나만 믿어!" 르비스가 말했다. "그들의 일을 훼방 놓는 건 자신 있어!"

"고마워."

그리고 비올레트는 파벨에게로 몸을 돌리고 물었다.

"나를 다시 우리 집으로 데려다줄 준비가 됐지?"

비올레트는 솔방울을 꽉 안아 주고, 그의 아빠와도 포옹한 다음 충직한 군마 위에 올라탔다. 그리고 둘은 그곳을 떠났다. 파벨이 물었다.

"주인님, 저쪽 세상에서 남작과 만나 잘 해결할 수 있겠어요? 저쪽 세상에서 주인님은 어린 소녀일 뿐인데요."

비올레트는 파벨이 호수를 따라 걷는 동안 잠시 생각했다. 자신의 진짜 모습에 관해 솔직하게 말하는 건 파벨에게 위안이 되지 않을 것이다. 늙은 여인은 소녀보다도 더 힘이 없으니까. 하지만 이런 생각들로 의기소침해지고 싶지 않았다. 그래서 이렇게 대답했다.

"중요한 건 나이가 아니야, 에너지지."

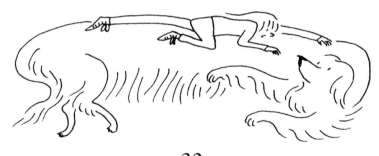

20
추억과 발견

방으로 돌아왔을 때, 이쪽 세계는 아직 밤이었다. 시계는 새벽 3시 26분을 가리켰다. 침대에 누웠으나, 잠이 오지 않았다. 몸의 피곤함보다 정원에 대한 불안이 더 컸다. 늙은 몸이 평화로운 잠을 허락하지 않은 지가 벌써 몇 년째이던가. 고통과 걱정은 불면증의 친구다…….

노부인은 힘겹게 일어나서 가스 등불을 켜고, 계획을 세우기 시작했다. 문제는 여기, 그러니까 **평범한** 이쪽 세상에서 시작됐다. 그러니 해결 방법도 바로 여기, 이쪽 세상에서 찾아야 했다.

문이 천천히 열리더니 르뮈엘이 머리를 살짝 내밀었다.

'저 애가 어렸을 때, 새벽도 되기 전에 날 깨우러 오곤 했었지.' 비올레트의 얼굴에 다정한 미소가 피어올랐다.

"어머니, 괜찮으세요?"

"물론. 가서 더 자렴. 내가 5분 뒤에 가서 네가 잠들었는지 살펴보마!"

르뮈엘이 한숨을 쉬었다.

"어머니, 더 주무셔야 하는 건 제가 아니라 어머니예요. 지금은 새벽 네

시라고요! 어머니가 뒤척이는 소리가 벌써 30분 전부터 들렸어요. 어디 불편하세요? 그리고 옷은 왜 입고 계세요?"

비올레트는 그제야 자신이 계속 방 안을 서성거렸다는 걸 깨달았다.

"오! 르뮈엘, 미안하구나. 네가 무슨 생각을 하고 있는지 안다……. 내가 치매라도 걸린 게 아닌지 걱정되는 거지?"

"아녜요." 아들이 얼버무렸다. "어쨌든 어머니는 좀 쉬셔야 해요."

"애야, 마침 네가 왔으니까 말인데, 물어볼 게 있단다."

"지금은 주무실 시간이에요. 침대에 눕도록 제가 도와드릴게요."

비올레트는 일어나서 얼굴을 찡그렸다. 아들이 날 어린아이 취급하는 건가? 이쪽 세상에서는 성인이니, 누구든 자기를 내버려 두길 원했다.

"아니! 난 혼자서도 알아서 할 수 있어! 다시 잘 테니까, 걱정하지 마라. 나도 내일을 위해서 힘을 좀 비축해야지. 아침에 이야기하자꾸나, 됐지?"

* * *

다음 날 아침, 비올레트는 아들에게 감히 말을 꺼내지 못했다. 아들이 자기를 믿지 않거나, 더 심하게는 미쳤다고 생각할까 봐 두려웠다. 르뮈엘이 자신의 건강, 그러니까 둔해진 뇌와 닳아 버린 육체를 염려한다는 걸 알고 있었다. 아! 정원에서처럼 여전히 건강하다면 모든 일이 더 쉬울 텐데.

그래서 비올레트는 자기 질문에 대한 답을 혼자서 찾아 보기로 마음먹었다: 그녀는 인터넷에 접속해서 지도를 찾아보고, 옛날 지리를 살펴봤다. 며느리 에다가 비올레트의 새로운 소일거리에 깜짝 놀라자, 노부인은 유년 시절의 이 동네가 어땠는지 궁금했다고 둘러댔다.

"당시에 아름다운 추억들이 너무 많았단다. 내가 키우던 개 파벨과 함께 집 주변의 길을 산책하러 다니면서 말이야……."

그러면서 연필심을 문질러서 글씨를 떠 낸 종이를 살펴봤다. 저택의 우편함 위에 새겨진 이름을 베낀 종이였다. 거기엔 이렇게 적혀 있었다.

말페르튀 말 목장 - 모랑가(家)

남작의 집 위치를 알아내는 데는 몇 시간이나 걸렸다. 목장은 수십 년 전에 문을 닫았지만, 말페르튀 거리와 건물은 21세기 중반에 찍은 위성 사진에 아직 남아 있었다. 목장에서 멀지 않은 곳에 오래된 발전소가 있었다. 그날 밤, 거기서 고압선을 받치는 철탑들을 봤던 게 설명되었다. 더욱이 그 주변 마을에 모랑이라는 성을 가진 사람들이 살고 있는 걸 확인했다.

그러나 그 저택이 아직도 존재하는지 알아내는 건 불가능했다. 최신 지도에 그런 것까진 나와 있지 않았다.

만일 아직도 그 건물이 있다면, 자동차로 20분 거리에 있었다.

비올레트는 결심했다. 내일 그곳에 가 보기로. 그리고 그 남자를 찾아보기로. 그녀는 택시를 예약한 다음, 방에 가서 쉬었다.

그날 저녁, 에다가 일을 하고 있을 때, 비올레트는 드디어 아들과 이야기해 보기로 용기를 냈다. 그녀는 소파에 앉아 있는 아들 옆으로 가 심호흡을 한 다음 이렇게 물었다.

"르뮈엘, 이제 좀 알고 싶구나. 넌 이 집에서 수년 동안 살았으니까. 혹시 너…… 들어가 봤니……? **비밀의 정원** 말이야."

"**비밀의 정원**이요?"

아들이 책을 내려놓고 안경을 벗었다. 그리고 어머니의 건강 상태가 급격히 나빠진 건 아닌가 하고 얼굴을 살폈다. 경직된 시선, 얼어붙은 미소 같은 것들을……

하지만 어머니는 그가 어렸을 때부터 익히 보아 온 완강한 얼굴을 하고 있었다. 장애물이나 다른 이들의 판단 같은 건 신경 쓰지 않고 항상 자신이 원하는 대로 삶을 이끌어 갈 줄 알았던, 불굴의 여인 그대로였다.

르뮈엘은 망설였다. 그 이상한 추억을 다시 떠올린 적은 거의 없었다. 그는 그게 꿈이었다고, 한때의 어려움에 대한 치유책으로 상상해 낸 환상이라고 생각하기로 했었다. 그러나 그 역시 심호흡을 하고서 진실을 고백했다.

"네…… 그랬던 것 같아요."

"그랬던 것 같다고? 확실한 건 아니고?"

르뮈엘은 일어서서 머리를 흔들었다.

"제 기억을 확신할 수 없어요. 이방 삼촌네서 여름 방학을 보내려고 이 집에 왔던 그해를 기억해요. 그때 삼촌은 여기서 다시 살려고 집을 수리하고 계셨죠. 그때 난 열넷인가, 열다섯 살이었을 거예요. 어느 날 오후에 이방 삼촌이 말씀하셨어요. '네게 뭔가 보여 줄게. 이건 비밀이란다. 난 아주 어렸을 때부터 알고 있었지만, 너에게 처음 말하는 거야. 네 엄마만 그걸 알고 있지……. 이 집엔 통로가 있어. 그런데 난 이제 그 통로로 들어가기엔 너무 나이가 들었구나. 그렇지만 넌 그 통로를 지날 수 있을 거야.' 그러면서 저더러 창문 아래로 뛰어내리라고 했어요. 그래서 그대로 했는데…… 뭐랄까, 낯선 곳이더군요. 우린 거기서 몇 시간 동안 산책했죠. 누가 우리를 지켜보고 있다는 기분이 들었지만, 아무도 보지 못했어요. 도로도 없고, 사람도 없었는데……. 굴속으로 쪼르르 들어가는 동물 한 마리를 봤는데, 다람쥐나 두더지 같았어요. 그리고 그냥 돌아왔죠."

비올레트는 몹시 놀라서 한마디도 하지 않고 잠자코 듣기만 했다. 하지만 한 가지 묻고 싶은 게 있었다.

"가만, 우리라고? 혼자 들어간 게 아니었니?"

"고양이를 데리고 갔어요. 메이요. 어머니도 기억하시죠? 그 녀석은 늘

저를 따라다녔잖아요. 거기서 메이는 보는 것마다 엄청 즐거워했어요. 그리고 그 녀석이…… 말을 걸었던 것 같은데……."

비올레트가 고개를 끄덕였다.

"네 생각이 맞아."

"그 뒤로 다시 가 볼 생각은 안 했어요. 그곳이 어머니와 관계가 있다는 걸 알고 있었거든요. 제가 거길 가면 왠지 어머니를 배신하고, 어머니의 추억에 함부로 끼어드는 것 같았어요. 그래서 다 잊기로 했고요."

"그 정원에 대해선 아무에게도 말하지 않았니?"

르뮈엘은 잠시 생각을 하다가 대답했다.

"이방 삼촌에게 한 번 얘기한 적이 있어요. 그 일이 있고 나서 몇 년 뒤였는데, 삼촌은 그곳에 대해 전혀 기억하지 못하는 척하시더군요. 그때 와인을 너무 마셔서 꿈을 꾼 거라며 웃어넘기셨죠. 아, 또 한 사람 있네요. 그러고 보니, 그리 오래되지 않았어요."

'바로 그거야.' 비올레트가 숨을 참았다.

"계속해 보렴."

"3년 전에 제가 여기 살러 왔을 때, 여기서 몰래 지내던 아이가 있었어요. 나쁜 애는 아니었죠. 처음엔 그 아이를 내쫓을 생각이었지만, 불쌍한 생각이 들더군요. 그래서 여기서 살면서 일을 도와 달라고 했어요. 방을 수리하면서, 그 애에게 창문 너머에 있는 정원 이야기를 들려주었고요. 제 생각에 대해선 한마디도 하지 않았지만……. 네, 그게 전부예요."

"혹시 그의 성이 모랑은 아니었니? 네가 말한 그 소년 말이야."

르뮈엘이 머리를 흔들었다.

"아뇨, 그런 성은 처음 들어요. 그때 그 애는 어렸어요. 근처 마을에서 온 것 같았고요. 집 안을 뒤지고 다녀서 결국엔 내쫓았지만요. 훔치는 버릇을 못 고친 거죠. 그런데 왜요? 모랑이라는 사람과 아는 사이세요?"

"그러니까…… 아니, 그냥 물어봤어. 내 생각이 틀렸나 보다."

"아, 생각났어요! 그 아이 이름은 아주 짧았어요, 뭐랄까, 약간 북유럽 스타일의 이름이었는데……. 스탕? 뵈른? 뭐 그런 이름이었어요."

"잠깐! 혹시 **스벤**이니?"

"아, 맞아요! 스벤. 그 애를 아세요?"

비올레트는 대답하지 않았다. 많은 생각이 머릿속에서 충돌했다. 마침내 남작과의 연결 고리를 찾았다고 생각했는데, 이 대화에서 불쑥 튀어나온 건 예기치 못한 인물이었다.

스벤……. 르비스의 이상한 그 친구는 정원 주민이 아니라, 이쪽 세상에서 온 인간이었던 것이다. 정원 주민들에 비해 키가 훌쩍 큰 것도, 태도가 정원 주민들과 사뭇 달랐던 것도 모두 설명되었다.

이 유령 지망생이 **비밀의 정원**에 닥친 대혼란과 어떤 연관이 있는 걸까?

4장

유령들

1
말페르튀

르뮈엘은 당황스러웠다. 성인의 진지한 삶을 살게 되고 나서는, '이상한 정원에서의 산책' 같은 건 어릴 적 상상이나 악몽과 함께 머리 한구석으로 밀어 넣은 지 오래였다. 그런데 그의 어머니 역시 그 세상을 알고 있으며, 그 정원이 아직도 여기, 아주 가까이에 있다고 주장하다니!

순간의 충격이 좀 가시고 나자, 르뮈엘은 어머니에게 지금 먹고 있는 약과 질병에 관해 말을 좀 해야겠다고 결심했다. 어머니는 확신하고 있지만, 70년이나 지난 오랜 기억을 어떻게 믿을 수 있단 말인가?

게다가 어머니가 이야기한 그 *계획*이란 것만 해도 그랬다. 내일 어머니는 집에서 40여 킬로미터나 떨어진 곳에 산다는 낯선 자를 방문할 거라고 했다. 그 집도 그 꿈 같은 세계에서 가 봤다는 것이다. 어머니의 건강 상태로 그런 모험을 한다는 건 말도 안 되는 소리였다. 반드시 말려야 했다.

마침 거실에 들어온 에다는 남편과 시어머니의 다툼을 눈치챘다. 특히 노부인은 화가 많이 나 보였다. 그녀는 이렇게 선언하고 거실을 떠났다.

"난 비올레트 위르르방이야, 내 앞길은 아무도 막지 못해!"

아들은 어머니를 붙잡으려고 했지만, 에다가 말렸다.

"어머니가 원하는 대로 하시게 내버려 둬. 엉뚱한 행동이긴 하지만 그렇게 심각한 건 아니잖아? 어머니가 저렇게 생기 넘치시는 건 정말 오랜만에 봐. 게다가 의사들도 어머니가 외출도 하고 산책도 하셔야 한댔어. 공원 대신 그곳에 가신다고 해서 안 될 게 뭐가 있어?"

안 될 게 뭐 있냐고? 르뮈엘은 그 질문에 반박할 수많은 말들이 떠올랐다. 만에 하나 그 낯선 남자가 어머니를 미친 사람 취급하면, 어머니는 어떻게 반응하실까? 또는, 이편이 더 가능성 있는 이야기인데, 그 남자가 어머니의 상상 속에나 존재하는 인물이라는 걸 어머니가 알게 된다면?

"그게 뭐?" 에다가 물었다. "본인의 실수를 인정하시든지 아니면 다른 걸 상상하시겠지. 그게 무슨 범죄라도 돼?"

"그건 아니지만…… . 어머니는 지금 의사를 만나 보셔야 할 거 같아. 어머니가 염려돼서 그래. 자꾸 이런 일이 계속되면 정신을 놓으실 거라고."

"어머니가 상상 속에서 즐거움을 느끼신다면, 그렇게 하시도록 둬. 혹시 문제가 생기면, 그건 그때 가서 생각하자. 정 걱정되면 당신이 함께 가 봐."

에다가 남편의 팔을 잡고 덧붙였다.

"어머니는 당신이 열다섯 살일 때부터 당신의 선택을 존중해 주셨다면서. 어머니 곁을 떠나서 당신이 원하는 삶을 살 수 있도록. 그런데 왜 당신은 어머니에게서 상상할 권리를 빼앗으려 해? 그리고 당신이 말했잖아, 어머니의 이야기 속에 진실도 일부 있다고. 어머니가 세상을 바라보는 시선은 정말 아름다워…… . 어쩌면 그 남자는 그 부분에서 어머니와 이야기할 뭔가가 있을 수도 있어, 안 그래? 적어도 어머니는 노력해 보시려는 거야."

그날 밤, 르뮈엘은 잠을 이루지 못했다.
그리고 다음 날 아침, 그는 주방에서 어머니를 기다렸다.

"혹시 생각이 바뀌시진 않으셨어요? 그랬으면 하는데……."

"아니, 난 지금 외출할 준비가 다 됐다. 8분 뒤에 차가 도착할 거야. 그리고 넌 내가 가는 걸 막지 못해!"

"전 어머니를 막으려는 게 아니에요. 저도 함께 갈게요."

"그건 안 돼! 네가 쓸데없는 질문을 해 대서 일을 그르칠 거야. 만일 남작, 그러니까 모랑 씨가 내가 너랑 함께 있는 걸 보면, 무슨 함정이 있다고 생각할 게다. 난 그와 단둘이 대화하고 싶구나."

르뮈엘이 잠시 생각했다.

"알겠어요……. 하지만 어머니가 걱정돼서 그래요. 저는 그냥 눈에 띄지 않게 밖에서 기다릴게요. 어머니는 원하시는 대로 그분과 말씀을 나누세요. 간섭하지 않을게요. 그저 따라가게만 해 주세요, 네?"

노부인은 동의했다. 그리고 이렇게 말했다.

"그래, 알았다. 그 집 앞까지만 함께 가 다오. 길이 미끄러울 수 있거든."

***

사실 말페르튀 말 목장으로 가는 흙길은 전날 밤보다 더 미끄럽진 않았다. 하지만 비올레트는 르뮈엘의 부축을 기꺼이 받아들였다.

"그건 꿈이나 환상이 아니야, 르뮈엘. 너도 그걸 알고 있겠지. 너도 거기에 가 봤으니까. 그곳은 우리가 사는 이곳만큼이나 현실이란다."

"네, 어머니. 상상 속에도 진실은 일부 있어요. 하지만……."

"아, 그만하렴! 짜증 나는구나. *그건 상상이 아니야.* 어젯밤에 너도 말했잖니, 그 정원에 들어갔었다고. 이방 삼촌처럼 말이야."

르뮈엘은 허공을 바라보면서 고개를 끄덕였다.

"사춘기일 때, 전 삼촌과 많은 이야기를 나눴어요. 아시다시피, 삼촌은 약간 이상한 데가 있으시잖아요. 하기야 그 시기엔 세상이 전부 이상했고, 모든 게 변화무쌍하긴 했죠! 하루가 다르게 계속 변했으니까……."

"세상은 항상 이상했어. 세상이 정상이라고 믿는 거, 그거야말로 미친 생각이지. 네 삼촌은 이상했던 게 아니야. 그 애는 아기 때 정원에 가 봤어. 그때는 그 애 인생에서도 끔찍한 시간이었지……. 난 그 애가 사고를 당하기 전에 정원에 대해 다시 말해 주지 않은 걸 후회한단다. 지금은 너무 늦었지, 애석하게도……."

노부인은 동생이 세상을 떠난 그날을 떠올렸다. 그리고 다시는 사랑하는 이들과 소중한 순간을 나눌 기회를 그냥 흘려보내지 않겠다고 다짐했다.

"오, 다 왔구나. 네 덕분에 수월하게 왔어. 원하면 너도 같이 있어도 돼. 하지만 내가 이야기하는 걸 막으면 안 돼, 알았지?"

"약속할게요."

비올레트는 밤에 얼핏 봤던 풍경을 알아보았다. 둘은 철조망이 둘러져 있는 목장을 따라 걸었다. 비올레트는 말들을 찾아보았지만, 안타깝게도 말의 흔적은 보이지 않았다.

"그가 이 집에 있다면 좋겠는데……."

철문 앞에서 그녀는 우편함부터 확인했다. 분명 이렇게 새겨져 있었다.

말페르튀 말 목장 - 모랑가

높은 철문 옆에 초인종 대신 종이 하나 달려 있었다. 비올레트가 초인종을 울렸다. 하지만 아무도 대답하지 않았다. 집은 비어 있는 것 같았다.

대낮의 햇빛 속에 서 있는 지금, 이곳은 어둠 속에서 봤던 것과는 아주 달라 보였다. 정원은 무성한 잡초로 뒤덮여 있었고, 분수대와 석상들은 깨져 있었다. 저택 역시 상태가 아주 나빴다. 심지어 저택의 오른쪽 면에는 지붕 일부가 오래전 불에 탄 흔적까지 보였다. 창문 대부분은 널빤지를 대고 못을 박아서 막아 놓았다.

"버려진 집인가 봐요." 르뮈엘이 말했다. "대기근 때 집주인이 급히 떠난 뒤로 계속 비어 있었나 본데요……."

"아냐……. 저 저택엔 그 남자와 그의 딸이 살고 있어, 확실해. 그 애 이름이 줄리에트라는 것도 알아. 보렴, 1층 왼쪽 창문과 그 위에 있는 방 창문은 상태가 좋잖아. 그들은 이 집의 한쪽 구석에서 살고 있는 거야."

비올레트가 다시 초인종을 눌렀다. 하지만 소용없었다.

르뮈엘이 뒤에서 한숨을 쉬었다. 실망의 한숨인지, 안도의 한숨인지 그 자신도 알 수 없었다.

"우편함에다 쪽지를 써서 넣어 두죠." 아들이 종이에 글자를 휘갈겨 쓰면서 말했다. "어머니가 집주인에게 하시고 싶은 말을 쓰세요. 여기 사람이 산다면, 쪽지를 보고 전화를 할 거예요."

"아니, 꼭 직접 만나야 해. 안 그러면 그는 내 말을 들으려 하지 않을 거야."

"어머니…… 이제 그만 집에 돌아가자고요, 어서요!"

모자의 언쟁은 뒤에서 들려오는 말발굽 소리로 중단되었다.

말을 탄 소녀가 흙길을 지나오고 있었다. 그녀를 태운 망아지가 조용히 그들을 향해 오더니, 갓길에 자라난 풀들을 사각거리며 밟고서 멈춰 섰다.

그 애는 아직 어린 작은 소녀였다. 하지만 자신감이 있어 보였고, 확신에 찬 어조로 비올레트에게 말을 걸었다.

"우리 아빠를 보러 오신 거죠?"

"그렇단다. 아빠가 집에 계시니?"

아이는 잠시 뜸을 들이더니, 망아지의 목을 쓰다듬다가 말을 이었다.

"전 할머니를 알아요. 이틀 전 밤에 오셨던 분이죠?"

"뭐라고?" 르뮈엘이 외쳤다. "어머니, 뭐 하러……!"

"쉿!" 비올레트가 아들을 진정시켰다. "그래, 맞아. 네 이름은 줄리에트지? 네 아빠가 널 그렇게 부르는 걸 들었단다. 그때 날 본 거니?"

"물론이죠. 할머니는 그때 몸을 숨길 수가 없었잖아요."

"맞아!" 노부인이 웃었다. "그래, 네 아빠에게 말해 주련? 내가 좀 들어가도 되는지. 네 아빠랑 할 이야기가 있어서 왔단다. 이 남자는 내 아들이야. 이 애는 밖에 있을 거야."

"무슨 소리예요?" 르뮈엘이 어머니의 말을 끊었다. "전……!"

소녀가 한숨을 쉬었다.

"안 돼요. 아빠는…… 일하러 가셨어요. 그리고 저는 아무에게도 문을 열어 주면 안 돼요."

"그럼 엄마는?" 르뮈엘이 물었다. "엄마도 안 계시니?"

소녀는 얼마간 또 말이 없었다. 그러다가 한참 뒤에 이렇게 말했다.

"길 끝까지 배웅해 드릴게요."

***

"네가 사는 집은 정말 멋지구나. 동화 속에 나오는 성 같아!" 비올레트가 망아지 옆에서 걸으면서 대화를 시도해 봤다.

"어쩌면요. 하지만 동화랑은 거리가 멀어요. 우리 집의 절반은 비어 있어요. 담비들이랑 거미들 외엔 아무도, 아무것도 없죠. 우린 집의 끝 방에서 살아요. 아빠가 2년 전에 수리한 곳이요."

"언제 오면 아빠를 뵐 수 있을까?"

한동안 말발굽 소리만 들렸다. 말을 탄 소녀는 한참 만에 이렇게 말했다.

"절대로 못 보실 거예요. 우린 곧 이사해요. 여긴 위험하거든요. 도둑들이 너무 많아서요. 게다가 전 낯선 사람과는 말도 섞으면 안 돼요."

"우린 도둑이 아니야." 비올레트가 강조했다.

"아빠는 도둑들이 사전 답사를 하려고 젊은 녀석들을 보낸다고 몇 번이나 말했어요. 그러니 젊은 사람들과는 절대로 얘기하지 말라고요. 하지만 할머니는 괜찮을 것 같아요. 아빠가 할머니들에 대해선 뭐라고 하지 않았거든요. 자, 다 왔어요."

그들이 가까이 가자, 자율 주행 택시가 움직이기 시작했다. 모자가 차로 다가가니 문의 잠금 장치가 저절로 풀리고 시동이 걸렸다.

르뮈엘이 소녀에게 쪽지를 내밀었다.

"어떤 할머니가 왔었다고 네 아빠에게 전해 주렴." 르뮈엘이 말했다. "그 번호로 전화 달라고."

"아뇨, 우리가 이야기한 걸 아빠가 알면 안 돼요. 원래는 빌과 산책도 하면 안 되는걸요. 하지만 우편함에 쪽지를 넣어 두시면……."

르뮈엘이 뭐라고 대답을 하려고 했지만, 비올레트가 아들의 손에서 쪽지를 빼앗으며 말했다.

"아니, 됐다. 우리 말을 들어 줘서 고맙구나, 줄리에트. 조심히 가렴."

소녀는 작별 인사도 없이 자기 집 쪽으로 돌아섰다. 그들은 자동차가 소리 없이 움직이는 동안 멀어져 가는 빌의 말발굽 소리를 들었다.

"다시 와야겠어." 비올레트가 중얼거렸다.

2
수호자의 분노

'난 수호자였다. 그리고 **비밀의 정원**으로 다시 돌아왔다. 그런데…… 무엇을 위해서일까?'

어머니에게 말한 것보다 마음이 더 복잡했던 르뮈엘은 정원에 다시 들어가 보기로 마음먹었다. 그리고 창문에서 뛰어내렸지만…… 그곳은 그냥 채소밭이었다! 창문이 그에게 정원의 문을 열어 주지 않은 것이다.

이유는 알 수 없었지만, 비올레트만이 저쪽 세상으로 들어갈 수 있었다. 그녀는 자신이 했던 말이 모두 사실이었다는 걸 아들에게 직접 보여 주고 싶었다. 그래서 지금껏 혼자 간직해 왔던 비밀을 아들과 함께 나눌 수 있길 바랐다. 아니, 어쩌면 자신의 역할을 아들에게 물려주고 싶었던 걸까? 새로운 수호자에게?

비올레트가 중얼거렸다.

"아냐, 그건 아냐!"

그보다는 자신이 어린 소녀로 변하는 걸 볼 르뮈엘의 반응이 몹시 궁금했던 것 같다. 하지만 비올레트는 시간이 없었다. **비밀의 정원**에서 꾸며지고 있는 알 수 없는 음모를 아들에게 설명하는 데 시간을 낭비할 순 없었다.

비올레트는 아들의 눈앞에서 창틀 너머로 뛰어내렸다. 어머니가 사라지는 걸 본 이후로 아들은 어머니를 믿게 되었다.

"역시 여긴 나 혼자만 들어오는 게 더 편해."

비올레트는 주변을 살피기 위해 **두 바위 언덕**을 오르면서 생각했다.

'하지만 진짜 혼자는 아니지.'

비올레트가 가방에서 고양이 두개골을 꺼내 그 안에 사는 녀석을 불렀다.

"토비! 거기 있니?"

"당연히 있지! 혹시 내가 어디로 가길 바란 거야?"

"그럴 리가! 네가 제대로 정원으로 들어왔는지 확인하고 싶었어. 토비, 인간이 이곳에 들어올 수 있는 조건이 있을까? 아이나 노인만 가능한 걸까?"

토비는 말이 없었다. 아무도 대답할 수 없는 질문을 굳이 할 필요 있나, 생쥐는 그렇게 생각했다. 하지만 비올레트는 계속 혼잣말을 했다.

"아냐, 그건 바보 같은 소리야. 남작은 어린애도 아니고, 늙은이도 아니잖아. 그런데도 그는 원하면 언제나 그만의 통로를 통해서 **비밀의 정원**을 오갈 수 있어. **솨아솨아 구렁**을 통해서 말이지……."

그렇게 계속 혼자 중얼거리던 소녀는 한순간 얼어붙었다.

두 바위 언덕 꼭대기에서 **뾰족 담 성채**의 제복을 입은 정원 주민들이 쌍둥이 바위들을 밧줄로 꽁꽁 묶고 있었다. 비올레트가 달려가면서 외쳤다.

"안 돼! 당장 멈춰요!"

수호자는 숨이 턱에 찬 상태로 간신히 꼭대기에 이르렀다. 일꾼들은 일을 잠시 멈추고, 적대적인 표정으로 그녀를 바라봤다. 한 정원 주민이 앞으로 나왔다. 비올레트는 낯익은 그 얼굴을 알아봤다.

"당근! 네가 이들의 책임자야?"

"맞아." 당근이 대답했다. "우린 이 두 바위를 파내서 수레에 실어야 해."

"그게 무슨 소리야! 너희가 무슨 짓을 하는 건지 알기나 해? 정원 주민들은 토템들을 소중히 돌봐야 하잖아!"

당근은 당황한 표정을 지었다. 곧 심호흡을 한 번 하고는 비올레트 앞에 버티고 서서 뭔가를 암송하기 시작했다.

"정원의 토템과 기념물은 우리 모두의 보물이다. 그것들을 자연 속에 방치하는 것은 제대로 돌보는 방법이 아니다. 우리의 태만 때문에 얼마나 많은 토템들과 기념물들이 손상되고, 영영 사라졌던가? 우리의 의무이자 우리의 자부심은 정원의 모든 토템을 한자리에 모아서 분류한 뒤에, 안전한 장소에 보존하는 것이다. **완벽한 정원**이여, 영원히 만만세!"

다른 정원 주민들이 마지막 말을 합창했다.

"**완벽한 정원**이여, 영원히 만만세!"

"**완벽한 정원**? 대체 누가 만든 말이야? 분명히 남작의 아이디어겠지!"

"맞아! 정말 멋진 아이디어지? 이제 무질서한 정원은 끝났어."

비올레트는 분노가 치밀었다. 문득 말페르튀 목장의 정원이 떠올랐다. 잡초와 깨진 석상들…… . 반쯤 폐허가 된 집에 사는 남자가 어떻게 이 **비밀의 정원**을 **완벽한** 장소로 만들겠다고 감히 주장한단 말인가?

"내 말 잘 들어! 그 두 바위는 여기 있는 자체로 이미 완벽해. 그 바위들을 여기서 옮겨 가려면 나부터 상대해야 할 거야! 그러니 얼른 이 밧줄을 풀고, 수레를 갖고 돌아가. 그리고 남작에게 가서 말해. 수호자가 너희를 협박했다고. 다시 이곳에 와서 두 바위를 가져가려고 하면, 아주…… 끔찍한 일이 생길 테니 그런 줄 알라고. 나 지금 농담하는 거 아니야!"

비올레트는 불현듯 영감이 떠올라서, 들고 있던 고양이 두개골을 흔들었다. 그러자 놀랍게도 토비가 큰 소리로 외쳤다.

"아주 끔찍한 일이 생기리라! 정원 주민들이여, 모두 두려움에 떨라! 수호자의 분노 앞에서 두려워할지어다!"

주민들의 얼굴이 순식간에 백골만큼이나 새하얗게 질렸다. 그들은 허둥지둥 밧줄을 풀고는, 수레들을 밀며 거의 구르다시피 비탈을 내려갔다.

그들이 저 멀리, 언덕 밑까지 도망치고서야 비올레트는 웃음을 터뜨렸다.

"아하하! '정원 주민들이여, 모두 두려움에 떨라! 수호자의 분노 앞에서 두려워할지어다!' 아니, 토비! 대체 어떻게 그런 말을 생각해 낸 거야?"

"예전에 나의 인간과 함께 만화책을 자주 읽었거든."

"너의 인간?"

"응, 벽장에 안전한 내 집을 만들어 준 사람. 너도 아는 사람이야. 유령을 쫓아다니는 아이. 걔는 날 모르는 척하지만, 실은 아주 잘 아는 사이야!"

"스벤? 네가 그 애를 안다고? 그러니까 그가 평범한 인간이라는 걸 알고 있었단 말이지? 토비, 이제 네 이야기를 듣고 싶어. 그 애의 이야기도."

3
회색 생쥐의 추억

"가장 먼저 떠오르는 기억은 썩고 곰팡이 핀 채소에서 나던 맛있는 냄새야. 난 퇴비 통 밑에 있는 따뜻한 굴속에서 부모님과 형제자매들, 사촌들과 함께 살았어. 그때는 음식이 하늘에서 떨어졌지!

하지만 늘 위험이 도사리고 있었어. 때때로 발밑에서 땅이 갑자기 훅 꺼지기도 했고, '장화 신은 것들'이 우리 집을 몽땅 부숴 버리거나, 우리가 다니는 터널도 파괴했지. 그러면 우리는 잽싸게 도망쳐야 했어.

고양이들도 있었어. 난 형제자매들, 친척들이 그 고양이의 발톱 아래서 죽어 가는 것을 수도 없이 봤어. 나도 그럴 뻔했고!

하지만 난 가까스로 목숨을 구했어. 날 움켜잡고 있던 고양이가 별안간 인간에게 잡혀갔거든. 고양이도 그렇게 사냥을 당할 수 있었던 거야! 수많은 인간이 굶주림에 시달리던 그땐 종종 있는 일이었지. 알고 보니, 어떤 작고 여윈 인간이 그 고양이를 잡아서 구워 먹었더라고. 그리고 날 입양했지.

젊은 인간이었는데…… 거의 어린애였어. 그 애가 내게 먹을 걸 주고 보호해 줬어. 그래서 우린 친구가 되었는데, 그가 바로 스벤이야.

인간은 거대해서 우리 생쥐들은 인간의 신발밖엔 못 봐. 그래서 우린 그들을 장화 신은 것들이라고 불렀어. 나처럼 인간의 전체 모습을 아는 생쥐는 아주 드물지. 난 인간에게 손이 있다는 걸 알게 되었어. 그 손으로 먹을 걸 주었지. 인간에겐 얼굴도 있더라. 그래서 서로를 관찰할 수 있었지. 생쥐들과 달리, 그들은 울음소리 외에 다른 방법으로도 자기 생각을 표현하더군.

스벤은 내가 위험을 피할 수 있도록 내 적인 고양이의 두개골로 안전한 피난처도 만들어 줬어. 거기서 난 아주 따뜻하고 안락하게 지냈어.

그런데 스벤은 자기 종족인 인간을 두려워했어. 그래서 자기가 사는 굴을 종종 바꾸더라고. 그때는 빈집들이 아주 많았잖아. 그래서 그 애는 그런 데 들어가서 필요한 것들을 찾아내곤 했어.

그러다 우연히, 그가 르뮈엘이라는 더 나이 많은 인간에게 입양되었는데, 스벤은 그 집에서 정원으로 가는 통로를 발견했어. 동물들도 말을 할 수 있는 이곳 말이야. 난 정원이 정말 좋았어. 여기선 내 정신이 훨씬 생생해지거든. 난 이곳에서 생각하는 걸 배운 덕분에, 생각할 줄 모르는 생쥐보다 오래 살게 되었지. 게다가 인간의 말도 깨치게 되었고. 인간들의 언어는 간단하지만, 이상한 것까지 다 표현하더라?

장화 신은 것들의 세상에서, 스벤은 계속 몰래 슬쩍하며 살았어. 그게 르뮈엘의 마음에 들지 않았던 모양이야. 어느 날 스벤과 르뮈엘이 크게 다투고, 스벤은 떠나야 했어. 다행히 우리가 숨을 곳은 아주 많았어. 떠돌이들을 괴롭히는 자들을 피하는 게 좀 귀찮긴 했지만. 그래도 우린 계속 정원을 방문할 수 있었어. 왜냐하면 스벤이 다른 통로를 발견했거든.

난 스벤이 자기 세상에서 도망친 날을 기억해. 충격과 두려움으로 울부짖던 그 애의 비명이 생각나……. 스벤은 날 항상 점퍼 주머니 속에 넣고 다녔는데, 그날은 주머니에서 끈적끈적한 피가 묻은 칼이 느껴졌지. 그날 스벤은 미친 듯이 달렸어. 우리를 쫓아오던 말발굽 소리도 기억나.

내가 퇴비 통에서 도망친 것처럼, 스벤은 그날 장화 신은 것들의 세상에서 도망쳤어. 그리고 가장 은밀한 장소로 숨었지. 바로 이 정원으로…….

그 애가 말하더군. 미안하지만 이제 자기는 날 지켜 줄 수 없다고. 그날 그 애가 한 일을 내가 모두 보았는데, 자기는 그 끔찍한 일을 완전히 잊고 싶댔어. 그러면서 날 놔주었지.

하지만 난 정원에 혼자 있는 게 무서워서, 그 애가 르뮈엘의 집에 남겨 뒀던 은신처로 돌아갔어. 이 고양이 두개골 말이야. 그때부터 먹이를 찾을 때 빼고는 쭉 여기 숨어 산 거야. 네가 날 찾아내기 전까지.

난 세상에 대한 두려움으로 가득 차 있었는데, 넌 날 믿어 줬어. 내게 맛있는 비스킷도 주고. 왜 모두가 널 수호자라고 부르는지 알 것 같아."

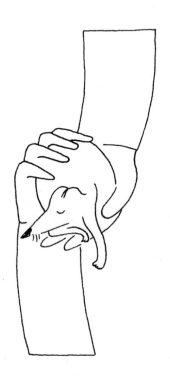

4
유령들의 춤

토비의 이야기가 끝났을 때 파벨이 왔다. 개는 아무 말 하지 않고, 비올레트의 무릎에 자기 머리를 얹었다. 그리고 하나씩 되짚어 보듯이 말했다.

"참 기이한 이야기네. 난 스벤이 정원 주민인 줄 알았는데……. 주민들처럼 옷을 입잖아. 키는 좀 더 크지만."

"난 잘 모르겠어." 토비가 말했다. "난 주민과 인간이 똑같아 보이거든."

비올레트가 개 등 위로 올라타면서 말했다.

"그 애에게 직접 물어보러 가자. 자, 출발! **가짜 폐허**로!"

"남작과 토템 일은 어쩌고요?" 파벨이 물었다.

"물론 해결해야지. 하지만 적의 정체를 밝히기 위해선 먼저 이 모든 이야기를 이해해야 할 것 같아."

가짜 폐허로 가는 동안, 비올레트는 파벨에게 남작을 만나는 데 실패한 것과 그의 딸을 만난 이야기를 들려주었다.

"그 애는 열두 살쯤 되어 보였고, 아주 착한 성품을 가진 것 같았어!"

"아! 주인님 나이랑 비슷하네요! 둘이 친구가 될 수도 있겠어요."

"친구라……. 그 애가 나랑 친구가 되고
싶어 할까? 우린 아주 다르거든. 어쨌든 그 애 아빠는 딸을 집에서 조금도
나가지 못하게 한대."

지금 비올레트에겐 다른 걱정거리들이 있었다.

"파벨, 네 토템 확인해 봤어? 난 네가 갑자기 펑! 하고 사라질까 봐 겁나."

"거자 부인과 상인들이 내 토템을 감시해 주기로 약속했어요. 그나저나
남작의 부하들은 숲에서 그리 멀리 가진 못한 것 같아요."

그러나 상인들은 파벨과의 약속을 지키지 못한 모양이었다. **가짜 폐허**에
도착했을 때, 비올레트와 파벨은 제복을 입은 세 명의 정원 주민과 우연히
마주쳤다. 상형 문자가 새겨진 비석들을 손수레에 옮겨 싣던 그들은 수호자
를 보자, 싣던 짐을 급히 버려두고 숲 쪽으로 도망쳤다.

"이걸로 대체 뭘 하려는 걸까요?" 파벨이 토템을 실은 묵직한 손수레에
코를 갖다 대고 킁킁 냄새를 맡았다.

"파벨, 그 수레를 끌 수 있겠어?" 비올레트가 물었다. "이 토템들은 **가짜
폐허**를 대표하는 것들이야. 다시 제자리에 갖다 놓자."

"네, 해 볼게요!"

파벨은 주인과 함께 손수레에 실린 토템들을 **가짜 폐허**에 옮겨 놓았다.

"이젠 어쩌지? 원래 위치를 모르겠어……. 아, 스벤은 알지도 몰라."

비올레트가 외쳤다.

"스벤!"

하지만 소년의 대답은 들려오지 않았다.

"그 애는 떠났어요." 파벨이 확신했다. "그의 냄새가 안 나요."

"이런, 일부러 그 애를 만나러 왔는데!"

그때 유령이 앞에 나타났다. 그리고 또 하나가, 이어서 또 하나가…….

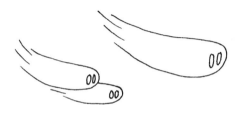

유령들의 무리가 공중을 돌아다녔다.
"뭘 원하는 거지? 유령들이 이렇게 가까이 온 적은 없었는데."

투명한 존재들은 비올레트 주위를 빙빙 날아다녔다. 소리
도 없이, 바람도 일으키지 않고. 그들의 움직임은 놀라웠다.
바람 없는 토네이도 속에 갇힌 느낌이었다.
　　유령들은 때로 방향을 바꾸기도 하면서 사방으로 날아다녔다.
그러나 수호자 곁을 떠나지는 않고, 주변을 맴돌았다. 그들 중 하나
가 얼굴 앞을 지나갈 때마다 비올레트는 반사적
으로 눈을 감았다.

비올레트가 짜증이 나서 소리쳤다.
"됐어, 이제 그만! 대체 왜 이러는 건데?"
하지만 유령들은 춤의 속도를 늦추지 않았다. 그들을 피해 아무리 달아
나려 해 봐도, 그 신비한 자들은 끈질기게 따라왔다.

주인을 따라 달리던 파벨이 마침내 물었다.

"어쩌면 주인님에게 뭔가를 보여 주려는 게 아닐까요?"

"정말 그렇다면 이런 식으로 해선 안 되지." 비올레트가 반박했다. "이들은 지금 날 안내하고 있는 게 아니야. 그냥 버릇없는 어린애처럼 나를 괴롭히며 재미있어하는 거잖아!"

그때, 비올레트는 얼굴을 스치는 유령을 피하려고 뒷걸음치다가 나무뿌리에 걸려 뒤로 넘어지고 말았다. 균형을 잡고 다시 일어서려는 순간, 유령 중 하나가 비올레트의 몸을 통과해 지나갔다.

그때 잠깐 아주 이상한 일이 일어났다. 눈 깜빡하는 사이에 주변의 세상이 싹 바뀐 것이다.

"어? 파벨, 너도 봤어?"

"뭘요?"

"방금 지나간 장면. 계단과 망루가 저기에, 그 앞에는 세 개의 석상이 있었어. 그리고 사람들로 가득했단 말이야!"

비올레트가 삐쩍 마른 가시덤불 몇 그루뿐인 황량한 곳을 손가락으로 가리키며 말했다.

"아무래도…… 시도해 봐야겠어."

비올레트는 유령들 사이로 들어갔다. 이 유령에서 저 유령으로 옮겨 가면서 보니, 유령들은 투명한 몸을 통해서 정원의 과거를 보여 주고 있었다.

"오, 믿을 수 없어!"

"뭘 봤는데요?" 파벨이 물었다.

"탁자 위에 흩어 놓은 퍼즐 조각들 같아……. 기다려 봐, 그들의 속도에 맞춰서 통과해 볼 테니까."

수호자는 눈을 크게 뜬 채 꼼짝하지 않고 서 있었고, 유령들이 그 주위를 규칙적인 리듬에 따라 빙빙 돌았다. 그리고 차례차례 그녀의 몸을 통과하여 지나갔다. 서로 다른 문양을 그린 유리판들이 포개지는 것처럼, 유령의 기억들이 하나씩 더해졌다. 장면은 점점 더 풍부해지고 선명해졌다.

비올레트는 그제야 한 번도 보지 못한 원래 모습의 **가짜 폐허**를 보았다. 우아한 건축물들이 조화롭게 서 있었고, 그곳을 정원 주민들이 오가고 있었다. 그 가운데서 비올레트는 방금 수레에 실어 온 토템들을 보았다.

"찾았다! 큰 토템은 덤불 앞에 있었고, 다른 하나는 풀이 나 있는 저 작은 언덕 위에 있었어!"

유령들은 그제야 임무를 마쳤다는 듯이 멀어져 갔다.

비올레트와 파벨은 1초도 낭비하지 않고, 일에 착수했다. 한참 만에야 토템들을 모두 원래 자리에 갖다 놓는 데 성공했다.

그런데 갑자기 파벨이 풀이 자란 언덕 밑을 향해 짖기 시작했다. 비올레트가 유령을 통해서 봤던 여러 건축물이 모두 그곳에 다시 나타났다. 이끼와 잡초에 뒤덮인 모습 그대로!

"아, 토템들이 어떤 용도인지 이제 알겠어. 그것들이 제자리로 돌아와서, 정원의 한 부분이 다시 생겨난 거야. 와, 파벨! 이건 정말 엄청난데!"

수호자는 다시 희망에 가득 차는 걸 느꼈다.

"이해되니? 이건 토템을 약탈당해서 피해를 본 지역들이 다시 회복할 수 있다는 뜻이야. 우린 **엄청 작은 망루**와 **거대 피라미드**를 다시 나타나게 할 수 있어! 그뿐 아니라 비르지니아와 사라졌던 다른 모든 것들도!"

"모든 토템을 다 되찾아 온다면 말이죠." 파벨이 대답했다.

그때 날카로운 목소리가 끼어들었다.

"*샛길 군단입니다. 비올레트 위르르방, 당신에게 개미 전보가 와서 전해 드립니다.*"

5
위급한 전보

전보를 가지고 온 개미는 예전에 비올레트를 도와줬던 개미 군단의 단장인 시빌랭이 아니었다. 그보다 약간 더 작은 까만 개미였다. 비올레트는 옛 친구를 다시 볼 수 없어서 약간 실망했지만, 샛길 군단이 마침내 업무를 다시 시작하게 된 것이 몹시 기뻤다. 소녀가 메시지를 듣기 전에 먼저 물었다.

"**개미 왕국**의 샛길 군단이 복귀했군요! 여왕님께서 돌아오셨나요?"

"네, 하지만 왕좌에 오르진 않았어요. 이제 우리 왕국은 **개미 자유 공화국**이 되었고, 우린 모두 평등해요. 난 자유 공화국의 자랑스러운 시민이죠."

"오, 브라보! 국민 개미들이 여왕개미를 벌하는 일만은 없었길 바라요!"

"그럴 리가요! 쉬멘은 우리를 버려두고 갔던 걸 사과했어요. 우린 여왕이 다시 통치해 주길 바라고 그녀를 기다린 게 아니에요. 우린 우리의 뜻을 수렴해서 일할 대표자들을 뽑았어요. 당신 친구인 시빌랭도 그중 하나고요."

"와, 멋지네요! 그럼 로드리고는요? 그는……."

"자, 이제 시작할게요." 개미가 말을 끊었다. "난 당신에게 전보를 전달해야 합니다. 우리가 전문 배달부로서의 명성을 되찾으려면, 저속한 뒤영벌들처럼 고객과 마냥 수다나 떨면서 시간을 보낼 순 없으니까요."

개미는 형식적인 어조로 전보를 또박또박 읽어 내려갔다.

개미 전보 L-152
발신인: 유물 수집가 르비스
수신인: 정원의 수호자 비올레트 위르르방

난 뾰족 담 성채에 있음. *매우 곤란한 상황임. 사방이 꽉 막혔음.* **최대한 빨리 와서 날 도와주기 바람.**

즐겁던 비올레트의 기분이 싹 사그라들었다.
"오, 대체 무슨 일이지? 내 수다를 멈춰 줘서 고마워요. 파벨, 얼른 가자! 성으로! 아, 참! 내 말도 좀 전해 줘요. 내 메시지를 여럿에게 보낼 수 있죠?"
"우리 시스템은 아직 완전히 복구되지 않았어요." 개미가 설명했다. "하지만 당신의 임무가 워낙 막중하니, 최선을 다해 전달해 볼게요."
"좋아요! 자, 그럼 이렇게 전해 주세요."

발신인: 정원의 수호자 비올레트 위르르방
수신인: 소시지 호수의 블루베리
추가 수신인: 늑대 무리의 대장 키티
추가 수신인: 유령 지망생 스벤

르비스가 위험에 처했음. *즉시* **뾰족 담 성채로** *와 주기 바람.*

"흠, 쉽지 않겠는데요." 개미가 말했다. "우린 호수에는 가까이 가기 어렵거든요. 물이 있어서요. 게다가 키티와 스벤은 항상 돌아다녀서……."

"최선을 다해 주세요." 비올레트가 부탁했다. "나도 찾아냈잖아요!"

소녀는 벌써 파벨의 등에 올라탔다.

"샛길 군단 만세! **개미 자유 공화국** 만세!" 개미가 작별 인사를 했다.

***

파벨은 성이 가까워지자 속도를 좀 늦추었다.

뾰족 담 성채의 문은 활짝 열려 있었고, 평소보다 훨씬 더 활기차 보였다. 토템을 가득 실은 수레들이 성에서 줄줄이 나왔고, 제복을 입은 정원 주민들이 그 수레를 끌고 있었다.

"뭘 하는 걸까요?" 개가 물었다.

"글쎄, 문이 열려 있네. 들어가자! 복잡하게 계획을 세울 때가 아니야. 르비스가 잘 버티고 있기만을 바랄 뿐이야!"

"우리가 르비스를 구할 수 있을까요? 지금 우리는 늑대 굴로 들어가는 거라고요!"

비올레트가 장난기 어린 미소를 지었다.

"늑대 굴이 아니라 호랑이 굴이 맞지만, 넌 늑대 굴이 더 마음에 드나 보다? 일단 들어가 보자."

개는 수레들 사이로 질주하면서, 중앙 뜰을 가로질렀다. 아무도 그들의 질주를 막으려 하지 않았기에, 비올레트는 오는 길에 주웠던 막대기를 사용할 필요도 없었다. 솔직히 말해 정원 주민들은 일을 하느라 너무 바빠서, 놀란 눈으로 비올레트와 개를 바라보는 것 말고는 다른 행동을 할 여유가 없는 듯했다.

뜰 한가운데에 이르자, 파벨은 어디로 가야 할지 몰랐다.

"어? 르비스의 흔적이 없어요. 남작의 흔적도. 이제 어떻게 하죠?"

비올레트는 손수레를 끌고 지나가는 정원 주민을 불러 세웠다.

"실례해요, 혹시 르비스가 어디 있는지 아세요?"

"르비스? 아, 복면을 쓴 소녀? 지금 칼드롱과 함께 본관에 있어요."

"르비스를 포로로 잡아 가둔 건가? 빨리 가자!"

파벨이 커다란 목조 건물을 향해 달렸다.

근위대 병사 하나가 문 앞에 서 있었다. 거대한 도끼를 든 험상궂은 맥이었다. 비올레트는 자신을 지하에 가두었던 그를 단박에 알아보았다. 수호자는 위엄 있는 자세로 그가 있는 곳까지 걸어갔다. 그런 병사 앞에서는 허세를 부리는 게 가장 좋은 방법이다.

"이봐, 맥! 난 정원의 수호자다! 나를 들여보내라. 명령이다!"

"오, 그렇지 않아도 자리를 좀 비우려던 참이었어! 지금 간식 먹으러 갈 시간이거든."

소녀는 문지기가 문을 열어 주고 급히 떠나는 모습을 어안이 벙벙한 표정으로 바라봤다.

그러다 곧 정신을 차리고 파벨과 함께 홀 안으로 들어갔다. 지난번에 홀을 장식하고 있던 조각상들과 아름다운 양모 카펫은 사라지고 없었다.

"아무래도 우리가 너무 늦게 왔나 봐." 비올레트가 말했다. "모두 떠났어. 성을 벌써 다 비운 것 같아. 여기엔 아무도 없을 거야……. 르비스가 무사하기만 하면 좋겠는데!"

하지만 지하실에서 들리는 소리에 안심이 되었다. 친구의 목소리였다.

"야비한 사기꾼 같으니라고! 난 방어할 힘도 없는데 그렇게 옆구리에서 공격해 들어오기야? 부끄러운 줄 알아야지. 이렇게 되면 내가 어느 쪽으로 움직이든 거의 자살하는 거나 마찬가지잖아!"

"그럴 용기도 없으면서!" 상대방이 조롱했다.

비올레트는 칼드롱의 코맹맹이 목소리를 알아들었다.

"어디 한번 두고 보라지!"

이런 말이 오가는 동안 비올레트와 파벨은 칼드롱의 서재로 내려가는 층계를 구르다시피 뛰어 내려갔다.

그리고 지팡이를 휘두르면서 서재 안으로 쳐들어갔다.

"르비스, 내가 왔어! 괜찮……!"

두 사람이 고개를 돌려 놀란 표정으로 비올레트를 바라봤다. 그들은 바닥에 앉아 있었고, 둘 사이에는 방 전체를 거의 다 차지할 만큼 거대한 양피지가 펼쳐져 있었다. 갖가지 모양의 흑색과 백색 말 수십 개가 놓인, 칸이 가득 그려진 양피지였다.

"아! 비올레트, 마침 잘 왔어." 르비스가 말했다. "내가 지금 2 대 1로 뒤진 상황이야. 칼드롱의 폰을 잡아서 상황을 역전시킬 작전이 필요해."

비올레트는 팔을 축 내려뜨리고 한동안 아무 말도 하지 못했다.

뒤에 있던 파벨의 헐떡거림이 헛웃음으로 변했다.

"이거였어? 절박한 상황이란 게? 겨우 체스 게임?"

"정확히는 '잔인한 체스'랍니다." 칼드롱이 바로잡았다. "제가 발명한 게임인데, 이 판 위에서 하는 거예요. 아주 특별한 체스판이죠. 칸들이 정원의 풍경처럼 계속 움직이는 판이니까요. 마침내 수준에 맞는 적수를 만나서 얼마나 행복한지! 비록 당신의 친구가 처음엔 실수를 좀 했지만."

하지만 비올레트는 웃을 기분이 아니었다. 그녀는 지팡이로 바닥을 세게 내리쳤고, 그 바람에 바닥이 진동했다. 몇 개의 목록들이 선반에서 투두둑 떨어졌고, 르비스의 체스 말 몇 개도 쓰러졌다.

"지금 이러고 있을 때예요? 정원 주민들이 모든 토템을 뽑아서 어딘지도 모르는 장소로 옮기고 있는 판에! 어떻게 애들처럼 이런 놀이나 하고 있어요?"

르비스가 고개를 끄덕였다.

"널 기다리는 동안 한 거야. 화만 내지 말고 내 말 들어 봐. 약간 불안한 메시지를 받아야 네가 더 빨리 올 거라고 생각해서 그랬던 것뿐이야! 그리고 사방이 꽉 막힌 건 사실이야. 이 남자가 자기 트롤로 한 번에 늑대 두 마리를 내게서 빼앗아 갔단 말이야!"

"됐고! 내가 꼭 와야 할 이유가 뭐였는지나 설명해 봐. 게임 상황 말고!"

칼드롱이 입을 열었다.

"당신도 이미 알게 되었으리라고 생각합니다. 남작이 부하들에게 토템들을 다 모으라고 명령했어요. 정원에 있는 모든 토템을요. 지금 주민들은 남작에게 갈 수송대를 꾸리는 중입니다."

"그의 계획에 대해 알고 있나요?" 비올레트가 물었다.

"전혀 모릅니다. 남작은 이제 제 도움이 필요 없는 것 같더군요. 심지어 절 신뢰하지도 않고요. 그 대신, 전 르비스에게서 정원 주민 셋을 얻었죠!"

이야기가 또다시 게임 설명으로 이어지려 해서 화를 내려던 순간, 비올레트는 체스판이 자신이 알고 있는 어떤 것과 닮았다는 걸 깨달았다.

"이 체스판, 마른 가지의 거미줄이잖아요!"

"맞아요. 남작은 이제 이 거미줄이 필요 없거든요! 하지만 우리에겐 더없이 유용하죠."

칼드롱은 그 이야기를 하기 전에 먼저 체스를 이기고 싶어 하는 눈치였다.

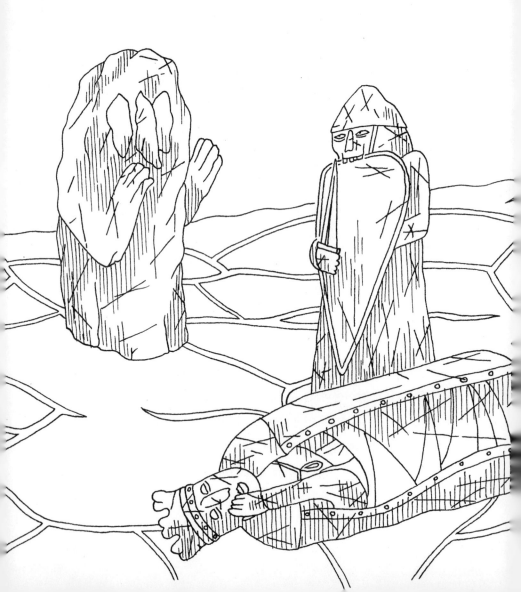

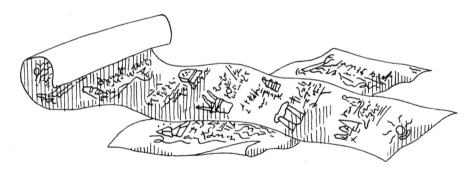

6
거미줄 지도

칼드롱은 비올레트가 거미의 마지막 생각 속에서 본 장면들을 확인시켜
주었다. 마른 가지의 거미줄은 정말 정원의 거대한 지도였다. 그 지도는 유
연하게 변하는 정원 세상을 따라 끊임없이 바뀌었다.

"남작은 이 지도를 어디에 사용하려던 거죠?" 수호자가 물었다.

"이젠 아무짝에도 쓸모없게 됐지만, 그는 이 거미줄을 오랫동안 연구했습
니다. 전 그를 위해서 정원의 건물 목록과 토템들에 관한 목록을 모두 꺼내
줬고요. 남작은 그것들을 지도 위에 빠짐없이 표시하고, 그 지점들을 서로
연결하는 길들도 확인했어요."

이런 대화가 지루했던 파벨은 세 사람이 지도를 놓고 이야기하게 놔두고,
뭔가 먹을 걸 찾아 방을 나섰다.

남작의 지성을 칭찬하는 칼드롱의 말에 짜증이 난 비올레트가 소리쳤다.

"세상에! 남작이 부하들에게 토템을 약탈하라고 명령한 게 모두 이걸 위
해서였다고요? 그는 자기 마음에 들지 않거나, 자기를 위협하는 건 뭐든지
다 사라지게 할 작정이군요? 그리고 당신은 그를 도왔고요!"

칼드롱이 심각한 표정을 지으며 대답했다.

"네, 사실입니다. 전 제 목록들을 그에게 제공해서…… 그를 도왔어요. 처음엔 그가 뭘 하려는 건지 전혀 눈치채지 못했어요. 단지 그가 정원에 대해 더 알고 싶어 하는 거라고 생각했죠."

작은 남자가 한숨을 쉬었다.

"가끔 전 제가 이 정원을 이해하려고 애쓰는 유일한 사람이라는 생각이 들었습니다! 주민들은 오로지 자신들의 소소한 일상만 생각해요. 열매를 따고, 토끼 사냥이나 낚시, 볼링…… 아니면 자질구레한 것들을 모으거나요. 전 여기 정원에서 질문을 제기하는 유일한 사람이에요. 아, 두더지들만 빼고요. 하지만 두더지들은 끈기 있게 연구하기보다는 교훈을 주는 타입이죠. 그리고 르비스, 당신은…… 정원의 유물에만 관심이 있고요."

토끼 소녀가 퉁명스럽게 대답했다.

"난 절대로 내가 발견한 것들을 남작을 위해 사용하지 않아! 당신은 남작이 원하는 걸 몽땅 다 내준 거야. 지식의 열쇠들을 말이야."

"맞습니다. 제가 연구한 것들을 그가 칭찬해 주니까 기분이 좋았던 거죠. 그리고 그는 절 도와줬어요. 종이 만드는 물레방아를 만들어 주었거든요! 종이를 만드는 건 어려운 일이잖아요. 또 남작은 정원 주민들에게 명령해서, 제게 모든 정보를 보고하라고 했습니다. 그래서 전 이전에 꿈꾸던 것보다 훨씬 더 많은 목록을 작성할 수 있었어요!"

그런 말을 하면서 칼드롱은 선반에 쌓여 있는 수많은 두루마리 뭉치들을 가리켰다. 비올레트가 퉁명스럽게 대답했다.

"그래서 당신은 그 불쌍한 사람들을 위한 노동의 목록들을 만들어 냈죠. 또 뭘 적었나요? 약탈할 장소들의 목록, 배신자들을 위한 처벌 목록?"

칼드롱이 눈길을 피했다. 그리고 작은 목소리로 대답했다.

"그들이 당신을 포로로 잡았을 때, 제가 큰 실수를 했다는 걸 깨달았죠. 그래서 당신을 돕기로 한 겁니다. 그리고 이번에도 당신을 도울 겁니다."

칼드롱은 바닥에 펼쳐 놓은 거미줄 지도 쪽으로 시선을 돌렸다. 체스 말들을 사용해서 여러 장소를 가리키며 두 소녀에게 말했다.

"여기 **뾰족 담 성채**가 있어요. 남작이 부하들에게 마지막 토템을 제거하라고 명령한 곳들은 이 숲속 중앙의 공터와 **제멋대로 강** 주변이에요."

칼드롱이 계속했다.

"중요한 건 남작이 그것들을 모아 놓는 장소겠죠. 솔직히 전 그의 계획이 뭔지 모르겠습니다. 그가 토템을 갖고 뭘 하려는 건지 한 번도 말한 적이 없거든요."

르비스가 끼어들었다.

"난 남작이 토템들을 모아 두는 데가 어딘지 알아. 여기 오기 전에 그를 봤거든. 그래서 그를 미행했는데, 남작이 말에 석상을 여러 개 싣고 있었어. 그런데도 말은 거뜬해 보이더라. 아무튼, 그는 **키다리 풀숲**으로 가다가 나와 눈이 마주치자 갑자기 아주 **빠르게** 앞질러 갔어. 거기서부터는 굳이 따라가지 않았지."

"**키다리 풀숲?**" 비올레트가 물었다. "거기서 뭘 하려는 거지? 거긴 정원에서도 가장 골치 아픈 곳인데."

"그 풀숲은 정원의 경계선이기도 하죠." 칼드롱이 덧붙였다.

"하지만 거긴 넘어갈 수 없어. 풀들이 너무 높아서." 르비스가 말했다.

"한 곳만 빼고요. **아솨아솨 구멍.**"

"**솨아솨아 구렁** 말인가요? 그의 집으로 통하는 구렁?" 비올레트가 물었다.

칼드롱은 **키다리 풀숲**을 표시하는 거미줄을 손가락으로 따라가며 가리켰다. 그리고 한 장소를 짚었다. 작고 우아한 강굽이었다.

"아뇨, **솨아솨아 구렁**이 아니라 **아솨아솨 구멍**입니다. 아주 작은 구멍인데, 땅 위가 아니라 **키다리 풀숲** 한가운데에 있어요. 말하자면 창문 같은 거죠."

"좋았어!" 비올레트가 말했다.

그녀는 칼드롱을 향한 분노는 잠시 미뤄 두고, 현재의 사건들에만 집중하기로 마음먹었다.

"토템들을 어서 되찾아야겠어요. 거기 가서 정원 주민들의 작업을 중단시키기로 하죠."

칼드롱이 이번에도 손가락으로 거미줄 지도를 따라가면서, 성에서 **아쏴아쏴 구멍**으로 가는 가장 빠른 길을 그려 주었다.

"숲을 가로질러 가면 됩니다. **도망치는 다리**가 나올 때까지 **제멋대로 강**을 따라가세요. 그다음 **먼지 풀풀 사막**을 가로질러 **오두막 망루**까지 가면, **키다리 풀숲**과 **아쏴아쏴 구멍**이 보일 거예요. 수송대는 수레를 밀고 가느라 넓은 도로로 갈 수밖에 없으니까, 당신이 먼저 도착할 수 있을 겁니다."

"당신은요?" 비올레트가 물었다. "우리랑 함께 가는 거 아니에요?"

"전 몸으로 움직이는 것보다는 종이를 갖고 하는 일을 더 잘해요. 전 이 목록들을 분류해서 안전한 곳에 보관할 생각입니다. 혹시라도 정원에서 뭔가 또 사라진다면, 목록들이 그것들에 대한 유일한 기록이 될 테니까요."

그때 느닷없이 파벨이 겁에 질린 표정으로 뛰어들어 왔다.

"근위대가 성문을 잠그려고 해요! 우린 전부 여기에 갇힐 거예요!"

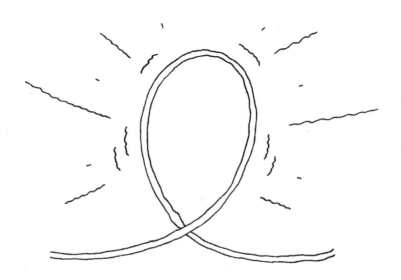

7
충격

르비스와 비올레트, 파벨이 본관에서 헐레벌떡 뛰어나왔다. 수집가는 정 안 되면 병사들과 한판 벌일 각오로 검을 휘둘러 보았다. 르비스가 자신의 비밀을 고백하는 것보다 더 싫어하는 게, 바로 자유를 박탈당하는 거였다!

멧돼지 두 마리가 양쪽 문에 빗장을 지르기 위해 거대한 들보를 세우고 있었다. 비올레트가 다가가서 소리쳤다.

"무슨 권리로 우리가 나가는 걸 막는 거죠?"

또 하나의 문지기가 다가왔다. 조금도 위협적으로 보이지 않는 포동포동 한 오소리였다. 그가 겁에 질린 표정으로 말했다.

"우린 나가는 걸 막으려는 게 아니에요! 들어오는 걸 막으려는 거죠!"

르비스가 문밖의 소리를 들어 보려고 귀를 쫑긋 세웠다. 그러다 얼굴을 찡 그렸다. 별안간 굉장한 충격이 성벽을 흔든 것이다. 작은 속삭임도 큰 외침만 큼 증폭시키는 토끼 복면을 쓰고 있으니, 귀가 찢어질 만큼 아팠을 것이다.

"무슨 일이지?" 비올레트가 물었다. "성문을 부수는 파성추인가?"

오소리는 무슨 영문인지 몰라서 그녀를 바라봤다. 전쟁 무기에 관해선 전 혀 몰랐기에, '파성추'라는 단어를 알 리 없었다. 오소리는 파와 상추 같은 채소로 이런 굉음을 일으킬 수 있다는 말이 농담처럼 들렸다.

그때 르비스가 혀를 차며 말했다.

"쯧, 또 다른 골칫거리가 생겼어. 둔하고 무거운 네 친구가 찾아왔군."

"둔하고 무거운 친구라니? 난 그런 친구 없는……. 앗, 혹시 흔들대는 바위 말이야?"

두 번째 굉음이 성을 흔들었다. 성벽 위의 감시탑에서 병사가 소리쳤다.

"성문을 지켜라! 문을 부수고 들어오려고 한다!"

그 말과 동시에 그는 급히 사다리를 타고 내려왔다. 아슬아슬한 성벽 꼭대기에서 다음번 충격까지 버티고 싶지 않았기 때문이다.

르비스가 상황을 보려고 급히 뛰어갔다. 다람쥐처럼 성벽으로 올라가더니, 밑을 내려다보고 비올레트에게 소리쳤다.

"너의 빨간 동그랑땡 친구가 맞아. 어딜 가나 눈에 띄는군!"

비올레트는 르비스의 농담 때문인지, 자기를 찾아온 성가신 친구 때문인지 아무튼 자기도 모르게 희미한 미소를 지었다.

비올레트는 성벽 사다리를 오르기 시작했다. 하지만 복면을 쓴 소녀는 그녀에게 뒤로 물러서라고 신호를 보냈다.

"아냐, 내가 직접 말해야 해. 나만 바위를 멈추게 할 수 있어!"

"절대 안 돼!" 르비스가 성벽을 내려오며 외쳤다.

곧바로 세 번째 충격이 성벽을 흔들면서 사다리가 넘어졌다. 르비스는 사다리에 매달린 친구의 팔을 잡고 멀리 점프했다. 작은 체구에도 불구하고, 르비스는 놀랄 만큼 힘이 셌다. 불안해진 파벨이 꼬리를 내리고 따라갔다.

"날 놔줘!" 비올레트가 항의했다. "내가 멈추게 할 수 있다니까!"

"쉿, 조용히 해! 네가 저 구르는 화석 덩어리를 멈출 수 있다는 건 나도 알아. 하지만 지금은 좀 잠자코 있어."

르비스는 안뜰 구석진 곳에 이르러서야 비올레트를 풀어 주었다.

더는 아무도 두 소녀에게 주의를 기울이지 않았다. 정원 주민들은 두려움에 사로잡혔고, **뾰족 담 성채**의 문을 보강하기 위해 급히 널빤지들과 통나무들을 더 들고 왔다. 비올레트가 말했다.

"바위는 날 찾고 있는 거야! 내가 숨으면 여긴 쑥대밭이 될 거라고!"

"그다음엔?" 르비스가 물었다.

수호자는 잠깐 침묵했다.

"그다음엔…… 그러니까……. 아! 그래, 네 말이 옳아."

"난 언제나 옳아. 그 말이 사람들 마음에 들지 않아도 말이야." 르비스가 말을 이었다. "맞아, 붉은 바위가 모든 걸 난장판으로 만들 거야. 무엇보다 정원 주민들이 토템을 가득 실은 수레들을 밀고 나가는 걸 막겠지!"

"그렇다면 남작의 예쁜 성 좀 망가뜨리게 내버려 둬도 되겠네." 비올레트가 맞장구쳤다. "하지만 우리도 여기 갇혀 있어야 하잖아!"

"너 말이야, 처음 여기 왔을 때, 문이 아닌 다른 곳으로 나갔다면서? 잔인한 체스를 두는 동안 칼드롱에게 들었어."

"응, 강물을 타고 빠져나갔지." 비올레트가 얼굴을 찡그렸다. "하지만 별로 유쾌한 경험은 아니었어."

"칼드롱 말이, 다른 쪽 강물을 타면 더 나을 거래. 성에서 나가는 강물이 아니라 들어오는 강물. 거기선 배를 타고 갈 수 있댔어! 본관 뒤로 가자."

흔들대는 바위가 문을 들이받는 바람에 그녀의 목소리가 묻혀 버렸다. 파벨이 짖기 시작했다. 굉음은 개에게 스트레스를 주었고, 르비스도 견디기 힘들었다. 그녀는 결국 복면을 벗었다.

그 모습에 비올레트는 충격을 받았다. 낯설면서도 이상하리만치 친숙한 얼굴……. 금발이었을 그녀의 머리카락은 이제 은발이 되어 있었다.

섬세하고도 단호한 표정은 소녀
때의 모습 그대로였다. 르비스는 정
말 비올레트의 고모할머니였다. 정
원 안에서 살아가며 위르르방의 이
름을 버리긴 했지만.

비올레트는 잠시 수집가를 응시했
다. 그리고 이 말이 튀어나왔다.

"널 보니 엄마가 생각나. 넌 우리
엄마를 본 적이 없겠지만, 우리 엄마
도 너처럼 예뻤어, 루이자."

르비스도 비올레트를 바라보았다.
다시 한번 그 눈에서 새로운 깊이를
느낄 수 있었다.

그 깊은 눈은 어린 소녀가 아닌, 수많은 시련을 겪은 성숙한 여인과 마주하고 있다는 인상을 주었다.

"비올레트…… 저쪽 세상에서 무슨 일이 있었던 거야? 거기에선 시간이 얼마나 흐른 거지?"

수호자는 말이 없었다. 두 사람의 마법의 순간을 칼드롱이 깨뜨렸다.

"어서 따라와요! 여기서 나가게 해 줄게요!"

작은 남자를 따라가면서, 르비스는 눈물로 얼룩진 눈가를 가리기 위해 다시 복면을 썼다.

8
세 단어

비올레트는 성에 이런 곳이 있는 줄도 몰랐다. 본관과 성벽 사이에 감춰져 있어서 눈에 띄지 않는 장소였다. **제멋대로 강**이 성안으로 흘러 들어오는 이곳은, 강물이 흘러 나가는 장소와 반대편에 있었다.

"배는 틀림없이 저기 있을 겁니다. 그 배를 꺼내게 도와줘요." 칼드롱이 성벽에 붙어 있는 창고를 가리키면서 말했다.

비올레트는 작은 창고의 문을 열었다. 거기 돛단배 한 척이 있었다. 칼드롱은 깜짝 놀라는 두 소녀를 보면서 미소를 지었다.

"이 자랑스러운 배가 당신들을 기다리고 있었어요. 자, 정원 세상의 유일한 돛단배를 소개하죠. 세 단어로 항해하는 '예쁜 배'입니다."

소녀들은 당황했다. 크기는 작은 보트만 했지만, 실제로 강 위를 달릴 수 있는 보트라기보다는 해적선을 축소해서 만든 장난감 같았기 때문이다.

"아니, 이 장난감은 대체 뭐야?" 르비스가 외쳤다. "지금 장난해?"

칼드롱의 귀가 빨개졌다. 그가 화가 난 말투로 대꾸했다.

"장난감이라뇨! **제멋대로 강**을 항해하기에 가장 완벽한 범선입니다."

"이렇게 조그마한 돛 세 개로 어떻게 항해를 해? 게다가 여긴 바람도 안

부는데! 숲의 나무들 때문에 막혀서 바람이 한 점도 불지 않잖아!"

칼드롱은 배를 물 위로 밀어 내며 말했다.

"이것은 세 돛이 아니라, *세 단어*로 항해하는 겁니다. 양피지로 이 돛들을 만드는 데 아주 많은 공을 들였어요. 우선 배에 올라타십시오, 선원들! 이제 돛의 기능을 설명하지요."

성문 쪽에서 우지끈하는 소리가 들려왔다. 지체할 시간이 없었다. 비올레트와 르비스, 파벨은 얼른 배에 올라탔다.

"비올레트, 당신이 있는 곳이 뱃머리예요. 당신 뒤에 있는 돛은 '전진!'이라는 이름의 돛이죠. 그게 첫 번째 단어입니다. 앞으로 나아가려면 그 돛을 올리세요!"

소녀가 양피지로 만든 사각형의 돛을 펼치려고 가느다란 밧줄을 풀었다. 그러자 실제로 배가 훌쩍 뛰어넘듯이 넓은 강 쪽, 더 정확히는 연못을 둘러싼 나무 담 쪽으로 나아갔다. 칼드롱이 황급히 덧붙였다.

"파벨! 배를 멈추려면 가운데 있는 돛을 올려요. 그건 '멈춰!'라는 이름의 돛입니다."

이빨로 돛대 줄을 물고 있던 파벨이 지시를 따르자, 예쁜 배가 딱 멈췄다.

"그럼 맨 뒤에 있는 돛은?" 수집가가 물었다.

"그 자리는 '뱃고물'이라고 해요!" 칼드롱이 정정해 주었다. "그건 '후진!'이라는 이름의 돛이죠. 그 돛은······."

"뒤로 가게 해 주겠지." 르비스가 돛대 줄을 잡아당기면서 말을 잘랐다.

그러자 배가 놀랍도록 민첩하게 뒤로 가기 시작했다.

"좋아요." 비올레트가 말했다. "그럼 좌우로 움직이려면 어떻게 하죠?"

"뒤쪽에 노가 있어요. 하지만 그걸 쓸 필요는 없을 겁니다." 칼드롱이 자신했다. "강물은 당신들의 목적지인 **도망치는 다리**를 향해 곧장 흘러가니까요! 배가 그곳에 닿으면 내려서 계속 걸어가면 됩니다."

그는 설명을 모두 끝낸 다음 밧줄을 잡아당겼다. 그러자 작은 연못을 둘러싼 성벽 문이 덜컹 열렸다.

"출발! 남작의 계획을 막을 수 있기를!"

"*전진!*" 비올레트가 돛을 펼치면서 명령했다.

예쁜 배는 문을 통과하여 울타리 밖으로 나갔다. 물의 흐름이 가고자 하는 방향으로 배를 몰고 가 주었다.

비올레트가 칼드롱을 향해 몸을 돌리고 외쳤다.

"만일 블루베리나 스벤, 키티가 오면 **키다리 풀숲**에서 보자고 전해 줘요!"

작은 남자가 끄덕였다.

성 주변의 나무들 뒤로 어떤 회색빛 실루엣이 그 모습을 지켜보고 있었다.

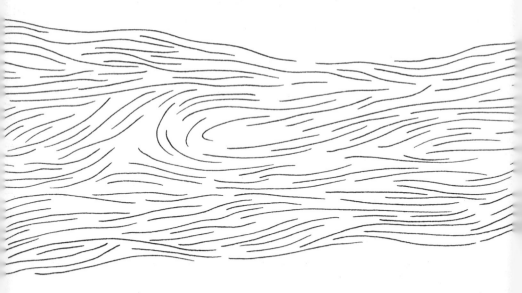

얼마 뒤, **제멋대로 강**이 갑자기 방향을 바꾸어 배를 울타리 쪽으로 몰았다.

"*전진! 전진!*" 비올레트가 목이 쉬도록 외쳤다.

그러나 소용이 없었다. 강물의 흐름이 더욱 거세졌다.

"멈춰!" 파벨이 돛줄을 낚아채듯 잡아당기면서 짖었다.

그러자 비올레트의 돛이 접혔고, 배는 마법처럼 멈췄다.

"이 여행은 순탄하지 않을 것 같아." 비올레트가 한숨을 쉬었다. "하지만 선택의 여지가 없지."

멀리서 또다시 굉음이 울렸다. 이번에는 소리가 꽤 오래 이어졌다. 널빤지로 만든 거대한 성이 무너지는 것 같았다.

"간신히 살았네." 개가 깊은 숨을 내쉬었다. "흔들대는 바위가 결국 성문을 부수고 쳐들어갔나 봐요!"

강은 이때부터 배가 나아갈 방향으로 순순히 흐르기 시작했고, 비올레트는 자기 돛을 펼쳐서 예쁜 배를 전진하게 했다.

"윽, 멀미……." 르비스가 신음했다.

9
혼란스러운 물속에서

비올레트는 **제멋대로** 강을 항해하는 게 가능할 거라고 전혀 생각하지 못했었다. **너른 잔디밭** 쪽으로 흘렀다가, 반대 방향으로 흘렀다가 하는 종잡을 수 없는 강물 때문에, 평범한 배였다면 이 항해는 불가능했을 것이다. 하지만 예쁜 배는 크기는 작아도, 이 강을 항해하기에 더할 나위 없이 완벽했다. 비올레트와 파벨의 손발도 잘 맞아서, 수월하게 전진하고 멈출 수 있었다.

후진할 일이 없었던 건 천만다행이었다. 르비스가 세 번째 돛을 거의 조종할 수 없었기 때문이다.

뱃고물에서 뱃전을 꼭 쥐고 있는 친구에게 비올레트가 물었다.

"르비스, 속이 많이 안 좋니?"

수집가는 대답 대신 또다시 복면을 벗었다. 뱃멀미가 잠깐 멈춘 사이, 신선한 공기를 흠뻑 들이마시기 위해서였다.

자신의 엄마와 빼닮은 그 얼굴을 다시 보자, 비올레트는 생생한 감동이 되살아났다. 그래서 이렇게 묻지 않을 수 없었다.

"르비스, 말해 봐……. **비밀의 정원**에 완전히 속한다는 건 어떤 거야?"

"흥! 넌 하필 지금 그런 이야기를 하고 싶니?"

"왜 안 돼? 남작을 만나면, 앞으로 우리에게 어떤 일이 일어날지 모르잖아. 하지만 지금은 아주 평화로워, 안 그래? 어쩌면 지금이 우리가 이야기를 나눌 마지막 기회일지도 몰라."

그때 파벨이 먼저 입을 열었다.

"인간들에겐 어떨지 모르겠지만, 난 여기서 아주 행복해요. 내 삶은 단순하고 행복한 순간들로 가득 차 있어요."

"파벨, 다행이야! 네가 여기 사는 걸 좋아해서 얼마나 기쁜지 모르겠어. 나도 가끔은 토템을 세우고 정원에서 영원히 사는 게 어떨까 생각해 볼 때가 있어."

르비스가 한숨을 쉬었다.

"그래…… 네가 여기에서 쭉 살면 좋겠다. 너랑 있으면 계속 재미있을 테니까. 난 여기서 유물 찾는 일에만 집중하며 살아. 칼드롱이 목록 만드는 일에 온 신경을 쓰듯이 말이야."

그때 갑작스럽게 강물의 흐름이 바뀌는 바람에 비올레트와 파벨은 급히 돛을 조정해야 했다. 돛을 올리고 내리는 소리와 그들이 *멈춰! 전진!* 하고 외치는 소리가 르비스의 마지막 말을 덮어 버렸다. 그래서 그 말은 거의 혼자 중얼거리는 소리가 되었다.

"때론 나도 저쪽 세상이 그리워. 항상 어린 몸으로 있다고 해도, 늙는 걸 막지는 못하지. 난 내가 서서히 지워지고, 사라지는 게 두려워……."

돛을 조정하느라 소동을 부려서일까, 르비스는 다시 뱃멀미에 시달렸다. 르비스는 배 안에다 토할까 봐 배 밖으로 몸을 기울였다. 그때, 강을 따라서 나무들 뒤로 달려오는 회색 실루엣을 잠깐 보았다. 그게 뭔지 알 수 없지만, 아무튼 그 실루엣은 소리도 없이 달리면서, 숲에 있는 갖가지 장애물을 피해 예쁜 배와 거의 같은 속도로 전진하고 있었다.

"누가 우릴 미행하고 있어!" 르비스가 친구들에게 속삭였다.

비올레트와 개는 배를 조종하는 데 너무 집중한 나머지, 강둑에서 일어나는 일엔 미처 주의를 기울일 수 없었다.

"난 아무것도 못 봤어. 하지만 미행이라면 따돌려야겠군!" 비올레트가 속도를 더 내려고 돛을 조종하면서 대답했다.

"아무 냄새도 맡을 수가 없어요, 계속 물방울이 튀어서요." 파벨이 축축해진 얼굴로 덧붙였다.

"흠, 흠뻑 젖은 개 냄새는 나는걸!" 가방 속에 있는 덕에 물 한 방울 맞지 않은 토비가 놀리듯이 말했다.

"그 미행하는 자가 어떻게 생겼어?" 비올레트가 물었다.

르비스가 어깨를 으쓱했다. 그림자밖에 보지 못했기 때문이다.

배는 벌써 숲 가장자리에 이르렀고, 갑자기 확 트인 풍경이 나타났다. **제멋대로 강**은 풀이 무성한 언덕들 사이를 구불거리며 **너른 잔디밭**을 가로지르고 있었다.

"미행꾼은 이제 안 보여." 르비스가 풀밭을 살피며 말했다. "하지만 언덕 뒤에서 따라오고 있다면, 우리 눈에 안 보일 수도 있어."

"**도망치는 다리**에 가 보면, 누가 우릴 기다리고 있는지 알 수 있겠지." 비올레트가 결론을 내렸다.

***

언덕들을 모두 지나자, 강물의 폭이 넓어졌고 흐름도 훨씬 잔잔해졌다. 그때 갑자기 예쁜 배가 흔들리기 시작하더니 저절로 돌아갔다.

"키를 잡아!" 비올레트가 르비스에게 다급하게 외쳤다.

"말이야 쉽지, 우읍!" 르비스가 구역질을 했다. 그녀의 배 속에서도 돌풍이 일고 있는 모양이었다.

르비스는 간신히 키를 잡고서 배를 멈춰 보려고 안간힘을 썼지만, 그걸로는 충분하지 않았다. 파벨이 돛을 올리고 나서야 배가 완전히 멈추었다.

예쁜 배는 강 한복판에 가로로 서 있었다. 비올레트는 주변의 물속을 주의 깊게 살피다가, 무슨 일이 일어났는지 알게 되었다.

"알았어! 여기는 **제멋대로 강**에서 폭이 가장 넓은 곳이야, 강의 흐름이 양쪽으로 나뉘는 곳. 오른쪽으로 가면 전진하고, 왼쪽으로 가면 후진하게 돼. 우리가 그 가운데에 가로로 서 있으니, 더는 방향을 바꾸지 않고 멈춘 거지. 섣불리 움직였다가는 탈수기 안에 있는 운동화처럼 계속 뱅뱅 돌게 될 거야! 르비스, 완전히 뒤로 가자!"

"*후진!*" 르비스가 돛을 펼치면서 외쳤다.

배는 오른쪽 강기슭 쪽으로 돌았다. 르비스가 키를 최대한 꽉 잡고서, 배를 조종했다.

"*전진!*" 비올레트가 자기 돛을 올렸다.

마침내 안정을 되찾은 예쁜 배가 다시 힘차게 출발했다.

비올레트는 목적지인 **도망치는 다리**가 어디쯤 있는지 보려고 먼 곳을 살피기 시작했다.

그리고 곧 소리쳤다.

"저기야!"

"다리가 어디에 있다는 거예요?" 파벨이 말했다. "강물만 보이는데요."

"그래, 맞아. **도망치는 다리**는 강의 끄트머리에 있는 것 같아. 그 다리가 있는 곳은 강폭이 아주 좁아서, 발이 물에 빠지지 않고도 건널 수 있을 거야."

그 말대로 **제멋대로 강**은 점점 좁아졌고, 물의 흐름도 더 약해졌다. 게다가 강의 끝에 다가갈수록, 양쪽 강기슭은 점점 더 높이 솟았다.

"강둑이 점점 높아지는 것 같아." 수호자가 말했다.

돌로 만들어진 **도망치는 다리**는 아주 높은 곳에 있었다. 물의 흐름은 그 밑에서 멈췄고, 예쁜 배도 멈췄다.

양쪽 강둑은 이제 너무 높아서 그 위의 땅을 볼 수 없었다. 하지만 거기서 들려오는 소란스러운 외침 때문에 위험이 다가오는 건 예상할 수 있었다.

10
도망치는 다리

도망치는 다리는 정원의 교차로 중 하나였다. 마른 가지의 거미줄을 보면서, 비올레트는 수십 가닥의 줄이 이곳에서 모이는 걸 주목했었다. 실제로 사방에서 뻗은 길들이 이 다리에서 만나고 있었다. 이곳에 수많은 토템들이 세워져 있는 것도 그런 이유였다.

성에서 시작된 길을 따라 있던 토템들은 이미 거의 뽑혔고, 10여 개만이 반대편 강기슭에 남아 있었다. 새들의 문자가 새겨진 이 나무 토템들은 귀가 뾰족하게 솟은 거대한 인형들처럼 보였다.

사나운 포효가 공중에 울려 퍼졌다. 수호자는 그것이 누구의 울음소리인지 바로 알아차렸다. 정원에서 그런 소리를 낼 수 있는 건 늑대들뿐이었다.

"늑대들의 토템이야!" 르비스가 설명했다. "여긴 늑대들이 아주 좋아하는 장소지……. 아우성이 들리는 걸 보니, 그들이 벌써 와 있나 보군."

"남작의 부하들이 다리를 건너지 못하도록 막기에 딱 좋은 타이밍이네."

비올레트의 말대로 토템들을 실은 긴 수레 행렬이, 돌다리 위에 버티고 있는 늑대들 때문에 멈춰 있었다. 주민들은 늑대들에게 욕설을 퍼붓긴 했지만 감히 덤벼들진 못했다.

파벨이 강둑으로 기어올라 가 짖어 댔다.

"드디어 너희가 왔구나! 만세!"

비올레트도 강둑으로 올라왔다. 일곱 마리의 늑대들은 앙상한 몸에도 불구하고 사납기 짝이 없는 표정으로 이빨을 드러내고 있었다.

키티는 주민들에게서 눈을 떼지 않고, 비올레트와 파벨에게 소리쳤다.

"우리가 이 다리를 지키고 있으면 우리 토템들은 건드리지 못할 거야! 하지만 이미 지나간 수레들이 있어. 빨리 쫓아가서 그들을 막아. 절대로 그들이 **키다리 풀숲**에 이르게 해선 안 돼!"

다리 위의 정원 주민들은 선뜻 앞으로 나아가지 못하고 있었다. 열두어 대의 손수레를 세워 놓은 채 빨리 다리가 열리기만을 기다렸다. 몇몇 대담한 자들이 돌멩이를 주워서 늑대들을 향해 던질 뿐이었다.

늑대들은 싸움에 익숙하지 않은 주민들을 손쉽게 그 자리에 묶어 둘 수 있었다. 하지만 비올레트가 아직도 뱃멀미로 맥을 못 추는 르비스를 강둑 위로 끌어 올리는 사이, 이 소식은 멀리 있는 남작 부하들에게 전해졌다.

"근위대다!" 그들의 냄새를 맡고, 파벨이 외쳤다. "황소와 맥과 다른 동물들이 오고 있어요. 남작에게 매수된 한심한 놈들!"

파벨의 말을 확인시켜 주기라도 하듯, 주민들은 근위대 동물들이 앞에 서도록 길을 열어 주었다. 근위대의 긴 창과 뿔, 결연한 표정을 보니 상황이 점점 나빠질 게 뻔했다. 근위대 대장인 황소 아스테르가 음메에 하면서 말했다.

"늑대들, 이만 물러 나시지! 계속 고집을 부렸다가는 후회하게 될 거야!"

키티가 매서운 말투로 맞섰다.

"쓸데없는 고집을 부리는 건 너다, 아스테르. 넌 남작이 정원을 파괴하는 걸 못 본 거냐?"

비올레트가 이때를 틈타 정원 주민들에게 호소했다.

"키티 말이 옳아요. 남작은 처음부터 당신들을 속인 거라고요. 그가 하는 짓은 정원을 약탈해서…….

돌멩이 하나가 그녀의 어깨로 날아오는 바람에 비올레트는 연설을 중단했다. 돌멩이를 던진 건 키가 큰 정원 주민, 후추였다. 그는 성에서도 비올레트를 공격한 적이 있었다. 후추가 조롱하는 미소를 보이자, 주위에 모여 있던 그의 일당들도 돌멩이에 맞은 소녀를 보며 깔깔거리고 웃어 댔다. 그러자 황소가 그 틈을 타서 말을 이었다.

"위르르방! 파괴의 여신이 우리 보물들을 위협하면서 정원을 침범했을 때, 넌 어디 있었지? 여신과 싸우도록 우리에게 무기를 준 것도 남작님이고, 결국 그 적을 물리친 것도 남작님이었어! 그분이 없었다면, 우린 아직도 가시넝쿨의 포로로 살고 있었을 거다."

"뭐라고요?" 비올레트가 외쳤다. "지금 무슨 소릴 하는 거죠? 그건 남작이 아니라 곤충들이……!"

안타깝게도 정원 주민들과 근위병들의 호전적인 함성이 그녀의 목소리를 덮어 버렸다. 황소의 긴 연설은 계속되었다.

"남작님 덕분에 우린 **완벽한 정원**을 건설하고 있지. 수호자라면서 속으로는 우리의 전통을 무시하던 녀석들의 손아귀에서 벗어나 안전한 세상을 만드는 중이라고! 그곳은 참된 주민들을 위한 정원, 땀 흘려서 자기 자리를 얻어 낼 그런 자들을 위한 정원이란 말이다!"

다시 한번 주민들이 큰 소리로 그의 말에 환호했다.

"조심해!" 르비스가 비올레트를 향해 외쳤다.

정원 주민 여럿이 서로 눈짓하며 움직이는 걸 본 르비스가 얼른 비올레트를 잡아당겨 토템 뒤로 숨겼다. 덕분에 돌멩이 세례를 간신히 피할 수 있었다. 수많은 돌멩이가 다리를 막고 있는 늑대들 주위로 비 오듯 쏟아졌다. 커다란 돌멩이 하나는 두 소녀가 몸을 숨긴 토템 뒤까지 날아왔다.

늑대들 역시 정원 주민들의 맹공격에 뒤로 물러섰다. 아스테르는 그때를 이용해 근위병 다섯을 이끌고 다리 위로 전진했다. 긴 창을 앞세운 그들 앞에선 날카로운 송곳니를 가진 늑대들도 속수무책일 수밖에 없었다.

한순간, 비올레트는 이 싸움에 승산이 없다고 생각했다. 하지만 그건 동료들의 강인함을 잊은 오산이었다. 키티가 순식간에 긴 창을 뛰어넘어, 아스테르를 땅에 쓰러뜨렸다. 황소가 다시 일어나 키티를 공격하기도 전에, 이번엔 파벨이 그를 덮쳤다. 황소는 몸을 굴려서 빠져나오려다가 강바닥으로 떨어지고 말았다. 첨벙 하는 소리가 유쾌하게 울려 퍼졌다.

"르비스! 가자!" 비올레트가 외쳤다.

복면을 쓴 소녀는 검을 휘두르면서 수호자를 뒤따라갔다.

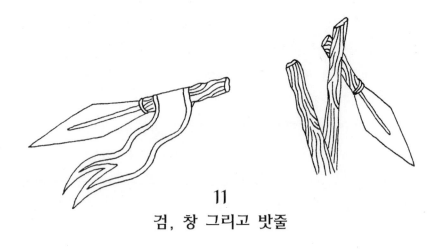

11
검, 창 그리고 밧줄

도망치는 다리는 이제 완전히 전쟁터가 되었다. 르비스의 검은 경이로운 일을 해냈다. 근위병들의 긴 창들을 갈대 자르듯이 모두 싹둑싹둑 잘라 병사들의 무기를 빼앗아 버린 것이다. 무기가 사라진 병사들을 제치고 늑대들이 다시 다리를 차지했다. 어느 틈엔가 도망친 아스테르는 다시 돌아오지 않았다. 아마 부하들을 포기한 것 같았다.

다리 난간에 자리를 잡은 비올레트는 근위병들의 움직임을 친구들에게 알리며 반격을 이끌었다. 언제라도 돌멩이 세례를 받을 각오를 하고 있었지만, 정원 주민들 중에서 가장 호전적이라고 할 만한 이들은 어느새 투지를 잃어버린 것 같았다. 작은 사람들은 대부분 손수레 뒤에 숨어서 두려움에 떨며 싸움을 지켜보았다.

"다리를 탈환했다!" 르비스가 의기양양하게 외쳤다. "남작의 수송대를 쓸어 버리자! 공격!"

그 순간 비올레트는 막연한 불안감에 사로잡혔다. 아스테르는 사라졌고, 그의 부하들은 저항에 맞서지도 않은 채 뒤로 물러갔다. 어쩐지 너무 쉽게 끝나는 듯한 이 상황이 영 찜찜했다.

그때, 다리 밑에서 찰랑거리는 물소리가 경고처럼 들려왔다. 불길한 예감에 밑을 내려다본 수호자는 물속에서 근위병들을 보았다. 아스테르가 맥 두 마리와 주민 몇을 데리고 강을 건너고 있었다. 물살이 약해서 강을 건너는 건 아주 수월했다. 그들이 강둑으로 올라서는 걸 보고 수호자가 외쳤다.

"저들이 강을 건넜다!"

그 말에 키티가 늑대들에게 명령을 내렸다.

"브루노프! 졸타레프! 측면을 방어해!"

두 늑대가 다리를 지나 아스테르의 특공대 쪽으로 달려갔다. 아스테르가 뿔을 과시하며 경계하는 사이, 그 뒤에 있는 주민들이 토템들 주변에서 빠르게 움직이기 시작했다…….

이 상황을 가장 먼저 파악한 건 르비스였다. 근위병들은 싸우지 않고 승리할 수 있는 방법을 찾은 것이다!

"안 돼! 저들이 토템들을 뽑기 전에 막아야 해!"

하지만 일은 이미 벌어진 뒤였다. 주민들은 강을 따라 줄줄이 세워져 있던 토템들 중 하나를 뽑았고, 이어서 두 번째 토템도 파내기 시작했다.

"브루노프가 증발했다!" 비올레트가 외쳤다. "저게 그의 토템이었어!"

"브루노프? 그게 누군데?" 아스테르와 겨루고 있던 졸타레프가 물었다.

벌써 자기 동료의 존재를 잊어버린 것이다.

두 번째 토템이 강바닥으로 굴러떨어지자, 무리 중에서 가장 큰 암늑대인 나즈다가 사라졌다. 근위대에 맞서기엔 이제 늑대들의 수가 너무 적었다.

그러자 맥 한 마리가 돌파해 들어가며, 나무 몽둥이로 파벨을 겨눴다. 르비스가 그의 무기를 단번에 두 동강 내서 참사를 막았다.

"후퇴!" 수집가 소녀가 명령했다. "토템들을 보호하라!"

파벨은 뒤로 돌아서 나무 토템들을 파내고 있는 정원 주민들을 향해 달려갔다. 졸타레프가 막 사라지고 난 뒤였다.

다리 위에는 이제 세 마리의 늑대밖에 남지 않았다. 키티는 끈질기게 침략자들을 막으며 버텼다. 늑대들의 대장이 비올레트를 향해 외쳤다.

"도망쳐! **키다리 풀숲**으로 가! 가서 정원을 구해!"

아스테르와 맞서고 있던 비올레트와 파벨 곁으로 르비스가 다가왔다.

"지금 도망쳐! 빨리 달려가면 그들보다 먼저 도착할 수 있을 거야!"

비올레트는 개의 등에 올라탔다. 파벨이 **키다리 풀숲**을 향해 빠르게 달리는 동안, 비올레트는 분노의 눈물이 차오른 얼굴로 파벨에게 말했다.

"파벨, 우린 다시 이곳으로 돌아올 거야. 이 엉망진창이 된 것들을 다시 바로잡자. 우선은 키티가 말한 것처럼 정원을 구해야 해!"

"키……? 그게 누군데요?" 파벨이 서늘하리만큼 차분한 목소리로 물었다.

비올레트는 뒤를 돌아보았다. 정원 주민들이 다리를 건너고 있었다. 그들 주위엔 늑대 토템들이 마치 전쟁터에서 쓰러진 병사들처럼 여기저기 흩어져 있었다. 키티는 보이지 않았다.

12
오두막 망루

다리를 건너자마자, 도로는 끝나고 광대한 잿빛의 **먼지 풀풀 사막**이 펼쳐
졌다. 양탄자처럼 폭신폭신한 땅은 털 뭉치 같은 먼지층으로 덮여 있었다.
먼지가 어찌나 두툼하게 쌓였는지, 발목까지 푹푹 빠졌다. 바람에 먼지가
풀풀 날려 쉴 새 없이 콧구멍을 괴롭혔고, 수레를 끌고 가는 일도 만만치 않
았다. 덕분에 파벨은 뒤따라오는 수송대와 꽤 거리를 벌릴 수 있었다. 르비
스는 숨이 차서 헐떡거리면서도 개의 속도를 잘 따라왔다.

"곧 **오두막 망루**에 도착할 거야." 비올레트가 알렸다. "거기 올라가면 저쪽
을 볼 수 있겠지!"

"좀 쉴 수도 있겠네." 르비스가 말했다. "정원 주민들이 여기까지 오려면
땀깨나 흘려야 할걸. 그럼 우리도 숨 좀 돌리고 기운을 차릴 수 있겠다."

오두막 망루는 **가짜 폐허**와 비슷하게, **비밀의 정원**에서 쓸모없는 건축물 중
하나였다. 되는 대로 아무거나 모아서 만든 높은 망루는 사막 한가운데에
있는 탓에 멀리서도 금방 눈에 띄었다.

세 친구는 그 망루 밑에 도착했다. 망루는 여러 층으로 되어 있었고, 꼭대

기는 평평한 전망대 같다고 해야 할까, 아무튼 널빤지들을 대충 못으로 박아서 만든 마루처럼 생겼다. 보기엔 건들거리고 허술해 보이는 망루였지만, 사다리를 따라 꼭대기까지 올라가 보면 그 높이에 깜짝 놀랄 정도였다.

르비스는 벽에 기대어 숨을 고른 다음 물병을 꺼내서 벌컥벌컥 마시고, 친구들에게도 물병을 내밀었다.

비올레트는 파벨에게 먼저 물을 주고, 자기도 몇 모금 마신 뒤에 말했다.

"자, 올라가 볼…… 아얏!"

뭔가가 그녀의 머리에 떨어졌다. 비올레트는 고개를 숙여 바닥을 살폈다. 못이 보였다. 아주 작은 못이기에 망정이지…….

"어디서 떨어진 거지? 꼭대기 층에서 떨어졌나?"

토끼 소녀가 먼지 이불 속에 발을 파묻은 채, 길고 하얀 귀를 망루를 향해 집중하더니 결론을 내렸다.

"발소리가 들려. 꼭대기에 누가 있어, 사람이야!"

누군가가 꼭대기에서 그들을 관찰하고 있었다.

비올레트가 위로 올라가는 사다리를 꽉 잡았다.

"르비스, 넌 밑에서 기다리다가 저자가 내려오면 잡아!"

사다리를 올라가면서, 수호자는 꼭대기를 향해 경고의 말을 날렸다.

"숨어도 소용없어요! **오두막 망루**는 너무 좁으니까! 그러니 숨지 말고 얼굴을 보여 주시죠! 그냥 대화를 하고 싶어서 그래요."

위층에서 움직이는 실루엣이 보였다. 그 실루엣은 더 높은 층으로 올라가고 있었는데, 여위고 몸짓이 민첩했다. 키가 너무 커서 정원 주민일 리는 없었고 바깥세상 사람 같았다. 그것도 성인.

"남작? 아냐, 그는 더 건장해 보였는데……. 그럼 저 남자는 누구지? 아니, 여자인가?"

비올레트는 망루의 중간 높이까지 이르렀다. 그녀가 올라간 층은 넓었고, 위로 향하는 사다리가 있었다. 비올레트는 그 사다리를 오르려고 달려가다가, 작은 벤치 밑에 널브러져 있는 옷 뭉치를 발견했다.

발로 그것을 펼쳐 보니 눈에 익은 물건이 보였다. 스벤의 투구였다. 정원 주민의 옷도 함께 있었다. 놀란 비올레트가 고개를 들고 외쳤다.

"스벤? 너 거기 있지? 나와 봐. 네가 날 무서워할 이유는 하나도 없잖아."

도망자가 3층 정도 더 높은 곳에서 살짝 모습을 보이며 외쳤다.

"날 그냥 내버려 둬요! 아무도 보고 싶지 않아요!"

스벤의 목소리였다. 하지만 정원 주민의 옷을 입지 않은 그는 지금까지와는 전혀 다른 모습이었다. 평범한 인간, 덩치가 그리 크지 않은 십 대 소년이었다.

비올레트는 뭔가를 알아채고, 바로 옷가지들을 뒤져 붉은 천 조각을 끄집어냈다. 뾰족한 두 귀가 달린 천이었다. 아이들이 변장할 때 쓰는 복면이자, 소중한 정원의 유물…….

"여우 복면! 이걸 훔쳐 간 게 스벤이었구나!"

비올레트의 증조할머니가 만들었다는 이 복면은, 정원에 들어오면 그걸 쓴 사람의 외모를 바꿔 주는 능력을 지니고 있었다. 스벤은 정원에 들어온 뒤로 줄곧 그 복면을 쓰고 있었고, 그래서 정원 주민처럼 보일 수 있었던 것이다. 그걸 벗은 스벤은 다시 진짜 자신의 모습으로 돌아와 있었다.

비올레트는 꼭대기까지 이어지는 사다리 위로 뛰어올랐다.

드디어 망루 꼭대기에 도착했다. 그곳은 널빤지들을 대충 못으로 연결한 곳이어서 약한 바람에도 불안하게 삐그덕거렸다.

스벤은 불과 몇 걸음 떨어진 곳에 있었다. 마른 몸매에 겁먹은 표정의 소년은 때 묻은 바지와 티셔츠를 입고 있었다. 예전엔 긴 상의에 가려 보이지 않던 옷이었다. 허공으로 쑥 나와 있는 긴 테라스 끝에 앉아 있는 그의 손엔 핏자국으로 얼룩진 단검이 들려 있었다.

"가까이 오지 마요. 안 그러면……."

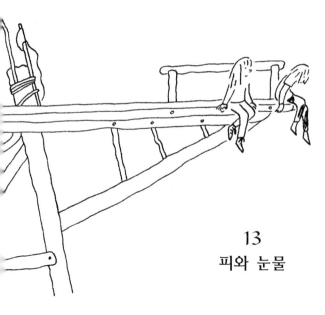

13
피와 눈물

비올레트는 스벤이 손에 쥔 보물을 바로 알아봤다. 천 사령관의 단검.

무기를 들고 있음에도 불구하고, 소년은 두려움을 주기보다는 오히려 두려움에 사로잡힌 모습이었다. 하지만 비올레트는 두려움이 악한 마음만큼이나 위험할 수 있다는 걸 알고 있었다.

"스벤……. 나야, 비올레트. 내가 널 해칠 생각이 조금도 없다는 걸 너도 잘 알잖아. 난 그저 너랑 이야기를 나누고 싶을 뿐이야. 검을 내려놔."

소년이 그녀를 향해 칼날을 겨누면서 소리쳤다.

"가까이 오지 말아요! 날 내버려 두라고요! 난 혼자 있고 싶어서 이곳으로 온 거지, 이야기하고 싶어서 온 게 아니란 말이에요. 난 당신 설교를 듣고 싶지도 않고, 내 삶을 당신에게 털어놓고 싶지도 않아요. 내가 원하는 건…… 아무도 날 귀찮게 하지 않는 거예요."

그러는 동안 비올레트는 뭔가 시도해 볼 만한 거리까지 와 있었다. 게다가 단검을 쥐고 있는 스벤의 자세도 몹시 어설펐다. 그의 팔목을 잡아 비틀면 금방 제압할 수 있을 터였다.

"좋아. 그럼 난 여기 잠시만 있을게, 너와 함께. 아무 말 없이, 조용히."

스벤은 당황했지만, 약간 긴장을 푼 눈치였다. 두 사람 모두 상대가 먼저 말문을 열길 기다렸다.

마침내 스벤이 소리 없이 울기 시작했다.

그때 침묵을 깨고 비올레트의 가방에서 작은 목소리가 들려왔다.

"스벤! 비올레트에게 다 털어놓고 나면 훨씬 나아질 거야. 난 말이야, 비올레트가 널 도울 수 있을 거라고 믿어!"

"토비?!" 소년이 깜짝 놀라서 외쳤다.

단검을 쥐고 있던 그의 손에 힘이 들어갔다. 생쥐의 말이 계속되었다.

"그래, 나야. 넌 내가 만난 최고의 인간이었어. 난 아직도 네가 그런 일을 저질렀을 거라고 믿지 않⋯⋯."

"그만! 더 말하지 마! 조용히 해! 한마디도 듣고 싶지 않아. 그건 내가 한 게 아니야⋯⋯. 내 잘못이 아니라고!"

"네 잘못이 아니라니? 뭐가?" 비올레트가 천천히 몸을 일으키며 물었다.

하지만 일어나기도 전에 스벤이 그녀 쪽으로 단검을 던지며 외쳤다.

"당신들은 나를 잡지 못해!"

다행히도 단검은 비올레트를 스쳐 가, 뒤에 있는 나무 기둥에 꽂혔다. 그녀는 일어나서 그 무기를 기둥에서 뽑았다.

비올레트가 몸을 돌리자, 스벤이 난간 끝에서 뛰어내리려 하고 있었다.

"스벤, 안 돼!"

너무 늦었다. 소년은 몸을 던지고 말았다.

***

"르비스! 스벤은?" 비올레트가 사다리를 급히 내려가며 친구에게 물었다.

수집가는 두꺼운 먼지 이불 위에 주저앉아 있었고, 옆에는 스벤이 죽은 듯이 누워 있었다.

"괜찮아, 내가 잡았어. 먼지가 두껍게 깔려 있어서 충격이 줄었지."

비올레트는 의식이 없는 소년을 아주 조심스럽게 여기저기 만져 봤다.

"네가 여기 있어서 다행이야! 너의 반사 신경은 정말 알아줘야 해! 이 애가 목숨을 건진 건 순전히 네 덕분이야."

"스벤이 당황했던 거 같아. 난 얘를 잡으려다가 다리를 좀 삐끗했고. 내가 스벤 곁에 있을 테니까, 넌 파벨이랑 빨리 가. 너무 늦었어!"

비올레트가 사막 저편을 살폈다. 멀리서 토템을 나르는 정원 주민들이 다가오고 있었다. 그들보다 먼저 **키다리 풀숲**에 도착해야 했다.

"네 말이 맞아. 난 파벨과 먼저 떠날게! 개미들을 불러서, 최대한 빨리 내게 소식을 전해 줘. 부탁해."

르비스가 허리에 매고 있던 칼집을 풀더니, 친구에게 내밀며 말했다.

"받아. 거기선 이게 필요할 수도 있어."

비올레트가 놀라서 그 무기를 바라봤다.

"황제의 검을? 정말 이걸 내게 준다고?"

르비스가 새침하게 말했다.

"주는 게 아니라 빌려주는 거야. 네 임무가 워낙 막중하잖아. 이젠 모든 수단을 동원해야지."

수호자는 망설이다가, 친구의 무기를 받지 않고 개의 등에 올라탔다.

"르비스, 그건 네가 갖고 있어. 서투른 내 손에 있으면 너무 위험할 거야. 그리고 난 다른 유물을 되찾았어. 이걸로 충분해."

그녀는 천 사령관의 단검을 보여 주고는 허리띠에 찼다.

"그러든지! 자, 수다는 그만 떨고, 빨리 달려! 나도 최선을 다해 스벤을 돌볼게. 그리고 정원 주민들도 최대한 막아 보고."

"출발!" 파벨이 왈왈 짖으며 말했다.

14
아쏴아쏴 구멍

지평선 끝에 보이는 진한 녹색 선이 바로 잿빛 사막과 푸른 하늘을 가르는 **키다리 풀숲**이었다. 너무 높고 날카로워서 뛰어넘을 수도, 타고 넘어갈 수도 없는 곳이었다. 이곳은 칼드롱이 정원의 경계선 중 하나로 써 놓았던, 통과할 수 없는 장애물이었다.

"넌 이렇게 멀리까지 와 본 적이 있니?" 비올레트가 파벨에게 물었다.

"딱 한 번 와 보고 다시는 오지 않았어요. 여긴 아무도 살지 않고, 거의 아무것도 자라지 않거든요. 먹을 만한 것도 없고. 심지어 새들도 안 오죠."

"저 **키다리 풀숲**을 넘는 게 가능할까?"

"적어도 남작은 방법을 찾았나 보네요."

실제로 풀숲을 따라서 주민 수십 명이 키다리 풀들만큼이나 높은, 통나무와 밧줄로 만든 기구를 손보고 있었다.

"지금부턴 걸어갈게." 비올레트가 속삭였다. "저들 눈에 띄지 않게 가자."

바람이 불 때마다 먼지층이 마치 파도처럼 물결치면서 작은 회색 구름이 만들어지는 덕에, 둘은 먼지구름에 가려 거의 눈에 띄지 않고 접근할 수 있었다. 파벨의 머리만 비죽 튀어나올 뿐이었다.

가까이 다가가니 남작의 부하들이 무엇을 짓고 있는지 보였다.

"저건 전쟁용 무기는 아니야."

"풀숲을 넘는 다리일까요?" 파벨이 추측했다.

"그것도 아니야. 그 정도로 높진 않잖아. 그보다는 무거운 물건을 옮기는 기중기 같아. 미끄럼틀 같은 것도 보이고……. 알았다! 저들은 저 위에 토템들을 올려놓으려는 거야!"

비올레트와 파벨은 이제 그 기구에 제법 가까이 다가갔다. 수호자는 먼지 속에 몸을 웅크린 채 거기서 어떤 음모를 꾸미고 있는지 알아내려 애썼다.

"키다리 풀의 중간 높이까지 토템을 들어 올려서…… 잠깐, 기다려."

거대한 돌 토템이 기구에 의해 미끄럼틀까지 올려졌다.

세 명의 정원 주민들은 들어 올린 토템을 나무 미끄럼틀 위에 놓고, 토템을 묶고 있던 밧줄을 풀었다. 그런 다음 지렛대 손잡이를 올리자, 토템이 천천히 **키다리 풀숲** 쪽으로 미끄러져 들어가기 시작했다. 키다리 풀들 사이에 커다란 검은 구멍이 있었다!

"**아솨아솨 구멍**이야! 칼드롱 말이 맞았어. 그건 **키다리 풀숲**을 통과하는 통로를 말하는 거였어! 저 구멍을 통해 토템들을 건너편으로 옮기고 있잖아?"

"구멍 속엔 아무것도 안 보여요." 파벨이 덧붙였다. "밤처럼 깜깜해요. 이제 어떻게 하죠? 저 장치를 부숴 버릴까요?"

비올레트는 상상해 봤다. 가능한 한 가장 은밀하게 나무 발판으로 다가간다. 그다음 저 기구에서 허술한 데가 어딘지 확인하고, 적당한 때를 기다렸다가 단검으로 밧줄들을 끊어 버린다…….

수호자가 한숨을 쉬었다.

"어휴, 저들이 다시 기계를 수리하면 소용없잖아……. 그럼 설득을 해 볼까? 이 모든 일을 멈추도록!"

"주인님이 연설을 한다고 해서 저들의 태도가 변할 것 같지 않아요. 사람들이 남작을 절대적으로 신뢰하고 있잖아요. 맹목적으로 복종하고요!"

"네가 그런 말을 하다니!" 비올레트가 웃었다. "하지만 네 말이 맞아. 말로는 그들을 멈추게 할 수 없을 거야. 중요한 건 남작이 토템을 갖고 뭘 할 건지 알아내는 거겠지. 그러려면 악의 소굴로 들어가야 할 테고. 우리도 **키다리 풀숲** 너머로 가 보자."

"어떻게요? 저 기계를 타고 올라가서 구멍 속으로 뛰어들게요? 으스스하네요! 차라리 먼젓번처럼 토비를 보내든지요."

"뭐? 날 저 검은 구멍 속으로 보내 버린다고? 저 구멍 너머에 고양이 소굴이 있는지, 다른 함정이 있는지도 모르면서?" 가방 속에서 생쥐가 분노했다.

비올레트가 두개골을 꺼내려고 가방 속을 더듬었다.

"걱정 마, 다른 방법을 찾을게. 어쨌든 난 저쪽에 뭐가 있는지 궁금해."

그때 까맣게 잊고 있던 물체가 손에 닿았다.

"잠깐……. 검은 구멍? 좋은 생각이 났어! 이리 와, 파벨. 저 사람들에게서 좀 떨어져서 **키다리 풀숲**을 따라가 보자. 조용한 장소를 찾아야 해."

"뭘 하려고요? 혹시 소풍 가요?" 개가 벌써 꼬리를 살랑대며 말했다.

"우리만을 위한 출입구를 만들어 보려고!"

비올레트와 개는 먼지구름에 숨은 채 살금살금 **키다리 풀숲**을 따라 걸었다. 정원 주민들로부터 충분히 멀어졌을 때 비올레트가 멈추라는 신호를 보냈다. 파벨이 투덜거리며 말했다.

"계획이 뭔지 설명해 줄래요? 천 사령관의 단검으로 키다리 풀들을 베는 건가요? 그렇다면 르비스의 검을 받아 오는 게 나을 뻔했어요."

"아냐, 단검은 사용하지 않아. 이거면 돼."

가방에서 나온 건 스카프였다. 스카프를 펴자 그 안에 싸여 있던 우스꽝스러운 미니 칼이 나왔다.

"그걸로는 아무것도 베지 못할 것 같은데." 토비가 비아냥댔다. "그 칼로도 안 되면 나한테 키다리 풀을 끊어 달라고 하려고? 이번만큼은 사양할게. 지금은 풀숲에 길을 내기 위해 나무를 갉고 싶은 기분이 아니라고."

"걱정하지 마, 토비. 너한테 그런 부탁을 할 일은 없을 테니까. 난 칼 말고 이 '밤을 삼킨 스카프'를 쓸 거거든!"

비올레트는 직사각형 천을 펼쳐 들고 눈앞에서 흔들었다.

스카프는 텅 빈 달 밑에서 이상하게 변한 모습 그대로였다. 너무나 까매서 밤하늘의 한 조각을 베어 온 것 같았다.

"오! 알겠어요." 파벨이 말했다. "하지만 생각대로 되진 않을 것 같은데……."

"백만분의 일의 확률도 안 될 거야." 토비도 한숨을 쉬었다.

"그래도 시도는 해 봐야지." 수호자가 결론을 내렸다.

비올레트는 스카프를 수풀에 갖다 댔다.

그러자 스카프가 풀로 붙인 듯이 수풀에 붙었고, 얼핏 보면 다른 세계로 향하는 터널 입구 같았다. 마치 텅 빈 곳으로 향하는 문이 열린 것처럼.

"백만분의 일의 기회야." 수호자가 친구들을 통로로 이끌면서 밝은 목소리로 말했다.

15
완벽한 정원

빛. **키다리 풀숲**의 반대편으로 넘어갔을 때 비올레트가 가장 먼저 본 건 바로 빛이었다. 십 대 시절, 휴대 전화로 사진을 찍을 때 필터를 입히던 것처럼 주변의 모든 색깔이 더 선명하고 생생했다. 눈앞에 펼쳐진 풍경은 한마디로 장관이었고, 황홀할 정도로 영롱하게 빛났다.

양쪽에 흐드러지게 피어 있는 꽃들, 끝이 보이지 않는 오솔길들, 탐스러운 과일들이 주렁주렁 열린 나무들, 반짝이는 물을 내뿜는 분수와 그 밑에서 평화롭게 물결치는 연못, 멋진 조각상으로 장식한 화단과 잔디밭…….. 조각상 대부분이 월계수가 조각한 것들과 많이 닮긴 했지만, 그보다 훨씬 크고 더 우아해 보였다. 한결같이 아주 값지고 세련된, 그야말로 진정한 작품들이었다.

"파벨, 보고 있니? 동화 속 나라나 뭐 그런 데 들어온 것 같지 않아?"

개가 고개를 끄덕이며 덧붙였다.

"동화 속 나라가 어떤지는 잘 모르지만, 난 왠지 이곳이 썩 마음에 들지 않아요. 자연 속에 있는 것 같지 않고…….. 주변이나 잘 살피자고요."

무엇보다 인상적이었던 건, 그곳을 지배하고 있는 질서정연함이었다. 자유분방한 **비밀의 정원**과 달리, 이곳은 웅장하고 대칭적인 건물을 찬양하는 자가 디자인한 것처럼 보였다. 비올레트는 말페르튀 저택의 정원이 떠올랐다. 남작은 여기다 그곳을 재현해 놓고 싶었던 모양이다. 훨씬 더 큰 규모에 훨씬 더 생생한 빛깔로.

"베르사유 궁전과 아즈텍 사원을 합쳐 놓은 것 같아!"

"뭐, 아무튼 깨끗하기는 하네요." 파벨이 한숨을 쉬었다. "여기서는 나무에 감히 오줌도 못 싸겠어요."

비올레트가 웃음을 터뜨렸다.

"그래, 네 말이 맞아. 이곳은 너같이 자유로운 이들을 위한 장소는 아닌 것 같아. 하지만 이 건물들 뒤에는 네 발 달린 친구들이 볼일을 보기 위한 공간도 틀림없이 있을걸!"

파벨과 수호자는 오솔길을 거닐면서, **비밀의 정원**을 장식했던 건물들을 발견했다. 특히 **거대 피라미드**는 이곳 한가운데, 화단과 분수들이 줄지어 서 있는 곳에 솟아 있었기 때문에 눈에 확 띄었다! **비밀의 정원**에서 도둑맞았던 건축물들이 하나도 손상되지 않은 모습으로 있는 걸 보니 그나마 안심이 되었다. 그것들은 사라진 게 아니라, 다른 세계로 옮겨졌을 뿐이었다. 비올레트는 안도와 분노가 뒤섞인 감정을 느꼈다. 베를린의 한 박물관에서 고대 사원들을 보았을 때 느꼈던 감정과 비슷했다. 그 사원은 아시아 건축물을 모두 분해해서 들여온 다음, 돌 한 장 한 장을 다시 쌓아 그대로 재현한 것이었다. 비올레트는 그 보물들을 보고 감탄하면서도, 원래의 땅에서 탈취해 왔다는 사실에 충격을 받았었다.

그나마 그것들은 수천 년도 더 전에 멸망한 문명의 것이었다. 그러나 **거대 피라미드**는 아직 존재하는 세계에서 훔쳐 온 게 아닌가!

비올레트는 **아솨아솨 구멍**을 통해 들여온 토템들이 어디로 옮겨졌는지 위치를 살폈다. **비밀의 정원**에 있던 것과 비슷한 받침대가 토템들을 받치고 있었다. 여기서도 정원 주민들이 기계를 조작했고, **비밀의 정원**에서 온 물건들을 손수레에 실어 중앙 길을 따라 운반하고 있었다.

"저들을 따라가자. 아니면 피라미드 반대편으로 가서 저들을 맞이할까?"

16
남작의 세계

"위르르방, 여기서 뭘 하는 거냐? 난 너랑 털 뭉치를 초대한 적이 없는데!"

큰 말 위에서 남작이 비올레트와 파벨을 노려보며 말했다. 그는 **거대 피라미드** 주위를 둘러싼 둥근 오솔길에서 그들을 덮쳤다.

남작은 혼자였지만, 소녀와 개를 협박하는 데는 굳이 근위대가 필요하지 않았다. 통솔자 몽둥이와 모르질만으로 충분했다.

비올레트는 두려움을 드러내지 않으려고 애썼다.

"**비밀의 정원** 안에서 내가 원하는 곳으로 가는 데 초대장이 필요한 줄은 몰랐네요, 모랑 씨!"

남작이 자신의 성을 듣고 흠칫했다. 비올레트는 일단 그의 평정심을 흔드는 것에 성공했다. 하지만 남작은 여전히 거만한 태도를 유지했다.

"여긴 **비밀의 정원**과 상관없어, 여긴 내 작품이거든. **비밀의 정원**이 아니라 **완벽한 정원**이란 말이다. 이왕 왔으니 내가 친절하게 직접 이곳을 안내해 주지, 네 집으로 돌아가기 전에 말이야. 네가 나의 세상을 감상하며 감탄할 마지막 기회다. 이후에 네가 여기에 다시 한번 발을 들여놓는다면, 후회하게 될 테니 꼭 명심하도록."

그 말에 비올레트는 오히려 안심이 되었다. 남작은 이 장소를 너무나 자랑스럽게 여겼기에, 사실 그녀가 필요했다. 남작에겐 이곳을 보고 감탄하고, 그를 뿌듯하게 만들어 줄 관객이 필요한 것이다.

'이 남자는 끔찍할 정도로 혼자구나.' 비올레트는 생각했다. '그가 뭘 하는지 훔쳐볼 필요가 없겠어. 본인이 직접 설명해 주고 싶어서 안달이니까!'

소녀는 앞장서서 걷는 검은 말의 뒤를 따라갔다.

남작은 자신이 만든 **완벽한 정원**의 오솔길로 비올레트와 파벨을 안내하면서, 길고 긴 연설을 늘어놓았다. 자신을 변호할 기회를 기다리기라도 한 듯이, 그는 **비밀의 정원**에서 먼지를 뒤집어쓰고 있던 건축물들이 이리로 옮겨 온 뒤에 얼마나 화려하고 장엄한 모습을 되찾았는지 강조했다.

"봐라, 새들이 나무 열매를 맛있게 즐기고 있지? **키다리 풀숲** 저편에서 이만큼 많은 열매가 맺힌 나무들을 본 적이 있나? 여기선 짐승들도 땅을 파거나 볼품없는 은신처에 숨어 살 필요가 없다. 송곳니를 가진 포식자들이 없으니까. 난 이 경이로운 세상에서 살 주민들을 신중하게 선택했거든."

광대한 잔디밭 위에서 뛰노는 사슴들과 토끼들은 정말로 놀랍도록 평온해 보였다. **비밀의 정원**에서는 땅굴을 차지하는 문제나 모자 색깔 때문에 이웃과 싸우는 일이 종종 있었지만, 여기선 어떤 짐승도 그런 걸로 다투는 일이 없었다. 그들은 걸음걸이도 아주 우아했다. 그런데 비올레트에겐 짐승들이 같은 동작만 되풀이하고 있는 것처럼 보였다. 마치 끝없는 공연을 하는 등장인물들 같다고 할까? 그것도 아무런 대사가 없는 공연을…….

"저 동물들은 말을 안 하나요?" 소녀가 놀라서 물었다.

"저 녀석들은 말할 필요를 조금도 느끼지 않지. 필요한 건 이미 다 제공되니까. 게다가 여기선 각자 제자리가 정해져 있거든."

"그러니까 그 자리를 정한 건 당신이로군요."

남작은 모르질을 멈추게 한 다음, 미소를 지으며 고개를 끄덕였다. 그 미소가 어린애같이 천진해 보여서 비올레트는 깜짝 놀랐다.

"맞았어! 넌 아마 상상도 못 할 거다. 이 **완벽한 정원**의 설계도를 만들기 위해 얼마나 어마어마한 노력이 필요했는지 말이야. 난 각자에게 한 가지씩 역할을 주었지. 작은 장식물들조차 직접 골랐고."

"**비밀의 정원**에서 약탈해 온 것들 말이죠?"

"약탈이 아니라 **구원**이지. 여기선 모두가 제 역할을 할 수 있으니까!"

"내겐 여기 있는 동물들이 놀이공원에 있는 로봇처럼 보여요."

남작은 대답하지 않았다. 그는 비올레트와 파벨을 **키다리 풀숲**에서 점점 더 멀리 이끌었다. 그들은 피라미드의 둘레로 이어지는 넓은 직사각형의 연못을 따라 걷고 있었다. 양쪽으로 기둥들이 늘어서 있는 길 끝에 돌과 벽돌, 나무로 지은 커다란 건물이 있었다. 파벨이 속삭였다.

"**버려진 오두막 들판**에 있던 돌들이에요! 저 돌들이 여기……."

"네 말이 맞아." 비올레트가 말했다. "하지만 저건 오두막이 아니야……."

남작의 검은 말이 걸음을 멈추었다.

"내 집을 보며 감탄하는 중인가? 공을 아주 많이 들이고 있지. 곧 완성될 거야. 그리고 마침내 난 저기서 영원히 살 수 있을 거다."

"저기서요? 그럼 당신의 집은 버리는 건가요?"

"**뾰족 담 성채**는 내 집이 아니야. 작업장일 뿐. 필요한 기계와 도구 들을 만드는 데 아주 유용했어. 필요한 게 있으면 언제든지 그곳으로 돌아갈 거다. 내 집이 완전히 마무리될 때까지는."

"난 **뾰족 담 성채**를 말하는 게 아니에요, 우리 세상에 있는 당신 집을 말하는 거죠. 말페르튀, 그게 그 저택의 이름이잖아요?"

남작이 억지 미소를 지었다. 그는 놀란 걸 들키지 않으려고 잠시 말을 골랐다. 소녀는 생각보다 그에 대해서 많은 것을 알고 있었다.

"난 그 집을 후회 없이 떠날 거야. 그 집을 생각하면 나쁜 기억들만 떠오르니까. 그쪽 세상은 죽음과도 같아. 그 집은 너무 누추하고, 너무 위험해."

"당신은 그 세상 사람이에요. 당신 딸 줄리에트도 마찬가지고."

그 이름을 들은 남작이 울부짖듯이 말했다.

"그만! 내 사생활을 뒤지고 다녀도 좋다고 허락한 적 없어, 위르르방! 당장 그 입 다물어. 안 그러면 널 여기서 순순히 내보내지 않겠다!"

그리고 위협하는 몸짓으로 통솔자 몽둥이를 번쩍 쳐들며 외쳤다.

"입 조심해……."

"남작, 조심해야 할 건 당신이야!"

그 말은 깊은 땅속에서 들려온 것 같았다. 놀란 남작이 고개를 돌려 어디서 소리가 났는지 살폈다. 모르질은 몸을 떨면서 발굽으로 땅을 긁었다.

작은 머리 두 개가 땅속에서 올라왔다. 예쁜 모자를 쓴 머리였다.

비올레트는 자신의 친구들이자, 사라진 마르그리트의 자매들인 두더지들을 보자 심장이 뛰는 걸 느꼈다.

"비르지니아! 시몬! 살아 있었군요! 얼마나 안심이 되⋯⋯."

"친구, 그런 이야기라면 나중에 케이크를 먹으며 차 한잔하면서 나누자." 비르지니아가 말을 끊었다. "지금은 이 멍청한 공원을 장식하겠다고 우리의 토템들을 훔쳐 간 저 남자와 대화를 마무리해야 하거든!"

"게다가 다른 이들도 저자에게 할 말이 있을 거야." 시몬이 덧붙였다. "그들이 네가 만든 통로를 통해 이 거지 같은 완벽한 세계로 들어왔단다."

뒤에서 소란한 소리가 들려왔다. 르비스를 태운 커다란 회색 개가 오솔길을 달려오고 있었다.

17
위협과 추억

남작이 멸시하는 표정으로 군중에게 고함쳤다.

"썩 꺼져! 너희들은 내게 절대 맞설 수 없어. 나는 너희의 무기도, 개들도 전혀 두렵지 않아, 애송이들아!"

르비스가 개의 등에서 내렸다. 수호자는 꺼칠한 회색 개를 금방 알아봤다.

"센다크! 드디어 만났구나! 좀 조용해지면 널 꼭 만나러 가려고 했어."

"난 **뾰족 담 성채**에서부터 너희를 따라왔어. 그건 그렇고 남작, 난 당신에게 아주 나쁜 소식을 갖고 왔어. 당신의 성은 이제 존재하지 않아. 내가 거길 떠나올 때, 흔들대는 바위가 그곳을 가루로 만들고 있었거든."

남작이 한 손을 모르질의 목에 얹고서 킬킬거렸다.

"**키다리 풀숲** 너머에서 무슨 일이 일어나든 상관없어. 그 빨간 돌멩이는 절대로 **아싹아싹 구멍**을 넘어오지 못할 테니. 그리고 난 돌멩이 따위는 조금도 무섭지 않다!"

자기 말을 증명이라도 하려는 듯, 그는 오솔길에 줄지어 서 있는 기둥들 가운데 하나를 통솔자 몽둥이로 쳐서 쓰러뜨렸다. 두꺼운 돌기둥이 부서지면서 돌 조각이 튀자 르비스가 옆으로 살짝 피했다. 그리고 검을 꺼냈다.

"내가 너라면 장난감 칼을 망가뜨릴 일 따윈 하지 않을 텐데." 남작이 비웃었다.

"우린 싸우기 위해 여기 온 게 아니에요. 내가 원하는 건 당신이 정원에서 훔쳐 온 것들을 다시 정원에 되돌려 놓는 거예요."

수호자의 말에 남작이 몽둥이를 들고 위협했다.

"훔쳤다고? 정당한 손해 배상을 받은 것뿐이야! 게다가 내가 옮겨 놓은 건 너희에겐 없어도 상관없는 것들이잖아. 정원이 내게서 빼앗아 간 건 무엇으로도 대신할 수 없고 다신 돌아올 수도 없는데……."

"무슨 말이에요?" 비올레트가 물었다.

그러자 남작의 얼굴이 일그러졌다. 증오도 경멸도 아닌 깊은 고통의 표정이었다. 비올레트는 자신이 그의 민감한 부분을 건드렸다고 생각했다. 게다가 모르질도 마치 주인과 똑같은 감정을 느끼는 듯이 온몸을 떠는 걸 보고 더 놀랐다. 남작이 분노에 가득 찬 목소리로 내뱉었다.

"피오나……. 내 사랑이자 내 딸의 엄마! 난 그녀를 빼앗겼단 말이다!"

비올레트는 그 무시무시한 폭로에 뭐라고 대답해야 할지 몰랐다.

"당신 아내의 일은 너무…… 유감이군요. 무슨 일이 있었던 거죠?"

"비열한 살인자가 언제부턴가 우리 가족 주위를 어슬렁거리더군. 숨어서 우리를 해칠 기회만 엿보면서 말이야. 내 아내는 사람을 너무 잘 믿는 여자여서, 그에게 종종 먹을 걸 주곤 했어. 그 스벤이라는 놈한테……."

비올레트는 주먹을 꽉 쥐고 이를 악물었다. 혹시나 했지만 막상 그 이름을 들으니 당황스러웠다. 하지만 정말로 그 소년이 남작이 말하는 살인자일 거라고 믿고 싶지 않았다. 남작이 계속 이야기했다.

"한번은 놈이 그 끔찍한 낡은 칼로 우리 집 포도송이를 자르고 있는 걸 보고는 쫓아 버렸지. 그런데 그놈이 내가 없을 때 다시 왔어. 정원에서 또 뭘 훔치던 걸 피오나에게 들키자…… 그놈이 아내를 칼로 찌른 거야."

"그런 끔찍한 일이……. 하지만 그게 **비밀의 정원**과 무슨 관계가 있어요?"

"그 못된 놈이 바로 **비밀의 정원** 안에 숨어들었거든! 나도 그놈을 뒤쫓다가 정원을 발견했어. 골짜기와 언덕 들을 이 잡듯이 뒤지고 다니면서 그를 찾았지만 이 정원 전체가 단결해서 그놈을 숨겨 주는 것 같더군."

처음에 남작은 비올레트에게 하는 말로 시작했지만, 시간이 가면서 그의 시선은 먼 곳을 헤매고 있었다.

"그놈이 이 정원의 구석구석을 다 알고 있어서, 어디로든 숨을 수 있다는 걸 알게 되었어. 난 그런 놈에게 잠시도 안식을 주고 싶지 않아서 아예 이 정원에 눌러살아야겠다고 결심했지. 그래서 정원의 모든 경계선을 다 돌아다니며 조사했다. 물론 칼드롱의 도움을 받아서. 그러다가 **키다리 풀숲** 뒤의 이 완벽한 장소를 발견했어. 내가 원하는 대로, 내 뜻대로 만들 수 있는 은신처 말이야. 그때 **완벽한 정원**에 대한 아이디어가 떠올랐지."

남작은 머리를 흔들었다. 자신이 생각에 깊이 빠져 있다는 걸 깨달은 것처럼. 그동안 그의 검은 말은 계속 히이잉거리며 한숨 섞인 울음소리를 냈다. 남작은 매서운 눈초리로 비올레트를 노려보면서 말고삐를 죄어 그를 진정시켰다.

"꼬마야, 내가 너와 무슨 협상이든 할 거라고 꿈에도 생각하지 마라. 난 정원 주민들처럼 순진하지 않거든. 넌 어린애라서 운이 좋은 거란다. 너와 토끼 친구를 그냥 보내 줄 테니 강아지들을 데리고 당장 여기서 꺼져. 이렇게까지 말했는데도 계속 여기 있겠다면, 몹시 후회하게 될 거다!"

비르지니아가 앞발을 들어서 모두의 주의를 끌었다. 두더지는 아주 진지한 어조로 말 위에 올라탄 거대한 인간을 불렀다.

"남작, 당신의 명령대로 우린 곧 이곳을 떠나겠어요. 그리고 당신이 말한 그 이야기를, 당신이 찾는 그자가 확인해 줄 수 있을지 알아보겠습니다. 그가 지금 당신의 영지 안에 있으니까요. 스벤이라고 했죠?"

18
빛나는 길

두 마리의 개와 그들 위에 탄 두 소녀는 **완벽한 정원**의 포장도로를 나란히 달렸다. 비올레트는 남작이 자기들을 쫓아오고 있는지 가끔씩 확인했다.

"당신 말이 맞았어요, 비르지니아. 남작이 거리를 두고 있어요. 우릴 잡고 싶지 않은 거예요. 단지 우리가 어디로 가는지 알고 싶은 것뿐이죠."

파벨의 머리 위에 앉은 두더지가 만족스러운 표정으로 고개를 끄덕였다.

"물론이지. 내가 그의 코앞에다 아주 포동포동하고 싱싱한 벌레 한 마리를 흔든 거나 마찬가지야. 그가 지금 원하는 건 스벤을 찾는 거니까."

비올레트는 핏자국이 말라붙은 천 사령관의 단검을 다시 떠올렸다.

"난 남작이 진실을 말했다고 믿어요. 스벤은 뭔가 끔찍한 일을 저질렀고 그것 때문에 숨어 있었던 거예요. 르비스, 스벤이 네게 아무 말도 안 했어?"

센다크의 등에 타고 있는 르비스가 머리를 흔들었다.

"전혀. **키다리 풀숲**의 검은 구멍 앞에 도착했을 때, 내가 너를 만나는 동안 스벤에게 숨어 있으라고 했어. 하지만 스벤이 기어코 자기도 가겠다고 해서 함께 오솔길로 올라갔지. 그런데 거기서 그 애가 **엄청 작은 망루**를 찾아낸 거야. 빛나는 조약돌을 가져올 수 있도록 내가 짧은 사다리를 만들어 줬어."

"오! 귀한 조약돌? 그는 괜찮아?"

"음, 우릴 보자마자 자기가 버려졌다고 불평을 하던걸. 그래도 건강해!"

두 소녀는 **거대 피라미드** 앞에 이르렀다.

"스벤은 저 안에 숨어 있어." 르비스가 말했다. "네가 가서 물어봐."

피라미드의 입구는 꽤 넓어서 두 소녀가 나란히 개를 탄 채 들어갈 수 있었다. 그리고 곧 미로 같은 통로가 나타났다.

"여기가 얼마나 복잡한지 그새 잊고 있었네." 비올레트가 한숨을 쉬었다. "르비스, 스벤이 어디에서 기다리고 있을지 말 안 했니?"

"음……. 여기 오자마자 곧장 이리로 가면서, 중앙 홀에서 기다린댔어."

"스벤이랑 너, 둘을 태우느라 얼마나 힘들었는지." 회색 개가 투덜댔다.

"난 네게 우릴 태우라고 강요한 적 없어." 르비스가 쌀쌀맞게 말했다.

"내가 없었으면, 넌 절대로 스벤을 부축할 수 없었을걸? 게다가 내가 성에서부터 뒤따라온 건 너희를 그냥 내버려 두려고 그랬던 게 아니니까."

그러면서 늙은 개는 더 부드러운 어조로 타이르듯이 덧붙였다.

"우린 한 배에 탔어. 천방지축 강아지들처럼 싸우고 있을 때가 아니잖아."

비올레트는 어떤 길로 가야 할지 고민에 빠졌다. 그녀는 어둠 속에 빠진 복도를 살펴보았다. 귀한 조약돌이 있었다면, 이번에도 꽤 유용했을 텐데! 그래도 스벤이 조약돌을 찾았다는 소식에 안심이 되었다.

그때, 그녀에게 아이디어가 떠올랐다.

"토비! 내 말 들려?"

"물론이야." 가방 밑바닥에 웅크리고 앉은 생쥐가 대답했다.

"지금 스벤의 냄새가 나?"

"아니, 그 애는 아주 멀리 있는 게 분명해. 하지만 유령들을 쫓아가 봐. 아마도 그들이 우릴 스벤에게 데려다줄 거야."

"유령들?"

비올레트는 잠시 주위를 둘러봤다. 과연 여러 개의 실루엣이 그들 주위를 떠다니고 있었다. 어두컴컴한 곳이라서 유령들의 모습은 눈에 거의 보이지 않았다.

소녀는 파벨의 등에서 내려 가장 가까이 있는 유령에게 다가갔다.

"뭐 하는 거야?" 르비스가 물었다.

"뭘 좀 시도해 보려고."

비올레트는 유령 앞에 섰다. 그리고 유유히 떠 있는 유령 쪽으로 한 발짝 내디뎌, 투명한 유령 속으로 들어갔다.

그러자 주변의 풍경에 다른 풍경이 입혀졌다. 언젠가 **가짜 폐허**에서 유령들을 통해 과거의 풍경을 보았던 것처럼, 유령의 기억을 통해서 이 장소가 새롭게 보였다…….

똑같은 벽이지만, 더 밝았다. 그리고 어떤 장면이 보였다. 스벤이 들고 있는 귀한 조약돌의 오렌지색 빛이 복도를 비추면서 미로 안에 밝은 빛의 흔적을 남기고 있었다.

"날 따라와." 유령을 쓴 비올레트가 말했다. "이 유령이 우리를 같은 편으로 여긴다면, 토비 말대로 스벤이 있는 곳으로 우릴 안내해 주겠지."

동료들은 중앙 홀이 있는 방향으로 갔다. 그들과 멀지 않은 어둠 속에서 모르질의 말발굽 소리가 울려서 누가 따라오고 있는지 알 수 있었다.

그 소리를 듣자, 비올레트의 머릿속에 희미한 생각이 떠올랐다. 뭔가 신경 쓰이는 게 있었다. 말과 관련된 건데…… 그게 뭘까……?

그러나 지금은 유령의 움직임을 따라가는 것에 집중해야 했기에 그걸 깊이 생각할 수 없었다. 그러자 그 생각은 곧 날아가 버렸다.

아까부터 귀를 쫑긋 세우고 있던 르비스가 친구에게 속삭였다.

"남작은 혼자가 아니야. 다른 자들의 발소리도 들리는 걸 보니, 근위대와 합류한 것 같아. 그들이 스벤을 만난다면…… 별일 없어야 할 텐데."

하지만 비올레트에겐 그 말도 들리지 않았다. 그저 자신을 이끄는 유령과 교류하는 신비한 상태에 빠져 있었다.

오직 한 유령하고만 기억을 나누는 건 **가짜 폐허**에서 겪었던 경험과 또 달랐다. 그때는 유령들이 각자 간직한 옛 기억을 합쳐서 세상을 보여 주었다. 그러나 지금 그녀를 안내하는 건 단 하나의 유령이 보여 주는 환상이었다. 그건 단순히 환상이 아니라…… 뭐랄까, 기억이나 생각이라고 하기엔 좀 약하고…… 기분이라고 할까? 그런 것까지 감지하게 했다. 비올레트는 아직 유령이라는 존재가 정확히 무엇인지 알 수 없었다.

바깥세상에선 유령이 죽은 자의 혼이며, 뭔가 억울한 일을 당했거나 미련이 남았을 때 그걸 해결하고 싶어서 산 자의 세상으로 돌아오는 거라고들 했다.

하지만 정원의 유령들은 그런 의도가 없을 뿐 아니라, 이렇다 할 자아도 없는 것 같았다.

비밀의 정원에서는 모든 존재와 장소가 토템과 연결되어 있다. 그리고 정원 주민들은 헤아릴 수 없이 많은 토템들을 돌보는 신성한 사명을 지니고 있었다.

한 토템이 제거되거나 파괴되면, 그 토템이 상징하는 것
도 사라진다. 하지만 하나의 토템이 잊히거나 닳아 없어지면, 혹
은 그 위에 새긴 상형 문자들이 지워지면, 그러니까 토템이 그저 바람에
깎인 매끄러운 돌이 되거나 썩은 나뭇조각에 불과하게 되어 버리면……
과연 어떤 일이 일어날까?

이런 질문이 어디서 시작됐는지 모르겠지만, 그 질문을 떠올리자 갑자기
서늘한 냉기가 비올레트를 감쌌다. 소녀는 순간 우울함에 사로잡혔다. 희
미한 이미지들이 지금 따라가고 있는 불빛의 선과 피라미드의 복도들과 서
로 겹쳐졌다. 자신의 머릿속을 스쳐 가는 인상 혹은 기분과 겹치기도 했다.

정원 주민들이 반인반수로 존재했던 아주 오랜 과거의 기억들. 인간들이
벌거벗고 다녔던 시대, 벼락과 혹한도 사슴이나 곰만큼이나 생기 있던 시대
의 언어들과 외침들……. 동화가 생겨나기 전에 존재했던 옛날이야기의 시
대. 칼드롱의 목록에도, 두더지들의 지식 속에도 없는 시대. **비밀의 정원**과
비올레트의 세상이 아직 뒤섞여 있던 시대. 유령들이란 이 세상의 마지막
기억들, 그러니까 대부분의 사람들은 잊었지만, 그 세상을 받아들이는 자들
에겐 여전히 존재하는 그런 기억들을 말하는 건 아닐까?

복도의 어슴푸레한 빛을 따라가던 그들 앞에 갑자기 중앙 홀의 밝은 빛이
쏟아졌다. 사방으로 날아다니다가 사뿐히 내려앉은 나비처럼, 비올레트의
질문들도 날개를 접고 사라졌다.

19
벚나무 밑의 재회

비올레트는 눈이 부셔서 반사적으로 눈을 가렸다. 잠시 뒤 손을 떼고 가늘게 눈을 떴다. 그들을 안내해 준 유령은 사라지고 없었다.

빛에 익숙해지면서 드넓은 홀 안의 세세한 것들이 다 보이기 시작했다. 홀 바닥은 풀로 덮여 있었다. 작은 언덕 위에는 벚나무 한 그루가 있었고, 그 언덕 주위에는 수십 그루의 나무들이 자라고 있었다. 수많은 동물도 거기 있었다. 동물들과 정원 주민들 그리고 다른 자들도 속속 도착했다. 그들은 남작이 부른 손님일까, 아니면 자신들의 운명이 이곳에 달렸다고 느끼고 스스로 따라온 것일까?

비올레트는 스벤부터 찾았다. 소년은 중앙 언덕 위, 벚나무 밑에 서 있었다. 그는 마치 공연을 하기 위해 관객들이 모이길 기다리고 있는 거리의 배우 같아 보였다. 동료 배우인 유령들이 그 곁으로 모여들었다.

스벤은 무언극 배우나 무용가처럼 천천히 몸을 움직였다. 하지만 비올레트는 그 몸짓이 정원의 주민들에게 보여 주기 위한 게 아님을 즉시 알아챘다. 그는 옆에 있는 유령들과 함께 춤을 추고 있는 것이었다.

르비스가 비올레트에게 속삭였다.

"난 처음에 저 애가 유령이 되고 싶다고 했을 때, 그 말을 진지하게 듣지 않았어……. 지금은 저 애가 진짜로 미친 게 아닌지 걱정되네."

"드디어 남작이 왔군!" 비올레트가 그녀의 말을 끊었다.

수호자 무리의 뒤를 밟고 따라온 남작이 모습을 드러냈다. 그 역시 곧장 스벤에게로 향했다. 그를 호위하던 근위대원들은 자신들의 사령관이 벚나무 쪽으로 가자 큰 홀의 모든 출구를 막았다.

"난 이런 상황이 싫어." 르비스가 말했다. "너 혹시 비밀 통로 같은 거 알고 있어?"

"저 위로 나가는 수밖에 없어." 비올레트가 머리 위, 저 높은 곳을 가리켰다. 까마득해 보이는 피라미드 꼭대기에 사각형의 푸른 하늘이 보였다.

남작이 스벤으로부터 몇 발자국 떨어진 곳에서 모르질을 세웠다.

"이번엔 절대로 도망칠 수 없을 거다. 드디어 네가 저지른 일의 책임을 질 시간이야."

당황한 스벤은 작은 나무 뒤로 숨으려 했다. 남작이 질책했다.

"적어도 내 앞에 와서 설 용기라도 가져 봐! 안 그러면 널……!"

"잠깐!"

이번엔 비올레트가 벚나무를 향해 갔다.

"위르르방!" 남작이 화를 내며 소리쳤다. "간섭하지 마라! 난 **완벽한 정원**, 내 집에 있는 거라고! 그리고 이 한심한 놈은 내게 해명해야 할……!"

"당연히 스벤은 당신에게 반드시 설명해야죠! 하지만 나도 그에게 볼일이 있어요."

개들과 함께 뒤로 물러나 있던 르비스가 중얼거렸다.

"이런! 쟤가 또 무슨 짓을 하려는 거야?"

파벨이 대답했다.

"주인님은 다 계획이 있어. 우린 믿고 기다리기만 하면 돼."

비올레트가 다가가자, 스벤이 손에 쥐고 있던 빛나는 작은 물체를 그녀에게 내밀었다.

"여기 당신의 예쁜 조약돌이 있어요. **엄청 작은 망루**에서 갖고 나왔어요. 받으세요."

비올레트는 귀한 조약돌을 받아서 가방에 담았다.

"고마워. 하지만 내가 찾으러 온 건 이게 아니야. 넌 나를 속였고, 내게 피해를 줬어, 스벤! 우리 얘기 좀 할까?"

스벤은 그녀가 뭔가 알고 있는 듯이 말하자 놀라서 멈칫했다.

"넌 내 가족의 신뢰를 저버렸어. 내 귀중한 유물들도 훔쳐 갔고. 귀한 조약돌과 여우 복면, 천 사령관의 단검 말이야. 내 친구들인 정원의 주민들에게 네 본래 모습도 속였지. 더 심한 건, 내 물건으로 사람을 해쳤다는 거야!"

비올레트는 천 사령관의 단검을 보여 주었다. 피가 말라붙어 있는 칼날을 보자, 그곳에 모인 주민들이 끔찍하다며 웅성거렸다.

"마…… 맞아요." 스벤이 우물거리듯이 말했다. "죄송해요……. 그럴 생각은 없었어요. 내가 사라져야 했는데……."

비올레트가 가방에서 하얀 물체를 꺼냈다.

"스벤, 네 친구와 함께 왔어. 네가 버린 토비 말이야."

수호자는 고양이 두개골을 쥐고서, 모두가 볼 수 있도록 들어 올렸다.

천천히 두개골의 턱이 벌어지면서, 토비가 수줍게 나타났다.

"스벤……!" 생쥐가 외쳤다. "네가 정원으로 가고 나서 난 처참했어. 줄곧 고양이들에게 쫓겼으니까……. 난 결국 도망쳤어. 우리가 예전에 함께 빠져 나갔던 그 창문을 통해 내 은신처로 돌아간 거지. 네가 날 위해 반짝반짝 윤이 나게 닦아 줬던 이 두개골 말이야. 넌 왜 날 버렸던 거니?"

수호자 뒤에서 남작이 초조해하고 있었다. 그가 무슨 말인가 하려다가 결국엔 잠자코 기다렸다. 그 역시 스벤의 대답이 궁금했기 때문이다.

모르질이 신경질적으로 히히잉거렸다. 거의 인간 같은 외침이었다.

비올레트가 토비에게 속삭였다.

"효과가 있어! 남작은 우리가 말하도록 시간을 줄 거야. 계속 그의 주의를 딴 데로 돌려야 해."

수호자가 곁눈으로 르비스를 살폈다. 르비스는 파벨과 센다크와 함께 가장 가까운 문 쪽에 서 있는 근위병들 뒤로 슬그머니 피했다.

스벤은 토비에게 말을 하려고 몸을 낮췄다.

"토비, 날 용서해 줘. 하지만 난 너와 함께 있을 수 없었어. 넌 그 일이 벌어진 곳에 있었던…… 증인이니까! 난 모든 걸 잊고 싶었거든."

그러더니 갑작스럽게 일어났다.

"맞아요, 난 당신의 아내를 죽였어요. 당신의 분노를 피하려고 할 수 있는 걸 다 했죠. 내 기억 속에서 어떻게든 그 순간을 지우려 애썼고요. 난 정원 주민들 속으로 숨고 싶었어요. 그리고 유령처럼 내가 지워지길 바랐죠. 하지만 그 무엇으로도 내 죄를 지울 순 없을 거예요……. 날 용서해 주세요!"

말 위에 앉아 있던 남자가 입술을 깨물었다.

"네 사과 따윈 관심 없어. 난 마침내 정의를 구현하게 됐다! 네가 모든 걸 망쳐 놨어. 내 인생을 처참하게 박살 내고, 내 딸의 인생까지……."

남작은 말을 멈추고, 동물들과 정원 주민들을 향해 돌아섰다. 마치 법정에서 판사와 배심원들을 설득하려는 것처럼 보였다.

"난 그 끔찍한 날을 똑똑히 기억하오……. 모르질과 함께 아주 긴 여행에서 돌아온 날이었소."

비올레트는 모르질이 자신의 이름을 듣고 몸을 떠는 걸 보았다. 말은 마치 소리를 지르려는 듯이 입을 벌렸다. 하지만 남작은 한 번의 손짓으로 말을 침묵시키고, 자기 이야기를 계속했다.

"피오나를 찾으려고 주방으로 들어가는데, 정원에서 비명이 들렸소. 난 얼른 달려갔고…… 저 녀석이 손에 칼을 쥔 채로 그녀 위에 몸을 굽히고 있는 걸 봤소. 저놈은 도망쳤고…… 난 아내를 살리려고 온갖 시도를 다 했소. 하지만 아내는…… 심장 한가운데를 찔렸더군요."

비올레트는 천 사령관의 단검을 생각하면서 이야기를 듣고 있었다. 그 유물은 바깥세상에서는 이 빠진 낡은 칼에 불과했다. 어릴 적 그 무기로 아빠를 위협했던 날이 떠올랐다. 그날 아빠는 영원히 도망쳤다. 그런데 그 칼로 스벤이 살인을 저질렀다니, 그 물건은 대체 어떤 운명을 지녔단 말인가?

남작의 이야기는 계속됐다. 모두가 숨죽이고 그의 말에 귀를 기울였다.

"난 너무 늦었다는 걸 깨닫고 말 위에 올라탔습니다. 살인자가 길 끝에 보였는데…… 개천을 뛰어넘더니 순식간에 사라져 버렸소. 모르질과 함께 나

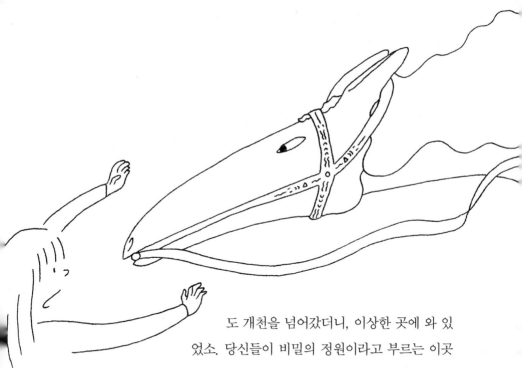

도 개천을 넘어갔더니, 이상한 곳에 와 있었소. 당신들이 비밀의 정원이라고 부르는 이곳에! 저 살인자가 정원 곳곳에 교묘하게 숨어 다닌 바람에, 내가 여지껏 그를 찾을 수 없었던 거요…….”

남작은 말을 재촉해 스벤에게로 다가가서는, 몽둥이를 높이 쳐들었다.

“스벤, 이제 넌 대가를 치러야 한다.”

“잠깐만요!”

비올레트가 급히 달려가서 그 남자와 스벤 사이를 가로막았다.

아까 통로를 걸어올 때, 뒤에서 들려오는 말발굽 소리에 잠깐 스쳤던 생각이 떠올랐다. 그녀는 말의 눈을 똑바로 바라보면서 말했다.

“모르질! 난 네 목소리를 들어 본 적이 없어. 하지만 넌 그 사건 현장에 있었잖아. 남작이 **비밀의 정원**에서 하는 모든 일에 함께했고. 정원의 짐승과 바위 들처럼, 너도 여기선 말을 할 수 있지? 흑마야, 넌 할 말이 없니?”

모르질이 히이잉거리며 긴 울음소리를 냈다……. 그리고 그 울음소리는 천천히 하나의 문장으로 변했다.

“히이잉! 히이이……이……제 때가 왔어. 모든 진실을 밝혀야 할 때가!”

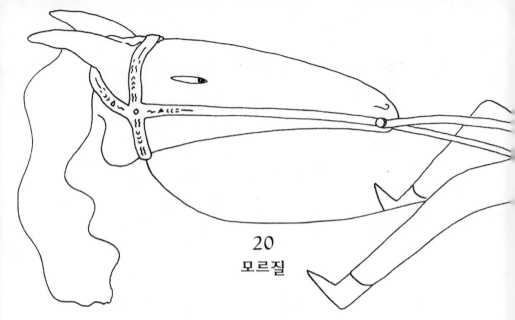

20
모르질

비올레트는 흡족한 미소가 새어 나오려는 걸 참았다. 자신의 생각이 옳았다. 남작이 그때의 사건을 이야기하는 동안, 말이 바란 것은 오직 한 가지였다. 자기도 말할 기회! 남작에게 완전히 충성하는 이 동물은 단지 강한 힘으로 위압감만 주는 그런 말이 아니었다. 다행히 수호자는 그에게도 마음이 있다는 걸 모르질에게 상기시킬 수 있었다.

여기저기에서 웅성거림이 일어났다. 정원 주민들, 근위병들, 동물들 그리고 나뭇가지에 앉은 새들까지도 예기치 않게 끼어든 모르질로 인해 놀란 눈치였다. 남작 역시 멍한 얼굴로 자기가 타고 있는 말을 내려다보았다.

말은 꼼짝하지 않고 스벤 앞에 잠시 서 있었다. 입을 다문 채 마치 제 목소리에 자기가 놀란 것처럼. 하지만 다시 천천히 입을 열었다.

"난…… 더는 참을 수 없어! 달리기, 계속되는 노동, 위험한 곳을 지나는 것, 심지어 전쟁까지도 피하지 않았지. 난 충성스럽고 헌신적인 일꾼이었어. 하지만 이젠 가만히 입을 다물고 범죄의 공모자가 될 순 없어, 남작."

남작은 다시 말을 통제하려고 시도했다. 강하게 고삐를 죄어, 반항하는

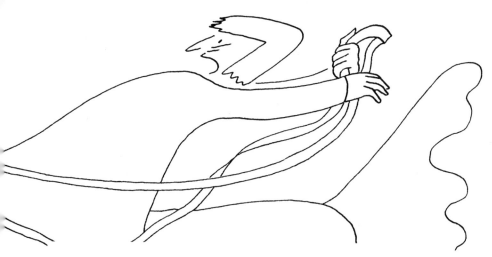

말의 입을 다물게 하려고 한 것이다.

"됐어, 그만해!" 남작이 명령했다. "네 의견 따위는 필요 없다고!"

"당신은 더 이상 나를 침묵하게 할 수 없어!" 모르질이 대꾸했다. "당신을 정원에 들인 건 나야. 난 잘못을 반드시 바로잡겠어."

말은 그렇게 말하면서 뒷발질을 하여 남작에게 경고했다.

"당신은 나나 모든 주민들에게 당신의 법을 강요해 왔지. 하지만 내가 없으면 당신은 아무것도 아니야! 이 정원 세상의 불쌍한 주민들에게 어떤 두려움도 주지 못할 테니까. 그들이 당신을 신뢰하는 건 그저 당신이 강해 보여서야. 그런데 그건 내 등 위에 올라타 있을 때의 이야기지. 내가 없었으면 당신은 적들을 이기지 못했을 거고, 유물도 찾아내지 못했겠지! 당연히 이 사막 한가운데에 당신의 왕국을 세울 수도 없었을 테고!"

수호자는 모르질의 눈에서 분노와 함께 정의에 대한 갈증을 읽었다.

"모르질이 뭔가 중요한 말을 할 것 같군요. 아마도 남작, 당신과 관련된 일일 테죠. 그가 우리 모두에게 진실을 말하게 놔두세요."

모르질이 거기 모인 자들을 차례로 응시했다. 비올레트는 그의 시선을 따라가다가 새로운 자들이 왔다는 걸 알았다. 아스테르와 근위병들이었다.

하지만 **비밀의 정원**에서 온 자들은 그들뿐만이 아니었다. 블루베리와 연꽃과 또 다른 정원 주민들도 합류했다. 군중들은 점점 더 늘어나고 있었다.

'모두가 이 재판에 참석했군.' 비올레트는 생각했다. '이건 스벤에 대한 재판일까…… 아니면 남작에 대한 재판일까?'

모르질이 더욱 확신에 찬 목소리로 말했다.

"남작, 나 역시 당신의 아내 피오나가 죽었을 때 고통과 분노를 느꼈어. 그녀는 정말 유쾌하고 다정한 주인이었지. 내가 당신을 도와서 그녀를 찌른 자를 쫓아가던 것도 그녀를 추모하기 위해서였어."

"그렇고말고!" 남작이 소리쳤다. "모르질! 그런데 네가 원하는 게 뭐지? 만일……."

"그때 나는 한 마리 짐승에 불과했어. 한마디로 노예였지. 그러다 정원에 와서야 비로소 각성하게 됐어. 말을 이해하기 시작했고, 생각도 깨어났어. 하지만 아무것도 말하지 못했지. 당신이 자만감에 차 있고, 나 또한 당신을 따르는 데 익숙해져 있어서 감히 그럴 수 없었던 거야. 그러다 당신은 결국 스벤 찾기를 중단하더군……. 그런데 난 스벤을 보는 순간, 그날의 기억이 다시 돌아왔어. 그 기억은 내 의무를 일깨워 주었어. 이미 일어난 비극에 당신이 다른 범죄를 더하는 걸 막아야 할 의무."

남작은 입을 다물고, 이어질 말을 기다렸다. 이 장면을 보고 있는 관객들도 마찬가지였다. 말이 깊은 숨을 쉬었다.

"그때 난 거기 있었어, 그 결정적인 순간에. 당신이 마구간에 있을 때, 난 무슨 일이 일어났는지 똑똑히 봤다고! 피오나는 지붕 가장자리에 서서 분주하게 일을 하다가, 그만 발을 헛디뎌 지붕 밑 빗물받이 홈통을 붙잡고 매달렸어. 나도 그녀의 비명을 들었지. 집 근처 과수원에 숨어 있던 청년도 마찬가지였고, 그는 칼을 들고 몰래 과일을 따고 있었어."

모르질이 기억을 되새기려는 듯이 잠시 뜸을 들였다.

"홈통이 부서지면서 피오나가 떨어지던 순간, 저 청년이 그녀를 *구하려고*

두 팔을 앞으로 내밀며 황급히 달려갔지. 그는 피오나를 받는 덴 성공했지만, 떨어질 때의 충격 때문에 둘은 함께 데굴데굴 굴렀어. 저 청년이 도저히 믿을 수 없다는 표정으로 손에 든 칼을 바라보던 모습이 지금도 눈에 선해. 칼은 그가 구하려던 여자의 피로 붉게 물들어 있었어."

'구하려고 했다'는 말에 그 자리에 모인 모두가 술렁였다. 모르질은 슬픈 얼굴로 자신의 증언을 마무리 지었다.

"그때 당신이 왔어. 당신은 다 목격했다고 믿었지만, 하나도 못 봤어."

"거짓말이야!" 남작이 외쳤다. 그는 말의 옆구리를 통솔자 몽둥이로 때리려고 팔을 들었다.

그러자 모르질은 뒷발로 벌떡 일어서, 남작을 공중으로 내던져 버렸다! 벚나무에 앉아 있던 새들이 놀라서 날아갔고, 남작은 나뭇가지로 떨어졌다. 가지가 무게를 못 이기고 부러지며, 남작이 땅에 떨어지기 직전이었다!

"오, 안 돼!" 비올레트가 울부짖었다.

군중도 비명을 질렀다. 그러나 남작은 무사했다. 그는 자기 밑을 내려다보고는 다치지 않은 이유를 깨달았다. 그 밑에 스벤이 깔려 있었다…….

21
마지막 결투

홀 안은 숨 죽여 비극을 지켜본 군중들의 외침과 저마다의 소견으로 다시 웅성거렸다. 각자가 이 상황에 대해 한마디씩 하기 시작했다.

"우리가 그동안 속았던 거야!" 몇몇 정원 주민들이 속삭였다.

"말이 내 눈을 뜨게 해 줬군." 한 근위병이 투덜거렸다. "이 남자를 따라다니면서 얻는 이익이 뭐지? 그가 건설한 낙원은 오직 자기를 위한 거였어. 우린 그저 수고한 것밖에 없잖아!"

그 의견에 모두가 동의한 건 아니었다. 아스테르와 다른 두 병사는 급히 다가가서 남작을 일으켰다. 비올레트는 늘어져 있는 스벤을 살피러 뛰어갔다. 유령 한 무리도 그가 깨어나길 바라며 곁을 빙빙 돌았다.

이런 혼란을 틈타서, 남작은 자신의 몽둥이를 집어 들었다. 그를 감시하고 있던 모르질이 소리를 질렀다.

"히이잉, 남작이 도망치이이이인다아아!"

남작은 가장 충실한 근위병들의 호위를 받으며 가까운 문을 향해 정신없이 달려갔다.

　하지만 그 문은 르비스와 개 두 마리가 지키고 있었다.

토끼 소녀가 남작이 나가지 못하게 검으로 그를 위협했다.

　"멈춰! 당신은 사람들 앞에서 해명하기 전엔 여기서 나갈 수 없어!"

　파벨과 센다크도 송곳니를 드러내고 으르렁거리며 출구를 막아섰다.

　남작은 통솔자 몽둥이를 휘두르면서 한 걸음 뒤로 물러섰다가 다시 공격했다! 르비스는 간신히 공격을 피할 수 있었지만, 대신 검이 몽둥이와 부딪친 충격 때문에 심하게 진동했다. 하지만 황제의 검은 잘 견뎌 냈다.

　남작은 또다시 가격하려고 몽둥이를 치켜들었다. 르비스는 이번 공격이 아까보다 더 강하면, 황제의 검이 부서질 수도 있다는 생각이 들었다. 그럼에도 그녀는 몽둥이 끝에 달린 주먹을 향해 검을 날리면서 외쳤다.

　"어디 한번 '어린애들 소꿉장난' 맛 좀 보시지!"

　황제의 검이 남작의 무기를 두 동강 냈다. 금속으로 만들어진 주먹이 멀리 튕겨 나갔다.

　남작은 믿을 수 없다는 눈으로 아직 자기 손에 들려 있는, 이제는 쓸모없게 된 나무 막대기를 바라봤다. 앞에 보이는 출구는 여전히 두 마리의 털북숭이들이 막고 있었다. 어떻게 도망치지?

　그는 불현듯 떠오른 생각에 따라, 몽둥이를 휘휘 돌리다가 멀리 휙 던졌다. 그리고 개들에게 소리쳤다.

　"가서 물어 와!"

　그 말과 동시에 두 마리 개가 펄쩍 뛰어서 몽둥이를 쫓아갔다. 앞서가던 파벨이 몇 걸음 만에 멈추고 짖어 댔다.

　"센다크! 우리가 속았어!"

　"이런, 두 번이나 속다니!" 회색 개가 탄식했다.

개들은 곧 방향을 돌렸다. 하지만 이미 늦었다. 남작은 피라미드의 깊은 곳으로 도망치고 난 뒤였다.

르비스는 그가 멀어져 가는 소리를 들으며 땅을 살폈다. 곧 무언가를 발견하고 허리를 굽혀 그것을 주웠다.

"그게 뭔데?" 비올레트가 물었다.

"남작의 무기 끝에 붙어 있던 금속 주먹. 흠, 이걸 수리하는 건 불가능하겠군. 이제 이건 유물이라고 할 수 없겠어. 게다가 무게가 엄청나! 들고 다니지도 못해."

르비스가 그 청동 조각을 멀리 던져 버리려고 할 때, 비올레트가 다급하게 외쳤다.

"그렇다면 나한테 줘. 내가 기념으로 가져갈게……."

커다란 홀 안에서는 혼란과 웅성거림이 차츰 차분함으로 바뀌었다. 이 비극의 순간을 지켜봤던 관객들 대부분은 피라미드를 떠났고, 비올레트와 그의 친구들만 남았다.

블루베리의 아내인 연꽃이 배낭에서 약초를 꺼냈다. 늪지에서 자라는 그 약초를 스벤의 이마에 발라 주었다.

"몸이 불덩이야! 이 청년이 기절한 건 남작 때문이 아닌 것 같아. 그의 감정이…… 마치 늪지 국수 냄비처럼 과열된 거야!"

저만치에 서 있는 모르질 역시 떨고 있었다. 비올레트가 그에게 다가갔다.

"모르질! 너도 진정제 약초가 필요한 거지?"

"아니, 괜찮아. 난 단지 파리 한 마리가 귀찮게 해서 그러는 거야. 가엾은 옛 주인의 운명 때문에 그렇기도 하고……. 난 주인에게 가야 해."

"다시 남작의 집에 돌아가려고?

"내가 없으면 그는 자기 세계로 돌아갈 수 없어. 구렁을 건널 수 없으니까. 그를 외면할까 싶기도 했지만, 어린 줄리에트에겐 아빠가 필요해."

비올레트는 모르질과 함께 출구로 향했다.

"모르질, 만일 남작이 우리 세계로 돌아가면, 다시는 **비밀의 정원**으로 돌아올 수 없을 거라고 네가 말했지? 정말 그럴 거라고 믿니?"

"물론이야. 그는 내 도움이 없이는 돌아올 수 없으니까."

"나 역시 이 장소에서 추방당했었어. 그런데 그 이유를 모르겠더라. 처음엔 어른이 되어서 그런 줄 알았어……. 하지만 남작도 어른이잖아. 그럼 인간이 **비밀의 정원**에 들어올 수 있고 없고는 무엇에 달린 거지?"

"두 가지 조건이 있어. 우선 통로를 찾아야지. 내 생각엔 그 구렁 말고도 다른 통로들이 많이 있을 것 같아. 그리고 아마 이 정원이 아닌 다른 정원들로 향하는 통로들도 있을 거야."

비올레트는 고개를 끄덕였다. 그건 자신 역시 오래전부터 생각해 오던 것이기도 했다. **비밀의 정원**은 인간이 접근할 수 있는 여러 세상 중 하나일 뿐이다. 이 **완벽한 정원**의 존재가 그런 직감을 확인시켜 주었다.

"그래, 통로! 남작은 통로를 알고 있었어. 그럼 또 다른 조건은 뭐지?"

"그건 토비와 파벨이 말해 줄 수 있을 거야. 내가 이해한 바로는, 인간은 동물이 가진 생명의 불씨를 동반해야만 해. 다시 말해, 반드시 동물과 함께여야만 들어올 수 있는 거지."

비올레트가 입을 딱 벌렸다. 정말일까?

그녀는 두 세계 사이를 오갔던 여행을 다시 떠올려 봤다. 처음엔 파벨과 함께 정원에 들어왔었다. 그다음엔 토비와 함께. 토비는 스벤과도 함께 왔었고, 르비스는 센다크와 함께였다. 그래, 르뮈엘도 고양이 메이와 함께 창문을 넘었다고 했다.

그녀가 생각에 잠겨 있는 동안 파리가 머리 위를 붕붕거리며 날아다녔다. 비올레트는 손짓으로 파리를 쫓다가, 한 가지 중요한 점이 생각났다.

"그렇게 단순하진 않을 것 같아. 난 지난번에 파벨 없이도 건너온 적이 있었어. 파벨이 파괴의 여신에게 잡혀 있었을 때. 하지만 그때 우리 사이의 유대감은 굉장히 강했지……. 그렇다면 그 유대감으로 충분하다는 걸까?"

"난 그렇다고 봐. 그런데 그 연결은 당신이 그의 토템을 만들었을 때 끊어졌을 텐데. 토템이 생기면서 그 흰 개는 정원의 진짜 주민이 되었으니까."

다시 파리가 와서 모르질의 머리에 앉았다. 파리는 이 대화에 무척 관심이 많은 것 같았다! 비올레트가 깊은 생각에 빠진 채 대답했다.

"그래도 모든 게 다 설명되진 않아. 내가 어른이 되어서 처음 정원에 돌아왔을 때, 난 혼자였거든. 파벨도 없었고, 토비도 없었어……."

"정말 그럴까? 아주 작은 곤충도 큰 짐승과 똑같이 그런 능력을 갖고 있을 수도 있어!" 모르질이 말했다.

그리고 고갯짓으로 파리를 쫓고 나서 검은 말이 말했다.

"이젠 난 갈게. 이 대화가 내게 확신을 줬어. 난 마지막으로 남작과 함께 가야 해. 내가 없으면 그는 절대로 **솨아솨아 구렁**을 건널 수 없고, 집으로 돌아갈 수도 없으니까. 그를 집으로 돌려보내는 것만이 남작을 이 정원에서 떼어 놓는 최선의 방법이잖아."

"넌 돌아올 거니?"

"아니, 우린 이곳에서 너무나 많은 악행을 저질렀어……. 안녕, 수호자!"

그 말을 마지막으로 모르질은 남작이 사라진 방향으로 달려갔다.

22
사암

그 이후엔 모든 게 아주 빨리 진행되었다. 정원 주민들과 다른 주민들은 **완벽한 정원**에 있는 토템들을 모두 밖으로 갖고 나갔다. 이 소중한 것들을 **비밀의 정원**으로 돌려보내는 일은 월계수가 지휘했다. 그는 남작이 지워 버린 장소와 인물 들을 하나하나 되살리느라 칼드롱과 그 귀중한 목록들의 도움을 받았고, 각 토템의 원래 자리를 찾아 주기 위해 동분서주했다.

모든 작업이 끝나고 비올레트와 파벨 그리고 르비스는 완전히 달라진 **완벽한 정원**을 바라보았다. 휑하니 비어 버린 그곳은 사막보다 더 삭막해 보였다. 토템들을 **비밀의 정원**으로 모두 돌려보내자, 이 작은 세상을 장식하고 있던 건물들도 모두 사라졌다. 남작의 집만 남았을 뿐이다. 울타리로 둘러싼 드넓은 직사각형 마당 끝에 있는, 짓다 만 주택이었다.

세 친구는 **아솨아솨 구멍** 밑에 섰다. 사다리만 있으면 넘어갈 수 있었다.

"우리도 돌아가자!" 르비스가 그 통로를 가리키며 말했다. "난 센다크와 약속한 게 있어. 늑대들의 토템이 제자리를 찾도록 도와주겠다고 했거든."

파벨은 한마디도 안 했지만, 꼬리를 살랑거리는 걸 보니 그 계획을 기뻐하고 있었다. 늑대 여럿이 이미 돌아왔고, 키티를 찾는 일만 앞두고 있었다.

비올레트가 고개를 저었다.

"르비스, 먼저 가. 나중에 뒤따라갈게. 난 왔던 길로 돌아가야 해. 약속을 꼭 지켜야 하니까. 파벨, 너도 같이 갈 거지?"

개가 비올레트의 뒤를 따르면서, 르비스에게 잊지 않고 한마디 했다.

"키티에게 내가 곧 간다고 전해 줘!"

"키티가 널 기다릴 거라고 생각해?" 비올레트가 놀리듯 물었다.

개가 끄덕였다.

"틀림없이요."

***

키다리 풀들에 붙은 새카만 밤의 직사각형은 그 자리에 그대로 있었다. 파벨과 비올레트는 어려움 없이 그 안으로 들어갔다.

그곳을 통과하자마자 그들은 **비밀의 정원**으로 돌아와 있었다. 그리고 비올레트가 예측한 대로 거기서 그들을 기다리고 있는 자가 있었다. *누구*라고 해야 할지, *무엇*이라고 해야 할지……

거대한 붉은 돌, 흔들대는 바위였다. 그 바위는 참을성 있게, 약속에 충실하게 그 자리에 그대로 머물러 있었다.

파벨이 짖었다.

"정말 끈질기게 따라……!"

갑자기 그가 당황한 표정으로 말을 끊더니, 잠시 뒤에 다시 입을 열었다.

"잠깐, 그러니까 주인님이 말한 약속이 바로 이거였어요? 아, 이럴 줄 알았다면 키티를 만나러 갈걸……."

"자, 진정해. 결국 이 착한 바위가 우리를 도와준 셈이니까!"

개는 멀찍이 떨어져서 쿵쿵거리며 붉은 바위의 냄새를 맡았다.

비올레트가 앞으로 나아가 돌 표면에 손을 댔다. 소녀는 다시 느낄 수 있었다. 심장 박동보다는 느리지만, 생명이 느껴지는 깊은 쿵쿵거림을.

수호자가 바위에게 말을 걸었다.

"네가 날 기다리는 것 같아서 다시 왔어. 넌 나를 찾았고, 우리가 만난 순간부터 날 따라왔지."

바위가 비올레트의 손 밑에서 진동하기 시작했다. 비올레트는 박동 소리가 점점 빨라지는 걸 느끼면서 말을 이었다.

"내가 널 깨운 거라는 생각이 들어. 그리고 넌 뭔가를 내게서 기대하고 있는 것 같고. 그래, 내가 널 바위 감옥에서 해방시키기 위해 노력해 볼게."

"바위 감옥이요?" 파벨이 물었다. "그게 무슨 말이에요?"

비올레트가 대답 대신 한 가지 질문을 했다.

"타원형에다, 구를 수 있고, 그 안에 살아 있는 생명을 품고 있는 게 뭐지?"

개가 잠시 생각하는 동안 비올레트는 가방에서 남작의 몽둥이에 붙어 있던 청동 주먹을 꺼냈다. 그러더니 그 무게를 대충 가늠해 보고 나서 말했다.

"이건 모든 걸 부술 수 있댔어. 돌 껍데기도 부술 수 있는지 볼까?"

"알이다!" 파벨이 외쳤다.

"맞아, 그게 내가 도달한 결론이야." 비올레트가 바위의 표면을 청동 주먹으로 몇 번 툭툭 치면서 말했다. "그렇다면…… 이 안에 있는 녀석은 껍데기를 깨고 나오고 싶겠지."

돌 깨지는 소리가 울려 퍼졌다. 붉은 바위 표면에 길게 금이 쫙쫙 갔다.

"조심해요!" 파벨이 외쳤다.

돌 전체에 금이 가고 있었다. 돌 조각이 하나 떨어져 나가더니 비올레트의 발밑으로 떨어졌다. 소녀가 뒤로 물러났다.

둥근 바위에 생긴 금이 점점 길어지면서 마침내 와지끈하는 소리를 냈다.

"알이다! 정말 알이야! 부화하는 중이야!" 파벨이 외쳤다.

"이건 알보다 훨씬 더 희귀한 거야!" 가방 안에서 작은 목소리가 들렸다.

귀한 조약돌! 스벤이 비올레트에게 돌려준 뒤로 처음으로 입을 열었다.

"너, 이제 화가 풀린 거야? 내가 널 **엄청 작은 망루** 안에 놓고 온 걸 용서해 주는 거지?"

"쳇!" 비올레트가 조심스레 그를 가방에서 꺼내자 조약돌이 투덜거렸다.

"나도 같이 봐도 돼?" 토비가 가방 속에서 졸랐다.

사람과 두 동물과 조약돌, 넷은 바위가 변하는 모습을 함께 지켜봤다.

표면의 돌 조각들이 떨어져 나갈수록 점점 더 분명한 형태가 드러났다. 그건 여전히 둥글고, 붉고, 거대했지만, 팔과 다리를 갖고 있었다. 거대한 몸과 엄청나게 큰 머리에 비하면 아주 짤막한 팔다리였지만……

그 팔다리들이 꿈틀거렸다. 눈과 입도 보였다. 마지막 돌 조각이 떨어지자, 돌 생명체가 앉은 자세로 날카로운 소리를 질렀다. 인간의 소리는 아니지만, 왠지 감동적인 소리였다.

"아기다!" 파벨이 외쳤다.

"아기 트롤이야!" 귀한 조약돌이 정확하게 말했다. "트롤이 탄생하는 건 아주아주 드문 일이야. 살아 있는 존재가 깨워 줄 때만 가능한 일이거든."

"아기? 저렇게 큰데?" 토비가 놀라서 찍찍거렸다. "아무리 트롤이라고 해도 너무 크다!"

조약돌은 강연하는 학자 같은 말투로 말했다. 그가 좋아하는 말투였다.

"그래요, 트롤들은 이렇게 태어나는 겁니다. 거인 중의 거인인 트롤들은 더 자라는 법이 없지요. 살아가는 동안 그들은 계속해서 닳아지고, 날카로운 모서리들이 깎이기 마련입니다. 물과 바람이 자신을 조각해 주도록 몸을 내

맡기지요. 그러면서 아주아주 천천히 줄어드는 겁니다. 그래서 그들 중에서 가장 나이가 많고, 가장 지혜로운 트롤들은 쇠똥구리만 하답니다."

비올레트가 놀란 눈으로 조약돌을 바라봤다. 그녀는 궁금한 게 많았지만 그냥 이렇게만 말했다.

"만일 내가 생각하는 게 맞다면, 아기의 이름을 알겠어."

그리고 거대한 아기에게 말을 걸었다.

"아기 트롤아, 넌 사암으로 이루어진 샌드스톤이야. 네가 태어나서 정말 행복해. 네가 이 정원의 모든 주민과 평화를 누리며 즐거운 삶을 살도록 축복할게! 우리랑 함께 가자, 네 가족들이 사는 동굴로 데려다줄게."

네 친구는 길을 떠났고, 갓 태어난 트롤도 그 옆에서 아장아장 걸었다.

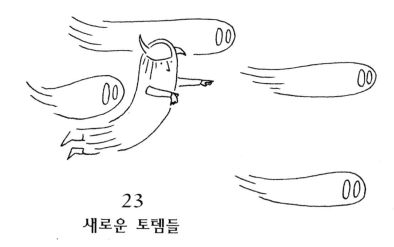

23
새로운 토템들

두 바위 언덕 꼭대기에 앉은 르비스와 비올레트는 두더지 세 마리와 함께 작업에 관해 이야기를 나누었다. 마지막 남은 토템들을 제자리로 돌려놓는 일이었다. 그 임무의 지휘는 스벤이 맡았다.

스벤은 마치 유령들과 춤을 추는 것처럼 보였다. 하지만 비올레트는 그와 똑같은 체험을 겪었기에, 그를 완벽하게 이해할 수 있었다. 스벤은 투명한 존재들과 함께 움직이면서, 유령들의 내면을 통해 토템들의 정확한 위치를 찾아냈다. 그리고 가끔 일을 멈추고, 토템들을 정성스럽게 제자리에 옮기고 있는 동물과 트롤과 정원 주민 들에게 설명하고 지시를 했다.

"정원이 이전과 똑같은 모습으로 돌아와서 얼마나 벅찬지 모르겠네!" 시몬이 기뻐했다. "이제 더는 사라질 위험이 없다는 걸 아니까 마음이 놓여서 더 좋아!"

"그래도 결국은 사라지고 말 거야." 마르그리트가 투덜댔다. "이 토템들도 언젠가는 닳고 말 테니까……."

"그래도 흔적은 영원히 남을 거야." 비르지니아가 말했다. "확실해."

르비스가 쌍둥이 바위의 상형 문자가 새겨진 표면을 손으로 쓰다듬으며 한숨을 지었다.

"그래, 흔적……. 난 여기서 영원히 살면 어떻게 될까 생각해 보곤 해. 이 돌이 다 닳을 때까지 산다면, 내 이름이 모두에게서 잊힐 때까지 산다면 어떨지……."

비올레트가 놀라서 르비스에게로 몸을 돌렸다.

"이 돌? 그럼 이게 네 토템이란 거야?"

"맞아. 그리고 그 옆에 있는 토템은 센다크의 것이야. 내가 직접 세웠어, 이 **비밀의 정원**에서 계속 살기로 결정한 날."

비올레트는 그동안 감히 입 밖에 내지 못했던 질문을 꺼냈다.

"르비스, 그 결정을 후회하니?"

토끼 소녀가 약간 억지 웃음을 터뜨렸다.

"하하하, 아니! 만일 그랬다면 미쳐 버렸겠지. 난 조금도 후회하지 않아, 저쪽 세상은 내겐 이미 아주 오래전에 죽었는걸."

조금 아래쪽에서 월계수와 블루베리가 방금 만든 두 개의 토템을 세우러 올라왔다. 두 소녀의 대화를 띄엄띄엄 듣던 월계수가 뿌듯한 듯 말했다.

"그래도 스벤의 토템은 거의 닳지 않을 거야. **매끈 산**의 화강암으로 조각했거든."

그는 자기가 직접 조각한 석상을 자랑스럽게 가리켰다. 그 석상의 손에는 뼈를 깎아 만든 또 하나의 작은 조각상이 들려 있었다. 토비의 토템이었다.

비올레트가 미소를 머금고 말했다.

"토비와 스벤! 그들도 이곳에 남게 됐구나……. 둘은 모두에게 큰 도움을 주고, 존경받는 주민이 될 거야."

"고양이들에게도?" 생쥐가 약간 불안한 표정으로 물었다.

"이젠 고양이들을 두려워하지 않아도 돼." 비르지니아가 웃으며 말했다. "정원에 있는 모든 주민이 널 조용히 놔두기로 약속했어. 네가 이 정원을 위해 해 준 모든 일에 고마워하는 뜻으로 말이야."

"그리고 키티도 맹세했어. 너의 콧수염을 건드리는 자는 누구라도 늑대들이 가만두지 않을 거라고." 파벨이 덧붙였다.

월계수가 비올레트 옆에 와서 앉았다. 어쩐지 안절부절못하고 있었다.

"월계수! 내게 무슨 할 말이라도 있어?"

"흠…… 그래, 수호자. 토템 말인데…… 난 당장 네 토템도 만들 수 있어. 네가 여기서 영원히 살 수 있도록. 그러면 복잡한 저쪽 세상에 대해 근심할 필요가 없잖아. 난 참나무가 어떨까 싶어. 소사나무도 괜찮고……."

그녀는 오랫동안 말이 없었다. 이윽고 친구를 보며 어깨에 손을 얹었다.

"월계수, 나도 많이 생각해 봤어, 큰 사건을 겪을 때마다⋯⋯. 하지만 내가 이 세상에 영원히 속하게 되면, 더는 수호자일 수 없단 걸 너도 알 거야."

"우리가 사랑하는 건 '수호자'가 아니야. 비올레트, 널 사랑하는 거라고! 네가 여기 없을 때면 모두 너를 많이 그리워해⋯⋯."

비올레트는 목이 메었다. 이 이상한 친구들을 잃는다고 생각하면 마음이 아렸다. 그래서 크게 심호흡을 할 수밖에 없었다. 그녀는 대답했다.

"나도 너희가 무척 그리울 거야. 하지만 난 결심했어. 난 르비스와 달라, 저쪽 세상으로 가야 해⋯⋯. 저긴 이 세계와 다르게 흘러가. 난 늙고, 언젠가는 사라지겠지. 하지만 내겐 거기서 살아 내야 할 순간들이 있어. 다음 세대에게 전해 줄 추억들도 있고. 거기에도 내게 중요한 사람들이 있거든."

비올레트는 일어섰다. 그리고 언덕을 내려갔다. 익숙한 풍경이 펼쳐졌다. 정원 주민들이 다시 마을을 건설하고 있는 **너른 잔디밭**, 늑대들이 돌아다니기 시작한 **풍요 숲**⋯⋯. 이 정원으로 돌아오기까지 너무나 오랜 세월이 걸렸다. 또 이곳의 문제들을 해결하는 데 정말 많은 에너지를 쏟았다!

저쪽 세상에서 그녀를 기다리고 있을 고통과 두려움, 그런 것 없이 영원히 어린아이의 몸으로 지낼 수 있다는 사실은 마음을 흔들었다. 파벨도, 토비도 없으면 앞으로 비올레트가 이곳으로 올 기회는 거의 없을 것이다. 그런 만큼 운명이 자신에게 이 마지막 임무를 맡겨 준 것, 또 아주 적절한 때에 수호자로서의 역할을 다시 해낼 수 있게 해 준 것에 감사했다.

그래, **비밀의 정원**을 떠나는 건 마음이 미어지는 일이다. 하지만 이 이야기의 새로운 장을 시작할 유일한 길이기도 했다. 그녀의 인생과 그녀가 사랑했던 이들의 다음 이야기를⋯⋯.

"이젠 정원과 작별할 시간이야."

24
마지막 장

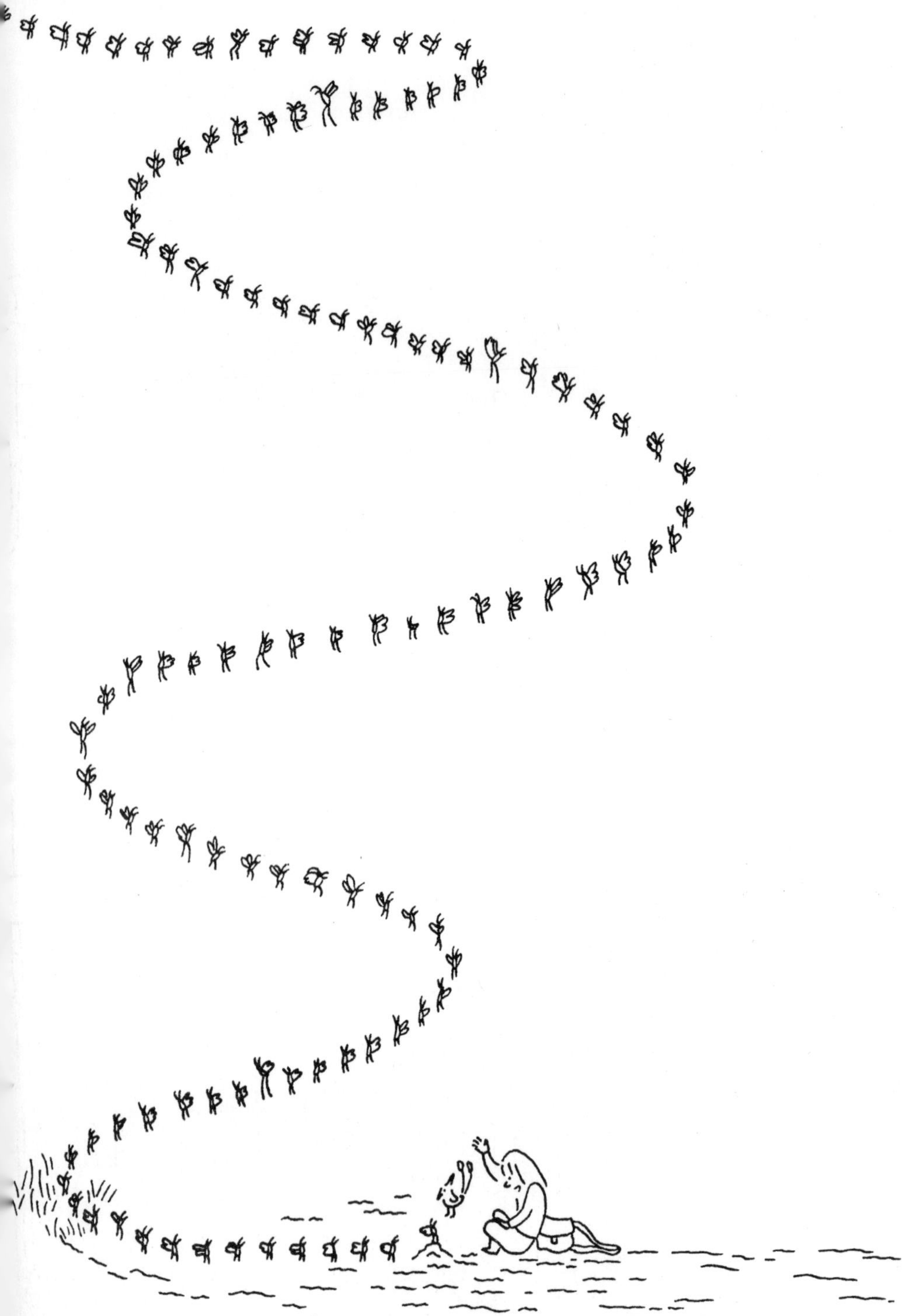

25
다시, 첫 번째 장

마침내 봄이 왔다.

오늘 말페르튀 목장으로 가는 작은 비포장도로 양옆엔 들꽃들이 피었고, 날벌레들이 붕붕거리며 날아다녔다. 노부인은 힘겹게 몸을 굽혀, 들판에 핀 개양귀비 몇 송이를 꺾어서 르뮈엘에게 맡겼다. 아들은 이미 묵직한 가방을 들고 있었다. 이번엔 꼭 가져가야 한다면서 노부인이 고집한 가방이었다.

말 두 마리가 울타리 건너편에서 그들을 맞으러 왔다. 비올레트는 말들에게 빵을 한 덩어리씩 주고 머리를 쓰다듬어 준 다음 다시 길을 갔다.

철제 대문 앞에 도착한 노부인은 초인종을 누르면서 외쳤다.

"우리가 왔어요!"

문을 열어 주러 나온 남자는 한쪽 다리를 약간 절긴 했지만 활기찼다.

"세상에! 이젠 목발이 없어도 젊은이처럼 걷는군요, 남작!"

"위르르방 부인! 다시 뵈어서 정말 기쁩니다. 지난번에도 말씀드렸듯이, 이젠 제발 날 그렇게 부르지 마세요. 그냥 토마라고 불러 주세요⋯⋯."

"날 비올레트라고 부른다면 생각해 보죠!" 노부인이 장난스레 받아쳤다.

"비올레트라면 내가 아는 꼬마의 이름인데." 그가 웃으며 대답했다. "부인을 성인의 모습으로 뵈니, 기분이 참 이상합니다……."

노부인이 활짝 열린 대문을 지나서 앞으로 나아갔다. 그리고 정성껏 손질된 봄꽃이 화사하게 핀 길을 따라 걸었다. 그 옆엔 말끔한 조각상들이 세워져 있었고, 정원은 예전의 우아한 모습을 되찾았다.

비올레트는 한쪽 구석에 키 큰 풀들과 들꽃들이 제멋대로 자라 있고, 덩굴 광대수염으로 뒤덮인 기둥이 있는 걸 보고 미소를 지었다. 아주 잘 정리된 공원 안에 자연스러운 야생의 모습을 일부러 약간 남겨 둔 것 같아서였다.

드디어 저택 앞에 도착했다. 잔디밭 한쪽의 작은 원탁 위에서 사과파이가 식어 가고 있었다.

"오호! 식탁을 정원으로 내놓았군요? 멋진 생각이에요!"

"딱 좋은 계절이죠." 남자가 대답했다. "우리 집 꼬마가 밖에서 운동 좀 하라고 명령했답니다! 게다가 거실도 당분간 쓸 수 없게 되어서요. 썩어 가는 천장의 석고들을 제거하기 시작했거든요. 회반죽이 마르면 한 달 뒤엔 1층도 수리할 생각입니다."

비올레트는 그 저택에서 보내는 이 순간에 감사했다.

한때 적이었던 남자를 만나러 오기까지는 몇 주가 필요했다. 그녀는 그 남자의 어린 딸 줄리에트와 그의 가정이 겪은 비극에 대해 끊임없이 생각했다. 그 비극은 그녀가 줄리에트 나이 때 겪었던 아픔들을 떠올리게 했다.

남자가 원한과 분노에 차 있을 거라고 생각했던 비올레트는, 그가 아주 따뜻하게 맞아 주어 내심 놀랐다. 그리고 그가 삶의 즐거움을 되찾는 중이고, 아내의 죽음 이후 손 놓았던 일들을 다시 시작하고 있음을 보고 기뻤다.

남자와 비올레트는 생각했던 것보다 훨씬 많은 공통점을 갖고 있었다. 특히 정원에 관한 추억은 그들 사이에 대화가 끊이지 않게 해 주었다.

물론 비올레트는 그 놀라운 세상의 문이 이제 그들에게 닫혔다는 걸 알았다. 파벨과 토비는 저쪽 세상에 남았고, 모르질은 약속대로 더는 구렁을 뛰어넘지 않았다. 비올레트는 자기 개가 한 말을 자주 생각했다.

　　"비올레트, 주인님은 한 번도 날 버린 적이 없어요. 언제나 나와 함께 있었죠. 내 마음속에요. 어디를 가든, 언제나 난 등에 주인님의 무게를 느꼈고, 주인님의 조언과 지시를 들었어요. 우린 함께 수천 번도 넘는 모험을 했잖아요. 그래서 난 주인님에게 걸맞은 개가 되기 위해 최선을 다했어요."

　　비올레트도 그랬다. 정원은 여전히 그녀 주위에 매일 살아 있었다.

　　두 남자가 테이블에 꽃을 놓고 시원한 음료를 차리는 동안, 노부인은 가방을 들고 집 안으로 들어갔다.
　　"어머니! 부축해 드릴까요?" 르뮈엘이 물었다.
　　"아니다." 비올레트가 어깨를 으쓱하며 대답했다. "난 끄떡없어. 남자들끼리 이야기 좀 나누고 있으렴. 난 꼬마에게 줄 선물이 있단다."
　　그녀는 아들을 생각하며 미소 지었다. 그는 늘 어머니를 걱정한다, 너무 많이. 그녀가 짜증을 내는 것 같아도, 실은 아들의 그런 관심이 고마웠다. 르뮈엘과 에다가 원하는 한, 그녀는 아들 내외 곁에서 사는 게 행복하다.
　　그리고 여기 있는 꼬마 아가씨도 함께…….

　　줄리에트는 새로 꾸민, 천창이 뚫린 큰 방에서 커다란 책상에 페인트칠을 하고 있었다.
　　　비올레트가 방문에 똑똑 노크하자, 소녀는 페인트 붓을 내려놓고 노부인에게 달려와 품에 안겼다.

"비올레트 할머니! 저거 보셨어요? 내 침대 위에다 할머니가 주신 **거대 피라미드** 사진을 붙였어요. 난 밤마다 잠들기 전에 저 사진을 봐요."

"멋지구나! 네 사진들도 많네."

"네, 빌과 뛰어넘기 훈련을 하는 거예요. 빌이 이제 장애물을 잘 넘어요!"

비올레트는 줄리에트가 몇 달 동안 얼마나 변했는지 관찰했다. 아이는 아빠가 집을 꾸미는 걸 도우면서 기쁨과 안정을 되찾았다. 커다란 메모판에 붙여 놓은 사진들 가운데 풀밭을 걷고 있는 줄리에트 엄마의 사진도 있었다.

"네 엄마로구나. 아주 아름다운 분이네."

"네." 줄리에트가 대답했다. "엄마가…… 사고를 당하기 두 달 전에 찍은 사진이에요. 내가 제일 좋아하는 사진이죠!"

비올레트는 잠시 기다렸다……. 그리고 가방에서 두꺼운 노트를 꺼냈다. 몇 달에 걸쳐 만든 노트였다. 표지에는 덩치 큰 하얀 개 위에 올라앉은 어린 소녀가 그려져 있었다.

"줄리에트, 널 위해 만든 거란다."

"동화예요?"

"그래, 일종의 동화라고 할 수 있지. 내겐 아주 중요한 이야기란다. 아니, 이야기 이상의 것이지. 발견하고, 읽고, 또 탐험해야 할 세상에 관한……. 너도 틀림없이 마음에 들 거야."

줄리에트는 비올레트가 정성 들여 쓴 노트를 펴고, 첫 문장을 읽었다.

난 영웅이었고, 넌 나의 믿음직한 친구였지.
우린 이 정원에 숨었어. 여긴 환상의 정원이야.
*아니, 환상의 정원이 아니라…… 맞아, **비밀의 정원**!*

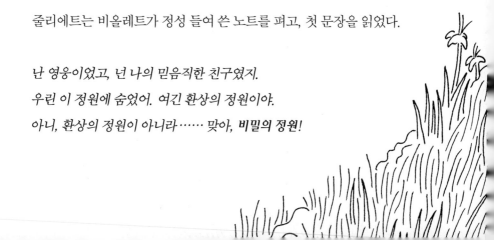

비올레트와 비밀의 정원

폴 마르탱 글 | 장 바티스트 부르주아 그림 | 김주경 옮김 | 전 2권

잡동사니가 귀중한 보물이 되는 세계.
시간은 제멋대로 흐르고, 바위의 박동이 느껴지는 장소, '비밀의 정원'.
그곳에서 평범한 소녀 비올레트와 강아지 파벨이
수호자의 사명을 안고 환상 속으로의 모험을 떠난다.

멍든 마음들에게 전하는 가장 용기 있는 위로!

글 폴 마르탱
어린이를 위한 소설과 만화 시나리오를 쓴다. 오랫동안 어린이 잡지 Astrapi의 기자로 활동했으며,
지금까지 70종이 넘는 그림책과 소설을 펴냈다. 게으른 고양이와 함께 지내는 중이다.

그림 장 바티스트 부르주아
작가이자 디자이너이다. 캉브레 에꼴 드 보자르에서 공부했고, 2013년 《거짓말 손수건, 포포피포》로
삽화가 일을 시작했다. 앵무새 조지와 살고 있다.

옮김 김주경
이화여대 불어교육학과와 연세대 대학원 불문학과를 졸업했다. 프랑스 리옹 제2대학교에서
박사 과정 수료 후 전문 번역가로 활동하고 있다.

비올레트와 비밀의 정원 2
수호자와 정원의 유령들

초판 1쇄 인쇄 2023년 7월 16일
초판 1쇄 발행 2023년 7월 25일

글 폴 마르탱
그림 장 바티스트 부르주아
번역 김주경
펴낸이 김영곤
펴낸곳 ㈜북이십일 아르테

융합1본부장 문영 **책임편집** 정유나 **융합1팀** 이신지 오경은 이해인
디자인 김단아 **교정교열** 김은미
아동마케팅영업본부장 변유경 **아동영업팀** 강경남 오은희 김규희 황성진
아동마케팅1팀 김영남 황혜선 이규림 정성은 **아동마케팅2팀** 임동렬 이해림 최윤아 손용우
해외기획실 최연순 **제작** 이영민 권경민

출판등록 2000년 5월 6일 제406-2003-061호
주소 (우 10881) 경기도 파주시 문발동 회동길 201
대표전화 031-955-2100 **팩스** 031-955-2177 **홈페이지** www.book21.com

© 2019 Éditions Sarbacane, Paris

ISBN 978-89-509-2816-2 04860
        978-89-509-2754-7 04860 (세트)